BUENAS VIBRACIONES

Amor y Aventura

BUENAS VIBRACIONES

Lisa Kleypas

Traducción de
Ana Isabel Domínguez Palomo y
María del Mar Rodríguez Barrena

VERGARA
GRUPO ZETA

Barcelona • Bogotá • Buenos Aires • Caracas • Madrid • México D.F. • Montevideo • Quito • Santiago de Chile

Título original: *Smooth Talking Stranger*
Traducción: Ana Isabel Domínguez y María del Mar Rodríguez
1.ª edición: noviembre 2010
1.ª reimpresión: noviembre 2010
2.ª reimpresión: febrero 2011

© 2009 by Lisa Kleypas
© Ediciones B, S. A., 2010
 para el sello Vergara
 Consell de Cent 425-427 - 08009 Barcelona (España)
 www.edicionesb.com

Printed in Spain
ISBN: 978-84-666-4243-9
Depósito legal: B. 10.480-2011

Impreso por LIBERDÚPLEX, S.L.U.
Ctra. BV 2249 Km 7,4 Polígono Torrentfondo
08791 - Sant Llorenç d'Hortons (Barcelona)

Para Greg,
porque cada día que paso contigo es un día perfecto.
Te querré siempre,

L. K.

1

—No lo cojas —dije al oír el teléfono de nuestro apartamento. Ya fuera una premonición o fruto de la paranoia, ese sonido acabó con la sensación de tranquilidad que tanto me había costado conseguir.

—El prefijo es el 281 —comentó Dane, mi novio, mientras salteaba tofu en una sartén al que añadió una lata de salsa de tomate ecológica. Dane era vegetariano, lo que quería decir que sustituíamos la ternera picada por proteína de soja en el chili. Cualquier tejano se echaría a llorar sólo de pensarlo, pero estaba intentando acostumbrarme por Dane—. Según el identificador de llamadas.

281. Houston. Esos tres numerillos bastaban para que me pusiera a hiperventilar.

—O mi madre o mi hermana —dije, desesperada—. Que salte el contestador. —Llevaba por lo menos dos años sin hablar con ellas.

Un tono.

Antes de añadir un puñado de verduras congeladas a la salsa, Dane dijo:

—No puedes huir toda la vida de tus miedos. ¿No es lo que siempre les dices a tus lectores?

Tenía una sección de consejos en *Vibraciones,* una revista sobre relaciones, sexo y cultura urbana. Mi columna, titulada «Pregúntale a Miss Independiente», comenzó como una publicación universitaria, pero no tardé en llevarla al siguiente nivel. Después de licenciarme, trasladé mi idea a *Vibraciones*, donde me ofrecieron un espacio semanal. La mayoría de mis consejos se publicaba en la revista, pero también mandaba consejos privados, previo pago, a aquellas personas que así lo requerían. Para aumentar mis ingresos, de vez en cuando escribía como *freelance* en revistas orientadas al público femenino.

—No estoy huyendo de mis miedos —lo contradije—. Huyo de mi familia.

Dos tonos.

—Cógelo, Ella. Te pasas la vida diciéndole a la gente que afronte sus problemas.

—Cierto, pero prefiero pasar de los míos y dejar que se infecten. —Me acerqué al teléfono y reconocí el número—. ¡Por Dios, es mi madre!

Tres tonos.

—Venga —insistió Dane—, ¿qué es lo peor que puede pasar?

Clavé la vista con miedo y odio en el teléfono.

—En cuestión de treinta segundos, podría decirme algo que me devolverá a la consulta del psicólogo para toda la vida.

Cuatro tonos.

—Si no averiguas lo que quiere —comentó Dane—, te pasarás la noche dándole vueltas.

Solté el aire, disgustada, y cogí el teléfono.

—¿Diga?

—Ella, ¡tenemos una emergencia!

Para mi madre, Candy Varner, todo era una emergencia. Era una de esas madres alarmistas, la reina del drama por antonomasia. Sin embargo, lo había sabido ocultar tan bien que poca gente sospechaba lo que ocurría de puertas para dentro. Había exigido que sus hijas colaboraran para mantener la leyenda de la familia feliz, y Tara y yo habíamos accedido sin rechistar.

De vez en cuando, a mi madre le daba por interactuar con mi hermana pequeña y conmigo, pero perdía la paciencia muy pronto y se volvía insoportable. Aprendimos a detectar cualquier indicio que indicase un cambio de humor. Nos convertimos en cazadoras de tormentas en un intento por mantenernos cerca del tornado sin que nos engullera.

Me fui al salón, lejos de Dane y del ruido de las sartenes.

—¿Cómo estás, mamá? ¿Qué pasa?

—Acabo de decírtelo. ¡Tenemos una emergencia! Tara ha venido a verme hoy. Se presentó sin avisar. Con un bebé.

—¿Es suyo?

—¿Qué iba a hacer tu hermana con el hijo de otra? Sí, es suyo. ¿No sabías que se había quedado embarazada?

—No —conseguí responder al tiempo que me aferraba al respaldo del sofá. Me apoyé en él, medio sentándome. Se me había revuelto el estómago—. No lo sabía. No hemos mantenido el contacto.

—¿Cuándo fue la última vez que cogiste el teléfono para llamarla? ¿Has pensado en nosotras, Ella? ¿En la única familia que te queda? ¿No estamos entre tus prioridades?

Me dejó de piedra. Se me desbocó el corazón, que empezó a latir con el mismo ritmo que una secadora llena de zapatillas de deporte, al tiempo que experimentaba esa sensación a la que me había acostumbrado de niña. Pero de eso hacía mucho tiempo. Tras recordarme que era una mujer hecha y derecha con una licenciatura, una profesión, un novio formal y un círculo de amigos íntimos, conseguí responder con calma:

—Os he enviado postales.

—No eran sinceras. En la última tarjeta de felicitación que me mandaste para el día de la madre no mencionaste nada de lo que hice por ti cuando eras pequeña. Ni un solo momento alegre.

Me llevé la mano a la frente con la esperanza de evitar que me estallara la cabeza.

—Mamá, ¿está Tara ahí?

—¿Te llamaría si lo estuviera? Tara... —Mi madre dejó de hablar en cuanto se oyó el llano de un niño en la distancia—. ¿Te das cuenta de lo que tengo que soportar? Lo ha dejado aquí, Ella. ¡Se ha ido! ¿Qué se supone que voy a hacer ahora?

—¿No te dijo cuándo volvería?

—No.

—¿Y no la acompañaba ningún hombre? ¿No te dijo quién era el padre?

—No creo que lo sepa. Ha arruinado su vida, Ella. Ningún hombre la querrá después de esto.

—A lo mejor te llevas una sorpresa —le dije a mi madre—. Muchas solteras tienen hijos en la actualidad.

—Sigue siendo un estigma. Ya sabes lo que tuve que pasar para evitaros ese destino a Tara y a ti.

—Después de tu último marido —comenté—, creo que habríamos preferido el estigma.

—Roger era un buen hombre —replicó mi madre con voz gélida—. Ese matrimonio habría funcionado si Tara y tú hubierais conseguido llevaros bien con él. No fue culpa mía que mis propias hijas lo apartaran de mí. Os quería muchísimo, pero nunca le disteis una oportunidad.

Puse los ojos en blanco.

—Roger nos quería demasiado, mamá.

—¿Qué quieres decir?

—Teníamos que dormir con una silla bajo el pomo de la puerta para evitar que se colara en el dormitorio por las noches. Y no creo que quisiera arroparnos...

—Imaginaciones tuyas. Nadie te cree cuando dices cosas así, Ella.

—Tara me cree.

—No se acuerda de Roger —señaló mi madre con voz triunfal—. No se acuerda de nada.

—¿Y eso te parece normal, mamá? ¿Te parece normal que haya borrado como si nada gran parte de su infancia? ¿No crees que debería recordar algo, por poco que sea, de Roger?

—Creo que es un indicio de que se ha dado a las drogas o a la bebida. Esos vicios son normales en la familia de vuestro padre.

—También es indicio de traumas infantiles o abusos. Mamá, ¿estás segura de que Tara no se ha ido a comprar algo?

—Sí, estoy segura. Me ha dejado una nota de despedida.

—¿Has probado a llamarla al móvil?

—¡Claro que sí! No contesta. —Mi madre comenzaba a farfullar por la impaciencia—. Renuncié a los mejores años de mi vida por cuidaros. No pienso volver a pasar por eso. Soy demasiado joven para tener un nieto. No quiero que nadie se entere de esto. Ven a llevártelo antes de que alguien lo vea. ¡Es una orden, Ella! Si no haces algo con el bebé, llamaré a los Servicios Sociales.

Me quedé blanca al escuchar su tono de voz, ya que sabía muy bien que no era una amenaza sin fundamento.

—No hagas nada —dije—. No le des el bebé a nadie. Estaré ahí dentro de unas horas.

—Voy a tener que cancelar una cita esta noche —masculló ella.

—Lo siento, mamá. Voy para allá. Salgo ahora mismo. Tú defiende el fuerte. Espérame, ¿vale? Tú espérame.

La línea se cortó. Estaba muerta de miedo, temblando, y la brisa que creaba el aire acondicionado me rozó la nuca, provocándome un escalofrío.

«Un niño —pensé, espantada—. El hijo de Tara.»

Regresé a la cocina como una zombi.

—Hasta hace un segundo, estaba convencida de que lo peor que podría pasarme esta noche era tu cena.

Dane había quitado la sartén del fuego. Estaba echando un líquido anaranjado en una copa de Martini. Se giró y me tendió la copa con una expresión compasiva en sus ojos verdes.

—Bebe un poco.

Le di un sorbito al brebaje dulzón e hice una mueca.

—Gracias. Ahora mismo estaba pensando en lo bien que me vendría un buen trago de zumo de zanahoria. —Dejé la copa a un lado—. Pero será mejor no pasarme. Tengo que conducir esta noche.

Al mirar el rostro preocupado de Dane, su tranquilidad, su cordura, tuve la sensación de que me arropaba con una mantita muy cálida. Era bastante mono, de pelo rubio y complexión delgada, con una apariencia de perpetuo desaliño, como si acabara de llegar de la playa. Normalmente, vestía pantalones vaqueros, camisas de lino y sandalias ecológicas, como si estuviera preparado para un viajecito espontáneo a cualquier zona tropical. Si le pedías que te describiera sus vacaciones perfectas, contestaba que le encantaría sobremanera explorar la jungla, equipado solamente con una cantimplora y una navaja multiusos.

Aunque Dane nunca había conocido en persona a mi madre ni a mi hermana, le había hablado mucho sobre ellas, desenterrando sin pretenderlo los recuerdos como si fueran antigüedades muy frágiles. No resultaba fácil hablar de mi pasado, de nada que tuviera que ver con él. Había conseguido confiarle a Dane lo más esencial: mis padres se habían divorciado y mi padre desapareció de nuestras vidas cuando yo tenía cinco años. Después me enteré de que había vuelto a casarse, de que tenía otros hijos y de que no había sitio para Tara ni para mí en su segunda oportunidad.

Pese a sus carencias como padre, no podía culparlo por querer huir. Sin embargo, me preocupaba el hecho de que mi padre supiera con qué clase de persona nos había dejado. Tal vez fuera fruto de la creencia de que las hijas estaban mejor con sus madres. Tal vez esperara que mi madre mejorase con el tiempo. O tal vez temiera que una de nosotras o las dos acabásemos pareciéndonos a ella, y eso era algo con lo que no podría lidiar.

No había habido ningún hombre especial en mi vida hasta que conocí a Dane en la Universidad de Texas. Siempre era cariñoso, siempre estaba atento a las señales que le lanzaba, de modo que nunca me exigía demasiado. Con él, me sentí a salvo por primera vez en la vida.

Y, sin embargo, algo faltaba en nuestra relación, un algo que me pinchaba y molestaba como una piedrecita que se me hubiera metido en el zapato. Fuera lo que fuese, ese algo era lo que impedía que nuestro vínculo fuese total.

Allí, en mitad de la cocina, Dane me echó el brazo por encima del hombro en un gesto reconfortante. El frío que se había adueñado de mi cuerpo, dejándome temblorosa, comenzó a remitir.

—Por lo poco que he podido escuchar —dijo Dane—, Tara le ha dejado a tu madre un regalito en forma de bebé, y tu madre está pensándose lo de venderlo por eBay.

—Llamar a los Servicios Sociales —puntualicé—. Lo de eBay no se le ha ocurrido todavía.

—¿Qué espera que hagas?

—Quiere que le quite al bebé de encima —contesté al tiempo que me rodeaba la cintura con los brazos—. No creo que haya pensado en algo más elaborado.

—¿Nadie sabe dónde está Tara?

Negué con la cabeza.

—¿Quieres que te acompañe? —me preguntó con amabilidad.

—No —respondí casi antes de que pudiera terminar la pregunta—. Tienes muchas cosas que hacer. —Dane acababa de montar su propia empresa de equipamiento para el control medioambiental, y el negocio estaba creciendo tan deprisa que casi no podía hacerse cargo de él. No le sería fácil tomarse unos días libres—. Además —continué—, no sé cuánto tiempo tardaré en encontrar a Tara ni en qué estado voy a encontrarla.

—¿Y si te obligan a cargar con el crío? No, retiro la pregunta... ¿Qué vas a hacer cuando tengas que cargar con el crío?

—Podría traérmelo unos días, ¿no? Lo justo para...

Dane se puso a menear la cabeza con firmeza.

—Ni hablar, Ella. Nada de bebés.

Lo miré con los ojos entrecerrados.

—¿Y si se tratara de un osezno polar o de una cría de pingüino de las Galápagos? Te apuesto lo que quieras a que no te negarías.

—Haría una excepción por las especies en peligro de extinción —reconoció Dane.

—Este bebé está en peligro. Está con mi madre.

—Ve a Houston y encárgate de la situación. Estaré esperándote cuando vuelvas. —Se detuvo antes de añadir con firmeza—: Sola. —Se giró hacia la cocina y cogió la sartén con la salsa vegetariana, que vertió sobre un cuenco lleno de pasta integral. Esparció un poco de queso de soja por encima—. Come algo antes de irte... Te dará fuerzas.

—No, gracias —rehusé—. No tengo hambre.

Dane esbozó una sonrisa torcida.

—Lo que tú digas... En cuanto salgas de aquí, irás de cabeza a la hamburguesería más cercana.

—¿Me crees capaz de engañarte? —le pregunté con toda la indignación que fui capaz de fingir.

—Con otro tío, no. Con una hamburguesa con queso... a la primera oportunidad.

2

Siempre he detestado las tres horas de viaje entre Austin y Houston. Sin embargo, esas largas horas de tranquilidad me dieron la oportunidad de repasar los recuerdos de mi infancia y de intentar averiguar qué había llevado a Tara a tener un bebé que no estaba preparada para cuidar.

Llegué a la pronta conclusión de que los excesos en cualquier aspecto de la vida, incluida la belleza, no eran buenos para nadie. Tuve la buena suerte de nacer medianamente guapa, rubia, con ojos azules y piel muy blanca que, después de la exposición a los crueles rayos del sol tejano, pasaba a ponerse de un bonito rojo salmonete. («No tienes melanina», me dijo una vez Dane, asombrado. «Es como si hubieras nacido para pasarte la vida en una biblioteca.») Con mi metro sesenta y dos, tenía una altura media, unas medidas decentes y unas buenas piernas.

Tara, en cambio, pertenecía al universo de las diosas. Era como si la naturaleza hubiera decidido crear su obra cumbre después de haber realizado todos los experimentos pertinentes conmigo. Tara se había llevado el premio gordo con sus rasgos perfectos, su pelo rubio platino y sus labios carnosos que ningún implante de colágeno podría imitar. Con su metro setenta y su talla treinta y seis, la solían confundir con una supermodelo. La razón por la que mi hermana no se había decidido por la carrera para la que parecía predestinada se debía a su incapacidad para imponerse el mínimo de disciplina y de ambición requeridos en una modelo.

Por ese motivo, entre otros, nunca envidié a mi hermana. Su belleza, precisamente por extrema, hacía que la gente se distanciara y quisiera aprovecharse de ella a partes iguales. Hacía que la gente supusiera que era tonta y, a decir verdad, eso había hecho que Tara no se viera obligada a demostrar su valía intelectual. Nadie esperaba que una mujer despampanante fuera lista, y en el caso de que lo fuera, eso descolocaba a cualquiera. Una persona normal no podía perdonar a otra tal abundancia de buena suerte. De modo que el exceso de belleza sólo le había acarreado problemas. La última vez que vi a Tara, me contó que había demasiados hombres en su vida.

Lo mismito que en la de mi madre.

Algunos de los novios de mi madre habían sido agradables. Al principio, la tomaban por una mujer guapa y alegre, una madre trabajadora dedicada en cuerpo y alma a sus dos hijas. Con el tiempo, sin embargo, descubrían lo que era de verdad, una mujer que necesitaba el amor con desesperación, pero que era incapaz de devolverlo en la misma medida. Una mujer que se esforzaba por controlar y dominar a toda persona que quisiera acercarse a ella. Los espantaba a todos y luego se buscaba a otros nuevos, en una constante y agotadora sucesión de amantes y amigos.

Su segundo marido, Steve, sólo tardó cuatro meses en pedirle el divorcio. Fue una presencia cariñosa y racional en la casa, y en el breve periodo de tiempo que vivió con nosotras me enseñó que no todos los adultos eran como mi madre. Cuando se despidió de Tara y de mí, nos dijo con pesar que éramos unas niñas muy buenas y que le encantaría poder llevarnos con él. Sin embargo, poco después, mamá nos dijo que Steve se fue por nuestra culpa. Que nunca tendríamos una familia, añadió a continuación, si no nos comportábamos mejor.

Cuando yo tenía nueve años, mi madre se casó con Roger, su último marido, sin previo aviso. Era muy carismático y guapo, y se interesó tanto por sus nuevas hijastras que al principio lo adorábamos. No obstante, al cabo de poco tiempo, el hombre que nos contaba cuentos antes de dormir empezó a enseñarnos revistas porno. Le gustaba más de la cuenta hacernos cosquillas y nos tocaba de una forma poco apropiada en un adulto.

Roger se volcó de manera especial con Tara. La llevaba de excursión a solas y le compraba regalos especiales. Mi hermana empezó a tener pesadillas y tics nerviosos, y también dejó de comer. Me suplicó que nunca la dejara a solas con él.

Mi madre se puso hecha una furia cuando Tara y yo intentamos decírselo. Incluso nos castigó por mentir. Teníamos miedo de decírselo a alguien ajeno a la familia, porque estábamos convencidas de que, si nuestra propia madre no era capaz de creernos, nadie lo haría. La única alternativa fue que yo protegiera a Tara en la medida de lo posible. Cuando estábamos en casa, me pegaba a ella como una lapa. Dormíamos juntas por la noche, y coloqué una silla contra el pomo de la puerta.

Una noche, Roger se pasó casi diez minutos llamando a la puerta.

—Vamos, Tara. Déjame entrar o no te compraré más regalos. Sólo quiero hablar contigo. Tara... —Cargó contra la puerta, y la silla protestó con un crujido—. El otro día fui muy cariñoso contigo, ¿no? Te dije que te quería. Pero no volveré a ser cariñoso si no apartas la silla. Abre la puerta, Tara, o le diré a tu madre que te has estado portando mal. Te castigará.

Mi hermana se acurrucó contra mí, temblando. Se tapó los oídos con las manos.

—No lo dejes entrar, Ella —me susurró—. Por favor.

Yo también estaba asustada, pero arropé a Tara y salí de la cama.

—Está durmiendo —dije en voz lo bastante alta como para que el monstruo que había al otro lado de la puerta me escuchara.

—¡Abre la puerta, zorra asquerosa! —Las bisagras protestaron cuando volvió a cargar contra la puerta. ¿Dónde estaba mi madre? ¿Por qué no hacía nada?

A la tenue luz de una lamparita de *La tierra del arco iris*, me puse a buscar como una loca bajo la cama hasta dar con la caja donde guardábamos las manualidades. Mis dedos se cerraron en torno al frío mango de unas tijeras. Las utilizábamos para recortar las muñecas de papel, las fotos de las revistas y las cajas de los cereales.

Escuché el porrazo del hombro de Roger contra la puerta. Fue tan fuerte que la silla crujió. Entre golpe y golpe, escuchaba los sollozos de mi hermana. Sentí el subidón de adrenalina, que me desbocó el corazón. Jadeando, me acerqué a la puerta con las tijeras en la mano. Otro golpe, y otro más, acentuados por los crujidos de la madera al romperse. La luz procedente del pasillo se coló en la habitación cuando Roger consiguió abrir la puerta lo suficiente como para meter la mano. Sin embargo, cuando hizo ademán de apartar la silla, salté hacia delante y le clavé las tijeras. Sentí el repugnante momento en el que el metal se clavó en algo blando. Acto seguido, escuché un rugido de dolor y furia antes de... Nada... Sólo se oyeron sus pasos, que se alejaban por el pasillo.

Sin soltar las tijeras, me metí en la cama junto a Tara.

—Tengo miedo —dijo mi hermana entre sollozos mientras empapaba el hombro de mi camisón con sus lágrimas—. No dejes que me toque, Ella.

—No lo dejaré entrar —le aseguré, aunque yo misma era incapaz de dejar de temblar—. Si vuelve, le pincharé como a un cerdo. Ahora, duérmete.

Y durmió acurrucada contra mí toda la noche mientras yo me mantenía despierta, sobresaltándome cada vez que oía un ruido.

Por la mañana descubrimos que Roger se había ido de la casa para siempre.

Mi madre nunca nos preguntó por esa noche, ni por lo que había pasado ni por cómo nos sentíamos por la repentina marcha de Roger. Lo único que dijo al respecto fue:

—Nunca tendréis otro papá. No os lo merecéis.

Hubo otros hombres después de Roger, algunos malos, pero nunca tan malos como él.

Y lo más raro del asunto era que Tara no se acordaba de Roger ni de la noche que le clavé las tijeras en la mano. Se quedó espantada cuando se lo conté al cabo de los años.

—¿Estás segura? —me preguntó con expresión confusa—. A lo mejor lo soñaste.

—Tuve que lavar las tijeras a la mañana siguiente —repliqué, asustada al ver que no parecía recordar nada de nada—. Estaban manchadas de sangre. Y la silla estaba rota por dos sitios. ¿No te acuerdas?

Tara negó con la cabeza, alucinada.

Después de esa experiencia, después del desfile de hombres, de los cuales ninguno se quedó, me convertí en una persona desconfiada y reservada, temerosa de confiar en los hombres. Sin embargo y a medida que fue creciendo, a Tara le pasó todo lo contrario. En su caso, hubo incontables parejas, y mucho sexo. Y a mí no me quedó más remedio que preguntarme cuánto placer había conseguido en el proceso, si acaso había conseguido alguno.

La necesidad de proteger a Tara, de cuidarla, nunca me abandonó. Durante nuestra adolescencia, tuve que conducir hasta lugares muy raros para recogerla cuando un novio la dejaba tirada... Le di todo el dinero que había ahorrado trabajando de camarera para que se comprara un vestido con el que ir al baile de graduación del instituto... Y la llevé al médico para que le recetara la píldora. Por aquella época, Tara tenía quince años.

—Mamá dice que soy una zorra —me susurró en la sala de espera del médico—. Se ha enfadado porque ya no soy virgen.

—Es tu cuerpo —susurré mientras le daba un apretón en su fría mano—. Puedes hacer lo que quieras con él. Pero no te quedes embarazada. Y... creo que no deberías dejar que un chico te haga eso a menos que estés segura de que te quiere de verdad.

—Siempre me dicen que me quieren... —replicó con una sonrisa amarga—. ¿Cómo voy a saber si me lo dicen de verdad?

Meneé la cabeza con impotencia.

—¿Sigues siendo virgen, Ella? —me preguntó Tara al cabo de un momento.

—Ajá.

—¿Por eso rompió Bryan contigo la semana pasada? ¿Porque no querías hacerlo con él?

Negué con la cabeza.

—Fui yo la que cortó. —Clavé la vista en sus ojos azules e intenté sonreír, pero me salió más una mueca—. Cuando volví a casa, lo pillé con mamá.

—¿Lo estaban haciendo?

Titubeé un buen rato antes de responder:

—Estaban bebiendo juntos —fue todo lo que dije.

En su momento, creí que ya no me quedaban lágrimas, pero al contárselo sentí cómo se me volvían a llenar los ojos. Asentí con la cabeza.

Aunque Tara era más pequeña que yo, me colocó la mano en la nuca y me instó a apoyar la cabeza en su hombro, ofreciéndome consuelo. Nos quedamos así sentadas hasta que la enfermera la llamó.

No podría haber sobrevivido a mi infancia sin mi hermana, y lo mismo se podía decir en su caso. Éramos el único vínculo de la otra con el pasado... Ése era el punto fuerte de nuestra relación, pero, a la vez, nuestro talón de Aquiles.

Para ser justa con Houston, me habría gustado muchísimo más si no la contemplara a través de un caleidoscopio de recuerdos. Houston era llana, húmeda como un calcetín mojado, pero con sorprendentes retazos verdes, ya que estaba descolgada en el extremo de una franja de espesos bosques que se extendía por el este de Tejas. Había una furiosa actividad inmobiliaria a lo largo y ancho de su trazado con forma de telaraña. Pisos y apartamentos, locales comerciales y oficinas. Era una ciudad muy activa; reluciente y espectacular, pero también bulliciosa y sucia.

De forma gradual, los pastos tostados por el verano se convertían en océanos de asfalto candente con islas en forma de centros comerciales y enormes tiendas. De vez en cuando, salpicado en el paisaje, se podía encontrar un solitario rascacielos, como si fuera una planta trepadora que sobresalía de la maleza que era el centro de Houston.

Mi madre vivía en el sudoeste de la ciudad, en un vecindario de clase media construido alrededor de una plaza que, en otro tiempo, estuvo repleta de restaurantes y tiendas. En la actualidad, la plaza estaba dominada por una enorme tienda de decoración. La casa de mi madre era de estilo colonial, con sus delgadas columnas blancas en el porche. Tenía dos dormitorios. Enfilé la calle, temiendo el momento de aparcar ante su puerta.

Me detuve delante del garaje, salí de mi Prius y subí los escalones a toda prisa. Antes de que tuviera la oportunidad de llamar al timbre, mi madre abrió la puerta. Estaba hablando por teléfono con alguien, con voz seductora y ronca.

—... Te prometo que te compensaré —canturreó—. La próxima vez. —Soltó una carcajada—. Sí, estoy segura de que ya sabes cómo...

Cerré la puerta y esperé sin saber qué hacer mientras mi madre continuaba hablando.

Estaba como siempre: delgada, en forma y vestida como una reina del pop adolescente, aunque rondara los cincuenta. Llevaba un top negro ajustado, una minifalda vaquera, un cinturón Kippy con incrustaciones de piedrecitas y unas sandalias de tacón. Tenía la frente tan tirante como un globo. Llevaba el mismo tinte de pelo que Paris Hilton, y unas ondas perfectamente peinadas gracias a algún producto fijador. Me miró de arriba abajo y supe lo que pensaba de mi camisa blanca de algodón, una prenda práctica.

Mientras seguía hablando con la persona que tenía al teléfono, mi madre me señaló el pasillo que llevaba a los dormitorios. Asentí con la cabeza y fui en busca del bebé. La casa olía al aire acondicionado, a alfombras viejas y a ambientador tropical; las habitaciones estaban oscuras y en silencio.

Había dejado encendida una lamparita en el dormitorio principal. El miedo me aceleró la respiración mientras me acercaba a la cama. El bebé estaba en el centro del colchón, un bultito que no podía ser mayor que una hogaza de pan. Un niño. Iba vestido de azul. Estaba dormido con los bracitos extendidos y los labios tan bien cerrados como una polvera. Me tumbé en la cama a su lado y contemplé a esa criatura indefensa con su carita de anciano y su piel sonrosada. Sus párpados eran tan frágiles que así, cerrados, se apreciaban las venas azuladas. El pequeño cráneo estaba cubierto de pelo negro, y sus deditos acababan con unas uñas tan diminutas y tan afiladas como las garras de un gorrión.

La completa indefensión del bebé me provocó una oleada de nerviosismo. Cuando se despertara, se pondría a llorar. Y se haría pis. Iba a necesitar cosas, cosas misteriosas de las que yo no tenía ni idea ni ganas de aprender.

Casi entendía que Tara le hubiera dejado ese terrible problema a otra persona. Casi. Aunque, por encima de cualquier cosa, sentía deseos de matarla. Porque mi hermana sabía que dejarlo con mi madre era una estupidez. Porque sabía que mi madre nunca se quedaría con él. Y era consciente de que seguramente a mí me reclutarían a la fuerza para hacer algo al respecto. Siempre había sido la encargada de resolver los problemas de la familia, hasta que decidí renunciar al puesto como medida de autoprotección. Aún no me habían perdonado.

Desde entonces, me había preguntado muchas veces cómo y cuándo podría volver a reunirme con mi madre y mi hermana, y si habríamos cambiado lo suficiente como para poder mantener una relación medianamente normal. Esperaba que todo se resolviera como en una de esas películas de la factoría Hallmark, donde había muchos abrazos y risas antes de sentarnos las tres en un balancín en el porche.

Eso habría estado bien. Pero era un imposible en mi familia.

Mientras el bebé dormía, escuché su respiración, tan parecida a la de un gatito. Su pequeñez, su soledad, hizo que recayera sobre mí un peso invisible, que sintiera tristeza mezclada con furia.

«No voy a dejar que Tara huya de esto», me juré.

Encontraría a mi hermana y, por una vez en la vida, tendría que lidiar con las consecuencias de sus actos. Si no lo conseguía, buscaría al padre de la criatura e insistiría hasta que asumiera parte de la responsabilidad.

—No lo despiertes —dijo mi madre desde la puerta—. He tardado dos horas en dormirlo.

—Hola, mamá —la saludé—. Estás estupenda.

—He estado trabajando con un entrenador personal. No puede apartar las manos de mí. Has engordado, Ella. Ten mucho cuidado... Has sacado el cuerpo de tu familia paterna, y tienen tendencia a la obesidad.

—Hago ejercicio —repliqué, molesta. No estaba gorda, en absoluto. Era curvilínea y de constitución fuerte, y hacía yoga tres veces por semana—. Y Dane no tiene quejas —añadí a la defensiva, antes de poder evitarlo. Nada más pronunciar esas palabras, me entraron ganas de darme de golpes contra la pared—. Pero lo que los demás opinen de mi cuerpo da lo mismo mientras yo esté contenta con él.

Mi madre me miró de arriba abajo como si fuera un insecto.

—¿Sigues con él?

—Sí. Y me gustaría volver a casa lo antes posible, lo que implica encontrar a Tara. ¿Por qué no me cuentas de nuevo lo que pasó cuando vino a verte?

—Vamos a la cocina.

Me levanté de la cama y la seguí por el pasillo.

—Tara se presentó sin avisar —explicó mi madre cuando llegamos a la cocina— y me soltó: «Aquí tienes a tu nieto.» Así sin más. La dejé entrar y le preparé un té antes de sentarnos a hablar. Me dijo que había estado viviendo con vuestra prima,

Liza, y que trabajaba en una agencia de trabajo temporal. Que se quedó embarazada de uno de sus novios, pero que el padre no está en situación de ayudar. Ya sabes lo que eso significa. O no tiene dónde caerse muerto o ya está casado. Le dije que diera al niño en adopción, pero me soltó que no quería hacerlo. Así que le dije: «Tu vida no volverá a ser igual. Todo cambia cuando tienes un hijo.» Y ella me aseguró que estaba empezando a entenderlo. Después le preparó un biberón al bebé y se lo dio mientras yo me iba al dormitorio para echarme una siestecita. Cuando me desperté, Tara se había ido, pero el bebé seguía aquí. Tienes que llevártelo de mi casa. No puede estar aquí mañana. Mi novio no puede enterarse de esto.

—¿Por qué no?

—No quiero que piense en mí como en una abuela.

—Otras mujeres de tu edad tienen nietos —le recordé con seriedad.

—Yo no tengo mi edad, Ella. Todo el mundo me cree mucho más joven. —Pareció ofenderse por mi expresión—. Deberías alegrarte. Así sabrás lo que te espera.

—No creo que me parezca a ti en el futuro —dije con sorna—. Ni siquiera me parezco a ti ahora.

—Lo harías si te esforzaras un poquito. ¿Por qué llevas el pelo tan corto? Ese corte te sienta fatal con tu cara.

Me llevé la mano al pelo y me toqué la melena recta que llevaba a la altura del mentón. El único corte práctico que funcionaba con mi cabello liso y fino.

—¿Me enseñas la nota que dejó Tara?

Mi madre dejó una carpeta de cartón sobre la mesa de la cocina.

—Está ahí dentro, con los papeles del hospital.

Abrí la carpeta y vi una hoja arrancada de un cuaderno sobre los papeles. La letra de mi hermana, irregular y torcida, me resultó dolorosamente familiar. Había usado un bolígrafo que apretó con tanta fuerza que casi perforó el papel en su desesperación.

Querida mamá:

Tengo que ir a algún sitio y pensar las cosas. No sé cuándo volveré. Por la presente te otorgo a ti o a mi hermana Ella la autoridad necesaria para cuidar de mi bebé y tener su guardia y custodia hasta que esté preparada para volver a por él.

Atentamente,

TARA SUE VARNER

—Por la presente... —murmuré con una sonrisa torcida al tiempo que apoyaba la frente en la mano. Seguramente mi hermana había creído que una palabreja que sonara legal haría que ese documento tuviera valor oficial—. Creo que tenemos que ponernos en contacto con Protección de Menores y hacerles saber lo sucedido. De lo contrario, alguien podría aducir que ha abandonado al bebé. —Revisé el contenido de la carpeta y encontré el certificado de nacimiento. No aparecía el nombre del padre. El bebé tenía una semana de vida, y se llamaba Lucas Varner—. ¿Lucas? —pregunté—. ¿Por qué le ha puesto ese nombre? ¿Conocemos a alguien que se llame Lucas?

Mi madre abrió el frigorífico y sacó un refresco dietético.

—Tu primo Porky... Bueno, creo que se llama Lucas. Pero Tara no lo conoce.

—¿Tengo un primo al que llaman Porky?

—Primo segundo, no carnal. Es uno de los hijos de Big Boy.

Uno más del millar de familiares con quienes no teníamos contacto alguno. Demasiadas personalidades explosivas y demasiados trastornos de personalidad como para estar todos en una misma habitación. Éramos el catálogo en carne y hueso de la cuarta edición del *Manual diagnóstico y estadístico de los trastornos mentales,* el libro de cabecera de los médicos en cuanto a enfermedades mentales. Clavé de nuevo la vista en el certificado y dije:

—Lo tuvo en el Women's Hospital. ¿Sabes quién la acompañó? ¿No te ha contado nada del parto?

27

—Tu prima Liza estuvo con ella —fue la seca respuesta de mi madre—. Tendrás que llamarla para que te cuente los detalles. A mí no me suelta prenda.

—Lo haré. Yo... —Meneé la cabeza, pasmada—. ¿Qué le pasa a Tara? ¿Te pareció deprimida? ¿Te pareció asustada? ¿Enferma?

Mi madre se sirvió el refresco en un vaso con hielo y observó cómo la espuma rosada subía hasta el borde.

—Estaba gorda. Y parecía cansada. Sólo me fijé en eso.

—Tal vez sea una depresión posparto. A lo mejor necesita antidepresivos.

Mi madre se echó un chorrito de vodka en el refresco.

—Da lo mismo la clase de pastillas que le des. Nunca querrá al niño. —Tras darle un sorbo al combinado, añadió—: Tiene la misma vena maternal que yo.

—¿Por qué tuviste hijos, mamá? —pregunté en voz baja.

—Era lo que hacían las mujeres cuando se casaban. Lo hice lo mejor que pude. Me sacrifiqué para daros la mejor infancia posible. Y ninguna de los dos parece acordarse de eso. Es una vergüenza lo desagradecidos que son los hijos. Sobre todo las hijas.

No tenía palabras para explicarle que me había costado la misma vida recordar los pocos momentos alegres de mi niñez. Que cada migaja de cariño maternal, un abrazo o un cuento antes de dormir, había sido un regalo celestial. Aunque el recuerdo más claro de mi infancia, y de la de Tara, era la sensación de vivir sobre una alfombra que nos quitaban de los pies con un tirón cuando menos lo esperábamos. Su absoluta falta de instinto maternal (incluso del impulso genético que lleva a las hembras a proteger a sus crías) nos había dificultado a Tara y a mí entablar relación con los demás.

—Lo siento, mamá —conseguí decir con sinceridad. Aunque estaba casi segura de que mi madre no entendía el verdadero motivo de mi pesar.

Se escuchó un chillido agudo procedente del dormitorio. El sonido me espantó. El bebé necesitaba algo.

—Es hora del biberón —dijo mi madre, que se acercó al frigorífico—. Lo calentaré. Tú ve a por él, Ella.

Otro alarido, más agudo todavía. Me dio una dentera terrible, como si acabaran de arañar una pizarra. Corrí al dormitorio y vi a la figurita en mitad de la cama, retorciéndose como una cría de foca. Se me aceleró tanto el corazón que no pude sentir ningún silencio entre latido y latido.

Me incliné sobre la cama y extendí las manos poco a poco, no muy segura de cómo cogerlo en brazos. No se me daban bien los niños. Nunca había querido coger a los hijos de mis amigas, porque nunca me habían llamado la atención. Deslicé las manos por debajo de su cuerpecito. Y también bajo la cabeza. Sabía que había que sujetarles la cabeza y el cuello. Conseguí llevarme ese cuerpecito, frágil y sólido al mismo tiempo, hasta el pecho y dejó de llorar. Sin embargo, me miró con los ojos entrecerrados, a lo Clint Eastwood, y volvió a berrear. Estaba tan desprotegido, tan indefenso... Sólo se me pasó un pensamiento coherente por la cabeza mientras regresaba a la cocina, y era que a nadie de la familia, ni siquiera a mí, deberían confiarnos a uno de ésos.

Me senté de nuevo y cambié de postura a Lucas con torpeza al tiempo que mi madre me daba el biberón. Le coloqué con mucho cuidado la tetina de silicona (que no se parecía en nada a un pezón de verdad) en los diminutos labios. Se puso a chupar y se quedó en silencio, concentrado en su toma. No supe que había contenido el aliento hasta que suspiré aliviada.

—Puedes quedarte esta noche —dijo mi madre—. Pero tienes que irte por la mañana, con él. Estoy demasiado ocupada para lidiar con esto.

Apreté los dientes para no soltar una retahíla de protestas: «No es justo», «No es culpa mía», «Yo también estoy muy ocupada», «Tengo una vida que no puedo dejar en suspenso»... Sin embargo, lo que me hizo morderme la lengua, además de saber que mi madre no me escucharía, fue el hecho de que quien saldría peor parado de todo ese asunto era el único que no podía defenderse solo. Lucas era una patata caliente, condenada a ir de mano en mano hasta que a alguien lo obligaran a quedarse con él.

Y en ese preciso instante se me ocurrió algo: ¿qué pasaba si el padre era un drogadicto o un criminal? ¿Con cuántos tíos se había acostado Tara? ¿Tendría que buscarlos uno a uno y obligarlos a que se hicieran las pruebas de paternidad? ¿Y si alguno se negaba a ello? ¿Tendría que contratar a un abogado?

¡Dios, menudo follón me esperaba!

Mi madre me enseñó a hacerlo eructar y a cambiarle el pañal. Su habilidad me sorprendió, sobre todo porque nunca le habían gustado los bebés y porque había pasado muchísimo tiempo desde la última vez que se vio en ésas. Intenté imaginármela como madre primeriza, atendiendo con paciencia las interminables tareas que conllevaban el cuidado de un niño pequeño. Era incapaz de creer que hubiera disfrutado del proceso. Mi madre, con un bebé por toda compañía, una criatura exigente, ruidosa e incapaz de hablar... No, imposible imaginármelo.

Saqué las maletas del coche, me puse el pijama y me fui con el bebé a la habitación de invitados.

—¿Dónde va a dormir? —le pregunté, sin saber qué había que hacer cuando no se tenía una cuna a mano.

—Déjalo en la cama a tu lado —sugirió mi madre.

—Pero podría aplastarlo. O podría tirarlo de la cama sin querer.

—Pues ponle unas mantas en el suelo.

—Pero...

—Me voy a la cama —dijo mi madre sin más antes de salir del dormitorio—. Estoy agotada. He tenido que cuidar a ese niño todo el santo día.

Mientras Lucas esperaba en su sillita de plástico, hice una cama improvisada en el suelo para los dos. Enrollé una manta para que sirviera de barrera entre ambos. Después de dejar a Lucas en su lado, me senté en el suelo y abrí el móvil para llamar a mi prima Liza.

—¿Estás con Tara? —me preguntó Liza nada más identificarme.

—Esperaba que estuviera contigo.

—No, la he llamado un millón de veces, pero no me coge el teléfono.

Aunque Liza era de mi edad y siempre me había caído bien, nunca habíamos tenido muchas cosas en común. Como la mayoría de las mujeres de mi familia materna, Liza era rubia y tenía unas piernas interminables, además de poseer un afán insaciable de atención masculina. Con su rostro alargado y su sonrisa un tanto caballuna, no era tan guapa como Tara, pero tenía ese toque que resultaba irresistible para los hombres. Si se entraba con ella en un restaurante, era normal que los hombres se giraran en la silla para admirarla.

A lo largo de los años, Liza había conseguido colarse en las altas esferas de la sociedad. Salía con los ricachones de Houston y sus amigos, se había convertido en una especie de seguidora incondicional de los *playboys* o, hablando en plata, en la puta del famoseo local. Estaba segurísima de que, si mi hermana había estado viviendo con Liza, habría aceptado de buena gana los despojos de mi prima.

Hablamos un par de minutos y Liza me comentó que sabía de un par de sitios a los que Tara podría haber ido. Me dijo que haría unas cuantas llamadas. Estaba segura de que Tara se encontraba bien. No le pareció que estuviera deprimida ni que hubiera perdido la cabeza. Sólo confusa.

—Tara no se decidía en cuanto al bebé —me dijo—. No estaba segura de que quisiera quedárselo. Ha cambiado de opinión tantas veces estos últimos meses, que me cansé de intentar adivinar lo que iba a hacer.

—¿Fue a un terapeuta?

—No creo.

—¿Qué me dices del padre? —quise saber—. ¿Quién es?

Se produjo una larga pausa.

—No creo que Tara esté segura del todo.

—Pero alguna idea tendrá, ¿no?

—Bueno, sí, pero... ya conoces a Tara. No es muy organizada que digamos.

—¿Hasta qué punto tienes que ser organizada para saber con quién te estás acostando?

—Bueno, las dos estuvimos dando tumbos un tiempecillo... y no es fácil recordar las fechas exactas, que lo sepas. Supongo que podría hacerte una lista de todos los tíos con los que salió.

—Gracias. ¿Quién es nuestra primera opción? ¿Quién te dijo Tara que era el más probable?

Otra pausa larga.

—Según ella, Jack Travis.

—¿Quién es?

Liza soltó una carcajada incrédula.

—¿No te dice nada ese nombre, Ella?

Puse los ojos como platos.

—¿Te refieres a esos Travis?

—De los tres hermanos, es el mediano.

El cabeza de esa ilustre familia de Houston era Churchill Travis, un inversor y analista financiero multimillonario. Su nombre figuraba en las agendas de periodistas, políticos y famosos. Lo había visto en la CNN en más de una ocasión, y también en todas las revistas y los periódicos de Tejas. Habitaba, junto con sus hijos, en un pequeño mundo de personas influyentes que rara vez asumían las consecuencias de sus actos. Estaban por encima de la economía, por encima de las amenazas de cualquier hombre o gobierno, por encima de la responsabilidad. Eran una raza en sí mismos.

Cualquier hijo de Churchill Travis tenía que ser un capullo privilegiado y consentido.

—Genial —susurré—. ¿Debo suponer que fue un rollo de una noche?

—No hace falta que lo digas como si nos estuvieras juzgando, Ella.

—Liza, no se me ocurre ninguna forma de hacer esa pregunta sin que parezca que os estoy juzgando.

—Fue un rollo de una noche —respondió mi prima sin más.

—Así que esto lo pillará por sorpresa —murmuré—. O no. A lo mejor le pasa todos los días. Bebés por sorpresa que le brotan como hongos.

—Jack sale con muchas mujeres —admitió Liza.

—¿Tú has sido una de ellas?

—Nos movemos en los mismos círculos. Soy amiga de Heidi Donovan, que sale con él de vez en cuando.

—¿A qué se dedica? Además de esperar a que su papaíto estire la pata, claro.

—No, no, Jack no es así —protestó Liza—. Tiene su propia empresa... algo del sector inmobiliario... La oficina está en el 1800 de Main Street. ¿Conoces el edificio de cristal que hay en el centro, ese con la cúpula tan rara?

—Sí, sé dónde está. —Me encantaba ese edificio, construido todo de cristal con toques de art déco y rematado en punta, como si fuera una pirámide—. ¿Podrías conseguirme su teléfono?

—Podría intentarlo.

—Y mientras lo haces, ¿te pondrás con esa lista?

—Vale. Pero no creo que a Tara le haga mucha gracia.

—Y yo no creo que a Tara le hagan gracia muchas cosas ahora mismo —repliqué—. Ayúdame a encontrarla, Liza. Tengo que asegurarme de que está bien y averiguar qué puedo hacer por ella. También quiero descubrir quién es el padre y llegar a un acuerdo para proteger a este pobre bebé abandonado.

—No lo ha abandonado —protestó mi prima—. No abandonas un bebé si sabes dónde lo has dejado.

Sopesé la idea de explicarle los fallos de su lógica, pero sabía muy bien que era una pérdida de tiempo.

—Ponte con esa lista, Liza. Si resulta que Jack Travis no es el padre, tendré que obligar a todos los hombres que se acostaron con Liza a hacerse una prueba de paternidad.

—¿Para qué buscarse líos, Ella? ¿No puedes cuidar del bebé sin más como te ha pedido?

—Yo... —Me quedé sin palabras un segundo—. Tengo una vida, Liza. Y un trabajo. Tengo un novio que no quiere niños. No, no puedo comprometerme a ser la niñera gratis de Tara por tiempo indefinido.

—Sólo lo preguntaba —se defendió Liza—. Que sepas que a algunos hombres les gustan los bebés. Y no creo que interfiera tanto en tu trabajo... Sólo tienes que escribir a máquina, ¿no?

Tuve que reprimir una carcajada.

—Es muchísimo más que escribir a máquina, Liza. Pero es cierto que tengo que pensar mejor las cosas.

Seguimos hablando un rato, sobre Jack Travis principalmente. Al parecer, era un hombre al que le gustaba cazar y pescar, que conducía demasiado deprisa y que vivía la vida al límite. Las mujeres hacían cola desde Houston hasta Amarillo con la esperanza de convertirse en su siguiente novia. Y a juzgar por lo que Heidi le había contado a Liza, Jack Travis era capaz de hacer cualquier cosa en la cama y contaba con una resistencia inhumana. De hecho...

—Demasiada información —le dije a Liza llegadas a ese punto.

—Vale, pero deja que te comente una última cosa: Heidi me contó que una noche Jack se quitó la corbata y la usó para...

—Te he dicho que es demasiada información —insistí.

—¿No te pica la curiosidad?

—No. Mi columna recibe toda clase de cartas y correos electrónicos sobre los asuntos de cama. Ya nada me sorprende. Pero preferiría no saber nada de la vida sexual de Travis si voy a tener que mirarlo a la cara y pedirle que se haga una prueba de paternidad.

—Si Jack es el padre —replicó Liza—, asumirá las consecuencias. Es un tío responsable.

No me lo tragaba.

—Los hombres responsables no tienen rollos de una noche y dejan embarazadas a las mujeres.

—Te gustará... —me aseguró mi prima—. A todas nos gusta.

—Liza, nunca me ha caído bien ese tipo de tíos.

Después de colgar el teléfono, clavé la vista en el bebé. Sus ojos eran como dos botones azules y estaba haciendo un adorable puchero, como si estuviera preocupado. Me pregunté qué opinión tendría de la vida tras su primera semana en el mundo. Un montón de idas y venidas, de viajes en coche, de caras diferentes, de voces distintas... Seguramente quería ver la cara de su madre, quería escuchar la voz de su madre. A su edad, un poco de estabilidad no era mucho pedir. Le coloqué la mano en la cabecita y acaricié esa suave pelusilla negra.

—Una llamada más —le dije antes de abrir de nuevo el móvil.

Dane contestó al segundo tono.

—¿Cómo va la operación de rescate?

—He rescatado al bebé. Pero ahora me gustaría que alguien me rescatase a mí.

—Miss Independiente nunca necesita que la rescaten.

Sentí cómo esbozaba una sonrisa auténtica, y fue como si el hielo invernal se empezara a derretir.

—Claro, se me había olvidado.

Le conté todo lo que había sucedido hasta el momento, y también la posibilidad de que Jack Travis fuera el padre.

—Yo contemplaría esa opción con una buena dosis de escepticismo —comentó Dane—. Si Travis es el donante de esperma, ¿no crees que Tara ya habría acudido a él? Por lo que sé de tu hermana, quedarse preñada del hijo de un multimillonario es el mayor logro de toda la Historia de la Humanidad.

—Mi hermana siempre ha funcionado con una lógica totalmente distinta a la nuestra. No tengo ni idea de por qué se está comportando de esta manera. La cosa es que, cuando la encuentre, tampoco tengo muy claro que sea capaz de cuidar de Lucas. Cuando éramos pequeñas, ni siquiera era capaz de mantener con vida un pececillo.

—Tengo contactos —dijo Dane en voz baja—. Conozco a gente que podría buscarle una buena familia.

—No sé... —Miré al bebé, que había cerrado los ojos. No tenía claro que pudiera vivir conmigo misma si se lo daba a unos desconocidos—. Tengo que averiguar qué es lo mejor para él. Alguien tiene que darle prioridad a sus necesidades. No pidió nacer.

—Que duermas bien. Encontrarás la respuesta que buscas, Ella. Como siempre.

3

La inexperiencia de Dane acerca de todo lo relacionado con los bebés quedó patente cuando me deseó, y sin ironía ninguna, que pasara una buena noche. Mi sobrino era un trastorno del sueño con patas. Ésa fue, sin lugar a dudas, la peor noche de mi vida y estuvo plagada de sobresaltos, llantos, preparación de biberones, tetinas, eructos y cambios de pañales. Y después, tras cinco minutos escasos de descanso, todo volvía a empezar. Me resultaba incomprensible que alguien pudiera aguantar varios meses así. Una simple noche me había dejado hecha polvo.

Por la mañana, me di una ducha con el agua casi hirviendo, ya que tenía la esperanza de que eso ayudara a relajar mis doloridos músculos. Mientras deseaba haber llevado conmigo otra ropa más elegante, me puse la única que había metido en la maleta: vaqueros, camisa blanca ajustada y zapatos planos de piel. Me cepillé el pelo hasta que estuvo liso y desenredado, y contemplé mi cara ojerosa y blanca como la leche. Tenía los ojos tan irritados y secos que ni siquiera me molesté en ponerme las lentes de contacto. Me decidí por las gafas, con su discreta montura metálica de forma rectangular.

Mi humor no mejoró mucho cuando llegué a la cocina, llevando a Lucas en la silla portabebés, y vi a mi madre sentada a la mesa. Llevaba las manos cargaditas de anillos, y el pelo, peinado y con laca. Los pantalones cortos dejaban sus piernas delgadas y morenas a la vista, al igual que hacían las sandalias de cuña con los dedos de sus pies, en uno de los cuales brillaba un anillo.

Dejé la sillita de Lucas en el suelo, al otro lado de la mesa, lejos de mi madre.

—¿No tiene más ropa? —le pregunté—. El pelele está bastante sucio.

Mi madre negó con la cabeza.

—Hay un outlet en esta misma calle. Seguro que encuentras ropa de bebé. Además, necesitarás un paquete grande de pañales. Con esta edad, los gastan enseguida.

—No me digas... —repliqué, muerta de cansancio, mientras iba a por la cafetera.

—¿Hablaste anoche con Liza?

—Ajá.

—¿Qué te dijo?

—Que cree que Tara está bien. Va a llamar a unas cuantas personas hoy para intentar localizarla.

—¿Y del padre del niño?

Ya había decidido no decirle nada sobre la posible paternidad de Jack Travis. Si había algo que garantizara el interés y la indeseada implicación de mi madre en el tema, era la mención del nombre de un millonario.

—De momento, nada —contesté sin más.

—¿Adónde vas a ir hoy?

—Pues parece que necesito un hotel. —No lo dije en tono recriminatorio. Ni falta que hacía.

El delgado cuerpo de mi madre se tensó en la silla.

—El hombre con el que estoy ahora mismo no puede enterarse de esto.

—¿De qué, de que eres abuela? —Sentí un retorcido placer al ver su respingo por el uso de la palabra—. ¿O de que Tara no estaba casada cuando tuvo al niño?

—De ninguna de las dos cosas. Es más joven que yo. Y, además, chapado a la antigua. No entendería que con dos hijas rebeldes se puede hacer bien poco.

—Mamá, Tara y yo dejamos de ser niñas hace ya un tiempo.

Bebí un sorbo de café solo y el asco que me provocó el amargo sabor me produjo un escalofrío. Desde que vivía con Dane, me había acostumbrado a regañadientes a tomarme el café con leche de soja.

«¡Qué narices!», pensé al tiempo que cogía el cartón de leche entera de la encimera para echarle un generoso chorreón.

Mi madre torció el gesto y apretó con fuerza los labios, que llevaba muy pintados.

—Siempre has sido una sabelotodo. En fin, estás a punto de descubrir que hay un montón de cosas que ignoras.

—La verdad —murmuré—, soy la primera en admitir que todo esto me supera. No he tenido nada que ver en esto y no es mi hijo.

—Pues entrégaselo a los Servicios Sociales. —Comenzaba a ponerse nerviosa—. Si le pasa algo, será responsabilidad tuya, no mía. Si no puedes ocuparte de él, ya sabes lo que tienes que hacer.

—Sí que puedo encargarme de él —le aseguré en voz baja—. No pasa nada, mamá. Yo lo cuidaré. Puedes quedarte tranquila.

Mis palabras la apaciguaron de la misma forma que lo lograría una piruleta con una niña.

—Tendrás que aprender como yo aprendí —dijo al cabo de un momento mientras se inclinaba para colocarse bien el anillo del dedo del pie, antes de añadir con un marcado deje satisfecho—: A base de sufrimientos.

Cuando salí de casa de mi madre con Lucas en dirección al outlet, el calor era ya insoportable. Recorrí los pasillos de la tienda acompañada por los berridos de mi sobrino, que no paraba de removerse inquieto en la destrozada funda de espuma que cubría la sillita. Se tranquilizó cuando volvimos a salir a la calle gracias al traqueteo de las ruedas sobre el irregular pavimento del aparcamiento.

El exterior era como un horno, mientras que en las tiendas el aire acondicionado estaba a temperatura glacial. A medida que uno entraba y salía de los establecimientos, acababa con una capa de sudor pegajoso sobre la piel. Lucas y yo parecíamos un par de salmonetes a la plancha.

Y así, con esas pintas, era como iba a conocer a Jack Travis.

Llamé a Liza con la esperanza de que hubiera conseguido su número de teléfono.

—Heidi no ha querido dármelo —me dijo mi prima con voz enfurruñada—. Ella y sus inseguridades... Seguro que piensa que voy a tirarle los tejos. He tenido que morderme la lengua para no decirle que he tenido cientos de oportunidades de hacerlo y no las he aprovechado porque somos amigas. Como si Jack Travis no fuera por ahí dejándose querer...

—Me extraña que el pobre hombre descanse.

—Jack admite sin tapujos que es incapaz de comprometerse con una sola mujer, así que nadie espera que lo haga. Pero como Heidi lleva un tiempo saliendo con él, creo que está convencida de que es capaz de sacarle un anillo de compromiso.

—De la chistera, vamos —añadí con guasa—. En fin, que tenga suerte. Pero, mientras tanto, ¿cómo consigo ponerme en contacto con él?

—No lo sé, Ella. Aparte de entrar a saco en su oficina y exigir una cita, no se me ocurre nada más.

—Menos mal que lo mío es entrar a saco en los sitios.

—Yo que tú tendría cuidado —me advirtió mi prima con seriedad—. Jack es buena gente, pero no le gusta que lo atosiguen.

—Normal —repliqué mientras los nervios me provocaban un espasmo en el estómago.

El tráfico en Houston se guiaba por unas reglas misteriosas. Sólo se podía sortear con grandes dosis de experiencia y práctica. Como no podía ser de otra forma, Lucas y yo acabamos en un atasco que convirtió un trayecto de un cuarto de hora en uno de cuarenta y cinco minutos.

Cuando por fin llegamos al artístico y deslumbrante edificio situado en el número 1800 de Main Street, Lucas estaba berreando y el coche apestaba de forma horrorosa, demostrando de esa forma que un bebé era capaz de hacerse caca en el peor momento posible y en el lugar más inconveniente.

Continué hasta el aparcamiento subterráneo, descubrí que la mitad del mismo, la parte que correspondía a los clientes, estaba lleno, y tuve que dar media vuelta. Un poco más abajo, en la misma calle, vi un aparcamiento público. En cuanto aparqué en uno de los espacios vacíos, me dispuse con éxito a cambiarle el pañal a Lucas en el asiento trasero del Prius.

La sillita portabebés parecía pesar una tonelada mientras caminaba en dirección al edificio. En cuanto entré en el lujoso vestíbulo, noté el asalto del aire acondicionado. A mi alrededor todo era mármol, acero inoxidable y madera barnizada. Tras echarle un vistazo al panel acristalado donde se detallaba la ubicación de las oficinas, caminé con paso rápido hacia el mostrador de recepción. Tenía muy claro que era imposible que dejaran pasar hasta los ascensores a una desconocida sin cita concertada y sin contactos.

—Señora... —Me llamó uno de los hombres situados tras el mostrador, al tiempo que me hacía una señal para que me acercara.

—Van a bajar a por nosotros —lo interrumpí con voz alegre. Metí la mano en el bolso que llevaba al hombro y saqué la bolsa de plástico que contenía el pañal sucio—. Hemos tenido una emergencia, ¿hay algún baño cerca?

El hombre, que se quedó blanco nada más ver el abultado pañal, me indicó rápidamente la dirección del cuarto de baño, situado al otro lado de los ascensores.

Dejé atrás el mostrador de recepción y cargué con la sillita hasta colocarme en el centro de las dos hileras de ascensores. En cuanto vi que se abría una puerta, me colé en el interior junto con otras cuatro personas.

—¿Qué tiempo tiene la niña? —me preguntó una sonriente mujer vestida con traje negro.

—Es un niño —la corregí—. Tiene una semana.

—Pues está usted estupenda, la verdad.

Se me pasó por la cabeza la idea de decirle que no era la madre, pero eso habría llevado a otra pregunta y no tenía ganas de explicarle a la gente las circunstancias en las que estábamos metidos Lucas y yo. Así que me limité a sonreír y a replicar:

—Sí, gracias, estamos fenomenal.

Me pasé varios segundos preguntándome con preocupación si Tara estaría bien, si se habría recuperado bien del parto. Cuando llegamos a la planta once, saqué a Lucas del ascensor y nos dirigimos hacia las oficinas de Travis Management Solutions.

Entramos en una zona decorada con tonos neutros, que transmitían una sensación de serenidad, y amueblada con sillones tapizados de estilo vanguardista. Dejé la sillita de Lucas en el suelo, me froté el dolorido brazo y me acerqué a la recepcionista... que no dejaba de observarme con una expresión educada. El delineador negro que llevaba en el párpado superior de los ojos se extendía hasta formar dos generosos rabillos que se asemejaban a la marca de aprobación de un control de calidad. «Ojo derecho: correcto; ojo izquierdo: correcto.» Le sonreí con la esperanza de parecer una mujer de mundo.

—Sé que esto es inesperado —dije al tiempo que me subía las gafas por la nariz, ya que se me habían bajado—, pero necesito ver al señor Travis por un motivo urgente. No tengo cita. Sólo tardaré cinco minutos. Me llamo Ella Varner.

—¿Conoce usted al señor Travis?

—No. Soy amiga de una amiga.

Su expresión permaneció inalterable. En cierto modo, casi esperaba que pulsara algún botón situado bajo el escritorio para llamar a seguridad. Estaba convencida de que, antes de que me diera cuenta, aparecería un grupo de hombres con uniforme de poliéster beis para sacarme a la fuerza.

—¿Para qué quiere ver al señor Travis? —me preguntó la recepcionista.

—Estoy segura de que él preferirá ser el primero en conocer el motivo.

—El señor Travis está en una reunión.

—Lo esperaré.

—La reunión es larga —señaló.

—No importa. Hablaré con él cuando se tome un descanso.

—Tendrá que concertar una cita y volver entonces.

—¿Cuándo podría verlo?

—Tiene la agenda completa para las próximas tres semanas. Es posible que pueda encontrarle un hueco para final de mes...

—¡Esto no puede esperar ni para el final del día de hoy! —insistí—. Mire, sólo necesito cinco minutos. He venido desde Austin. Por un asunto urgente que el señor Travis necesita saber... —Guardé silencio al ver que a la mujer le daba exactamente igual lo que yo dijera.

Me había tomado por una loca.

Yo también comenzaba a pensar que lo estaba.

Lucas comenzó a llorar en ese momento, a mi espalda.

—¡Tranquilícelo ahora mismo! —se apresuró a exclamar la recepcionista.

Me acerqué a él, lo cogí y saqué un biberón frío del bolsillo lateral del bolso de los pañales. Como no había forma de calentarlo, le metí la tetina en la boca.

Sin embargo, a mi sobrino no le gustaba tomarse el biberón frío. Apartó la boca de la tetina de plástico y se echó a llorar.

—Señora Varner... —dijo la recepcionista con evidente nerviosismo.

—La leche está fría. —Le lancé una sonrisa de disculpa—. Antes de que nos eche de aquí, ¿le importaría calentarla? ¿Podría meter el biberón en una taza de agua caliente un minuto? Por favor...

La mujer soltó un suspiro breve y exasperado.

—Démelo. Lo llevaré a la máquina de café.

—Gracias —le dije con una sonrisa conciliadora, que ella pasó por alto totalmente.

Comencé a pasearme por la zona de recepción meciendo a Lucas, canturreando y haciendo cualquier cosa que se me ocurría para calmarlo.

—Lucas, no puedo llevarte a ningún lado. Siempre montas un pollo. Y nunca me haces caso. Creo que deberíamos empezar a relacionarnos con otras personas.

Consciente de que se acercaba alguien por uno de los pasillos que se internaban hacia las oficinas, me giré agradecida. Pensé que era la recepcionista que volvía con el biberón. Sin embargo, eran tres hombres vestidos con los que parecían tres carísimos trajes oscuros. Uno de ellos era rubio y delgado, otro bajo y un poco rechoncho, y el tercero era el tío más increíble que había visto en la vida.

Alto y con un cuerpazo musculoso y muy masculino, de ojos oscuros y pelo negro, que llevaba cortado con estilo. Su porte (la seguridad de sus movimientos y la postura relajada de sus hombros) ponía de manifiesto que estaba acostumbrado a tener el control. Cuando dejó la conversación que estaba manteniendo y me miró alarmado, me quedé sin aliento. Noté que me ponía colorada y que se me aceleraba el pulso de repente, como si tuviera el corazón en la garganta.

Una mirada bastó para que supiera sin ningún género de duda quién era ese hombre y lo que era. El típico macho alfa que unos cinco millones de años antes había acicateado la evolución de la raza humana cepillándose a toda hembra que se le pusiera por delante. Conquistaban, seducían y se comportaban como auténticos cabrones, aunque las mujeres parecían ser biológicamente incapaces de resistirse a la magia de su ADN.

Sin dejar de mirarme, dijo con una voz que me puso la piel de gallina:

—Ya decía yo que me había parecido oír a un bebé.

—¿Señor Travis? —pregunté con brusquedad al tiempo que meneaba a mi lloroso sobrino.

Él asintió brevemente con la cabeza.

—Tenía la esperanza de poder verlo en un descanso de su reunión. Me llamo Ella. He venido desde Austin. Ella Varner. Necesito hablar un momento con usted.

La recepcionista apareció por otro pasillo con el biberón en la mano.

—¡Ay, Dios! —murmuró al tiempo que se acercaba a la carrera—. Señor Travis, lo siento mucho...

—No pasa nada —la tranquilizó él, que le indicó con un gesto que me diera el biberón.

Lo cogí, me eché unas gotas de leche en la muñeca para comprobar la temperatura tal como mi madre me había dicho que hiciera y le metí la tetina a Lucas en la boca. Mi sobrino gruñó satisfecho y se sumió en la ajetreada tarea de la succión.

Alcé la vista para mirar a Travis a los ojos, que eran oscuros y brillantes como la melaza, y le pregunté:

—¿Puedo hablar con usted un momento?

Travis se lo pensó mientras me observaba con detenimiento. De repente, reparé en las contradicciones que percibía en él. La ropa cara, su fantástica apariencia física, la sensación de que bajo esa sofisticación había cierta falta de refinamiento... La innegable masculinidad que exudaba sugería que o le entrabas con buen pie o ya podías salir echando leches.

No pude evitar compararlo con Dane y su atractivo, su pelo rubio y su barba de dos días. El atractivo de Dane siempre me había resultado cercano y relajante. No había nada relajante en Jack Travis. Salvo esa voz tan ronca y rica que parecía jarabe de arce.

—Depende —me contestó sin más—. ¿Va a intentar venderme algo? —Hablaba con un marcado acento tejano.

—No, es un tema personal.

La respuesta pareció hacerle gracia, a juzgar por el rictus de sus labios.

45

—Normalmente suelo dejar los temas personales para después del trabajo.

—No puedo esperar tanto. —Respiré profundamente antes de añadir con osadía—: Y le advierto que, como no me atienda ahora, tendrá que hacerlo más tarde. Soy muy perseverante.

El asomo de una sonrisa apareció en sus labios cuando se giró hacia sus dos acompañantes.

—¿Os importaría esperarme en el bar de la séptima planta?

—Encantados —contestó uno de los hombres con acento británico—. Nos encanta esperar en los bares. ¿Te pido algo, Travis?

—Sí, supongo que esto no me llevará mucho. Una cerveza Dos Equis. Con media rodaja de limón. Sin vaso.

Cuando los hombres se marcharon, Jack Travis se giró hacia mí. A pesar de no ser una mujer bajita, su altura me hizo sentir como si lo fuera.

—En mi despacho. —Me hizo un gesto para que lo precediera—. La última puerta a la derecha.

Con Lucas en brazos, caminé hasta el despacho, una estancia situada en una esquina del edificio. A través de los enormes ventanales se disfrutaba de una magnífica vista de la ciudad, cuyos rascacielos brillaban por el reflejo del sol en los cristales. Al contrario que la sencilla zona de recepción, el despacho estaba cómodamente amueblado con mullidos sillones de cuero, montones de libros y archivadores, y fotografías familiares en marcos negros.

Tras indicarme una silla para que me sentara, Travis se apoyó en su escritorio, frente a mí. Tenía unas facciones muy definidas: nariz recta y grande, mentón cuadrado y tan preciso que parecía cortado a cuchilla.

—Vamos a abreviar el tema, Ella de Austin —dijo—. Estoy a punto de cerrar un trato y no me gustaría que esos tíos tuvieran que esperarme demasiado.

—¿Va a encargarse de alguna de sus propiedades?

—De una cadena de hoteles. —Su mirada se posó en Lucas—. Debería inclinar más el biberón. La niña está tragando aire.

Fruncí el ceño e incliné más el biberón.

—Es un niño. ¿Por qué todo el mundo lo toma por una niña?

—Porque lleva calcetines de Hello Kitty —contestó con evidente desaprobación.

—Eran los únicos que había de su talla —señalé.

—No puede ponerle calcetines rosas a un niño.

—Sólo tiene una semana. ¿Ya tengo que preocuparme por los prejuicios sexistas?

—Está claro que es de Austin —soltó él con sequedad—. ¿En qué puedo ayudarla, Ella?

La tarea de explicárselo todo me pareció tan monumental que ni siquiera supe por dónde empezar.

—Para que no lo tome por sorpresa —dije con voz autoritaria—, la historia no va a gustarle un pelo.

—Estoy acostumbrado. Cuénteme.

—Mi hermana es Tara Varner. Salió con ella el año pasado. —Al ver que el nombre no le decía nada, añadí—: ¿Conoce a Liza Purcell? Es mi prima. Le presentó a Tara.

Travis hizo memoria.

—Recuerdo a Tara —dijo al fin—. Alta, rubia, toda piernas.

—Exacto. —Al darme cuenta de que Lucas había terminado de comer, metí el biberón en el bolso de los pañales y me lo apoyé sobre el hombro para que eructara—. Éste es el hijo de Tara. Lucas. Lo tuvo hace una semana, lo dejó con mi madre y se largó. Ya estamos intentando localizarla. Pero, además, yo estoy intentando asegurar el bienestar del niño de alguna manera.

Travis se quedó petrificado. La atmósfera del despacho se tornó hostil y gélida. Me di cuenta de que acababa de catalogarme como una amenaza, o tal vez como un incordio. En cualquier caso, frunció los labios con desprecio.

—Creo que ya sé a qué se refería con lo de que no iba a gustarme —dijo—. No es mío, Ella.

Me obligué a sostener esa crispante mirada oscura.

—Según Tara, sí lo es.

—El apellido Travis hace que muchas mujeres vean similitudes entre sus hijos sin padre y yo. Sin embargo, es imposible por dos motivos. Primero, porque nunca lo hago sin enfundar la pistola.

Pese a la seriedad de la conversación, la frase hizo que me entraran ganas de sonreír.

—¿Se refiere usted a un condón? Ese método anticonceptivo tiene un promedio de fallo del quince por ciento.

—Gracias, doctora. Pero sigo sin ser el padre.

—¿Cómo puede estar tan seguro?

—Porque no me acosté con Tara. La noche que salí con ella, su hermana bebió más de la cuenta. Y no tengo por costumbre acostarme con mujeres en esa condición.

—¿De verdad? —pregunté con escepticismo.

—De verdad —reiteró él en voz baja.

Lucas eructó y se acomodó en mi hombro como si fuera un saco de patatas.

Recordé lo que Liza me había contado sobre la ajetreadísima vida amorosa de Jack, sobre sus legendarias conquistas, y no pude evitar sonreír con cinismo.

—¿Porque es un hombre de rectos principios? —le pregunté con retintín.

—No, señora. Porque prefiero que la mujer en cuestión participe.

En ese momento, no pude contenerme y me lo imaginé con una mujer participando exactamente del modo que él exigía, así que acabé sintiendo un incómodo rubor en las mejillas. La cosa empeoró cuando lo vi observarme con interés, como si yo fuera una delincuente de tres al cuarto a quien acababa de pescar con las manos en la masa.

Eso me animó a no dar el brazo a torcer.

—¿Bebió usted algo la noche que salió con Tara?

—Probablemente.

—En ese caso, su buen juicio se vio afectado. Y puede que

también eso haya afectado su memoria. Es imposible que esté seguro de que no pasó nada. Y yo no tengo por qué creerlo.

Travis siguió mirándome en silencio. Me di cuenta de que se percataba hasta del más mínimo detalle: mis ojeras, la mancha de leche reseca que tenía en el hombro, mi mano en la cabeza de Lucas, que había colocado allí de forma instintiva.

—Ella —me dijo en voz baja—, es imposible que yo sea el único a quien se ha acercado para contarle esto.

—No —admití—. Si resulta que usted no es el padre, tendré que buscar a los demás candidatos y convencerlos de que se sometan a una prueba de paternidad. Sin embargo, le estoy ofreciendo la posibilidad de hacerlo ahora, de forma rápida y sin publicidad. Hágase la prueba y, si tiene razón, quedará descartado.

Travis me miró como si yo fuera una de esas lagartijas verdes que tanto abundaban en Tejas.

—Mis abogados podrían pasarse meses mareándote, guapa —me aseguró, olvidando las formalidades.

Le ofrecí una sonrisa burlona.

—Vamos, Jack —repliqué, tuteándolo—. No me niegues el placer de verte donar un poco de ADN. Creo que incluso pagaría por ello.

—Podría tomarte la palabra —replicó—, siempre y cuando el procedimiento no se limitara a tomar una muestra de saliva con un bastoncillo.

Esos ojos del mismo color que el café tostado me miraron de tal forma que sentí una poderosa y desconocida sensación descendiendo por la espalda.

Jack Travis era un donjuán irresistible y no tenía la menor duda de que mi hermana le habría dado todo lo que él le hubiera pedido. Y me daba exactamente igual que Travis hubiera enfundado el arma, que le hubiera puesto doble capa o que le hubiera hecho un nudo en el cañón. Seguro que era capaz de dejar a una mujer embarazada sólo con guiñarle un ojo.

—Ella, si me permites... —Y, en ese momento, me dejó pasmada al quitarme las gafas con mucho cuidado. Lo miré, aunque lo único que vi fue su borrosa presencia, y me percaté de que estaba limpiando los cristales con un pañuelo de papel—. Ya está —murmuró mientras volvía a ponérmelas con suavidad.

—Gracias —alcancé a susurrar, al tiempo que reparaba, por fin, en todos y cada uno de los detalles de su persona.

—¿En qué hotel estás alojada? —lo escuché preguntarme, y tuve que hacer un esfuerzo para redirigir el rumbo de mis pensamientos.

—Todavía no lo sé. Voy a buscar alguno en cuanto salga de aquí.

—No vas a encontrar nada. Se están celebrando dos congresos simultáneos en la ciudad y, a menos que tengas contactos, tendrás que conducir hasta Pearland para conseguir alojamiento.

—Pues no tengo contactos —admití.

—En ese caso, necesitas ayuda.

—Gracias, pero no puedo...

—Ella —me interrumpió con tono intransigente—, no tengo tiempo para andar discutiendo contigo. Luego podrás quejarte todo lo que quieras, pero ahora, cierra la boca y sígueme. —Se puso en pie y extendió los brazos para que le diera a Lucas.

Un tanto sorprendida, aferré a mi sobrino con fuerza.

—No pasa nada —susurró Travis—. Yo lo cojo.

Esas manos tan grandes se deslizaron entre mi cuerpo y el niño, al que dejó sin dificultad en la sillita que descansaba en el suelo. La facilidad con la que manejaba a Lucas me sorprendió, de la misma forma que lo hizo la reacción que mi cuerpo demostraba a su cercanía. Su olor, fresco como la madera de cedro y la tierra mojada, hizo que mi cerebro comenzara a enviar señales placenteras. Reparé en su espesa barba, que ni el afeitado más apurado sería capaz de eliminar completamente, y en su abundante pelo negro, cortado de forma práctica y cómoda.

—Es evidente que tienes experiencia con bebés —dije

mientras cerraba la cremallera del bolso de los pañales con cierta dificultad.

—Tengo un sobrino. —Abrochó las correas de la sillita y la levantó con facilidad. Sin pedirme opinión, salió del despacho y se detuvo frente a una de las puertas del pasillo—. Helen —le dijo a una pelirroja que estaba sentada tras un escritorio repleto de carpetas—, te presento a la señorita Ella Varner. Necesito que le busques habitación en un hotel para un par de noches. Uno que no esté muy lejos de aquí.

—Sí, señor —dijo Helen, que me miró con una sonrisa neutra mientras cogía el teléfono.

—Pago yo —apostillé—. ¿Necesita el número de mi tarjeta de crédito o...?

—Luego nos ocupamos de los detalles —me interrumpió Travis, que me acompañó hasta la zona de recepción. Una vez allí, soltó la sillita de Lucas en el suelo y me indicó con un gesto que tomara asiento—. Espera aquí como una niña buena —murmuró— mientras Helen se encarga de todo.

«¿Como una niña buena?», me pregunté.

La arrogancia del comentario me dejó boquiabierta. Lo miré a los ojos al instante, pero cuando me di cuenta de que sabía que me iba a indignar, me mordí la lengua. Porque también sabía que no me encontraba en posición de sentirme ofendida.

Travis se sacó la cartera y me dio una tarjeta de visita.

—Mi número de móvil. Me pondré en contacto contigo esta noche.

—Entonces, ¿accedes a hacerte la prueba de paternidad? —le pregunté.

Travis me miró de reojo y reconocí el desafío en sus ojos.

—No sabía que tuviera otra opción —contestó antes de salir del despacho con pasos largos y firmes.

4

La habitación de hotel que Helen me había reservado era una lujosa suite con salón independiente y una cocina pequeña, con fregadero y microondas. Bastó un vistazo al hotel (un establecimiento de estilo europeo situado en Galleria) para comprender que iba a sobrepasar el límite de mi tarjeta de crédito en cuestión de horas. O tal vez de minutos.

Sin embargo, la suite era preciosa, el suelo tenía una moqueta estupenda y el cuarto de baño era todo de mármol y tenía un gran surtido de productos de belleza.

—¡Fiesta! —le dije a Lucas—. Vamos a arrasar el minibar.

Abrí la lata de leche en polvo que había sacado del coche, preparé varios biberones y los guardé en el diminuto frigorífico. Después, coloqué una toalla en el fondo del fregadero, lo llené de agua templada y bañé a Lucas.

Cuando estuvo limpio, alimentado y soñoliento, lo dejé en el centro de la gigantesca cama. Corrí las cortinas del ventanal y el cegador brillo del sol de la tarde quedó oculto tras una gruesa capa de suave brocado. Encantada con la tranquilidad y la frescura reinantes en la suite, me encaminé al baño para darme una ducha. Aunque antes me detuve para volver a echarle un vistazo al bebé. Lucas parecía muy solo y pequeño mientras parpadeaba con los ojos clavados en el techo como si estuviera echándole mucha paciencia al asunto. No me sentí capaz de dejarlo solo mientras seguía despierto. Mientras seguía esperando con semejante estoicismo lo que tuviera que pasarle a continuación. Así que me subí a la cama, me tumbé a su lado y comencé a acariciarle la suave pelusilla oscura de su cabeza.

Desde que convivía con Dane, había oído muchas cosas acerca de las injusticias que se cometían en el mundo, las habíamos discutido y las habíamos analizado. Sin embargo, en ese momento nada me parecía más injusto que ser un niño no deseado. Incliné la cabeza, presioné la mejilla contra esa piel suave y blanca, y le di un beso en la delicada curva de la cabeza. Lo vi cerrar los ojos y hacer un puchero como si fuera un viejo enfurruñado. Esas manitas que descansaban sobre su pecho parecían un par de diminutas estrellas de mar de color rosa. Toqué una de ellas con un dedo y, al instante, me agarró con una fuerza sorprendente.

Se quedó dormido aferrado a mi dedo. Ése era el momento más íntimo que había vivido con otro ser humano en la vida. Un dolor agridulce y desconocido se extendió por mi pecho, como si se me acabara de desgarrar el corazón.

Me eché una siestecita antes de darme una larga ducha, después de la cual me puse una camiseta gris de manga corta que me quedaba enorme y unos pantalones vaqueros cortados. Cuando volví a la cama, abrí el portátil y le eché un vistazo a mi correo electrónico. Tenía un mensaje de Liza.

querida ella, te mando una lista de los hombres con los que estoy segurísima de que tara ha salido, añadiré más cuando los recuerde, me siento fatal haciendo esto a sus espaldas porque estamos invadiendo su derecho a la intimidad...

—Y una mierda —murmuré en voz alta, convencida de que mi hermana había renunciado a su derecho a la intimidad en cuanto dejó a su hijo en casa de mi madre.

... creo que sé dónde puede estar tara, pero estoy esperando una llamada para confirmarlo, te lo diré mañana.

—Liza... —rezongué—, ¿nadie te ha enseñado qué tecla debes usar para poner las letras en mayúsculas?

Abrí el adjunto que contenía la lista de nombres y meneé la cabeza con un gruñido mientras me preguntaba cómo era posible que me hubiera llegado el archivo, dado su tamaño y también dadas las restricciones del servidor de correo sobre los adjuntos.

Lo cerré y lo guardé.

Antes de seguir revisando la bandeja de entrada, me fui a Google para realizar una búsqueda sobre Jack Travis, ya que sentía curiosidad por saber lo que podía encontrar.

La lista de resultados era larga y estaba llena de referencias a su padre, Churchill Travis, y a su hermano mayor, Gage.

Sin embargo, había unos cuantos enlaces interesantes relacionados con Jack. Uno de ellos era un artículo publicado en una revista de economía de tirada nacional que se titulaba:

UN HIJO TAMBIÉN ASCIENDE

Hasta hace pocos años, Jack Travis, el segundo hijo del multimillonario Churchill Travis, era famoso por sus andanzas en los clubes y en la vida nocturna de Houston, no por sus incursiones en el mundo de los negocios. Detalle que está a punto de cambiar, ya que Jack acaba de invertir su fortuna en una serie de proyectos empresariales, tanto públicos como privados, que prometen convertirlo en uno de los nombres relevantes en el mundo de las compañías promotoras de Tejas.

Aunque el negocio difiere del de su padre, Jack Travis ha demostrado que el refrán que reza «De tal palo, tal astilla» es cierto. Sin embargo, si se le pregunta por sus ambiciones, Travis asegura ser un hombre de negocios de segunda fila. No obstante, los hechos contradicen su aparente desidia y lo que algunos tildan de falsa modestia.

Anexo A: Travis Capital, una filial recién creada de Travis Management Solutions, acaba de adquirir, después de meses de negociaciones, Alligator Creek, un campo de golf de ciento veintiuna hectáreas en el sur de Florida, por una cantidad que no se ha hecho pública. La dirección del proyecto quedará en manos de otra filial con sede en Miami.

Anexo B: Travis Management Solutions es la encargada de la construcción de buena parte de los proyectos urbanísticos del centro de Houston, cuya superficie sería equivalente a diez manzanas en Manhattan. Entre ellos, edificios para oficinas, bloques de pisos, una zona verde y un multicine, los cuales serán administrados por una nueva rama de Travis Management Solutions...

El artículo continuaba detallando otros proyectos del estilo. Lo dejé para echarle otro vistazo a la lista de enlaces de la búsqueda y vi una hilera de fotos. Tras pinchar en una de ellas, se me abrieron los ojos como platos, ya que descubrí a un Jack sin camisa haciendo esquí acuático. Su cuerpo era atlético y poderoso, y su abdomen, una deliciosa tableta de chocolate. Descubrí otra en la que Jack estaba tumbando en una playa hawaiana junto a una actriz de televisión muy famosa. En otra, bailaba con la presentadora de un noticiario en una gala benéfica local.

—Lo tuyo es un no parar, Jack —murmuré.

Antes de que pudiera seguir mirando las fotos, me interrumpió el móvil. Busqué el bolso a la carrera y saqué el teléfono con la esperanza de que la música no despertase al bebé.

—¿Diga?

—¿Qué tal va la cosa? —me preguntó Dane.

Esa voz tan familiar me tranquilizó.

—Tengo una aventura con un yogurín —contesté—. Es un poco bajo para mí y tiene un problemilla de incontinencia, pero estamos empeñados en superarlo.

Dane rio entre dientes.

—¿Estás en casa de tu madre?

—¡Ja! Me echó a primera hora de la mañana. Pero Lucas y

yo estamos en un hotel de lujo. El señor Travis le ordenó a su secretaria que nos reservara habitación. Me parece que el precio por noche es más o menos el mismo que la letra mensual de mi coche. —Mientras seguía contándole todo lo que me había pasado durante el día, me serví una taza de café. No pude evitar sonreír para mis adentros cuando le añadí el contenido de un diminuto tetrabrick de leche entera—. Así que Travis ha accedido a hacerse la prueba de paternidad —concluí después de tomar un sorbo de café—. Y Liza está intentando localizar a Tara. Y yo me he pasado del plazo para entregar el artículo de esta semana, así que tendré que acabarlo esta noche.

—¿Crees que Travis miente cuando dice que no se acostó con Tara?

—No creo que sea una mentira premeditada. Creo que se equivoca. Porque está claro que cree que no se acostó con ella; de lo contrario, no se sometería voluntariamente a la prueba.

—En fin, si el niño es suyo, Tara habrá ganado el gordo de la lotería, ¿no crees?

—Supongo que lo verá de ese modo, sí. —Descubrí que estaba frunciendo el ceño—. Espero que no trate de usar a Lucas para sacarles dinero a los Travis cada vez que le dé la gana. El niño no merece que lo traten como si fuera una tarjeta de crédito. —Le eché un vistazo a la pequeña criatura que seguía durmiendo en la cama. Se retorcía y hacía pucheros mientras soñaba. En ese momento, me pregunté qué tipo de sueños se podían tener cuando sólo se contaba con una semana de vida. Me incliné sobre él con cuidado para arroparlo mejor con el arrullo—. Dane —dije en voz baja—, ¿recuerdas aquello que me contaste sobre el pato y la pelota de tenis? Cuando me dijiste que los patitos recién nacidos le toman afecto a lo primero que ven nada más salir del huevo...

—La impronta, sí.

—¿Me explicas cómo funciona?

—Después de que el pato salga del cascarón, hay un margen de tiempo durante el cual otro animal, o incluso un objeto inanimado, queda fijado en su sistema nervioso, de modo que crea un vínculo con él. En el estudio que leí, el experimento se hizo con un patito y una pelota de tenis.

—¿De qué margen de tiempo hablamos?

Dane contestó a caballo entre la risa y el recelo.

—¿Por qué? ¿Te da miedo ser la pelota de tenis?

—No lo sé. Es posible que la pelota de tenis sea Lucas.

Lo escuché soltar un taco en voz baja.

—Ella, no te encariñes con él.

—No lo haré —me apresuré a asegurarle—. Volveré a Austin tan pronto como sea posible. Sólo faltaba que me... —Alguien llamó a la puerta, interrumpiéndome—. Espera un momento —le dije a Dane antes de atravesar la suite descalza para abrir la puerta.

Y allí estaba Jack Travis, con el nudo de la corbata aflojado y el pelo alborotado sobre la frente. Me miró de arriba abajo, percatándose de que me había lavado la cara y de que tenía las piernas y los pies desnudos. Su mirada volvió despacio hasta mis ojos. Y sentí una punzada ardiente en el estómago.

Apreté el teléfono con fuerza.

—Es el servicio de habitaciones —le dije a Dane—. Luego te llamo.

—Vale, nena.

Cerré el teléfono, retrocedí un paso con torpeza y le indiqué a Jack que entrara con un gesto de la mano.

—Hola —lo saludé—. Cuando dijiste que te pondrías en contacto, pensé que me llamarías por teléfono o algo así.

—No tardaré mucho. Acabo de dejar a mis clientes. También se alojan aquí. La diferencia horaria les está pasando factura y necesitan descansar. ¿Te gusta la habitación?

—Sí, gracias.

Y nos quedamos mirándonos el uno al otro sumidos en un incómodo silencio. Froté la mullida y gruesa moqueta con los dedos de los pies, cuyas uñas llevaba sin pintar. De repente, me sentí en desventaja por estar en vaqueros y camiseta cuando él llevaba traje.

—Tengo cita con mi médico mañana por la mañana para la

prueba de paternidad —dijo él—. Os recogeré en el vestíbulo a las nueve.

—¿Tienes idea de cuánto tardarán los resultados?

—Normalmente están en tres o cuatro días. Pero mi médico me ha asegurado que va a darle prioridad al análisis, así que estarán para mañana por la noche. ¿Sabes algo de tu hermana?

—Creo que tendré noticias suyas pronto.

—Si tienes algún problema, tengo a un tío capaz de encontrar a cualquiera en un abrir y cerrar de ojos.

—¿Un detective privado? —Lo miré con escepticismo—. No sé si podría servir de algo... ahora mismo no tenemos ninguna pista.

—Si tu hermana se ha llevado el móvil, podríamos localizarla en un cuarto de hora.

—¿Y si lo tiene desconectado?

—Si es un modelo de última generación, se puede localizar incluso en ese caso. Además, siempre hay formas de rastrear a una persona. Sus tarjetas de crédito, su número de la seguridad social...

Hubo algo en su voz, tan fría y racional, que me puso nerviosa. Llegué a la conclusión de que tenía la mentalidad de un cazador.

Preocupada por Tara, me froté las doloridas sienes y cerré los ojos unos segundos.

—Si no sé nada de ella para mañana —le dije—, me lo pensaré.

—¿Has comido algo? —escuché que me preguntaba.

—Aparte de los aperitivos del minibar, no.

—¿Quieres salir a cenar?

—¿Contigo? —Lo miré sorprendida, ya que la pregunta me había pillado desprevenida—. Debes de estar de capa caída o algo. ¿No tienes un harén esperándote?

Jack me miró con los ojos entrecerrados.

Me arrepentí del comentario al instante. No quería parecer tan desagradable. Sin embargo, dado el agotamiento mental y físico que padecía, era incapaz de mantener una conversación controlada.

Antes de que pudiera disculparme, Jack me preguntó en voz baja:

—Ella, ¿qué te he hecho yo? Además de ayudarte a conseguir habitación en un hotel y de acceder a someterme a la prueba de paternidad, me refiero.

—Yo pagaré la habitación. Y la prueba. Si fuera algo tan descabellado, no habrías accedido a hacértela.

—Puedo echarme atrás ahora mismo. Mi paciencia tiene un límite, aunque ponga en riesgo el repaso bucal... con el bastoncillo.

Una sonrisa de disculpa apareció en mis labios.

—Lo siento —dije—. Tengo hambre y estoy muerta de sueño. No he tenido tiempo para asimilar todo esto. No encuentro a mi hermana, mi madre está loca y mi novio está en Austin. Así que me temo que te ha tocado lidiar con toda la frustración que tengo acumulada. Creo que, en mi subconsciente, representas a todos los tíos que podrían haber dejado embarazada a mi hermana.

Jack me regaló una sonrisa burlona.

—Para eso tendría que haberme acostado con ella.

—Ya hemos establecido que no puedes asegurarlo al cien por cien.

—Estoy seguro al cien por cien. Lo único que hemos establecido es que tú no me crees.

Tuve que esforzarme para no sonreír otra vez.

—En fin, te agradezco mucho la invitación a cenar. Pero, como puedes ver, no estoy vestida para salir. Y además de estar muerta por haberme pasado el día cargando con un bebé de cuarenta kilos, no podrías llevarme a ningún restaurante de Houston porque soy vegetariana y aquí nadie sabe cocinar sin productos animales.

La mención de la comida debió de avivar mi apetito, porque mi estómago eligió ese preciso momento para soltar un bochornoso rugido. Avergonzada, me llevé la mano a la barriga. En ese mismo instante, escuchamos un chillido procedente de la cama y giré la cabeza en esa dirección. Lucas estaba despierto, agitando los bracitos.

Corrí hacia el frigorífico, saqué un biberón y lo metí en el fregadero después de llenarlo de agua caliente. Mientras la leche se calentaba, Jack se acercó a la cama y cogió a Lucas, al que comenzó a acunar con seguridad y práctica mientras le murmuraba algo. Para lo que sirvió... Lucas siguió chillando con la boca abierta de par en par y los ojos cerrados con fuerza.

—Es imposible intentar tranquilizarlo. —Rebusqué en el bolso de los pañales hasta que di con un babero—. Se limita a seguir chillando cada vez con más fuerza hasta que consigue lo que quiere.

—A mí me funciona siempre —señaló Jack.

Al cabo de un par de minutos, saqué el biberón del fregadero, comprobé la temperatura de la leche y me senté en un sillón. Jack me acercó a Lucas y lo dejó entre mis brazos. En cuanto notó la tetina de silicona en los labios, se la metió en la boca y comenzó a chupar.

Jack siguió frente a mí y me miró con expresión astuta.

—¿Por qué eres vegetariana?

La experiencia me había enseñado que una conversación que empezara con esa pregunta nunca solía acabar bien.

—Prefiero no tratar ese tema.

—No es una dieta fácil de seguir —dijo Jack—. Sobre todo en Tejas.

—Hago trampa —confesé—. De vez en cuando. Un poco de mantequilla hoy, una patata frita mañana.

—¿No puedes comer patatas fritas?

Negué con la cabeza.

—Nunca se sabe si las han frito en el mismo aceite que el pescado o la carne.

Bajé la vista hacia Lucas, y pasé la yema de un dedo por las manitas que aferraban el biberón. Mi estómago volvió a rugir en ese momento, más fuerte que la vez anterior, y la vergüenza hizo que me pusiera colorada.

Jack arqueó las cejas.

—Parece que llevas días sin comer, Ella.

—Estoy muerta de hambre. Siempre tengo hambre. —Suspiré—. El motivo de que sea vegetariana es porque mi novio, Dane, lo es. La comida no me sacia más allá de veinte minutos y me cuesta mucho sentirme con energía.

—Entonces, ¿por qué lo haces?

—Por los beneficios que conlleva para mi salud. Tengo la tensión arterial y el colesterol muy bajos. Y me siento mucho mejor conmigo misma cuando sé que no he comido ningún producto animal.

—Conozco unos cuantos remedios muy efectivos para los remordimientos de conciencia —dijo él.

—No lo dudo.

—Me parece que si no fuera por tu novio, comerías carne.

—Es posible —admití—. Pero apoyo los argumentos de Dane al respecto y la mayor parte del tiempo no me supone ningún problema. Por desgracia, caigo fácilmente en la tentación.

—Un rasgo que me encanta en las mujeres. Casi compensa lo de los remordimientos de conciencia.

El comentario me arrancó una carcajada. Sí, era un sinvergüenza. Y era la primera vez que encontraba esa cualidad atractiva en un hombre. Nuestras miradas se cruzaron y Jack me regaló una sonrisa deslumbrante que podría haber sido clasificada como tratamiento para el aumento de la fertilidad. Mi estómago dejó un rugido a medias.

«ADN mágico», me recordé con tristeza.

—Jack, creo que deberías marcharte.

—No pienso dejar a una mujer muerta de hambre sin otra cosa para comer que una bolsa de aperitivos rancios del minibar. Además, no vas a encontrar comida vegetariana en este hotel ni de coña.

—Abajo hay un restaurante.

—Es un asador.

—Pero seguro que hacen ensaladas. Y quizá tengan fruta.

—Ella... —me reprendió al tiempo que me miraba de arriba abajo—, estoy seguro de que no vas a quedarte satisfecha con eso.

—Pues no, pero tengo principios. E intento ceñirme a ellos. Además, he descubierto que cada vez que me bajo del tren, me cuesta más trabajo volver a subir.

Jack me miró con el asomo de una sonrisa en los labios. Se llevó una mano muy despacio hasta la cortaba, tiró del nudo y después se la quitó. Me puse como un tomate mientras lo observaba. Dobló la corbata con mucha parsimonia y se la metió en un bolsillo de la chaqueta.

—¿Qué estás haciendo? —conseguí preguntarle.

Como respuesta, se quitó la chaqueta y la dejó sobre el brazo de uno de los sillones. Tenía la complexión de un hombre acostumbrado a hacer deporte al aire libre, atlética y fuerte. Seguro que había unos músculos bien duros ocultos bajo ese traje tan conservador. Mientras contemplaba el robusto ejemplar masculino que tenía frente a mí, sentí el involuntario influjo de millones de años de evolución.

—Quiero comprobar hasta qué punto te dejas llevar por la tentación.

Solté una trémula carcajada.

—Mira, Jack, yo...

Levantó un dedo para indicarme que guardara silencio y se acercó al teléfono. Marcó, esperó un momento y abrió el libro encuadernado en cuero donde se detallaba el listado del servicio de habitaciones.

—Menú para dos —lo escuché decir.

Parpadeé, sorprendida.

—Esa idea no acaba de gustarme.

—¿Por qué no?

—Por tu reputación de *playboy*.

—Tuve una juventud alocada —reconoció—. Pero eso me ha convertido en un compañero de cena bastante interesante. —Volvió a prestarle atención al teléfono—. Sí, cárguelo a la habitación.

—Esa idea tampoco acaba de gustarme —comenté.

Jack me miró.

—Entonces peor para ti. Es la condición indispensable para que me someta mañana a la prueba de paternidad. Si quieres una muestra de saliva de mi boca, tendrás que invitarme a cenar.

Consideré la idea un momento. Cenar con Jack Travis... a solas en un hotel.

Miré a Lucas, que estaba muy ocupado chupando el biberón. Tenía un bebé en brazos, estaba cansada e irritada, y no recordaba la última vez que me había pasado un cepillo por el pelo. Estaba clarísimo que Jack Travis no podía sentir ningún interés sexual por mi persona. Él también había tenido un día ajetreado y tenía hambre. Posiblemente fuera de esa gente a la que no le gustaba comer a solas.

—Vale —claudiqué a regañadientes—. Pero nada de carne, pescado ni leche para mí. Y eso incluye la mantequilla y los huevos. Y nada de miel.

—¿Por qué? Las abejas no son animales.

—Son artrópodos, como las langostas y los cangrejos.

—¡Por el amor de Dios! —La persona que lo atendía al otro lado de la línea le dijo algo—. Sí. Una botella de cabernet Hobbs.

Me pregunté por cuánto iba a salirme la cena.

—¿Podrías averiguar si lo fabrican con productos de origen animal?

Jack pasó de mí y siguió pidiendo.

—Empezaremos con huevos de pato escalfados y choricitos. Y seguiremos con un par de chuletones de ternera Angus. En su punto.

—¿¡Cómo!? —pregunté con los ojos como platos—. ¿Qué estás haciendo?

—Pidiendo unos chuletones de ternera de primera con denominación de origen —me contestó—. Proteínas, científicamente hablando.

—Tienes muy mala leche —conseguí decir, aunque se me

hacía la boca agua. No recordaba la última vez que había comido carne.

Jack esbozó una sonrisa cuando vio mi cara y siguió hablando por teléfono.

—Patatas asadas —dijo—. Con todo. Crema, beicon...

—Y queso —me escuché decir medio mareada. Queso de verdad que se fundiera. Tragué saliva.

—Y queso —repitió Jack. Me miró con un brillo malicioso en los ojos—. ¿Y de postre?

La capacidad de resistencia me abandonó. Ya que iba a romper todas las reglas de la estricta dieta vegetariana y sus principios dietéticos, y a traicionar a Dane en el proceso, lo haría como Dios manda.

—Cualquier cosa con chocolate —me oí decir sin aliento. Jack ojeó el menú.

—Dos trozos de tarta de chocolate. Gracias. —Colgó el auricular y me miró con expresión triunfal.

Todavía no estaba todo perdido. Podía insistir en que cancelara mi parte del menú y la cambiase por una ensalada verde, una patata cocida y unas cuantas hortalizas al vapor. Sin embargo, me habían abandonado las fuerzas nada más escuchar la palabra «chuletón».

—¿Cuánto tardarán en subir el chuletón? —pregunté.

—Treinta y cinco minutos.

—Debería haberte mandado al cuerno —murmuré.

Jack me miró con una sonrisa ufana.

—Sabía que no serías capaz de hacerlo.

—¿Por qué?

—Porque las mujeres que se dejan tentar un poquito acaban cayendo con todo el equipo. —Soltó una carcajada al verme fruncir el ceño—. Relájate, Ella. Dane no tiene por qué enterarse.

5

Dos camareros llevaron todo un festín a la habitación del hotel y lo dejaron en el salón. Destaparon el carrito, colocaron el mantel en una mesa y dejaron las bandejas de plata tapadas sobre la mesa. Cuando por fin terminaron de servir el vino y destapar todos los platos, me moría de hambre.

Lucas, sin embargo, estaba muy inquieto desde que le cambié el pañal y se echaba a llorar cada vez que intentaba soltarlo. Con él apoyado en el hombro, contemplé el chuletón a la brasa que tenía delante y me pregunté cómo iba a comérmelo con una sola mano.

—Deja que te ayude —murmuró Jack, que se colocó junto a mí.

Cortó el chuletón en trocitos muy pequeños, todos iguales, con tal maestría que lo miré con fingida alarma.

—Vaya forma de manejar el cuchillo.

—Acostumbro ir de caza cada vez que puedo. —Tras terminar la tarea, Jack dejó los cubiertos a un lado y me colocó una servilleta en el escote de la camisa. Sus nudillos me rozaron la piel, provocándome un escalofrío—. Soy capaz de destripar un ciervo en quince minutos —me informó como de pasada.

—Impresionante. Asqueroso, pero impresionante.

Me miró con una sonrisa incorregible antes de regresar a su silla.

—Si así te sientes mejor, me como todo lo que pesco o cazo.

—Gracias, pero no, no me siento mejor. Que sí, que ya sé que la carne no aparece por arte de magia envuelta en plástico en la carnicería. Pero me gusta mantenerme bastante alejada del proceso de tratamiento. No creo que pudiera comerme la carne si tuviese que cazar el animal y...

—¿Desollarlo y destriparlo?

—Eso mismo. Mejor dejamos el tema.

Probé el chuletón. Ya fuera por el largo periodo de abstinencia, por la calidad de la ternera o por la habilidad del chef, la cosa era que ese chuletón a la brasa, hecho al punto y en su jugo, era lo mejor que había probado en la vida. Cerré los ojos un momento, saboreándolo.

Jack soltó una carcajada al ver mi expresión.

—Admítelo, Ella. No es tan malo lo de ser carnívoro.

Extendí la mano para coger un trocito de pan y le unté un poco de mantequilla.

—No soy carnívora, soy una omnívora oportunista.

Le di un mordisco al pan y me deleité con el intenso sabor de la mantequilla. Se me había olvidado lo buena que estaba la comida. Con un suspiro, me obligué a comer despacio para apreciarla en todo su esplendor.

Su mirada no se apartó de mi rostro.

—Eres una chica lista, Ella.

—¿Te intimida una mujer con un vocabulario extenso?

—Joder, ya lo creo. Ponme delante a cualquier mujer con un cociente intelectual más alto que la temperatura ambiente y estoy perdido. A menos que ella pague la cena.

—Podría hacerme la tonta y así tú pagarías la cena —sugerí.

—Demasiado tarde. Ya has usado más de una palabra esdrújula.

En ese momento, me di cuenta de que Lucas estaba muy quieto, y supe que se había quedado dormido. Había llegado la hora de acostarlo.

—Perdona un momento... —Intenté apartarme de la mesa. Al instante, Jack se acercó a mí y me apartó la silla.

Fui hasta la cama, dejé al bebé sobre el colchón con mucho cuidado y lo tapé con un arrullo. Tras regresar a la mesa, junto a la que Jack seguía de pie, me senté mientras él me acercaba la silla.

—Esta experiencia con Lucas me ha confirmado todo lo que siempre he creído acerca de la maternidad —confesé—. Básicamente, que nunca estaré preparada para ella.

—¿Eso quiere decir que, si te casas con Dane, esperaréis un poco antes de tener uno? —Señaló la cama con la cabeza.

Le metí mano a mi patata asada, que estaba bañada con mantequilla y decorada con queso cheddar fundido.

—Bueno, Dane y yo no vamos a casarnos nunca.

Jack me miró, alarmado.

—¿Por qué no?

—Porque ninguno de los dos cree en el matrimonio. Sólo es un trozo de papel.

Me pareció que meditaba mis palabras.

—Nunca he entendido por qué la gente dice que ciertas cosas son sólo un trozo de papel. Algunos trozos de papel valen un huevo. Los diplomas. Los contratos. Las constituciones...

—En esos casos, estoy de acuerdo en que el papel tiene valor. Pero un contrato de matrimonio y todo lo que conlleva, el anillo, el vestido de novia de princesa y tal, no tienen la menor importancia. Podría hacerle la promesa, con validez legal, a Dane de que lo querré para siempre, pero ¿cómo voy a estar segura? No puedes legislar los sentimientos. No puedes poseer a otra persona. Así que el matrimonio se reduce a un acuerdo de propiedad compartida. Y luego, si hay niños, tienes que redactar las consabidas cláusulas de un acuerdo de custodia compartida... Pero todo eso se puede hacer también sin una boda. La institución del matrimonio ya no tiene sentido.

Le di un buen mordisco a la patata asada, con su mantequilla y su queso, y estaba tan buena que casi tuve un orgasmo.

—Es un sentimiento natural querer pertenecer a otra persona —comentó Jack.

—Una persona no puede pertenecer a otra. En el mejor de los casos, es una ilusión. En el peor, es esclavitud.

—No —insistió él—. Sólo la necesidad de un vínculo.

—Bueno... —Me detuve para seguir con la patata—. Puedo sentirme unida a la gente sin necesidad de convertirlo en un contrato legal. De hecho, podría asegurar que mi punto de vista es mucho más romántico. Lo único que debe hacer que dos personas estén juntas es el amor. No las formalidades.

Jack bebió un sorbo de vino y se reclinó en su silla, mirándome con expresión pensativa. Siguió sujetando la copa y observé esos largos dedos alrededor del cristal. Esa mano no se parecía en nada a la imagen que yo podía tener de la mano de un rico. Estaba morena y callosa, con las uñas muy cortas. No era una mano elegante, pero sí muy atractiva por su fuerza. Y por la delicadeza con la que sujetaba el frágil cristal... Era incapaz de apartar la mirada. Y, por un segundo, me imaginé cómo sería un roce de esos dedos fuertes sobre mi piel. Para mi vergüenza, la idea me puso a cien.

—¿A qué te dedicas en Austin, Ella?

La pregunta me arrancó de mis peligrosos pensamientos.

—Tengo una columna de consejos. Escribo sobre relaciones sentimentales.

Jack se quedó de piedra.

—¿Escribes sobre relaciones sentimentales y no crees en el matrimonio?

—No creo en el matrimonio para mí. Eso no quiere decir que desapruebe el matrimonio en otros casos. Si ése es el formato en el que deciden llevar a cabo su compromiso, me parece estupendo. —Le sonreí—. Miss Independiente da unos magníficos consejos a los casados.

—Miss Independiente.

—Eso es.

—¿Es una de esas columnas que ponen a parir a los hombres?

—Para nada. Me gustan los hombres. Soy una gran admiradora de tu sexo. Claro que también suelo recordarles a las mujeres que no necesitamos un hombre al lado para sentirnos realizadas.

—¡Mierda! —Meneó la cabeza con una sonrisa torcida.

—¿No te gustan las mujeres liberadas?

—Claro que sí. Pero requieren mucho más trabajo.

No tenía muy claro a qué clase de trabajo se refería. Y de ninguna de las maneras iba a preguntárselo.

—Así que debes de tener todas las respuestas... —Jack me miró con seriedad.

Hice una mueca, ya que no me gustó la arrogancia que me atribuía la afirmación.

—Nunca me atrevería a afirmar que tengo todas las respuestas. Sólo intento ayudar a los demás a encontrar algunas respuestas si está dentro de mis posibilidades.

Charlamos sobre mi columna un rato y después descubrimos que los dos nos habíamos licenciado en la Universidad de Tejas, aunque la promoción de Jack fue seis años antes que la mía. También descubrimos que a los dos nos gustaba el jazz originario de Austin.

—Solía ir a ver a los Crying Monkeys cada vez que tocaban en la Elephant Room —dijo Jack, en referencia a la famosa sala de conciertos situada en Congress Street, donde tocaban algunos de los músicos más famosos del mundo—. Mis amigos y yo nos pasábamos horas allí, rodeados por la lenta cadencia del jazz con un bourbon en la mano...

—Mientras ligabais a diestro y siniestro.

Le vi apretar los labios.

—He salido con muchas mujeres. Pero no me acuesto con todas.

—Menudo alivio —repliqué—. Porque, si lo hicieras, deberías decirle al médico que te hiciera más pruebas aparte de la de paternidad.

—Me interesan muchas más cosas además de perseguir a las mujeres.

—Sí, lo sé. También persigues ciervos aterrorizados, pobrecillos.

—Vuelvo a repetirte, para que conste en acta, que no me acosté con tu hermana.

Lo miré con escepticismo.

—Tara no dijo lo mismo. Es su palabra contra la tuya. Además, no serías el primer tío que juega al despiste en una situación como ésta.

—Y ella no sería la primera mujer que miente sobre quién la ha dejado preñada.

—Saliste con ella. No puedes negar que te sentías atraído.

—Claro que me sentía atraído. Al principio. Pero a los cinco minutos de estar con ella, supe que no íbamos a acabar en la cama. Hubo señales claras de peligro.

—¿Como cuáles?

Su expresión se tornó pensativa.

—Era como si se estuviera esforzando demasiado. Se reía demasiado fuerte. Estaba muy nerviosa. Las respuestas no tenían nada que ver con las preguntas...

Entendí lo que quería decirme.

—Demasiado tensa —dije—. Más bien frenética. Como si lo más mínimo pudiera hacerla saltar. Intentando adelantarse a los acontecimientos.

—Exacto.

Asentí con la cabeza mientras rememoraba unos recuerdos que casi nunca me abandonaban.

—Es por el modo en el que crecimos. Mis padres se divorciaron cuando yo tenía cinco años, y Tara, tres, y después de eso, mi padre desapareció del mapa. Así que nos quedamos con mi madre, que es capaz de desquiciar a cualquiera. Arrebatos de histeria. Llantos exagerados. No hubo ni un solo día que pudiera considerarse normal. Vivir con ella todos esos años nos enseñó a esperar un desastre en cualquier momento. Las dos desarrollamos un montón de mecanismos para sobrevivir, entre ellos este del que te he hablado. Cuesta mucho librarse de la costumbre.

Jack me observó con detenimiento.

—Pero tú lo hiciste.

—Tuve un montón de sesiones con un terapeuta en la universidad. Aunque se puede decir que casi todo es obra de Dane. Me enseñó que vivir con otra persona no tiene por qué significar un caos perpetuo ni tampoco una sucesión de dramones. No creo que Tara haya tenido jamás a una persona estable en su vida como Dane. —Deslicé mi copa de vino hacia él, que me la rellenó con gusto. Mientras contemplaba con expresión pensativa el rojo cabernet, proseguí—: Me siento culpable por haber cortado el contacto con ella estos dos últimos años. Pero estaba harta de intentar salvarla. Bastante tenía con salvarme a mí misma.

—Nadie puede culparte por eso —murmuró él—. No eres la protectora de tu hermana. No le des más vueltas a eso, Ella.

Me desconcertó el sentimiento de conexión, de ser comprendida, porque no tenía el menor sentido. Además, me estaba yendo demasiado de la lengua. Decidí que tenía que estar más cansada de lo que había creído en un principio. Forcé una sonrisa.

—Tengo que cubrir mi cuota de culpabilidad diaria con algo. Hoy bien puede tocarle a Tara. —Cogí la copa de vino y le di un sorbo—. Bueno, ¿cómo es que un tío que viene de una familia de gurús financieros se ha metido en el mundillo inmobiliario? —pregunté para cambiar de tema—. ¿Eres la oveja negra?

—No, sólo la oveja del medio. No soporto hablar de estrategias de inversión, de índices de endeudamientos o de créditos al mercado. No me llama nada. Me gusta construir cosas. Arreglar cosas. Soy un tío de gustos sencillos.

Mientras lo escuchaba, se me ocurrió que Dane y él compartían un rasgo muy poco común: sabían exactamente quiénes eran y estaban muy cómodos consigo mismos.

—Empecé a trabajar en una gestora al salir de la universidad —continuó Jack—, y al final conseguí un préstamo para comprar el negocio.

—¿Te ayudó tu padre?

—¡Qué va! —Una sonrisa torcida—. Cometí un montón de errores que seguramente él me habría evitado. Pero no quería que nadie pudiera decir que lo había hecho él en mi lugar. Asumí toda la responsabilidad del riesgo que corrí. Y como tenía muchas cosas que demostrar, no pensaba fracasar ni de coña.

—Salta a la vista que no lo hiciste. —Lo observé atentamente—. Interesante. Pareces el macho alfa típico, pero eres el hijo mediano. Ese tipo de niño suele ser mucho más tranquilo.

—Para un Travis, soy tranquilo.

—¡No me digas! —Sonreí y ataqué mi pastel de chocolate—. Después del postre, te largas, Jack. Tengo una larga noche por delante.

—¿Cada cuánto se despierta el bebé?

—Cada tres horas más o menos.

Apuramos el postre y el resto del vino. Jack llamó por teléfono al servicio de habitaciones para que se llevaran los platos y después recogió su chaqueta.

Se detuvo junto a la puerta, desde donde me miró.

—Gracias por la cena.

—De nada. Pero que sepas que, como te saltes la cita con el médico después de esto, pienso ponerle precio a tu cabeza.

—Te recogeré a las nueve.

No se movió. Estábamos muy cerca el uno del otro, y me desconcertó darme cuenta de que se me había acelerado la respiración. Aunque tenía una pose relajada y tranquila, era muchísimo más alto que yo, tanto que tuve la ligera sensación de que me dominaba físicamente. Aunque lo que más me sorprendió fue que la sensación no me resultó del todo desagradable.

—¿Dane es un macho alfa? —me preguntó.

—No. Beta de la cabeza a los pies. No soporto a los machos alfa.

—¿Por qué? ¿Te ponen nerviosa?

—Para nada. —Lo mire con fingida fiereza—. Desayuno machos alfa todos los días.

Un brillo travieso iluminó sus ojos oscuros.

—En ese caso, vendré mañana temprano.

Y se fue antes de que pudiera replicarle.

6

Nunca lo habría creído posible, pero mi segunda noche con Lucas fue incluso peor que la primera. La placentera sensación que me habían proporcionado el chuletón de la cena, el buen vino y la conversación desapareció en cuanto mi sobrino exigió el segundo biberón.

—Lucas, eres un aguafiestas —le dije, aunque a él no pareció preocuparle en absoluto.

Perdí la cuenta de las veces que se despertó y del número de pañales que cambié, pero me daba la sensación de que no conseguía dormir más de veinte minutos seguidos. Cuando me llamaron de recepción a las siete y media, ya que había pedido el servicio de despertador, salí de la cama a rastras y me fui al baño dando trompicones para lavarme los dientes y darme una ducha.

Una ducha de un cuarto de hora y dos tazas del café rancio de la minúscula cafetera eléctrica que había en la cocina consiguieron espabilarme un poco. Me puse unos chinos, una camisa azul claro de manga francesa y unas sandalias de tiras. Me pensé lo de utilizar o no el secador para secarme el pelo, por temor a que el ruido despertara a Lucas, pero al final llegué a la firme conclusión de que, si quería llorar, que llorase.

Apagué el secador en cuanto tuve el pelo liso y bien peinado.

Silencio.

¿Le habría pasado algo a Lucas? ¿Por qué estaba tan callado? Fui corriendo al dormitorio para echarle un vistazo. Estaba durmiendo a pierna suelta. Su pecho subía y bajaba con regularidad y tenía los mofletes sonrosados. Lo toqué para cerciorarme de que realmente estaba bien. Lucas bostezó y cerró con fuerza los ojos.

—Ahora quieres dormir, ¿no? —susurré.

Me senté a su lado y contemplé esa piel tan fina, las delicadas pestañas, su expresión relajada por el sueño. Las cejas apenas eran visibles, porque las tenía muy poco pobladas y además el vello era muy delicado. Se parecía a Tara. Tenían la misma nariz y la misma boca, aunque Lucas era moreno de pelo. «Como Jack Travis», pensé mientras le pasaba un dedo por la sedosa pelusilla.

Me levanté para ir en busca del móvil, que se estaba cargando. Marqué el número de mi prima Liza y me contestó de inmediato.

—¿Diga?

—Soy Ella.

—¿Cómo está el bebé?

—Bien. ¿Sabes algo del paradero de Tara? Porque si no has averiguado nada...

—La he encontrado —me interrumpió ella con una nota triunfal en la voz.

Se me abrieron los ojos de par en par.

—¿Cómo? ¿Dónde está? ¿Has hablado con ella?

—Directamente no. Pero hay un tío al que suele acudir a veces cuando está de bajón...

—¿Al que suele acudir? —le pregunté con recelo—. ¿Te refieres a que sale con él?

—No exactamente. Está casado. El caso es que pensé que Tara podría haberle pedido ayuda. Así que busqué su número de teléfono, le dejé un mensaje y ha acabado por llamarme. Dice que Tara está bien y que ha estado con él estos últimos días.

—¿Y quién es ese tío?

—No puedo decírtelo. Quiere quedarse al margen de todo esto.

—¡Claro, cómo no! Liza, quiero saber con pelos y señales cómo está mi hermana, dónde se encuentra y...

—Está en una clínica en Nuevo México.

Se me aceleró tanto el corazón que estuve a punto de marearme.

—¿Qué tipo de clínica? ¿De rehabilitación? ¿Tiene problemas con las drogas?

—No, no tiene nada que ver con eso. Creo que tiene una depresión o algo.

La palabra «depresión» me asustó e hizo que mi voz sonara un poco temblorosa al preguntar:

—¿Cómo se llama la clínica?

—El Valle del Bienestar.

—Pero ¿ha sido el tío ese del que hablas quien la ha ingresado o lo ha decidido ella? ¿Está bien físicamente?

—No lo sé. Tendrás que preguntárselo tú.

Cerré los ojos con todas mis fuerzas y le pregunté a mi prima:

—Liza... Tara... no habrá intentado suicidarse, ¿verdad?

—¡Qué va, mujer! Por lo que tengo entendido, el nacimiento de Lucas fue demasiado para ella. Tal vez necesite unas vacaciones.

La respuesta me hizo sonreír con ironía mientras replicaba para mis adentros que lo de mi hermana no se solucionaría con unas simples vacaciones.

—En fin —dijo mi prima—, te paso el número de teléfono de la clínica. Aunque me parece que ya tiene el móvil disponible.

Anoté el número, corté la llamada y fui directa al portátil.

Una búsqueda del nombre de la clínica en Google reveló que era un centro especializado en tratamientos de corta duración, situado en un pueblo cercano a Santa Fe. Las fotos disponibles en la página oficial mostraban un lugar más parecido a un spa o a un complejo turístico que a una clínica de salud mental. De hecho, incluso mencionaban la terapia holística e impartían clases de nutrición. Aunque también parecían contar con los servicios de profesionales titulados en el campo de la psiquiatría, encargados de los tratamientos especializados. El apartado donde se describían dichos «tratamientos» hacía hincapié en el afán de curar tanto el cuerpo como la mente, y su objetivo era el de no usar medicación siempre que fuera posible.

El Valle del Bienestar parecía un lugar poco serio para una persona que podía sufrir de depresión. ¿Dispondrían de los recursos necesarios para ayudar a Tara? ¿Incluirían de verdad tratamientos psicológicos junto con la pedicura y las mascarillas faciales?

Aunque estaba deseando contactar con ellos para pedirles información sobre mi hermana, sabía que sería imposible conseguir que traicionaran el derecho a la intimidad de uno de sus pacientes.

Me cogí la cabeza con las manos sin moverme de la silla que ocupaba frente a la mesa del rincón y me pregunté si mi hermana habría tocado fondo. El miedo, la lástima, la angustia y la ira batallaban en mi interior mientras pensaba que nadie podría llevar una vida normal después de haber sufrido la infancia que nos había tocado vivir a nosotras.

Recordé las exageradas rabietas que protagonizaba mi madre, la retorcida lógica que regía su comportamiento, los repentinos impulsos que tanto nos asustaban y nos confundían a Tara y a mí. La ristra de hombres que entraban y salían de la vida de mi madre, y que formaban parte de su desesperada búsqueda de la felicidad. Pero nada ni nadie había conseguido nunca que fuera feliz. Nuestras vidas no habían sido normales y nuestros esfuerzos por fingir lo contrario nos habían acarreado una amarga soledad. Porque crecimos sabiendo que éramos distintas de los demás.

No éramos capaces de acercarnos emocionalmente a nadie. Ni siquiera éramos capaces de tener un vínculo emocional entre nosotras. Porque la persona a la que más querías era la que más daño podía llegar a hacerte. ¿Cómo se olvidaba esa lección cuando la llevabas grabada a fuego en cada célula de tu cuerpo? Era imposible librarse de esa marca.

Alargué el brazo despacio para coger el móvil y marqué el número de Tara. En esa ocasión, al contrario que en todas las anteriores, mi hermana respondió.

—¿Diga?

—Tara, soy yo.

—Ella...

—¿Estás bien?

—Sí, estupendamente.

La voz de mi hermana sonaba muy aguda y trémula. Como la de una niña. Y eso me trajo a la memoria miles de recuerdos. Recordé a la niña que había sido. Recordé todas las veces que le leí cuentos, ya fuera de día o de noche, cuando nos quedábamos solas demasiado tiempo, sin suficiente comida y sin saber dónde estaba nuestra madre. Le leía libros sobre criaturas mágicas, niños intrépidos y conejos aventureros. Y Tara escuchaba y escuchaba, acurrucada a mi lado, y yo no me quejaba aunque hiciera calor y estuviera sudando porque no había aire acondicionado.

—Oye —dije en voz baja—, ¿qué te ha pasado?

—Bueno, lo normal...

Las dos reímos entre dientes. Comprobar que mi hermana conservaba cierto sentido del humor, aunque posiblemente hubiera perdido la cabeza, me alivió en parte.

—Tara Sue... —Me acerqué a la cama para mirar a Lucas—, eres la única persona que odia las sorpresas tanto como yo. ¿Un aviso era demasiado pedir? Podrías haberme llamado. Mandarme un correo electrónico. Una carta contándome tus aventuras de verano, no sé. En cambio, la que me llamó fue mamá anteanoche.

Hubo un largo silencio.

—¿Está enfadada conmigo?

—Siempre está enfadada —contesté de forma razonable—.

Si lo que quieres saber es cómo reaccionó con respecto a Lucas... Bueno, creo que, si alguna vez se hubiera parado a pensar que en algún momento de nuestras vidas podríamos hacerla abuela, nos habría esterilizado antes de llegar a la adolescencia. Por suerte para Lucas, mamá nunca ha sabido hacer planes a largo plazo.

—¿Lucas está bien? —me preguntó mi hermana con voz llorosa.

—Está genial —me apresuré a contestarle—. Sano y tragando a todas horas.

—Supongo... supongo que querrás saber por qué lo dejé con mamá.

—Sí. Pero antes de que me lo cuentes, dime dónde estás. ¿En la clínica que ha mencionado Liza?

—Sí, llegué anoche. Es un lugar bonito, Ella. Tengo una habitación para mí sola. Puedo salir y entrar siempre que quiera. Me han dicho que posiblemente necesite estar internada unos tres meses.

Me quedé tan pasmada que no supe ni qué decir. ¿Por qué tres meses? ¿Cómo era posible que supieran que ése era el tiempo que mi hermana necesitaba para solucionar sus problemas? ¿Habían mirado sus cuentas y habían decidido que con lo que tenía no daba para más de tres meses? Si sufría de tendencias psicóticas o suicidas, tres meses no bastarían. O tal vez no le hubieran dicho la verdad a Tara, aunque la hubieran ingresado como paciente de largo internamiento. Tenía un sinfín de preguntas que hacerle a la vez, todas tan urgentes que al final me aturullé y no fui capaz de decir ni pío. Carraspeé para intentar librarme del nudo que las palabras me habían hecho en la garganta. Un nudo sospechosamente salado.

Como si hubiera percibido mi impotencia, Tara me dijo:

—Mi amigo Mark me compró el billete de avión y se encargó del papeleo de la clínica.

Mark. El hombre casado.

—¿De verdad quieres estar ahí? —le pregunté con tiento.

—No quiero estar en ningún sitio, Ella —contestó ella con un hilo de voz.

—¿Has hablado ya con alguien?

—Sí, con una mujer. Con la doctora Jaslow.

—¿Te cae bien?

—Parece simpática.

—¿Crees que podrá ayudarte?

—Creo que sí. No lo sé.

—¿De qué hablasteis?

—Le conté que había dejado a Lucas con mamá. No tenía intención de hacerlo. No quería abandonar al niño así.

—¿Sabes por qué lo hiciste, cariño? ¿Te pasó algo?

—Después de salir del hospital con Lucas, me fui al apartamento de Liza un par de días. Pero todo me parecía distinto. No tenía la sensación de que el bebé fuese mío. No sabía cómo hacer de madre.

—Por supuesto. Nuestros padres nunca ejercieron como tales. No puedes guiarte por ningún ejemplo.

—No podía aguantar ni un segundo más en mi propia piel. Miraba a Lucas y me preguntaba si estaba sintiendo lo que debía sentir. Y después tuve la impresión de que abandonaba mi cuerpo y me alejaba de todo. Aunque la sensación pasó, a partir de ese momento me pareció verlo todo como si estuviera rodeada de una espesa niebla. Todavía me pasa. Y lo odio. —Un largo silencio antes de que me preguntara de forma entrecortada—: Ella, ¿me estoy volviendo loca?

—No —le contesté de inmediato—. Yo he pasado por lo mismo unas cuantas veces. El terapeuta que veía en Austin me dijo que esa especie de desdoblamiento es una vía de escape provocada por nosotras mismas. Una forma de alejarse del trauma.

—¿Te sigue pasando?

—¿La sensación de abandonar mi cuerpo? Hace ya mucho que no me pasa. Un buen terapeuta puede ayudarte a llegar a un punto en el que evites hacerlo.

—¿Sabes lo que me está desquiciando, Ella?

Sí, lo sabía. Pero, de todas formas, pregunté:

—¿El qué?

—Pues que intento recordar cómo fue nuestra infancia con mamá y sus ataques de histeria, y todos esos hombres que llevaba a casa... y lo único que recuerdo con claridad son los ratos que pasaba contigo. Cuando me hacías la cena en el tostador o cuando me leías cuentos. Cosas así. Pero lo demás está en blanco. Y cuando me esfuerzo por recordarlo, me asusto y me mareo.

Cuando recuperé la voz después de escucharla, salió ronca y de forma entrecortada, como si estuviera intentando extender una gruesa capa de crema pastelera sobre una frágil hoja de hojaldre.

—¿Le has dicho a la doctora Jaslow lo que te conté sobre Roger?

—En parte —contestó.

—Bien. Tal vez pueda ayudarte a recordar más.

Escuché un trémulo suspiro.

—Es duro.

—Lo sé, Tara.

Hubo un largo silencio.

—Cuando era pequeña, me sentía como si viviera rodeada por una valla eléctrica que mamá cambiara constantemente. Nunca sabía dónde sufriría la siguiente descarga. Mamá estaba loca, Ella.

—Y lo sigue estando —señalé con sequedad.

—Pero nadie quería hacernos caso. La gente prefería ignorar que una madre podía hacer esas cosas.

—Yo lo viví contigo.

—Pero hace mucho tiempo que no me escuchas. Te fuiste a Austin. Me abandonaste.

Hasta ese momento, desconocía que la culpa pudiera alcanzar un grado tan intenso que el dolor se hacía insoportable. En aquella época, me sentía tan desesperada por huir de esa vida tan asfixiante y tan demoledora para mi alma que dejé que mi hermana se las apañara como pudiera.

—Lo siento —conseguí decir—. Yo...

Alguien llamó a la puerta.

Eran las nueve y cuarto. Se suponía que debía estar a las nueve en el vestíbulo con Lucas, esperando a Jack Travis.

—Mierda —murmuré—. Espera un momento, Tara. Es el servicio de limpieza. No cuelgues.

—Vale.

Me acerqué a la puerta, abrí y le hice un brusco gesto a Jack Travis para que pasara. Me sentía tan agobiada que tenía la sensación de que iba a acabar explotando.

Jack entró en la habitación, y su presencia consiguió de alguna forma acallar el clamoroso zumbido que tenía en los oídos. Sus ojos eran negros e insondables. Me miró atentamente y comprendió enseguida la situación. Hizo un breve gesto con la cabeza para indicarme que no había problema, y se acercó a la cama para echarle un vistazo a mi sobrino, que seguía dormido.

Esa mañana, llevaba unos vaqueros anchos y un polo verde con aberturas laterales en la parte inferior. El tipo de atuendo que un hombre lleva sólo si sabe que tiene un cuerpo perfecto y no se preocupa por parecer más alto, más musculoso o más delgado porque sabe que lo es.

Mis sentidos reaccionaron con una urgencia atávica en cuanto vi ese poderoso físico masculino inclinado sobre el bebé, tan indefenso que ni siquiera era capaz de darse la vuelta sobre la cama solo. El instinto de protección que me asaltó por un niño que ni siquiera era mío me sorprendió unos segundos. Era una tigresa, lista para saltar. Sin embargo, me relajé al ver que Jack sólo quería arropar mejor a Lucas con el arrullo.

Me senté en un diván situado al lado de un mullido sillón.

—Tara —dije con tiento—, me confunde un poco el papel que juega tu amigo Mark en todo esto. ¿Ha pagado tu internamiento en la clínica?

—Sí.

—Yo lo pagaré. No quiero que le debas nada.

—Mark nunca me pediría el dinero.

—Me refería a la deuda emocional. Es difícil decirle que no a alguien después de que te haya ayudado a pagar algo así. Yo soy tu hermana. Yo me encargo.

—No es necesario, Ella —replicó Tara con la voz herida y a la vez agotada—. Olvídalo. No es eso lo que necesito de ti.

Intenté sonsacarle información moviéndome con pies de plomo. Como si estuviera arrancándole los pétalos del centro a una flor con mucho cuidado para no destrozar los demás.

—¿Es el padre del bebé?

—El bebé no tiene padre. Es mío y de nadie más. Por favor, no me preguntes por eso. Con toda la mierda que tengo encima...

—Vale —la interrumpí con rapidez—. Vale. Es que... lo digo porque, si no establecemos la paternidad de Lucas, no tendrá derecho a recibir ningún tipo de manutención. Y si alguna vez quieres solicitar ayuda económica estatal, querrán saber quién es el padre.

—No tendré que hacerlo nunca. El padre de Lucas va a ayudarme cuando lo necesite. Pero no quiere compartir la custodia, ni establecer un régimen de visitas ni nada de eso.

—¿Estás segura? ¿Te lo ha dicho?

—Sí.

—Tara... Liza asegura que le dijiste que el padre es Jack Travis.

Vi cómo se tensaba la espalda de Jack. Esos fuertes músculos se contrajeron bajo el polo verde.

—Jack no es el padre —me aseguró simple y llanamente—. Se lo dije para que no me preguntara más, y sabía que así me dejaría tranquila.

—¿Estás segura? Porque estaba dispuesta a obligarlo a someterse a una prueba de paternidad.

—¡Dios, Ella! No molestes a Jack con esto. Él no es el padre. Nunca me he acostado con él.

—¿Y por qué le dijiste lo contrario a Liza?

—No lo sé. Supongo que su rechazo me dio vergüenza y no quería admitirlo delante de Liza.

—No creo que haya motivos para que te sientas avergonzada —dije en voz baja—. Creo que se comportó como un caballero. —Por el rabillo del ojo, vi que Jack se sentaba en el borde del colchón. Sentía su mirada clavada en mí.

—Da igual. —Tara parecía agotada y molesta—. Tengo que dejarte.

—No. Espera. Tengo que decirte un par de cosas. ¿Te importa si hablo con la doctora Jaslow?

—No.

Su rápida respuesta me sorprendió.

—Gracias. Dile que te parece bien que hable conmigo. Querrá que le firmes una autorización antes de ponerse en contacto conmigo. Y lo otro... Tara... ¿Qué quieres hacer con Lucas mientras estás en la clínica?

El silencio que siguió a mi pregunta fue tan prolongado y absoluto que me pregunté si se habría cortado la llamada.

—Pensaba que ibas a ocuparte de él —contestó mi hermana al cabo del mismo.

Tuve la impresión de que me habían clavado la piel de la frente al cráneo. Me di un masaje con los dedos para intentar relajarla y presioné en la hendidura donde el hueso nasal se une al lagrimal. Estaba atrapada. Acorralada.

—No creo que pueda convencer a Dane.

—Puedes mudarte al piso de Liza. Quedarte con mi parte del alquiler.

Clavé la vista en la puerta de la habitación, aunque realmente no veía nada, y me dije que era mejor que Tara no viera la cara que acababa de poner. Ya estaba pagando la mitad del alquiler del piso que compartía con Dane. Y la idea de mudarme con mi prima, que se pasaría todo el día llevando hombres a casa... por no mencionar lo que le gustaría compartir casa con un bebé que no paraba de berrear... No. Sería un completo desastre.

Tara volvió a hablar, enfatizando cada palabra como si le costara la misma vida pronunciarlas.

—Tendrás que solucionarlo como sea. Yo no puedo pensar en eso. No sé qué decirte. Contrata a alguien. Le diré a Mark que te lo pague.

—¿Puedo hablar con él?

—¡No! —se negó en redondo—. Tú verás lo que haces. Lo único que necesito es que cuides del niño tres meses. ¡Sólo te pido tres meses de tu vida, Ella! ¿No puedes hacerlo por mí? Es lo primero que te pido en la vida. ¿Es que no puedes ayudarme? ¿Eh? —Su voz tenía un deje furioso y asustado a la vez.

Al escucharla, reconocí el tono de voz de mi madre y me asusté.

—Sí puedo —contesté con mucho tiento y lo repetí para tranquilizarla—. Sí, Tara, sí.

Después, las dos guardamos silencio y nos limitamos a respirar de forma agitada.

«Tres meses», pensé con tristeza. Tres meses para que Tara superara una infancia desgraciada y los traumas con los que cargaba por su culpa. ¿Lo lograría mi hermana? ¿Y yo...? ¿Lograría mantener mi vida a flote hasta entonces?

—Tara... —dije al cabo de unos segundos—, si voy a formar parte de esto, lo haré con todas las consecuencias. Tendrás que dejarme hablar con la doctora Jaslow. Y tendrás que dejarme hablar contigo. No te llamaré a menudo, pero cuando lo haga, no me des largas. Tendrás que saber cómo está tu hijo, ¿verdad?

—Vale. Sí.

—Y, para que conste —no pude evitar añadir—, esto no es lo primero que me pides en la vida.

Su frágil risa aleteó en mi oído.

Antes de que colgara, Tara me dio el número de habitación que ocupaba y, además, el número de teléfono fijo de la clínica. Aunque me habría gustado seguir hablando con ella, colgó de forma abrupta. Cerré el móvil, limpié el sudor de la pantalla en los chinos y lo solté muy despacio. Intenté asimilar todo lo que estaba pasando a mi alrededor, aunque me sentía atontada. Era como correr detrás de un coche en movimiento.

—¿Quién coño es Mark? —pregunté en voz alta.

Estaba paralizada. No me moví ni levanté la cabeza cuando los zapatos de Jack Travis aparecieron en mi campo de visión. Unas sandalias de cuero con costuras a la vista. Tenía algo en la mano... un trozo de papel doblado. Me lo dio sin decir nada.

Cuando desdoblé la nota, vi que era la dirección de la clínica de mi hermana. Debajo, estaba escrito el nombre de Mark Gottler, acompañado de un número de teléfono y de la dirección de la Confraternidad de la Verdad Eterna.

Extrañada, meneé la cabeza.

—¿Quién es este tío? ¿Qué tiene que ver una iglesia con todo esto?

—Gottler es un pastor afiliado. —Jack se acuclilló delante de mí para que nuestras caras quedaran a la misma altura—. Tara usó una de sus tarjetas de crédito para pagar el ingreso en la clínica.

—¡Dios mío! ¿Cómo lo has...? —Dejé la pregunta en el aire y me pasé una mano por la frente. La tenía sudorosa—. ¡Vaya! —exclamé con un hilo de voz—. Tu detective es bueno, sí. ¿Cómo es que ha conseguido tan pronto la información?

—Lo llamé ayer, justo después de conocerte.

Claro. Con la cantidad de recursos que tenía a su disposición, era normal que Jack hubiera comprobado la información. Seguramente también habría ordenado que me investigaran a mí.

Volví a clavar la vista en el papel.

—¿Cómo acabó mi hermana liada con un pastor casado?

—Parece que la agencia de trabajo temporal a la que está asociada la envía de vez en cuando a la iglesia.

—¿Para hacer qué? —pregunté con ironía—. ¿Para pasar la cesta de las limosnas?

—Es una iglesia importante. Un buen tinglado. Tienen administradores, expertos en inversiones financieras que ofrecen consejo e incluso restaurante propio. Es una especie de Disneyland. Cuentan con treinta y cinco mil miembros, y la cifra no para de aumentar. Si el pastor principal tiene que ausentarse, Gottler lo sustituye en el programa de televisión. —Clavó la vista en mis dedos, que yo acababa de entrelazar despacio después de dejar que la nota con las direcciones y los números de teléfono cayera al suelo—. Mi empresa tiene un par de contratos de gestión con la Verdad Eterna. He hablado con Gottler un par de veces.

Eso hizo que lo mirara a la cara.

—¿De verdad? ¿Cómo es?

—Refinado. Simpático. Un hombre de familia. No parece de los que le ponen los cuernos a su mujer.

—Nunca lo parecen —susurré. Sin darme cuenta de lo que hacía, comencé a juguetear con los dedos. Los separé y apreté los puños con fuerza—. Tara se ha negado a confirmarme que sea el padre. Pero ¿por qué iba a estar haciendo todo esto si no?

—Sólo hay una forma de saberlo. Aunque dudo que acepte someterse a una prueba de paternidad.

—Tienes razón —convine mientras intentaba asimilarlo todo—. No se puede decir que los hijos bastardos ayuden a consagrar las carreras de los predicadores televisivos. —El aire acondicionado parecía haber bajado la temperatura de la habitación por debajo los cero grados. Comencé a tiritar—. Necesito hablar con él. ¿Cómo lo hago?

—Yo no te aconsejaría ir sin una cita previa. En mi caso, mi oficina no es muy rigurosa al respecto, pero nunca conseguirás pasar del mostrador de recepción de la Confraternidad de la Verdad Eterna sin una cita.

Decidí ir directa al grano.

—¿Podrías ayudarme a conseguir una cita con Gottler?

—Lo pensaré.

«Eso es un no», me dije.

Tenía la nariz y los labios entumecidos. Miré hacia la cama por encima del hombro de Jack, preocupada por si Lucas tenía frío.

—Está bien —me aseguró Jack en voz baja como si pudiera leerme el pensamiento—. Todo va a salir bien, Ella.

Di un respingo al sentir su mano sobre una de las mías. Lo miré con los ojos abiertos de par en par, preguntándome cuáles serían sus intenciones. Sin embargo, no había nada insinuante en sus caricias ni en su mirada.

Su mano me resultó sorprendente por la fuerza y el calor que transmitía. Hubo algo en ese tácito apoyo que me animó como si acabaran de inyectarme algún tipo de droga en vena. Era un gesto muy íntimo eso de cogerle a alguien la mano. El consuelo y el placer que estaba obteniendo eran una traición en toda regla hacia Dane. No obstante, antes de que pudiera protestar o seguir incluso disfrutando de la sensación, el cálido roce desapareció.

Llevaba toda la vida intentando superar las consecuencias de la falta de una figura paterna durante la infancia. La carencia de un padre me había ocasionado una profunda atracción hacia los hombres fuertes, hacia los hombres con capacidad dominante, y eso me aterrorizaba. Así que me había inclinado tercamente hacia el polo opuesto, hacia los hombres como Dane, que dependían de mí para matar arañas y llevar las maletas. Eso era justo lo que quería. Y, sin embargo, un hombre como Jack Travis, innegablemente masculino y segurísimo de sí mismo, despertaba en mí una inconfesable atracción que rozaba el fetichismo.

Tuve que humedecerme los labios antes de hablar.

—No te acostaste con Tara.

Jack meneó la cabeza de un lado a otro sin dejar de mirarme a los ojos.

—Lo siento —me disculpé con sinceridad—. Estaba segura de que lo habías hecho.

—Lo sé.

—No sé por qué me empeciné tanto.

—¿No lo sabes? —replicó él en voz baja.

Parpadeé sin decir nada. Todavía sentía el calor de su contacto en la mano. Flexioné los dedos para preservar la sensación.

—Bueno —dije casi sin aliento—, puedes irte cuando quieras. Cancela la cita con el médico, estás libre de toda culpa. Te prometo que nunca volveré a molestarte.

Me puse en pie y él hizo lo mismo. Estaba tan cerca de mí que casi percibí el calor de su cuerpo. Demasiado cerca. Habría retrocedido un paso de no ser porque tenía el diván justo detrás.

—Vas a ocuparte del bebé hasta que tu hermana se recupere —afirmó Jack, sin molestarse en preguntarlo.

Asentí con la cabeza.

—¿Durante cuánto tiempo?

—Ha dicho que tres meses. —Intenté parecer tranquila—. Voy a ser optimista y a pensar que no se alargará más.

—¿Vas a llevártelo a Austin?

Me encogí de hombros con impotencia.

—Llamaré a Dane. No... no sé cómo va a quedar la cosa.

Mal. La cosa iba a salir fatal. Conociendo a Dane tan bien como lo conocía, sabía que esto nos iba a acarrear problemas, y muy gordos.

De repente, se me ocurrió que podría perderlo por culpa de esa situación.

Dos días antes, mi vida era estupenda. En ese momento, se había venido abajo. ¿Cómo iba a hacerle sitio a un bebé en mi vida? ¿Cómo iba a apañármelas para seguir trabajando? ¿Cómo iba a conseguir que Dane siguiera a mi lado?

Desde la cama se alzó un gritito. Y, de alguna forma, ese sonido lo puso todo en su lugar. Dane ya no importaba. La logística, el dinero, el trabajo... nada importaba. Lo importante en ese momento era aliviar el hambre de un niño indefenso.

—Llámame cuando decidas qué vas a hacer —dijo Jack.

Me acerqué al minibar en busca de un biberón con la leche fría.

—No voy a molestarte más. De verdad. Siento mucho...

—Ella. —Se acercó tranquilamente con un par de pasos y me cogió por los codos mientras yo me enderezaba.

El cálido contacto de esos dedos, un poco ásperos, me

puso nerviosa. Jack guardó silencio hasta que fui capaz de mirarlo a los ojos.

—Tú no tienes nada que ver en esto —le recordé, intentando parecer agradecida al mismo tiempo que me negaba a recibir su ayuda. Y lo liberaba de toda responsabilidad.

Jack no me permitió apartar la mirada.

—Llámame cuando lo decidas.

—Vale.

Aunque no tenía la menor intención de volver a verlo en la vida, y los dos lo teníamos muy claro.

Lo vi esbozar una sonrisilla.

Me tensé. No me gustaba que se rieran de mí.

—Hasta luego, Ella.

Y se fue.

Lucas comenzó a llorar.

—Ya voy —le dije, y corrí a calentarle la leche.

7

Le di el biberón a Lucas y le cambié el pañal. La llamada a Dane tendría que esperar hasta que Lucas estuviera listo para dormirse de nuevo. En ese momento, me di cuenta de que estaba empezando a organizar mi vida conforme a los hábitos del bebé. Sus horas de comida, de sueño y de estar despierto conformaban la estructura alrededor de la cual giraba todo lo demás.

Lo dejé boca arriba en la cama y me incliné sobre él mientras le canturreaba los trocitos de las nanas que recordaba de mi infancia. Lucas se agitaba y se retorcía, siguiendo mis movimientos con la boca y los ojos. Cogí una de sus manitas y me la llevé a la cara. Sus palmas eran tan pequeñas como una moneda. Me dejó la mano en la mejilla, contemplando absorto mi rostro, buscando la conexión entre ambos tanto como yo.

Nadie me había hecho sentir nunca tan querida ni tan imprescindible. Los bebés eran peligrosos... hacían que te enamoraras de ellos antes de darte cuenta de lo que estaba pasando. Esa diminuta y seria criatura ni siquiera era capaz de pronunciar mi nombre y dependía de mí para todo. Para todo. Apenas lo conocía desde hacía veinticuatro horas, pero me habría plantado delante de un autobús para salvarlo. Ese bebé me había roto el corazón. Era espantoso.

—Te quiero, Lucas —susurré.

La revelación no pareció sorprenderlo en lo más mínimo.

«Pues claro que me quieres», parecía decir su expresión. «Soy un bebé. Esto es lo mío.»

Apretó su manita contra mi mejilla, comprobando la suavidad de mi piel.

Tenía las uñas demasiado largas. ¿Cómo se le cortaban las uñas a un bebé? ¿Se podía hacer con un cortaúñas normal y corriente o se necesitaba uno especial? Le cogí los pies y besé esas plantas sonrosadas, tan suaves como las almohadillas de un gatito.

—¿Dónde está tu manual de instrucciones? —le pregunté—. ¿Cuál es el número de atención al cliente para usuarios de bebés?

En ese instante, me di cuenta de que no le había concedido todo el respeto que se merecía a mi amiga Stacy cuando tuvo a su hija. En su momento, intenté hacer gala del merecido respeto, pero no tenía ni idea de todo lo que había soportado. Era imposible saberlo hasta que uno se encontraba en la misma situación. ¿Se había sentido tan agobiada, tan poco preparada para la responsabilidad de criar a otra persona? Siempre se decía que las mujeres tenían un instinto innato para eso, una especie de reserva de sabiduría maternal que salía a la luz en el momento justo.

Pero a mí no me estaba pasando.

La única sensación que lograba identificar era el acuciante impulso de llamar a mi mejor amiga, Stacy, y echarme a llorar. Y como siempre había creído en el valor terapéutico de un ocasional desahogo, la llamé. Me encontraba en territorio desconocido, en mitad de una zona llena de peligros y trampas que mi amiga se conocía al dedillo. Conocí a Stacy porque llevaba años saliendo con Tom, el mejor amigo de Dane. Cuando se quedó embarazada por accidente, Tom hizo lo correcto y se casó con ella. El bebé, una niña a la que llamaron Tommie, tenía ya tres años. Tanto Tom como ella juraban que era lo mejor que les había pasado en la vida. Y daba la sensación de que Tom hasta lo decía en serio.

Dane y Tom seguían siendo buenos amigos, pero yo sabía

que en el fondo Dane creía que Tom había traicionado sus principios. En otra época, Tom había sido un activista liberal y un individualista empedernido, pero se había casado y se había comprado un monovolumen, que tenía los cinturones de seguridad llenos de manchas y un montón de tetrabricks vacíos de zumo y de juguetes de Happy Meal en el suelo.

—Stace —dije con voz alarmada, aunque también aliviada al ver que cogía el teléfono—. Soy yo. ¿Tienes un minuto?

—Claro que sí. ¿Cómo te va?

Me la imaginé en mitad de la cocina de su reformada casita, con los ojos tan brillantes que parecerían chupachups en contraste con el color café de su piel y con el pelo (que llevaba lleno de trencitas) recogido en la coronilla para dejar la nuca al aire.

—Fatal —le contesté—. Voy de culo.

—¿Tienes problemas con la columna? —me preguntó con voz preocupada.

Titubeé antes de contestar.

—Sí. Tengo que darle consejo a una mujer soltera cuya hermana pequeña ha tenido un hijo sin estar casada y que quiere que cuide del bebé durante tres meses por lo menos. Mientras tanto, la hermana pequeña va a ingresar en una clínica de salud mental con la intención de curarse lo justo para ser una buena madre.

—Menuda putada —comentó Stacy.

—Espera, que la cosa sigue. La hermana mayor vive en Austin con un novio que ya le ha dicho que no puede llevarse al niño a vivir con ellos.

—Capullo —soltó Stacy—. ¿Por qué no quiere que lo lleve?

—Creo que no quiere la responsabilidad. Creo que tiene miedo de que el bebé interfiera con sus planes para salvar el planeta. Tal vez tiene miedo de que cambie su relación y de que su novia empiece a exigirle más cosas de lo que ha estado haciendo hasta el momento.

Stacy acabó por captarlo.

—¡Madre del amor hermoso! Ella, ¿te refieres a Dane y a ti?

Era un verdadero placer desahogarme con alguien como Stacy, que, como buena amiga, se puso de inmediato de mi parte. Y aunque yo estaba cambiando las reglas de la relación sin previo aviso al meter a un bebé en nuestras vidas, Stacy estaba de acuerdo conmigo al cien por cien.

—Estoy en Houston con mi sobrino —le conté—. Nos estamos quedando en un hotel. Lo tengo aquí al lado. No quiero hacer esto. Pero es el primer chico al que le he dicho «Te quiero» desde el instituto. ¡Ay, Stace, no sabes lo mono que es!

—Todos los bebés son monos —replicó Stacy, restándole importancia.

—Lo sé, pero éste es precioso.

—Todos los bebés son preciosos.

Dejé de hablar para hacerle muecas a Lucas, que estaba haciendo pompas de saliva.

—Lucas está por encima de todos los bebés preciosos.

—Espera. Tom acaba de llegar para comer. Quiero que se moje. ¡Tooooooom!

Esperé mientras Stacy ponía al día a su marido. De toda la larga ristra de amigos de Dane, Tom siempre había sido mi preferido. Nadie se aburría ni estaba triste cuando Tom andaba cerca... el vino corría, la gente se reía y la conversación fluía. Cuando Tom andaba cerca, te sentías ingeniosa e inteligente. Stacy era el tenso y fiable cordel del que el colorido Tom podía colgar al viento y llamar la atención.

—¿Puede coger Tom el otro teléfono? —le pregunté a Stacy.

—Ahora sólo tenemos uno. A Tommie se le cayó el otro en el orinal. Bueno... ¿has hablado ya con Dane?

El estómago me dio un vuelco.

—No, quería hacerlo primero contigo. Estoy retrasando el momento porque sé lo que va a decir. —Se me nublaron los ojos. Comencé a hablar con voz aguda y rebosante de emoción—. No querrá hacerlo, Stace. Va a decirme que no vuelva a Austin.

—¡Y una mierda! Vuelve ahora mismo con ese bebé.

—No puedo. Ya conoces a Dane.

—Claro que lo conozco, y por eso creo que ha llegado el momento de que avance un poco. Es una responsabilidad de adulto, y tiene que asumirla.

Por algún motivo, me sentí en la necesidad de defender a Dane.

—Es un adulto —dije al tiempo que me secaba los ojos con la manga—. Tiene su propia empresa. Hay mucha gente que depende de él. Pero esto es distinto. Dane siempre ha dejado muy claro que no quería saber nada de niños. Y el hecho de que yo me haya visto metida en una situación que no me esperaba no significa que Dane también tenga que padecerla.

—Por supuesto que sí. Es tu compañero. Además, un bebé no es una enfermedad. Es... —Se calló para escuchar lo que le decía su marido—. Cierra el pico, Tom. Ella, cuando un bebé entra en tu vida, tienes que renunciar a muchas cosas. Pero a cambio recibes muchas más de las que pierdes. Ya lo verás.

Lucas había empezado a parpadear muy despacio, señal de que el sueño se iba apoderando de él. Le puse la mano en la barriguita, sintiendo sus movimientos intestinales.

—... tuvo una infancia increíble —seguía diciendo Stacy—, y tiene la edad perfecta para sentar cabeza. Todo el que lo conoce dice que sería un padre estupendo. Tienes que forzar la situación, Ella. En cuanto Dane se dé cuenta de lo estupendo que es tener niños, de lo mucho que te alegran la vida, estará preparado para comprometerse.

—Si ya le cuesta comprometerse a tener calcetines... —dije—. Tiene que ser totalmente libre, Stacy.

—Nadie puede ser enteramente libre... —me contradijo ella—. El objetivo de una relación es contar con alguien cuando te hace falta. Si no lo tienes, es sólo... Espera un momento.

—Cuando dejó de hablar, escuché una voz de fondo que decía—: ¿Quieres que Tom hable con él? Dice que estará encantado.

—No —me apresuré a decir—. No quiero presionarlo.

—¿Por qué no? —preguntó Stacy, indignada—. Bastante presión tienes tú, ¿no? Tú tienes que hacer frente a una situación complicada... ¿Por qué no va a ayudarte? Ella, te juro que si Dane no hace lo que debe, voy a cantarle las cuarenta... —Se detuvo por otro comentario de su marido—. ¡Lo digo en serio, Tom! Por el amor de Dios, ¿y si Ella se hubiera quedado embarazada como me pasó a mí? Tú asumiste tu responsabilidad..., ¿no crees que Dane debería hacer lo mismo? Me importa una mierda que sea su hijo o no. La cosa es que Ella necesita su apoyo. —Se concentró de nuevo en mí—. Da lo mismo lo que Dane diga o deje de decir, tú vuelve a Austin con ese niño. Tus amigos están aquí. Te ayudaremos en lo que necesites.

—No estoy segura. Me cruzaría con Dane... Sería muy raro vivir cerca de él, pero no con él. A lo mejor debería buscar un apartamento amueblado aquí, en Houston. Sólo será por tres meses.

—¿Y volver con Dane cuando se haya resuelto el problema? —preguntó Stacy, encendida.

—Pues... sí.

—¿Eso quiere decir que si te detectan un cáncer también tendrías que lidiar con él solita para no molestarlo? Oblígalo a involucrarse en este asunto. ¡Debes contar con su apoyo, Ella! Tienes... Espera, Tom quiere hablar contigo.

Esperé hasta que escuché la voz resignada de su marido.

—Hola, Ella.

—¿Qué tal, Tom? Antes de que digas nada... no me sueltes lo que Stace quiere oír. Dime la verdad. Eres su mejor amigo y lo conoces mejor que nadie. Dane no va a cambiar de opinión, ¿verdad?

Tom suspiró.

—Todo esto es una trampa para él. Cualquier cosa que

huela a una casita con perro, esposa y dos coma cinco hijos lo es. Y a diferencia de Stacy y, al parecer, de todos los demás, no creo que Dane fuera un padre maravilloso. No le va el masoquismo.

Esbocé una sonrisa tristona, ya que sabía que Stacy lo haría pagar por su sinceridad.

—Sé que Dane preferiría intentar salvar el planeta antes que salvar a un bebé. Pero no sé por qué.

—Los bebés son clientes muy difíciles, Ella —explicó Tom—. Recibes muchas más alabanzas por intentar salvar el planeta. Y, además, es más fácil.

8

—Me han puesto en una tesitura difícil de pasar por alto —le dije a Dane por teléfono—. Así que voy a contarte lo que quiero hacer y, después de que me hayas escuchado, me dices las opciones que tengo. O las que no tengo.

—¡Dios mío, Ella! —murmuró él.

Fruncí el ceño.

—No digas «¡Dios mío, Ella!» antes de escucharme. Todavía no te he contado mi plan.

—Pero sé cuál es.

—¿En serio?

—Lo supe en cuanto saliste de Austin. Siempre has sido la encargada de arreglar los desastres que va dejando tu familia a su paso. —La resignación que destilaba su voz estaba a un paso de la lástima.

Habría preferido su hostilidad. Porque la lástima me hacía sentir como si la vida fuera un circo en el que yo siempre tenía que salir detrás del elefante.

—Nadie me está obligando a hacer nada en contra de mi voluntad —protesté.

—Por lo que sé, ocuparte del bebé de tu hermana nunca ha sido uno de tus objetivos en la vida.

—El niño nació hace una semana. Digo yo que podré revisar mis objetivos, ¿no?

—Sí, pero eso no quiere decir que yo tenga que revisar los

míos. —Suspiró—. Cuéntamelo todo. Porque, te lo creas o no, estoy de tu parte.

Le expliqué lo sucedido, la conversación que mantuve con Tara, y luego terminé a la defensiva con un:

—Son sólo tres meses. Y el bebé no hace ruido. —«A menos que quieras dormir», añadí para mis adentros—. Así que he decidido buscar un apartamento amueblado por aquí y quedarme hasta que Tara mejore. Creo que Liza también me ayudará. Después, volveré a nuestro apartamento de Austin. Contigo. —Terminé con decisión—. ¿Te parece un buen plan?

—Me parece un plan... —respondió. Escuché un suave suspiro que le salió del fondo del alma—. ¿Qué quieres que diga, Ella?

Quería que dijera: «Vuelve a casa, te ayudaré con el bebé», pero me limité a contestarle con un:

—Quiero saber lo que estás pensando de verdad.

—Estoy pensando que sigues anclada en los viejos hábitos —murmuró Dane—. Tu madre sólo tiene que chasquear los dedos o tu hermana meter la pata para que tú abandones tu vida y te ocupes de todo. No será sólo por tres meses, Ella. Podrían pasar tres años antes de que Tara recupere el juicio. ¿Y qué pasa si tiene más niños? ¿Vas a acogerlos a todos?

—Ya lo había pensado —admití a regañadientes—. Pero no puedo preocuparme por lo que sucederá en el futuro. Ahora mismo sólo importa Lucas, y me necesita.

—¿Y lo que necesitas tú? Se supone que estás escribiendo un libro, ¿no? ¿Cómo te las vas a arreglar para seguir con la columna?

—No lo sé. Pero otras personas trabajan y se ocupan de sus hijos a la vez.

—No es hijo tuyo.

—Forma parte de mi familia.

—Tú no tienes familia, Ella.

Aunque yo había dicho cosas parecidas en el pasado, el comentario me dolió.

—Somos individuos ligados por patrones de obligaciones recíprocas —dije—. Si se puede llamar familia a un grupo de chimpancés del Amazonas, creo que las Varner también podemos entrar en esa categoría.

—Teniendo en cuenta que los chimpancés practican el canibalismo ocasional, podría darte la razón.

En ese momento, entendí que no debería haberle hablado tanto a Dane sobre las Varner.

—Me revienta discutir contigo —mascullé—. Me conoces demasiado bien.

—Más te reventaría si te dejara tomar la decisión equivocada sin decirte nada.

—Creo que es la decisión acertada. Desde mi punto de vista, es la única decisión con la que sería capaz de vivir.

—Me parece estupendo. Pero yo soy incapaz de vivir con ella.

Inspiré hondo.

—Bueno, y eso, ¿en qué punto nos deja si hago lo que tengo pensado? ¿Cómo afecta esto a una relación de cuatro años?

Me costaba muchísimo creer que la persona en la que me había apoyado más que en nadie, el hombre en quien confiaba y a quien le tenía tanto aprecio, estaba trazando una línea tan inflexible.

—Supongo que podríamos considerarlo un paréntesis —dijo Dane.

Lo medité mientras una gélida sensación de alarma me corría por las venas.

—Y cuando vuelva, ¿lo retomaremos donde lo dejamos?

—Podemos intentarlo.

—¿A qué te refieres con «intentarlo»?

—Puedes conservar algo en el congelador y sacarlo tres meses después, pero nunca será lo mismo.

—Pero, prometes esperarme, ¿no?

—¿En qué sentido?

—Me refiero a que no te acostarás con nadie más.

—Ella, no podemos prometer no acostarnos con otra persona.

Me quedé de piedra.

—¿No podemos?

—Claro que no. En una relación adulta, no hay ni promesas ni garantías. No nos poseemos el uno al otro.

—Dane, creía que éramos fieles. —Por segunda vez en el día, me di cuenta de que hablaba con voz llorosa. De repente, se me ocurrió algo—. ¿Alguna vez me has puesto los cuernos?

—Yo no lo llamaría de esa manera, pero no, no lo he hecho.

—¿Qué pasaría si decido acostarme con otro? ¿No te pondrías celoso?

—No te negaría la oportunidad de experimentar otras relaciones con plena libertad si eso es lo que quieres. Es cuestión de confianza. Y de tener una mentalidad abierta.

—¿Tenemos una relación abierta?

—Si quieres decirlo de esa manera, sí.

Pocas veces en la vida me había sentido tan sorprendida como en ese momento. O más bien ninguna. Las cosas que había dado por sentadas con respecto a mi relación con Dane no tenían fundamento.

—¡Por el amor de Dios! ¿Cómo podemos tener una relación abierta sin que yo lo sepa siquiera? ¿Cuáles son las reglas?

A Dane pareció hacerle gracia la situación.

—No hay reglas entre nosotros, Ella. Nunca las ha habido. Es el único motivo por el que hemos permanecido juntos tanto tiempo. Si hubiera intentado encerrarte de alguna manera, te habrías largado a las primeras de cambio.

Tenía un montón de protestas y de explicaciones en la cabeza. Pero me preguntaba si Dane estaba en lo cierto. Y mucho me temía que así era.

—De algún modo —comencé despacio—, siempre me he tenido por una persona convencional. Demasiado convencional como para mantener una relación desestructurada.

—Miss Independiente lo es —replicó él—. Los consejos

que le da a otra gente siguen unas reglas muy concretas. Pero como Ella... No, no eres convencional.

—Pero soy Miss Independiente y Ella a la vez —protesté—. ¿Dónde está entonces mi verdadera personalidad?

—Ahora mismo, parece que tu verdadera personalidad está en Houston —respondió Dane—. Ojalá regresaras.

—Me gustaría poder llevarme el niño a casa unos días, hasta que encuentre una solución.

—A mí no me va bien —se apresuró a soltar Dane.

Fruncí el ceño.

—También es mi apartamento. Quiero quedarme en mi mitad.

—Vale. Dormiré en otro sitio hasta que el bebé y tú os hayáis ido. O me mudaré para que te quedes con todo...

—No. —De forma instintiva, supe que, si Dane se veía obligado a mudarse por mi decisión de cuidar de Lucas, podría perderlo para siempre—. Da igual, quédate en el apartamento. Encontraré algo temporal para Lucas y para mí.

—Te ayudaré en todo lo que pueda —dijo él—. Pagaré tu parte del alquiler todo el tiempo que haga falta.

El ofrecimiento me cabreó. Su negativa a aceptar a Lucas me ponía tan furiosa como si fuera una leona enjaulada. Aunque, sobre todo, me asustaba el descubrimiento de que nuestra relación no tenía reglas, de que no había promesas entre nosotros. Porque eso quería decir que ya no estaba segura de él.

Ni de mí.

—Gracias —dije, indignada—. Ya te diré cómo acaba todo.

—Lo primero que tenemos que hacer —le dije a Lucas al día siguiente— es encontrar un bonito lugar que podamos alquilar o subarrendar. ¿Te parece que miremos en el centro? ¿En la zona de Montrose? ¿O no te opones a que busquemos algo cerca de Sugar Land? Siempre podemos ir a Austin, pero tendría que evitar a quien tú ya sabes. Y los alquileres allí son mucho más altos.

Lucas parecía pensativo mientras se tomaba despacio el biberón, como si de verdad estuviera considerando las opciones.

—¿Te lo estás pensando? —le pregunté—. ¿O estás pringando otro pañal?

La noche anterior había pasado un montón de tiempo buscando información en Google sobre los cuidados infantiles. Leí un montón de páginas sobre lo que había que hacer y lo que no, sobre los momentos más importantes del primer mes de vida y también sobre las visitas al pediatra. Incluso encontré instrucciones para cortarles las uñas a los bebés.

—Aquí dice —le comenté en su momento— que se supone que tienes que dormir entre quince y dieciocho horas al día. Tienes que ponerle más empeño. También dice que tengo que esterilizar todo lo que te llevas a la boca. Y dice que tendrás que saber sonreír al final del primer mes.

Tras leer eso, me pasé varios minutos sonriéndole con la esperanza de que me respondiera. La respuesta de Lucas fue una mueca tan seria que le dije que se parecía a Winston Churchill.

Después de añadir a los favoritos del explorador una docena de sitios web sobre el cuidado de los bebés, empecé a mirar apartamentos amueblados en la zona de Houston. Los que me podía permitir parecían muy feos y deprimentes, y los que me gustaban estaban por las nubes. Por desgracia, era difícil encontrar algo en una zona decente con unos muebles decentes por un precio razonable. Me acosté con un nudo en el estómago por culpa de los nervios y bastante deprimida. Tal vez porque se compadecía de mí, esa noche Lucas sólo se despertó tres veces.

—Tenemos que encontrar algo hoy mismo —le dije—. Y largarnos de este hotel tan caro.

Decidí pasar la mañana buscando posibilidades en Internet para salir esa misma tarde a verlas. Mientras escribía la reseña del primer lugar, mi móvil sonó.

«Travis», rezaba la pantalla. Sentí un escalofrío por los nervios y la curiosidad.

—¿Diga?

—Ella. —Escuché la inconfundible voz de barítono de Jack, tan suave como la seda—. ¿Cómo te va?

—Genial, gracias por preguntar. Lucas y yo estamos buscando casa. Hemos decidido irnos a vivir juntos.

—Enhorabuena. ¿Estás buscando algo en Houston o vuelves a Austin?

—Vamos a quedarnos aquí.

—Bien. —Una breve pausa—. ¿Tienes planes para comer?

—No.

—¿Te viene bien si te recojo a las doce?

—No puedo permitirme invitarte de nuevo —contesté, y Jack se echó a reír.

—Esta vez corre de mi cuenta. Quiero comentarte una cosa.

—¿De qué quieres hablar? Anda, dame una pista.

—No necesitas una pista, Ella. Sólo tienes que decir que sí.

Titubeé, desconcertada por el modo en el que me hablaba: de manera amistosa, pero insistente, como un hombre que no estaba acostumbrado a escuchar un no por respuesta.

—¿Podría ser en un sitio normalito? —le pregunté—. Ahora mismo ni Lucas ni yo tenemos nada elegante que ponernos.

—Sin problemas. Pero no le pongas calcetines rosas.

Me llevé una sorpresa cuando Jack nos recogió en un monovolumen híbrido. Había esperado una monstruosidad que consumiera muchísimo, o un deportivo de gama alta. Para nada me esperaba un vehículo que Dane o cualquiera de sus amigos se habría sentido a gusto conduciendo.

—¡Llevas un híbrido! —exclamé asombrada mientras intentaba asegurar la base de la sillita de Lucas en la parte trasera del coche—. Te habría imaginado con un Denali, un Hummer o algo del estilo.

—Un Hummer —repitió Jack con desdén al tiempo que me pasaba a Lucas, que seguía sentado en la silla portabebés, y me apartaba con suavidad para ocuparse de la base de la silla—. Houston ya tiene bastantes emisiones de gases. No pienso contribuir al problema.

Arqueé las cejas.

—Eso suena a lo que diría un ecologista.

—Es que soy ecologista —murmuró Jack.

—No puedes ser un ecologista, eres un cazador.

Jack sonrió.

—Hay dos clases de ecologistas, Ella. Los que se abrazan a los árboles y creen que cualquier ameba unicelular es tan importante como un alce en peligro de extinción... y los que, como yo, creemos que la caza regulada es una manera de gestionar de forma responsable la vida natural. Y como me gusta disfrutar del aire libre todo lo que puedo, estoy en contra de la contaminación, de la pesca masiva, del calentamiento global, de la deforestación y de cualquier otra cosa que fastidie el medioambiente.

Jack cogió la sillita de Lucas y la ajustó con mucho cuidado a la base. Se detuvo para hacerle carantoñas al bebé, que estaba atado como un astronauta en miniatura preparado para una peligrosa misión.

Puesto que él estaba detrás y un poco a un lado, me fue imposible no reparar en la imagen de Jack, agachado sobre los asientos. Tenía un cuerpazo, con unos músculos duros que se adivinaban bajo los vaqueros y unos hombros fuertes que se tensaban bajo la camisa celeste que llevaba remangada. Tenía el cuerpo ideal para un quaterback, lo bastante fornido como para aguantar la acometida de un defensa, lo bastante alto como para lanzar un buen pase y lo bastante delgado como para ser rápido y ágil.

Como solía pasar en Houston, un trayecto que debería durar quince minutos acabó en casi media hora. Pero disfruté de lo lindo. No sólo me alegraba de salir de la habitación del hotel, sino que además Lucas estaba dormido, encantado con el aire acondicionado y el movimiento del coche.

—¿Qué ha pasado con Dane? —preguntó Jack al descuido—. ¿Habéis roto?

—No, qué va. Seguimos juntos. —Hice una pausa incómoda antes de continuar—: Pero estamos en un... paréntesis.

Sólo estos tres meses, hasta que Tara vuelva a por el bebé y yo regrese a Austin.

—¿Eso quiere decir que puedes salir con otra gente?

—Siempre hemos podido salir con otra gente. Dane y yo mantenemos una relación abierta. Nada de promesas ni de compromisos.

—Eso no existe. Una relación es una serie de promesas y de compromisos.

—Tal vez lo sea para la gente convencional. Pero Dane y yo creemos que no se puede poseer a otra persona.

—Claro que se puede —me contradijo Jack.

Arqueé las cejas.

—A lo mejor las cosas son distintas en Austin —comentó Jack—. Pero en Houston, ningún perro comparte su hueso.

Era algo tan disparatado que me eché a reír.

—¿Alguna vez has tenido una relación seria, Jack? Pero seria de verdad, de estar prometidos para casaros.

—Una vez —admitió—, pero no funcionó.

—¿Por qué no?

—Eso digo yo, ¿por qué?

La pausa que hizo antes de contestar fue lo bastante larga como para darme cuenta de que no solía hablar del tema.

—Se enamoró de otro —respondió al cabo de un rato.

—Lo siento —dije con sinceridad—. La mayoría de las cartas que recibo son de gente cuya relación se está acabando. De hombres que intentan aferrarse a sus mujeres infieles, de mujeres enamoradas de hombres casados que no dejan de prometerles que dejarán a sus esposas pero que nunca lo hacen... —Me callé al ver que golpeaba el volante de piel con un gesto nervioso, como si tuviera una arruga que quisiera quitarle.

—¿Qué le dirías a un hombre cuya novia se ha acostado con su mejor amigo? —me preguntó.

Lo entendí a la primera. Intenté disimular la lástima, ya que sabía que no le haría gracia.

—¿Fue una sola vez o tenían una relación?

—Acabaron casados —respondió con voz amarga.

—Menuda putada —dije—. Es peor cuando se casan, porque entonces la gente cree que están libres de toda culpa. «Vale, te engañaron, pero se casaron, así que no pasa nada.» Y tú te lo tienes que tragar todo y mandarles un carísimo regalo de boda para que no crean que eres un capullo. Es una putada, sí.

Dejó de mover el pulgar.

—Ahí le has dado. ¿Cómo lo has sabido?

—Madame Ella lo sabe todo —respondí, sin darle importancia—. Me atrevería a decir que su matrimonio está haciendo aguas ahora mismo. Porque las relaciones que empiezan de esa manera no tienen una base sólida.

—Pero tú no desapruebas la infidelidad —dijo él—. Porque ninguna persona puede poseer a otra, ¿verdad?

—No, condeno la infidelidad cuando alguno de los miembros de la pareja desconoce las reglas. A menos que accedas a tener una relación abierta, hay una promesa implícita de fidelidad. No hay nada peor que romper una promesa que le has hecho a alguien que te quiere.

—Sí —reconoció en voz baja, pero el monosílabo tenía tanta fuerza que dejó bien claro lo mucho que creía en esas palabras.

—En fin, ¿he acertado con su matrimonio? —pregunté—. ¿Está haciendo aguas?

—De un tiempo a esta parte, parece que las cosas no marchan muy bien —reconoció él—. Lo más probables es que se divorcien. Y es una pena, porque tienen dos niños.

—Cuando vuelva a estar libre, ¿crees que te interesará?

—No puedo negar que no lo haya considerado. Pero no, no pienso tropezar dos veces con la misma piedra.

—Tengo una teoría sobre los hombres como tú, Jack.

Eso pareció animarlo un poco. Me miró con sorna.

—¿Qué teoría?

—Una teoría sobre por qué no te has comprometido todavía. En realidad, es una cuestión de dinámicas de mercado eficientes. Las mujeres con las que sales son prácticamente iguales. Pasas un buen rato con la de turno y luego vas a por la siguiente, haciendo que se pregunten por qué no ha durado. No se dan cuenta de que ninguna de ellas supera las expectativas de mercado, porque todas ofrecen lo mismo, y da igual lo bueno que sea el envoltorio. Así que lo único que podría cambiar tu situación es que suceda algo inesperado y fortuito. Razón por la cual vas a acabar con una mujer totalmente distinta a lo que la gente espera, a lo que tú esperas. —Lo vi sonreír—. ¿Qué te parece?

—Creo que no serías capaz de callarte ni debajo del agua —replicó.

El restaurante al que Jack nos llevó podría considerarse normal según él, pero contaba con aparcacoches, el aparcamiento estaba lleno de automóviles de lujo y había una pérgola blanca que llevaba hasta la puerta. Nos condujeron hasta una mesa increíble situada junto a un ventanal. A juzgar por la elegante y estudiada decoración, y por las notas del piano que sonaba de fondo, estaba segura de que nos echarían a Lucas y a mí en mitad de la comida. Sin embargo, Lucas me sorprendió con un comportamiento modélico. La comida estaba deliciosa y el chardonnay que la acompañaba hizo que mis papilas gustativas saltaran de alegría. Y, además, Jack tal vez fuera el hombre más simpático que había conocido en la vida. Después del almuerzo, fuimos al centro de la ciudad. Dejamos el coche en el aparcamiento subterráneo en el 1800 de Main Street.

—¿Vamos a tu oficina? —le pregunté.

—Vamos a la parte del edificio dedicada a los apartamentos. Exactamente donde trabaja mi hermana.

—¿A qué se dedica?

—En resumidas cuentas, se encarga de los contratos y de las operaciones financieras. Del día a día del negocio, de las cosas de las que yo no puedo ocuparme.

—¿Me la vas a presentar?

Jack asintió con la cabeza.

—Te caerá bien.

Subimos en el ascensor hasta un pequeño vestíbulo de

mármol reluciente que contaba con una escultura contemporánea de bronce y un área de recepción muy formal. El conserje, un chico muy bien vestido, sonrió a Jack y miró de reojo a Lucas, que estaba durmiendo. Jack había insistido en llevarlo él, detalle que le agradecí muchísimo. Mis brazos todavía no se habían acostumbrado a la nueva responsabilidad de llevar a Lucas y sus cosas de un lado para otro.

—Dile a la señorita Travis que vamos a su apartamento —le dijo Jack al conserje.

—Sí, señor Travis.

Seguí a Jack hasta los ascensores a través de una serie de puertas de cristal que se fueron abriendo para dejarnos pasar sin hacer apenas ruido.

—¿En qué piso está la oficina? —le pregunté.

—En el séptimo. Pero Haven querrá que vayamos a verla a su apartamento, que está en el sexto.

—¿Por qué?

—Es un apartamento totalmente amueblado. Y gratis. Uno de los privilegios de su puesto de trabajo. Su novio vive en una de las plantas superiores, en otro apartamento de tres dormitorios al que mi hermana ya ha trasladado todas sus cosas. Así que tiene el apartamento vacío.

En ese momento, comprendí sus intenciones, de modo que lo miré alucinada. Me dio un vuelco el estómago, aunque no supe si se debía al movimiento del ascensor o a la sorpresa.

—Jack, si se te ha pasado por la cabeza que Lucas y yo vivamos aquí los próximos tres meses... Te lo agradezco mucho, pero es imposible.

—¿Por qué?

El ascensor se detuvo y Jack me hizo un gesto para que lo precediera.

Decidí ser directa.

—No puedo permitírmelo.

—Encontraremos una cifra que te venga bien.

—No quiero deberte nada.

—Y no lo harás. Esto es entre mi hermana y tú.

—Vale, pero el edificio es tuyo.

—No, no lo es. Sólo lo gestiono.

—No me vengas con ésas. Es propiedad de los Travis.

—Muy bien. —Su voz era risueña—. Es propiedad de los Travis. Aun así, no me deberás nada. Es cuestión de oportunidad. Tú necesitas un sitio donde vivir y yo tengo un apartamento disponible.

Fruncí el ceño.

—Tú vives en el edificio, ¿verdad?

Me miró con sorna.

—No me hace falta ponerle a una mujer un apartamento en bandeja para conseguir su atención, Ella.

—No me refería a eso —protesté, aunque la humillación hizo que me pusiera como un tomate. A decir verdad, sí que me refería a eso. Como si yo, Ella Varner, fuera tan irresistible que él, Jack Travis, fuera capaz de hacer el pino con las orejas con tal de tenerme en su mismo edificio. ¡Por el amor de Dios! ¿De qué parte de mi ego había salido eso? Busqué una explicación que me permitiera salir airosa de la tesitura—. Me refiero a que no creo que te haga gracia tener a un recién nacido llorón en el edificio.

—Haré una excepción en el caso de Lucas. Después del recibimiento que ha tenido al llegar a este mundo, se merece que le pase algo bueno.

Recorrimos el pasillo, enmoquetado y con forma de H, hasta llegar a un apartamento situado casi al final. Jack llamó al timbre y la puerta se abrió.

9

Haven Travis era mucho más delgada y bajita que su hermano, hasta el punto de que ni siquiera parecían ser hijos de los mismos padres. Sin embargo, tenían los mismos ojos oscuros. Haven tenía la piel muy blanca, el pelo negro y unos rasgos delicados. Su mirada era inteligente, despierta y, sin embargo, había algo en ella... una especie de vulnerabilidad causada por alguna herida que sugería que no había salido indemne de los amargos vuelcos de la vida.

—Hola, Jack. —Su atención se dirigió de inmediato a Lucas, que dormía en su sillita—. ¡Qué ricura de niño! —Tenía una voz muy peculiar, alegre y cariñosa, un poco ronca. Como si acabara de tomar un sorbo de licor caro—. Dame la sillita... lo estás moviendo demasiado.

—Le gusta —replicó Jack con tranquilidad, que pasó por alto los esfuerzos de su hermana para apropiarse de Lucas, al tiempo que inclinaba la cabeza para que le diera un beso—. Ella Varner, esta marimandona es mi hermana Haven.

—Pasa, Ella... —dijo la susodicha mientras nos saludábamos con un firme y amigable apretón de manos—. Menuda coincidencia. Llevo ya unas cuantas semanas leyendo tu columna.

Haven nos invitó a entrar en su apartamento, un espacio abierto decorado en tonos blancos y cremas, que contrastaban con los tonos oscuros de la madera. Las pinceladas de verde intenso de algunas piezas alegraban el rígido esquema cromático. En un rincón, había un reloj de pared suizo. El espacio correspondiente al salón estaba amueblado con unas cuantas piezas sencillas, algunas sillas de anticuario de estilo francés y un mullido sofá cubierto por una manta en tonos crema y negro.

—Lo decoró un gran amigo mío, Todd —me dijo Haven al notar mi interés.

—Es precioso. Parece talmente sacado de una revista de decoración.

—Según Todd, mucha gente comete el error de decorar espacios pequeños con demasiadas piezas delicadas. Se necesita algo consistente, como ese sofá, para que se convierta en el referente de la estancia.

—Digas lo que digas, el sofá es muy pequeño —comentó Jack mientras dejaba la sillita de Lucas sobre una amplia mesa auxiliar.

Haven sonrió.

—Mis hermanos no creen que un sofá sea cómodo a menos que tenga las mismas dimensiones que un tráiler —me dijo—. ¿Cómo se llama? —me preguntó después de acercarse a Lucas, a quien observó con evidente ternura.

—Lucas. —Me sorprendí al descubrir el orgullo que me invadió mientras contestaba.

—Jack me ha puesto al tanto de tu situación —dijo Haven—. Creo que lo que estás haciendo por tu hermana es algo increíble. Está claro que no has elegido el camino más fácil. —Sonrió—. Pero eso es justo lo que se espera de Miss Independiente.

Jack me miró con curiosidad.

—Me gustaría leer algunos de tus artículos.

—Hay unos cuantos ejemplares de *Vibraciones* en aquella mesita —le dijo Haven—. Creo que será un cambio refrescante para un lector de revistas de pesca.

Observé avergonzada que Jack cogía el último número, que contenía uno de mis artículos más provocadores.

—Creo que no deberías... —dije, pero dejé la frase en el aire cuando comenzó a hojear la revista.

Supe el momento exacto en el que localizó la página de mi artículo y vio la caricatura de mi persona, con los exagerados tacones de aguja y el abrigo entallado tan a la moda. Y supe exactamente lo que estaba leyendo antes incluso de verlo arquear las cejas.

Estimada Miss Independiente:

Estoy saliendo con un chico genial: guapo, con éxito profesional, cariñoso y bueno en la cama. Pero hay un problema. Es de talla pequeña... en lo que a su miembro se refiere. Siempre he oído que el tamaño no importa, pero no puedo evitar desear que estuviera un poco mejor dotado en ese aspecto. Quiero seguir con él a pesar de que lo suyo más bien parece un pepinillo en vinagre, pero ¿cómo dejo de pensar en un buen salami?

ENAMORADA DE LA XXL

Estimada Enamorada de la XXL:

En contra de las afirmaciones del spam que llega al correo de Miss Independiente, es imposible aumentar el tamaño del miembro masculino. Sin embargo, hay unos aspectos importantes que deben considerarse. Hay unas ocho mil terminaciones nerviosas en el clítoris, un número menor en la zona externa de la vagina y muy pocas en su interior. Por tanto, un pene pequeño es mejor que uno grande a la hora de procurar la estimulación necesaria para la mujer.

Para la mayoría de las mujeres, la experiencia con la que cuente el hombre es más importante que el tamaño de su miembro. Prueba posturas y técnicas distintas, aumenta el tiempo dedicado a los preliminares y recuerda que hay muchos caminos para llegar a Roma.

Por último, si quieres algo grande para jugar durante

tus relaciones, mete algún juguetito en la cama. Interpretadlo como una especie de subcontrata.

MISS INDEPENDIENTE

La expresión de Jack puso de manifiesto que le costaba reconciliar la imagen de Miss Independiente con lo que conocía de mí hasta la fecha. Se sentó en el pequeño sofá verde botella y siguió leyendo.

—Ven a ver la cocina —me dijo Haven al tiempo que me cogía del brazo para acompañarme hacia una zona totalmente alicatada, con encimera de granito y electrodomésticos de acero inoxidable—. ¿Te apetece beber algo?

—Sí, gracias.

—¿Té de mango helado o zumo de frambuesa con albahaca?

—Té de mango, por favor.

Me senté en uno de los taburetes de la isla.

Jack dejó de leer lo suficiente para protestar:

—Haven, sabes que no soporto esas porquerías. Yo quiero algo normal y corriente.

—No tengo nada normal y corriente —le recordó su hermana mientras sacaba una jarra de té de color amarillo—. Podrías probar el de mango.

—¿Qué tiene de malo el té de toda la vida?

—Deja de quejarte, Jack. Hardy ha probado éste y le gusta.

—Cariño, Hardy no se quejaría ni aunque le dieras a probar una infusión hecha con césped. Es un calzonazos.

Haven contuvo la sonrisa.

—A ver si eres capaz de decírselo a la cara.

—Ni hablar —se negó Jack al punto—. Es un calzonazos, pero sigue siendo capaz de darme dos hostias.

Puse los ojos como platos al preguntarme qué tipo de hombre sería capaz de darle dos hostias a Jack Travis.

—Mi prometido trabajaba de soldador en una plataforma petrolífera y está macizo —me dijo Haven con una mirada resplandeciente—. Cosa que nos viene genial. Porque, si no, mis tres hermanos mayores ya lo habrían alejado de mí.

—Lo único que nos ha faltado es condecorarlo por aguantarte —soltó Jack.

Sus pullas dejaban bien claro que se llevaban estupendamente. Haven le llevó un vaso de té a su hermano mientras seguían dándose caña y volvió a la cocina. Me dio mi vaso y apoyó los codos en la encimera de la isla.

—¿Te gusta el apartamento? —me preguntó.

—Sí, es precioso. Pero hay algunos problemillas...

—Lo sé. Voy a proponerte un trato, Ella —me interrumpió con total franqueza—. Nunca he pagado nada por vivir aquí, ya que es un extra ligado al cargo que desempeño en la empresa. Además, en cuanto me case, me mudaré con Hardy, que vive aquí mismo, en el piso dieciocho. —Hizo una pausa y añadió con una sonrisa avergonzada—: Ya he subido la mayoría de mis cosas. Así que lo que tengo aquí es un apartamento amueblado pero vacío. No veo por qué no podrías quedarte aquí con Lucas estos tres meses, pagando de tu bolsillo los gastos, hasta que vuelvas a Austin. No pienso cobrarte nada, porque, si tú no aceptas, esto se quedará vacío.

—No, te pagaré el alquiler —insistí—. No puedo aceptarlo gratis.

La vi hacer una mueca mientras se pasaba una mano por el pelo.

—No sé cómo decirte esto sin que suene borde... Me pagues lo que me pagues, sería más bien un gesto simbólico. En realidad, no necesito el dinero.

—Pero es que no lo aceptaré de otra forma.

—En ese caso, coge el dinero que consideres justo por tres meses de alquiler e inviértelo en Lucas.

—¿Puedo preguntarte por qué no alquilas el apartamento ahora que lo dejas?

—Lo hemos hablado —admitió—. E incluso tenemos una lista de personas interesadas. Pero seguimos sin tenerlo claro. Cuando contratemos a otra persona, si es que llegamos a hacerlo, para que ocupe mi puesto de trabajo, tendrá que vivir en el edificio, así que el apartamento tendría que estar libre para que lo ocupara.

—¿Y por qué necesitáis mudaros...? —pregunté, pero dejé la pregunta en el aire y cerré el pico.

Haven sonrió.

—Hardy y yo intentaremos aumentar pronto la familia.

—Un hombre que quiere niños —dije—. Una contradicción. —Jack no dijo ni pío. Seguía leyendo, lo sabía porque escuché cómo volvía una página. Miré a Haven y me encogí de hombros con impotencia—. Me sorprende que quieras hacer esto por una completa desconocida.

—No eres una desconocida en el sentido estricto de la palabra —me corrigió, intentando razonar conmigo—. Al fin y al cabo, conocemos a tu prima Liza y Jack salió con tu hermana...

—Una vez —señaló él desde el otro extremo del apartamento.

—Una vez —repitió Haven con una sonrisa—. Así que eres la amiga de una amiga. Además... —su expresión se volvió reflexiva—, hace relativamente poco pasé por un mal bache con el proceso de divorcio. Fue horrible. Hubo unas cuantas personas, entre ellas Jack, que me ayudaron a superarlo, así que quiero que el buen karma siga fluyendo.

—No lo hice para ayudarte —soltó su hermano—. Necesitaba mano de obra barata.

—Quédate en el apartamento, Ella —insistió Haven—. Puedes mudarte hoy mismo. Lo único que necesitas es un moisés para el bebé y listo.

Me sentía incómoda y un tanto insegura. No estaba acostumbrada a pedir ayuda ni tampoco a recibirla. Tenía que sopesar tranquilamente las complicaciones que podrían derivarse de todo aquello.

—¿Me das un poco de tiempo para pensármelo?

—Claro. —Había un brillo peculiar en sus ojos oscuros—. Por curiosidad, ¿qué te aconsejaría Miss Independiente?

Sonreí.

—No suelo pedirle consejo.

—Yo sé lo que diría. —Jack entró en la cocina con el vaso vacío en la mano.

Colocó una mano en el borde de la encimera tan cerca de mí que sentí la tentación de alejarme un poco. No obstante, me quedé justo donde estaba, tan pendiente de sus movimientos como si tuviera los reflejos de una gata. Su olor era fresco y amaderado, y su toque a cedro era tan masculino que podría pasarme toda la vida oliéndolo sin cansarme.

—Te diría que hicieras lo mejor para Lucas —siguió—. ¿O quizá no?

Asentí con la cabeza y me incliné sobre la encimera, con las manos en los codos.

—Pues hazlo —murmuró.

Ya me estaba atosigando de nuevo. Ningún hombre se había comportado de esa forma conmigo en la vida. Y, por alguna razón que se me escapaba, en vez de repelerme, me resultaba tentador dejarme llevar.

Consciente de que estaba a punto de ponerme colorada, no me atreví a mirarlo a la cara y en cambio me giré hacia Haven. Estaba observando a su hermano con una mirada penetrante, como si acabara de decir o de hacer algo totalmente ajeno a su carácter. Al cabo de un segundo, se dio la vuelta para llevar el vaso vacío al fregadero mientras nos decía que tenía que regresar al despacho aludiendo algo sobre unos contratos y unas entrevistas.

—Cerrad vosotros —dijo con voz alegre—. Y, Ella, tómate todo el tiempo que necesites.

—Gracias. Ha sido un placer conocerte.

Ni Jack ni yo nos movimos mientras Haven se marchaba. Seguí sentada en el taburete con el cuerpo en tensión y los dedos de los pies apretados sobre la barra inferior. Jack se acercó a mí hasta el punto de que sentí su aliento en el pelo.

—Tenías razón... —le dije con voz ronca—. Me cae bien.

—Más que verlo, percibí que él asentía con la cabeza. Su silencio me obligó a seguir hablando—. Siento mucho que tuviera que pasar por un divorcio.

—Yo siento que no lo hiciera antes. Y más siento no haberlo borrado a él de la faz de la Tierra. —No lo dijo a modo de bravuconada, sino con una tranquilidad tan pasmosa que me incomodó. En ese momento, lo miré a la cara.

—No siempre puedes proteger a tus seres queridos —le recordé.

—Eso he aprendido.

No me preguntó si iba a quedarme con el apartamento. De algún modo, los dos sabíamos que no me quedaba otra alternativa.

—Esto es muy diferente de mi vida normal —dije al cabo de un momento—. Este tipo de sitios no son habituales en mi día a día, ni para trabajar ni mucho menos para vivir. No es mi ambiente y no tengo nada en común con la gente que sí está acostumbrada a ellos.

—¿Y cuál es tu sitio? ¿Austin, al lado de Dane?

—Sí.

—Parece que él no opina lo mismo.

Fruncí el ceño.

—Eso ha sido un golpe bajo.

Jack no pareció arrepentirse.

—La gente que vive y trabaja en estos sitios es igual que el resto de los mortales, Ella. Hay buena gente y mala gente. Los hay listos y los hay más tontos que Abundio. Resumiendo, son normales y corrientes. No tendrás ningún problema con nadie. —Su voz se suavizó—. E incluso harás amigos.

—No voy a quedarme tanto tiempo como para entablar amistades. Estaré ocupada con Lucas, obviamente, e intentando que Tara mejore. Además, tengo que trabajar.

—¿Vas a ir hasta Austin en busca de tus cosas o te las traerá Dane?

—La verdad es que no necesito mucho. Creo que Dane puede meter mi ropa en unas cuantas cajas y mandármelas por UPS. Es posible que venga a verme dentro de un par semanas.

Escuché que Lucas se despertaba y bajé del taburete de un salto.

—Hora del biberón y del cambio de pañal —dije mientras caminaba hacia la sillita.

—¿Por qué no te quedas aquí y te relajas mientras yo voy al hotel y recojo tus cosas? Pagaré tu cuenta y así no te facturarán otra noche.

—Pero el coche...

—Vendré a por ti luego para ir a recogerlo. Ahora, descansa.

Eso sonaba estupendamente. Lo último que me apetecía era meterme en el coche con Lucas para ir a algún sitio, y menos a la hora más calurosa del día. Estaba muerta de cansancio y el apartamento estaba fresquito y tranquilo. Miré a Jack con tristeza.

—Ya te debo demasiados favores.

—Lo mismo da que sea uno más. —Me observó mientras sacaba a Lucas de la sillita y lo cogía en brazos—. ¿Tienes todo lo que necesitas?

—Sí.

—Volveré dentro de un rato. De todas formas, tienes mi número de móvil.

—Gracias. Yo... —Me desbordaba la gratitud. Introduje la mano en el bolso de los pañales y saqué un biberón ya preparado—. No sé por qué estás haciendo todo esto. Sobre todo, después de los problemas que te he causado. Pero te lo agradezco.

Jack se detuvo al llegar a la puerta y se volvió un momento para mirarme.

—Me caes bien, Ella. Lo que estás haciendo por tu hermana es digno de admiración. La mayoría de la gente le daría la espalda en vez de arriesgarse. No me importa ayudar a alguien que está intentando con todas sus fuerzas tomar el camino correcto.

Mientras Jack estuvo fuera, le cambié el pañal a Lucas y le di el biberón antes de explorar el apartamento. Entramos en el dormitorio, donde había una cama de bronce con una colcha antigua de encaje, un baúl de mimbre a modo de mesita de noche y una lámpara redonda de cristal de estilo victoriano. Dejé a Lucas en la cama y me senté a su lado, móvil en mano.

Marqué el número de Tara, pero saltó el buzón de voz, así que le dejé un mensaje:

—Hola, cariño... Lucas y yo lo llevamos genial. Vamos a quedarnos estos próximos tres meses en Houston. Ahora mismo me estaba acordando de ti. Me preguntaba dónde estarías. Y Tara... —la lástima y la ternura me hicieron un nudo en la garganta—, creo que comprendo por lo que estás pasando. Lo duro que es hablar con alguien... en fin, sobre mamá y el pasado y todo eso. Estoy orgullosa de ti. Estás haciendo lo correcto. Vas a ponerte bien.

Cuando colgué, sentí el abrasador escozor de las lágrimas en los ojos. Sin embargo, las lágrimas se evaporaron en cuanto vi que Lucas me estaba observando con la inocente curiosidad de un bebé. Me acerqué para frotarle la cabeza con la nariz, y el roce de ese pelo negro y liso me resultó tan suave como una pluma.

—Tú también vas a estar muy bien —le dije.

Y, rodeados por el calor de nuestros cuerpos, nos quedamos dormidos. Los sueños de Lucas fueron inocentes; los míos, caóticos.

Dormí mucho más rato del que había previsto o esperado. Cuando me desperté, el dormitorio estaba a oscuras. Y, sorprendida porque Lucas no hubiera protestado en lo más mínimo, alargué el brazo y me invadió el pánico al no encontrarlo.

—¡Lucas! —me incorporé jadeando.

—Eh... —Jack entró en el dormitorio y encendió la luz—, tranquila. No pasa nada, Ella —me dijo en voz baja y reconfortante—. Se ha despertado antes que tú, así que me lo he llevado al salón para que te dejara dormir un poco. Hemos estado viendo un partido de béisbol.

—¿Ha llorado? —le pregunté con voz ronca mientras me frotaba los ojos.

—Sólo cuando se ha dado cuenta de que los Astros volvían a empezar con mal pie. Pero le he dicho que no hay que avergonzarse por llorar por los Astros, porque eso une mucho a los hombres de Houston.

Intenté sonreír, pero estaba agotada y no muy espabilada. Y, para mi más profundo horror, descubrí que, cuando Jack se acercó a la cama, me invadió el impulso de echarle los brazos al cuello. Sin embargo, no era Dane, razón por la cual no sería muy adecuado, por no decir directamente «espantoso», pensar en él en los mismos términos. Dane y yo habíamos pasado cuatro años poniendo a prueba nuestra confianza y asumiendo riesgos emocionales hasta que logramos el nivel de confianza del que disfrutábamos. Me resultaba imposible imaginarme compartiendo lo mismo con otro hombre.

Antes de que pudiera moverme, Jack se detuvo junto a la cama y me miró con una expresión muy tierna en sus ojos oscuros. Retrocedí un poco, y sentí un placentero espasmo en el estómago al imaginar por un segundo que se tumbaba sobre mí y que su peso resultaba agradable, satisfactorio y...

—Tu coche estará en el aparcamiento reservado a los residentes dentro de unas horas —murmuró—. Le pagué a uno de los empleados del hotel para que lo trajera.

—Gracias... te devolveré el dinero.

—No hace falta.

—No quiero aumentar la deuda que ya tengo contigo.

Él meneó la cabeza como si le hiciera gracia el comentario.

—Ella, podrías relajarte y dejar que alguien haga algo agradable por ti.

Parpadeé al escuchar que sonaba música en el salón.

—¿Qué estás escuchando?

—He comprado un DVD para Lucas mientras he estado

fuera. Con música de Mozart y muñecos que parecen calcetines.

Mis labios esbozaron una sonrisa.

—A esa edad no creo que vea nada a más de treinta centímetros de la cara.

—Ahora entiendo su falta de interés. Pensaba que era más de Beethoven.

Me ofreció una mano para ayudarme a salir de la cama. Titubeé antes de aceptarla. No me hacía falta ayuda para levantarme. Sin embargo, parecía un poco descortés rechazar su gesto.

Cuando coloqué la mano en su palma y sentí su pulgar sobre el dorso, tuve la impresión de que nuestras manos encajaban a la perfección. Me alejé de él en cuanto estuve en pie. Intenté recordar si había sentido una atracción así de inmediata y directa por Dane. No... fue algo gradual, un proceso lento y pausado. Por regla general, me repelían las cosas que sucedían con rapidez.

—Tu maleta está en el salón —me dijo Jack—. Si tienes hambre, puedes pedir algo al restaurante de la séptima planta. Si necesitas algo, llama a Haven. Te he dejado su número al lado del teléfono. No nos veremos hasta dentro de un par de días, porque tengo que salir de la ciudad.

Sentí curiosidad por saber hacia dónde se dirigiría, pero me limité a asentir con la cabeza.

—Que tengas un buen viaje.

Un brillo socarrón iluminó sus ojos.

—Gracias.

Se marchó con esa despedida tan amigable y escueta, provocándome un repentino alivio, pero a la vez cierta desilusión. Al llegar al salón, vi mi maleta, sobre la que descansaba la factura del hotel dentro de un prístino sobre blanco. Cuando lo abrí y saqué la factura, di un respingo. Sin embargo, después de examinar el desglose de los gastos, me di cuenta de que faltaba algo: la cena que encargamos al servicio de habitaciones.

Llegué a la conclusión de que Jack la había pagado de su

bolsillo. Aunque habíamos acordado que corría de mi cuenta. ¿Por qué habría cambiado de opinión? ¿Por lástima? ¿Porque pensaba que no podía permitírmelo? Bueno, tal vez nunca tuviera la intención de dejar que pagara yo. Desconcertada y un poco molesta, solté la factura y me acerqué para coger a Lucas. Con él en brazos, vi un rato el DVD de las marionetas mientras intentaba no pensar en Jack Travis. Y, sobre todo, mientras intentaba no preguntarme cuándo volvería.

10

A lo largo de los siguientes días, llamé a mis amigos para contarles lo que había pasado. Tuve la sensación de que repetí la historia de mi sobrino-sorpresa por lo menos unas cien veces antes de ser capaz de hacer una versión resumida. Aunque la mayoría de mis amigos se mostraron comprensivos; otros, como Stacy, no vieron bien la decisión de quedarme en Houston. Me sentía algo culpable porque sabía que Dane se estaba llevando más de un tirón de orejas. Claro que nuestros amigos parecían reaccionar según su sexo. Las mujeres me aseguraban que no me quedaba otra alternativa más que cuidar de Lucas, mientras que los hombres apoyaban la decisión de Dane de no responsabilizarse de un niño que no le tocaba nada.

De forma inesperada, la discusión acabó convirtiéndose en un referéndum para decidir si había hecho bien o mal en no obligar a Dane a casarse conmigo antes de haber llegado a ese momento, ya que de haber estado casados, las cosas habrían sido bien distintas.

—¿En qué sentido habrían sido distintas? —le pregunté a Louise, una entrenadora personal cuyo marido, Ken, formaba parte del personal sanitario de la zona turística del lago Travis—. Dane seguiría en contra de tener hijos aunque estuviera casado conmigo.

—Sí, pero estaría obligado a ayudarte con Lucas —replicó

mi amiga—. A ver, un hombre no puede echar a su mujer de casa en estas circunstancias, ¿no te parece?

—Pero él no me ha echado de casa —protesté a la defensiva—. Y yo nunca obligaría a Dane a hacer algo que no quisiera hacer sólo porque estuviéramos casados. Incluso en ese caso, seguiría teniendo derecho a tomar sus propias decisiones.

—Eso es ridículo —me soltó Louise—. La razón por la que nos casamos es para dejarlos sin opciones. Así son más felices.

—¿Ah, sí?

—Ya te digo.

—¿Y nosotras también nos quedamos sin opciones después de casarnos?

—No, al contrario, el matrimonio aumenta nuestras opciones y, además, nos da la seguridad necesaria. Por eso el número de mujeres a favor del matrimonio es mayor que el de los hombres.

El punto de vista de Louise con respecto al matrimonio me tenía algo pasmada. Y llegué a la conclusión de que el matrimonio podía derivar en un acuerdo cínico si el amor no formaba parte de la ecuación desde el principio. Exactamente igual que una pared de ladrillo sin cemento: acababa desmoronándose.

Llamé a mi madre a regañadientes para contarle las noticias sobre Tara y el bebé, y para decirle que había decidido quedarme en Houston para ayudar a mi hermana.

—Después de todos estos años haciendo el tonto en Austin, no tienes derecho a quejarte —dijo mi madre.

—No me estoy quejando. Y no he estado haciendo el tonto. He estado trabajando, estudiando y...

—Tiene problemas con las drogas, ¿verdad? Tara siempre ha sido tan inocente... Se vio inmersa en este estilo de vida tan glamuroso, con esos amigos millonarios y... con toda la cocaína que se mueve por ahí, seguro que aspiró alguna sin querer, y claro...

—Mamá, es imposible aspirar cocaína sin querer.

—¡La obligaron! —exclamó mi madre—. No tienes ni idea de lo difícil que es ser guapa, Ella. No tienes ni idea de los problemas que acarrea.

—Tienes razón, no tengo ni idea. Pero estoy segurísima de que Tara no tiene ningún problema con las drogas.

—Bueno, tu hermana sólo quiere llamar la atención. Déjale bien claro que no pienso pagar ni un céntimo para que ella disfrute de tres meses de vacaciones. Yo sí que necesito unas vacaciones, vamos, hombre. ¡Menudo estrés estoy sufriendo por todo esto! ¿Por qué no se le ha ocurrido a nadie pagarme un tratamiento en un spa?

—Nadie espera que tú pagues nada, mamá.

—¿Quién va a pagarlo entonces, eh?

—Todavía no lo sé. Pero lo importante es ayudar a Tara a recuperarse. Y cuidar a Lucas. Vamos a quedarnos en un apartamento amueblado muy mono.

—¿Dónde está?

—Por aquí cerca. No es nada del otro mundo. —Contuve una sonrisa mientras echaba un vistazo al lujoso apartamento, convencida de que, si mi madre se enteraba de que estaba viviendo en el número 1800 de Main Street, se plantaría en la puerta en menos de media hora—. Necesita una buena limpieza. ¿Quieres ayudarme? Mañana por la mañana me vendría...

—Me encantaría —se apresuró a interrumpirme—, pero no puedo. Tengo un día muy ocupado. Tendrás que hacerlo sola, Ella.

—Vale. ¿Te apetece que me pase algún día por tu casa para que veas a Lucas? Estoy segura de que te apetecerá pasar un ratito con tu nieto.

—Sí, pero mi novio suele pasarse por aquí sin avisar. No quiero que lo vea. Ya te llamaré cuando tenga un día libre.

—Vale, porque me vendría muy bien que alguien me ayudara a cuidarlo para poder descansar y...

Mi madre colgó de repente.

Cuando llamé a Liza y le dije que iba a quedarme en el edificio de Main Street, mi prima pareció impresionada y extrañada.

—¿Cómo es posible que hayas conseguido algo así? ¿Te has acostado con Jack o algo?

—Por supuesto que no —le contesté, ofendida—. Como si no me conocieras.

—Bueno, pero es que me parece muy raro que los Travis te permitan quedarte ahí así como así. Claro que, con tanto dinero como tienen, supongo que pueden permitirse ser tan generosos. Para ellos será como darte una limosna.

La persona que más me ayudó, no sólo emocionalmente sino también desde el punto de vista práctico, fue Haven Travis. Me ayudó con la tarea de abrir una cuenta para domiciliar los gastos mensuales de mantenimiento del apartamento, me dijo dónde comprar todo lo que necesitaba, e incluso me recomendó a una niñera recomendada a su vez por su cuñada.

Haven no tenía prejuicios contra nadie ni se metía donde no la llamaban. Le encantaba escuchar a los demás y tenía un gran sentido del humor. A su lado, me sentía cómoda, casi tanto como con Stacy, algo extraordinario. Llegué a la conclusión de que la vida suele compensarte por la pérdida de aquellas personas con las que has dejado de tener contacto o con las que no puedes mantenerlo poniéndote en el camino a la persona adecuada cuando más lo necesitas.

Una mañana, salimos a comer fuera y a comprar cosas para Lucas, y en un par de ocasiones fuimos a dar un paseo a primera hora del día, antes de que el calor apretara. Mientras intercambiábamos los detalles de nuestras respectivas vidas con cierta cautela, descubrimos que la nuestra era una de esas extrañas amistades en las cuales la confianza se desarrolla al instante. Aunque Haven no hablaba mucho sobre su fallido matrimonio, me dio a entender que había sufrido algún tipo de maltrato. Yo sabía que debía de haberle echado mucho valor a la cosa para ponerle fin a la relación y reconstruir su vida, con todo el tiempo que eso conllevaba. Y también tenía muy claro que, fuera la mujer que fue en el pasado, la Haven que tenía delante había cambiado por completo en los aspectos fundamentales de su personalidad.

Su traumático matrimonio la había distanciado de sus antiguas amistades, algunas no se sentían cómodas con la situación, y otras se preguntaban qué había hecho para merecerlo. Y luego estaban las que no la creían en absoluto, ya que pensaban que una mujer rica no podía dejarse maltratar. Como si el dinero fuese un escudo protector contra la violencia o la brutalidad.

—Llegaron a decir a mis espaldas que, si mi marido me maltrataba —me confesó en una ocasión—, era porque yo se lo permitía.

Ambas guardamos silencio y nos limitamos a escuchar el traqueteo de las ruedas del cochecito sobre la acera. Aunque Houston no era una ciudad para pasear ni mucho menos, había ciertas zonas en las que se podía deambular con tranquilidad, como Rice Village, donde se podía disfrutar de la sombra de los árboles. Pasamos al lado de boutiques y tiendas de estilos muy distintos, de restaurantes y clubes, de salones de belleza, y de un establecimiento especializado en bebés. Los precios eran exorbitantes. Era increíble lo que costaba la ropa de bebé.

Mientras rumiaba lo que Haven me acababa de contar, deseé poder decir algo que la consolara de alguna manera. Sin embargo, el único consuelo que podía ofrecerle era decirle que creía en su palabra.

—Nos asusta pensar que alguien pueda hacernos daño o maltratarnos sin motivo —dije—. Así que muchos prefieren pensar que de algún modo fuiste responsable, porque eso los consuela, los hace sentirse seguros.

Haven asintió con la cabeza.

—De todas formas, creo que es mucho peor cuando se trata de un caso de abuso infantil. Porque el niño piensa que lo merece y esa herida lo marca para siempre.

—Ése es el problema de Tara.

Haven me miró con expresión astuta.

—¿No es tu caso?

Me encogí de hombros, incómoda.

—Yo he pasado unos cuantos años tratando el problema. Creo que he conseguido reducirlo hasta un tamaño manejable. Ya no sufro de la misma ansiedad que antes. Aunque... sigo teniendo problemas en el ámbito afectivo. Me resulta muy difícil crear vínculos con los demás.

—Pero lo has hecho con Lucas —señaló—. Y sólo has tardado unos días, ¿no?

Reflexioné al respecto y asentí con la cabeza.

—Supongo que los bebés son una excepción.

—¿Y Dane? Llevas mucho tiempo con él.

—Sí, pero últimamente me he dado cuenta de que... de que, aunque nuestra relación funciona, no va a ninguna parte. Como si fuera un coche que alguien ha dejado en marcha en la autopista con el piloto automático puesto.

Le conté que la nuestra era una relación abierta y repetí que Dane estaba seguro de que, si intentaba aprisionarme, yo lo abandonaría.

—¿Lo harías? —me preguntó Haven al tiempo que abría la puerta de una cafetería para que pudiera pasar con el cochecito.

El agradable frescor del aire acondicionado nos envolvió nada más entrar.

—No lo sé —respondí con sinceridad, frunciendo el ceño—. Tal vez tenga razón. Tal vez sea incapaz de manejar otro tipo de relación. Podría ser alérgica al compromiso.

Dejé el cochecito junto a una mesita, bajé la capota y le eché un vistazo a Lucas, que estaba agitando las piernas, encantado con la agradable temperatura del interior.

Haven, que seguía de pie, ojeó detenidamente la lista de cafés especiales. Su deslumbrante sonrisa me recordó a su hermano.

—No sé, Ella. Podría ser un problema psicológico enraizado o... es posible que todavía no hayas encontrado al hombre adecuado.

—No existe el hombre adecuado para mí. —Me incliné sobre Lucas y murmuré—: Salvo en tu caso, tragoncete. —Cogí uno de sus diminutos pies y le di un beso—. Me tienes loquita y ahora mismo me comería estos piececitos un poco sudorosos.

Haven me dio unas palmaditas en la espalda mientras rodeaba la mesa.

—Ella, ¿sabes lo que creo? Aparte del hecho de que voy a pedirme un *mocachino* con menta, nata montada y trocitos de chocolate, claro. Creo que, si se dieran las circunstancias apropiadas, podrías sacar ese coche de la autopista cuando te diera la gana.

Jack era el protagonista de muchas de las aventuras infantiles que me contó Haven. Tal y como era lo normal con los hermanos mayores, alternaba el papel de héroe con el de villano. En su caso, el papel de villano salía ganando. Sin embargo, ya en la edad adulta y con una familia bastante compleja, se había formado un fuerte vínculo entre ellos.

Según Haven, Gage, que era el primogénito, había sido siempre el foco de las exigencias paternas, de sus alabanzas y de sus ambiciosas aspiraciones. Gage era el único hijo del primer matrimonio de Churchill Travis y se había esforzado mucho por complacer a su padre, por convertirse en el hijo perfecto. Siempre había sido un chico serio, motivado y exageradamente responsable, cuyos resultados académicos habían sido sobresalientes mientras estudiaba en un internado extranjero muy elitista, y después en Harvard, donde se licenció en Ciencias Empresariales. Sin embargo, Gage no era un hombre tan rígido como lo había sido su padre. Tenía una naturaleza bondadosa y comprendía la fragilidad humana, rasgo del que Churchill Travis carecía.

El segundo matrimonio del patriarca del clan duró hasta la

muerte de su esposa, Ava, y de él nacieron tres hijos: Jack, Joe y Haven. Puesto que sobre los hombros de Gage recaía la mayor parte de la responsabilidad y las expectativas paternas, Jack disfrutó de la oportunidad de jugar, experimentar, hacer locuras y tener amigos. Siempre iniciaba las peleas y siempre era el primero en tender la mano después. Había practicado todos los deportes, se había camelado a todos los profesores para que le dieran notas más altas de las que merecía y había salido con las chicas más guapas de la clase. Era un amigo leal que siempre pagaba sus deudas y nunca rompía una promesa. Nada lo enfadaba tanto como que alguien rompiera un acuerdo al que se había comprometido.

Cuando Churchill decidía que sus hijos menores necesitaban recordar lo que era el trabajo duro, los mandaba a cortar el césped bajo el abrasador sol de Tejas, o a levantar una valla en los límites de la propiedad hasta que los músculos amenazaban con explotarles y estaban renegridos por el efecto del sol. De los tres chicos, sólo Jack había disfrutado de esos trabajos tan arduos. El sudor, el polvo y el cansancio físico le parecían purificadores. La necesidad de medirse contra la tierra, contra la naturaleza, se manifestaba en su afición por la caza, la pesca y cualquier otra actividad que lo alejara de la climatizada opulencia de River Oaks.

Haven no había sido víctima de ese particular afán aleccionador por parte de su padre. En cambio, se había visto sometida al estándar educativo que su madre creía adecuado para una dama. Como era de esperar, Haven había sido un marimacho que se había pasado toda la vida detrás de sus tres hermanos. Debido a la gran diferencia de edad que había entre ella y Gage, su hermano mayor había adoptado un papel vagamente paternal, y siempre que era necesario intervenía a su favor.

Sin embargo, Jack se había peleado con ella en muchas ocasiones, como por ejemplo cuando entraba en su dormitorio y se ponía a jugar con sus trenes sin permiso. Jack se vengaba pellizcándole los brazos hasta que le salían moratones y su pa-

131

dre acababa dándole una tunda con el cinturón, de modo que Haven terminaba llorando. Jack, consciente de su virilidad como buen tejano, se enorgullecía de no derramar ni una sola lágrima. Churchill solía decirle después a Ava que Jack era el chico más testarudo del mundo.

—Se parece demasiado a mí —afirmaba, frustrado por no haber podido meter en cintura al rebelde de su hijo, como había hecho con Gage.

Haven me dijo que se entristeció mucho cuando enviaron a Gage, su campeón, al internado. Sin embargo y en contra de todos sus temores, Jack no le hizo la vida imposible aprovechando la ausencia del hermano mayor. En una ocasión, Haven llegó a casa llorando porque había un niño en el colegio que se metía con ella. Jack escuchó en silencio la historia y se fue con la bici para solucionar el problema. El niño nunca volvió a molestarla. De hecho, no volvió a acercarse a ella en la vida.

Perdieron el contacto cuando Haven se casó con un hombre que su padre no aprobaba.

—Nunca le conté a nadie el infierno que estaba viviendo —confesó con tristeza—. Yo también soy muy testaruda. Además, era demasiado orgullosa como para admitir el tremendo error que había cometido. Mi ex marido había pisoteado mi autoestima hasta tal punto que me daba miedo, e incluso vergüenza, pedir ayuda. Aunque al final acabé cortando por lo sano, y Jack me ofreció trabajo para recuperarme. Nos hicimos amigos... colegas, vamos, como nunca lo fuimos de pequeños.

El comentario de que acabó «cortando por lo sano» me resultó curioso, porque comprendí que había sucedido algo gordo. Sin embargo, era mejor dejar esa conversación para cuando llegara el momento adecuado.

—¿Qué opinas sobre su vida amorosa? —quise saber—. ¿Crees que llegará a sentar cabeza?

—Desde luego. A Jack le encantan las mujeres. Quiero decir que las aprecia de verdad, no que se aproveche de ellas como si fuera un donjuán que lleva la cuenta de sus conquistas. Pero no sentará cabeza hasta que dé con alguien en quien pueda confiar.

—¿Por culpa de la mujer que se casó con su mejor amigo?

Haven me miró con los ojos desorbitados.

—¿Te ha hablado de eso?

Asentí con la cabeza.

—Jack no suele hablar de ella. Lo pasó muy mal. Cuando un Travis se enamora, cae con todo el equipo. Se entregan con toda el alma. Pocas mujeres están preparadas para una relación así.

—Yo no, la verdad —comenté con una carcajada forzada, espantada por la simple idea. No me apetecía ver a Jack Travis entregándose a una mujer con toda su alma.

—Creo que se siente solo —dijo Haven.

—Pero siempre está ocupado.

—Creo que la gente más ocupada es también la que siempre está más sola.

Cambié el tema en cuanto se presentó la oportunidad. Hablar sobre Jack me ponía nerviosa y me irritaba un poco, como siempre me pasaba con las cosas que sabía que podían perjudicarme.

Todas las noches hablaba con Dane por teléfono para contarle mi día a día en mi nuevo lugar de residencia y mis experiencias con Lucas. Aunque Dane no quisiera involucrarse directamente con el niño, no le importaba lo más mínimo escucharme hablar sobre el tema.

—¿Crees que algún día querrás tener hijos? —le pregunté en una ocasión.

Estaba tendida en el sofá con Lucas acostado sobre mi pecho.

—No puedo contestarte con un no categórico. Tal vez llegue a una fase en mi vida en la que lo desee... pero no me lo imagino. Los beneficios que podría obtener de esa experiencia son los mismos que me ofrece el trabajo con el medio ambiente y con las obras de caridad.

—Sí, pero ¿qué te parece poder criar a un niño que comparta esos mismos ideales? Sería una forma de mejorar el mundo.

—Venga ya, Ella. Sabes muy bien que eso no pasaría en la vida. Cualquier hijo mío acabaría formando parte de un lobby republicano o siendo el director financiero de una empresa química. La vida siempre acaba dándote en las narices.

Reí entre dientes al imaginarme a un bebé, al hijo de Dane, vestido con un traje en miniatura y con una calculadora en la mano.

—Posiblemente tengas razón.

—¿Te estás planteando la idea de tener un hijo algún día?

—Por Dios, no —respondí sin pensar—. Estoy intentando manejar esta situación hasta que mi hermana pueda quedarse con Lucas. Daría mi vida por dormir una noche entera. O por comer sin interrupciones. Y me encantaría salir a la calle, aunque sólo fuera una vez, sin toda esta parafernalia. Es de locos. El cochecito, los pañales, las toallitas, los baberos, los muñequitos de goma, los biberones... Ya no recuerdo lo que era coger la llave y salir por la puerta sin más. Además, tengo un montón de citas que concertar con el pediatra para ponerle vacunas y hacerle no sé qué pruebas de desarrollo. Lo único bueno es que me alegro de no dormir, porque necesito todo el tiempo extra para trabajar.

—Tal vez la experiencia te sirva para descartarlo definitivamente con conocimiento de causa.

—Creo que es como comer ruibarbo. O te encanta o lo odias. Es imposible obligarse a aceptarlo si no se tiene una predisposición natural.

—Yo odio el ruibarbo —dijo Dane.

La primera semana de mi estancia en el número 1800 de Main Street llegó a su fin y yo seguía sin dominar el arte de hacer pasar el cochecito de Lucas por las puertas mientras llevaba las bolsas de la compra. Era viernes por la tarde. El tráfico estaba tan mal que, en vez de conducir, decidí que era mejor caminar medio kilómetro hasta el supermercado y volver. Lucas y yo acabamos casi asados después del paseo. Las asas de plástico de las bolsas se me clavaban en la palma de la mano, mojada por el sudor, y el bolso de los pañales amenazó con caérseme del hombro cuando intenté meter el cochecito en el vestíbulo. Además, Lucas comenzaba a hacer ruiditos extraños.

—Lucas —dije sin aliento—, la vida será muchísimo más fácil para todos cuando aprendas a andar. No, joder... no llores. Ahora mismo no puedo cogerte. Dios. Lucas, por favor, no llores... —Sudando y soltando tacos entre dientes, seguí empujando el cochecito hacia el mostrador del conserje.

—¿Necesita ayuda, señorita Varner? —me preguntó el susodicho al tiempo que se levantaba de su asiento.

—No, gracias. No hay problema. Lo tenemos controlado. —Dejé atrás las puertas de cristal y llegué al ascensor justo cuando se abría.

Salieron dos personas. Una pelirroja guapísima vestida con un escueto vestido blanco y unas sandalias de tiras doradas... y Jack Travis, con un traje negro, una impecable camisa blanca sin corbata y unos relucientes zapatos negros de cordones. Le bastó un vistazo para entender mi dilema. Me quitó las bolsas de las manos al mismo tiempo que plantaba un pie entre las puertas del ascensor para que no se cerraran. Sus ojos me miraron con un brillo burlón.

—Hola, Ella.

Me quedé sin aliento. Y me di cuenta de que estaba sonriendo como una tonta.

—Hola, Jack.

—¿Vas a casa? Creo que no te iría nada mal un poco de ayuda.

—No, estoy bien, gracias. —Metí el cochecito en el ascensor.

—Te ayudaremos a llegar a tu apartamento.

—No, de verdad, puedo apañármelas...

—Sólo será un minuto —me interrumpió—. No te importa, ¿verdad, Sonia?

—Por supuesto que no. —La chica parecía simpática y agradable cuando me sonrió al volver a entrar en el ascensor. No podía ponerle pegas al gusto de Jack. Sonia era despampanante, con su piel perfecta, su melena roja y su cuerpazo. Se inclinó hacia Lucas y la combinación de su magnífico canalillo y su precioso rostro lo tranquilizó de inmediato—. ¡Ay, qué cosita más mona! —exclamó.

—Está un poco incómodo por el calor.

—Mira ese pelo tan negro... seguro que se parece a su padre.

—Eso creo —comenté.

—¿Qué tal estos días? —me preguntó Jack—. ¿Estás ya bien instalada en el apartamento?

—Estupendamente. Tu hermana se ha portado fenomenal. No sé qué habríamos hecho sin ella.

—Me ha dicho que habéis salido unas cuantas veces.

Sonia escuchó la conversación en silencio y me miró de reojo con recelo, como si estuviera comprobando qué tipo de relación me unía a Jack. Reconocí el momento exacto en el que me tachó de la lista de posibles rivales. Con la cara sin pizca de maquillaje, mi melena corta y mi cuerpo oculto bajo una anchísima camiseta de manga corta, era como si llevara un cartel en la frente que rezara: ACABO DE SER MAMÁ.

El ascensor se detuvo al llegar a la sexta planta y Jack sostuvo la puerta mientras yo empujaba el cochecito.

—Yo llevo las bolsas —dije al tiempo que intentaba cogerlas—. Gracias por la ayuda.

—Te acompañaremos hasta la puerta —insistió Jack, negándose a soltar las bolsas.

—¿Te has mudado hace poco? —preguntó Sonia mientras caminábamos por el pasillo.

—Sí. Hace una semana.

—Qué suerte tienes por vivir aquí —comentó—. ¿A qué se dedica tu marido?

—En realidad, no estoy casada.

—¡Ah! —exclamó, con el ceño fruncido.

—Mi novio está en Austin —expliqué—. Sólo estaré aquí tres meses.

El ceño fruncido de Sonia desapareció.

—Vaya, qué bien.

Llegué a la puerta e introduje la clave de acceso en el teclado numérico. Mientras Jack sostenía la puerta, yo empujé el cochecito hasta el interior y cogí a Lucas.

—Gracias de nuevo —dije con los ojos clavados en Jack, que estaba soltando las bolsas en la mesita del salón.

Sonia contempló el apartamento con admiración.

—Preciosa decoración.

—El mérito no es mío —aclaré—. Pero Lucas y yo hacemos lo que podemos para contribuir. —Y señalé con una sonrisa torcida hacia un rincón donde había una caja de cartón y una serie de listones de madera y piezas metálicas alineadas en el suelo.

—¿Qué estás montando? —me preguntó Jack.

—Una cuna con cambiador incorporado. La compré el otro día en Rice Village cuando salí de compras con Haven. Por desgracia, el precio subía unos cuantos cientos de pavos si la quería montada, y de momento todavía estoy intentando averiguar cómo van las piezas. Creo que sería más fácil si entendiera el manual de instrucciones. Está en japonés, francés y alemán, nada más. Ojalá me hubiera gastado el dinero para que la trajeran montada. —Al comprender que estaba parloteando más de la cuenta, sonreí y me encogí de hombros—. Aunque me encantan los desafíos.

—Vámonos, Jack —dijo Sonia.

—Ahora mismo.

Sin embargo, en vez de moverse, siguió mirándonos a Lucas, a mí y al montón de madera y metal que era la cuna. El extraño silencio me aceleró el corazón. Después, me miró a los ojos y asintió de forma casi imperceptible con la cabeza, prometiéndome sin palabras: «Luego.»

No pensaba consentirlo.

—Marchaos —les dije con voz alegre—. Y pasadlo bien.

Sonia sonrió.

—Adiós. —Cogió a Jack del brazo y lo sacó del apartamento.

Tres horas después, Lucas, sentado en su hamaca, me observaba mientras yo intentaba ensamblar las partes de la cuna. Acababa de preparar unos espaguetis a la boloñesa. Cuando se enfriaran, tenía pensado guardarlos en recipientes individuales para congelarlos.

Puesto que estaba un poco harta de Mozart y las marionetas, había conectado mi iPod a los altavoces. El sensual ronroneo de la voz de Etta James llenaba el aire.

—Lo mejor del blues —le dije a Lucas mientras me detenía un momento para tomar un sorbo de vino— es que habla de sentimientos, de amor, de deseo desenfrenado. Nadie es tan valiente como para vivir de esa forma tan intensa. Salvo los músicos quizás. —Escuché que alguien llamaba a la puerta—. ¿Quién será? ¿Has invitado a alguien sin que yo me entere, Lucas?

Cogí la copa y fui descalza hasta la puerta. Me había puesto mi pijama de color rosa y me había quitado las lentes de contacto, así que llevaba las gafas. Me puse de puntillas para mirar por la mirilla. Se me aceleró la respiración nada más ver la silueta de una cabeza masculina.

—No estoy vestida para recibir visitas —dije sin abrir.

—Da igual, déjame entrar.

Abrí y allí estaba Jack Travis, pero con vaqueros y camisa blanca, y con un macuto de loneta ajado por el uso.

—¿Ya has montado la dichosa cuna?

—Sigo en ello. —Intenté pasar por alto los fuertes latidos de mi corazón—. ¿Dónde está Sonia?

—Fuimos a cenar y acabo de dejarla en su casa.

—¿Ya? ¿Por qué has vuelto tan pronto?

Me miró y se encogió de hombros.

—¿Puedo pasar?

Quise decirle que no. Percibía que entre nosotros había algo. Algo que requeriría cierta negociación, un compromiso... para el que no me sentía preparada. Pero no se me ocurrió ninguna excusa para no dejarlo entrar. Retrocedí con torpeza.

—¿Qué llevas en el macuto?

—Herramientas. —Entró y cerró la puerta. Se movía con cautela, como si estuviera adentrándose en un terreno en el que tal vez hubiera peligros ocultos—. Hola, Lucas —murmuró al tiempo que se agachaba junto a la hamaca. La balanceó con suavidad, haciendo que Lucas comenzara a hacer gorgoritos y a dar patadas, entusiasmado. Sin apartar la mirada del niño, dijo—: Estás escuchando a Etta James.

Intenté aligerar la situación.

—Siempre escucho blues cuando la situación requiere un montaje. John Lee Hooker, Bonnie Raitt...

—¿Has escuchado a los chicos de Deep Ellum? Es blues tejano. Blind Lemon Jefferson, Leadbelly, T-Bone Walker...

Tardé en contestar, porque estaba alucinada por la forma en la que la camisa se le pegaba a los hombros y a la musculosa espalda.

—Me suena T-Bone Walker, pero los otros no.

Jack levantó la cabeza para mirarme.

—¿Has escuchado *See That My Grave Is Kept Clean*?

—¿Ésa no es de Bob Dylan?

—No, eso es lo que la gente cree. Pero es de Blind Lemon. Te grabaré un CD. Es difícil de encontrar.

—No me imaginaba que un chico de River Oaks como tú supiera tanto de blues.

—Ella, cariño... el blues siempre habla de un buen chico que está en un mal momento. En River Oaks los hay a patadas.

Era una locura lo muchísimo que me gustaba su voz. Ese tono grave, de barítono, parecía colarse en mi interior y llegar a lugares recónditos, imposibles de alcanzar. Quería sentarme en el suelo a su lado, pasar una mano por ese pelo tan bien cortado y dejar los dedos sobre los músculos de su nuca.

«Cuéntamelo todo —le diría—. Cuéntame tus penas, cuéntame las veces que te han roto el corazón, cuéntame tus peores temores y dime todo lo que has deseado hacer en la vida pero que nunca has hecho.»

—Qué bien huele —lo escuché decir.

—He preparado espaguetis.

—¿Te han sobrado?

—Pero si ya has cenado...

Jack pareció ofendido.

—En un restaurante de esos pijos donde te ponen un trozo de pescado del tamaño de una ficha de dominó y una cucharadita de *risotto*. Estoy muerto de hambre.

Puso tal cara de pena que me eché a reír.

—Voy a prepararte un plato.

—Yo me pondré con la cuna mientras tanto.

—Gracias. He colocado las piezas según el esquema, pero sin entender las instrucciones...

—No hacen falta las instrucciones. —Jack le echó un vistazo al esquema, lo arrojó al suelo y comenzó a rebuscar entre las piezas de madera pintada—. Esto es facilísimo.

—¿Facilísimo? ¿Has visto la cantidad de tornillos diferentes que hay en esa bolsa de plástico?

—Ya nos las apañaremos.

Abrió el macuto y sacó un destornillador eléctrico con batería.

Fruncí el ceño.

—¿Sabes que el cuarenta y siete por ciento de las heridas en las manos se producen en casa por el uso de herramientas eléctricas?

Jack colocó una punta en el destornillador con indudable pericia.

—Y también hay muchísima gente que se pilla las manos con las puertas. Pero eso no significa que haya que dejar de usarlas.

—Como Lucas empiece a llorar por culpa del ruido —le advertí con voz seria—, tendrás que usar uno manual.

Me miró con las cejas enarcadas.

—¿Dane no usa herramientas eléctricas?

—Normalmente no. Salvo el verano que estuvo ayudando a construir casas en Nueva Orleáns con Hábitat para la Humanidad... y lo hizo porque yo estaba a quinientos y pico de kilómetros y no podía verlo.

Esbozó una sonrisa muy despacio.

—¿Qué problema tienes con las herramientas eléctricas, preciosa?

—No lo sé. Será que no estoy acostumbradas a ellas. Me ponen nerviosa. No crecí con un hermano ni con un padre que usara ese tipo de cosas.

—Bueno, pues te diré que desconoces una verdad universal. No puedes interponerte entre un tejano y sus herramientas eléctricas. Nos encantan. Cuanto más grandes sean y más electricidad consuman, mejor. Además, también nos gusta desayunar en las estaciones de servicio, cualquier vehículo que sea grande, los partidos de fútbol de los lunes por la noche y la postura del misionero. No bebemos cerveza sin alcohol, ni conducimos coches poco contaminantes y nunca admitiremos conocer el nombre de más de seis o siete colores. Y no nos depilamos el pecho. En la vida. —Levantó el destornillador—. Ahora, déjame hacer el trabajo de un hombre y vete a la cocina. Tal como debe ser.

—Lucas va a llorar... —le advertí, irritada.

—No lo hará. Le va a encantar.

Comprobé disgustada que mi sobrino no emitía ni una sola protesta, y se limitaba a mirar embobado a Jack mientras éste montaba la cuna. Calenté un plato de espaguetis con su salsa correspondiente y lo coloqué junto con los cubiertos en la isla de la cocina.

—Lucas, ven aquí —dije mientras lo cogía y lo llevaba a la cocina—. Entretendremos a ese cavernícola mientras cena.

Jack se puso a comer con ganas, encantado con los espaguetis a juzgar por los gruñidos de apreciación que soltaba, y sin respirar siquiera hasta que se hubo ventilado por lo menos un tercio del plato.

—Esto está buenísimo. ¿Qué más sabes cocinar?

—Lo básico. Unos cuantos asados, pasta y estofados. Domino el pollo asado.

—¿Y el lomo relleno?

—Ajá.

—Ella, cásate conmigo.

Al mirar esos maliciosos ojos oscuros, y aunque sabía que estaba bromeando, sentí una repentina punzada en mi interior y comenzaron a temblarme las manos.

—Claro —respondí sin más—. ¿Quieres pan?

Después de la cena, Jack volvió a sentarse en el suelo y siguió montando la cuna con una destreza que era fruto de una amplísima experiencia. Era bueno con las manos, seguro y diestro. Y tuve que admitir que disfruté de lo lindo al verlo con las mangas remangadas, arrodillado frente al armazón de madera. Su cuerpo era atlético y estaba muy en forma. Me senté cerca con una copa de vino en la mano para ir pasándole los tornillos. De vez en cuando, se acercaba lo suficiente como para que captara su olor: una mezcla incendiaria de sudor masculino y piel limpia. Soltó un par de tacos al destrozar unos cuantos tornillos, aunque no tardó en disculparse por las barbaridades.

Jack Travis era toda una novedad para mí. Un caballero a la antigua usanza. Los chicos con los que había estudiado en la universidad eran sólo eso: chicos intentando descubrir quiénes eran y cuál era su lugar en el mundo. Dane y sus amigos eran sensibles, gente preocupada por el medio ambiente que iba a todos lados en bici y tenía perfil en Facebook. No me imaginaba a Jack Travis actualizando un blog o haciendo una búsqueda para ver lo que decían de él. Además, seguro que le importaba un pimiento si su ropa procedía de una industria textil sostenible o no.

—Jack —dije, entre reflexión y reflexión—, ¿crees en la igualdad entre hombres y mujeres?

Me contestó mientras encajaba uno de los travesaños de la cuna.

—Sí.

—¿Alguna vez has dejado que una mujer pague la cena?

—No.

—¿Por eso no estaba incluida la cena en la factura del hotel?

—Nunca permito que una mujer pague mi comida. Dije que la comida corría por tu cuenta porque sabía que era la única forma de que me dejaras quedarme.

—Si crees en la igualdad entre hombres y mujeres, ¿por qué no me dejaste pagar la cena?

—Porque yo soy el hombre.

—Y si tuvieras que elegir entre un hombre y una mujer para dirigir uno de tus proyectos, pero supieras que la mujer está en edad de tener hijos, ¿te decidirías por el hombre?

—No. Me decidiría por la mejor persona.

—¿Y si estuvieran igualados en todos los aspectos?

—No rechazaría a la mujer por un futuro embarazo. —Jack me miró con curiosidad—. ¿Qué intentas descubrir?

—El nivel evolutivo que has alcanzado.

Colocó un tornillo en su sitio.

—¿Cómo voy de momento?

—Todavía no lo he decidido. ¿Qué opinas de ser políticamente correcto?

—No estoy en contra. Pero sin pasarse. Espera un momento. —Jack atornilló el soporte metálico del travesaño. Cuando acabó, me miró con una sonrisa expectante—. ¿Qué más?

—¿Qué buscas en una mujer?

—Lealtad. Cariño. Que le guste pasar tiempo conmigo, sobre todo al aire libre. Y no me importaría que le gustara la caza.

—¿Estás seguro que no te convendría más un perro, un retriever quizá? —le pregunté.

Acabó de montar la cuna en un santiamén. Yo le ayudé a sostener las piezas de mayor tamaño mientras las atornillaba.

Aunque no se contentó con eso, porque incluso reforzó algunas partes, añadiendo soportes extra.

—Creo que podría dormir un bebé elefante ahí dentro sin que la cuna se rompiera —comenté.

—¿La quieres aquí o en el dormitorio? —me preguntó él.

—El dormitorio es muy pequeño. Mejor dejarla aquí. ¿Es raro poner la cuna en el salón?

—Qué va. Éste también es el apartamento de Lucas.

Con su ayuda, coloqué la cuna al lado del sofá y cubrí el colchón con una sábana. Como Lucas estaba medio dormido, lo dejé en la cuna con cuidado y lo tapé con un arrullo, tras lo cual encendí el móvil que habíamos colocado sobre la cuna para que los ositos y los tarros de miel se movieran al suave ritmo de una nana.

—Parece cómoda —susurró Jack.

—¿Verdad que sí?

Al ver lo seguro y cómodo que estaba mi sobrino, sentí una oleada de gratitud. En el oscuro exterior, la ciudad era un hervidero de coches y gente bebiendo y bailando, mientras el calor del día ascendía poco a poco del suelo. Sin embargo, nosotros estábamos resguardados en ese sitio tan fresco y protegido, perfectamente a salvo.

Todavía tenía que preparar los biberones de Lucas y dejarlo todo listo para la noche. Teníamos una rutina. El ritual de bañar al bebé y de acostarlo me resultaba increíblemente relajante.

—Hace mucho tiempo que no cuidaba de un niño —dije, sin darme siquiera cuenta de que había hablado en voz alta. Estaba aferrada al barrote superior de la cuna con una mano—. Desde que era pequeña.

Como respuesta, Jack colocó una mano sobre la mía y sentí cómo su calor me rodeaba. Antes de que pudiera mirarlo a la cara, se apartó y se alejó para guardar sus herramientas. De forma ordenada, colocó todos los trozos de cartón y de plástico en la caja que había sido el embalaje de la cuna. Después, la levantó con una mano y la llevó hasta la puerta.

—Sacaré esto para tirarlo.

—Gracias. —Lo acompañé al pasillo con una sonrisa—. Te lo agradezco mucho, Jack. Todo lo que has hecho. Yo...

El vino debía de haberme robado todo el sentido común que poseía, porque me puse de puntillas para darle un abrazo como si fuera Tom o cualquier otro amigo de Dane. Un abrazo amistoso. Sin embargo, todos los nervios de mi cuerpo lanzaron el grito de «¡Error!» en cuanto nuestros cuerpos se rozaron y se amoldaron el uno al otro como las hojas húmedas de un álamo.

Cuando Jack me rodeó con los brazos, me descubrí pegada a un cuerpo musculoso, tan grande y tan cálido que me asusté por lo mucho que me gustaba la sensación. El ardiente roce de su aliento en la mejilla me aceleró el corazón y el deseo invadió el silencio entre latido y latido. Jadeé e intenté alejarme, pero sólo conseguí apoyar la cabeza en su hombro.

—Jack... —Ni siquiera era capaz de hablar—. No ha sido una insinuación, de verdad.

—Lo sé. —Sentí una de sus manos en la nuca y la caricia de sus dedos en el pelo. Con suavidad, me obligó a levantar la cabeza para mirarlo—. Tú no tienes la culpa de que yo lo haya interpretado de esa forma.

—Jack, no...

—Me gustan —murmuró mientras pasaba un dedo por la montura metálica de mis gafas, antes de que aferrara una de las patillas—. Mucho. Pero están en medio.

—¿De qué? —Me tensé cuando me las quitó y las dejó a un lado.

—No te muevas, Ella. —E inclinó la cabeza.

11

Si hubiera estado pensando de forma racional, nunca lo habría permitido. Los labios de Jack acariciaron lentamente los míos antes de ejercer una suave presión. Me pegué contra su fuerte cuerpo hasta que encontré una postura perfecta, del todo inesperada, que me provocó una oleada de deseo. Se me aflojaron las rodillas, pero daba igual, porque Jack me sujetaba con fuerza. Una de sus manos me cogió de la barbilla con delicadeza.

Cada vez que intentaba dar por terminado el beso, Jack insistía un poco más, instándome a no cerrar los labios mientras me saboreaba a conciencia. Era tan distinto de aquello a lo que estaba acostumbrada que no se parecía en nada a un beso. En ese momento, me di cuenta de que los besos con Dane se habían convertido en una especie de signo de puntuación, en el cierre de una exclamación o en el punto final apresurado de una conversación. Ése era mucho más dulce, más apremiante e implacable. Era un reguero de besos desatados, novedosos y arrebatadores que me desestabilizó por completo. Me aferré a sus hombros y coloqué los dedos en su nuca.

Jack tomó aire mientras una de sus manos descendía y me agarraba por la cadera para pegarme a él. El contacto frontal fue sorprendente, electrizante. Todo su cuerpo era duro. Todo. Estaba al mando, era muchísimo más fuerte que yo, y quería dejármelo bien clarito.

Me besó hasta que las sensaciones desembocaron en algo que no podía permitir, abrumándome y dejándome indefensa. El doloroso anhelo que, se extendió por mi vientre me hizo comprender que, si me acostaba con ese hombre, arrasaría con todo. Todas las defensas que había erigido a lo largo del tiempo acabarían destrozadas.

Empecé a temblar y a debatirme hasta que conseguí apartar la cara el tiempo justo para decir:

—No puedo. No. Jack, ya vale.

Se detuvo al instante. Aunque me mantuvo pegada a su pecho, que subía y bajaba con rapidez.

Era incapaz de mirarlo a la cara.

—Esto no debería haber pasado —dije por fin con la voz ronca.

—Tenía ganas de hacerlo desde que te vi por primera vez. —Sus brazos me rodearon con fuerza y se inclinó sobre mí hasta que su boca me rozó la oreja. Me susurró con dulzura—: Y tú también.

—Ni hablar.

—Tienes que divertirte un poco, Ella.

Solté una carcajada incrédula.

—No necesito divertirme, lo que necesito es... —Dejé la frase en el aire con un jadeo, al sentir que me acercaba aún más a sus caderas.

El contacto fue demasiado para mis saturados sentidos. Para mi vergüenza, me abracé a él antes de poder evitarlo, guiada por el deseo y el instinto, que le ganaron la partida al sentido común.

Al darse cuenta de mi respuesta instintiva, Jack sonrió contra mi mejilla sonrojada.

—Deberías aceptar. Te vendrá bien la experiencia.

—Te lo tienes un poco creído, ¿no? Lo único que estás haciendo es perjudicarme con tus chuletones, tus herramientas eléctricas y tu libido hiperactiva. Además... seguro que eres miembro de la Asociación Nacional del Rifle. Vamos, admítelo. Eres miembro.

Tenía la sensación de que no podía callarme. Estaba hablando demasiado, respirando demasiado deprisa, temblando como un juguete mecánico al que le habían dado demasiada cuerda.

Jack me acarició un punto sensible detrás de la oreja con la nariz.

—¿Qué más da?

—¿Eso es un sí? Seguro que es un sí. ¡Por Dios! Es importante... ¡Para ya! Es importante porque sólo me acostaría con un hombre que me respetara, a mí y a mis puntos de vista. A mis... —Dejé de hablar y solté un gemido cuando me dio un mordisco.

—Yo te respeto —murmuró—. Y también respeto tus puntos de vista. Creo que eres mi igual. Respeto tu cerebro y también todas esas palabrejas que tanto te gustan. Pero también quiero arrancarte la ropa y echarte un polvo, oírte gemir y gritar hasta que no sepas ni cómo te llamas. —Su boca trazó un lento recorrido por mi garganta. El placer me produjo un estremecimiento, mi cuerpo dio un respingo involuntario, y sus manos me agarraron por las caderas para que no me apartara—. Voy a hacer que te lo pases genial, Ella. Y empezaremos con un buen polvo. De esos que te dejan con los ojos vueltos y sin poder moverte.

—Llevo cuatro años con Dane —conseguí decir—. Nunca podrás comprenderme como él lo hace.

—Aprenderé.

Tenía la sensación de que algo se había quebrado en mi interior, de que la debilidad empezaba a invadirme a medida que mi cuerpo se tensaba en respuesta. Cerré los ojos y contuve un gemido.

—Cuando me ofreciste el apartamento —murmuré—, dejaste caer que no lo hacías con la intención de conseguir algo a cambio. No me gusta la posición en la que me estás poniendo, Jack.

Levantó la cabeza y me besó la punta de la nariz.

—¿Qué posición te gusta más?

Abrí los ojos de par en par. De algún modo, conseguí zafarme de él. Medio sentada, medio apoyada en el brazo del sofá, señalé la puerta con una mano temblorosa.

—Vete.

Cuando me miró, reconocí que estaba para comérselo, todo desaliñado y excitado.

—¿Me estás echando?

Ni siquiera yo terminaba de creérmelo.

—Te estoy echando, sí.

Fui en busca de mis gafas, las cogí con cierta dificultad y me las puse.

Jack hizo una mueca malhumorada.

—Nos quedan muchas cosas de las que hablar.

—Lo sé. Pero si dejo que te quedes, me parece que no vamos a hablar mucho.

—¿Y si te prometo que no voy a tocarte?

Nuestras miradas se encontraron, y tuve la sensación de que la habitación se llenaba de una energía muy volátil.

—Estarías mintiendo —respondí.

Jack se frotó la nuca y frunció el ceño.

—Es verdad.

Ladeé la cabeza, señalando la puerta.

—Vete, por favor.

No se movió.

—¿Cuándo podré volver a verte? ¿Mañana por la noche?

—Tengo que trabajar.

—¿Pasado mañana?

—No lo sé. Tengo muchas cosas que hacer.

—¡Joder, Ella! —Se fue hasta la puerta—. Puedes retrasar este asunto todo lo que quieras, pero tarde o temprano tendrás que enfrentarte a él.

—Me encanta retrasar las cosas —repliqué—. De hecho, incluso retraso el momento de retrasarlo todo.

Me miró echando chispas por los ojos y se fue, llevándose consigo la caja vacía de la cuna.

Recogí muy despacio la cocina y limpié la encimera antes

de prepararle a Lucas unos biberones. No dejaba de echarle miraditas al teléfono (era la hora de mi charla nocturna con Dane), pero no sonó. ¿Estaba obligada a contarle lo que había pasado con Jack? ¿En una relación abierta había margen para los secretos? ¿Qué ganaba confesándole a Dane que me sentía atraída por Jack Travis?

Mientras sopesaba la situación, decidí que sólo tendría motivos para contarle a Dane lo del beso si acababa llevando a algo más. Si me liaba con Jack. Cosa que no iba a suceder. El beso no significaba nada. Por tanto, lo más sensato (además de lo más fácil) era fingir que nunca había pasado.

Y retrasar la conversación hasta que todo estuviera olvidado.

La siguiente vez que llamé a mi hermana, terminé frustrada, aunque no sorprendida, por la reticencia de Tara a darle permiso a la doctora Jaslow para hablar conmigo.

—Sabes que no voy a hacer nada que vaya en contra de tus intereses —le recordé—. Quiero ayudarte.

—De momento no necesito ayuda. Puedes hablar con mi médico más adelante. Ya lo pensaré. Pero ahora mismo no me hace falta.

El deje cortante de la voz de Tara no era nuevo para mí. De hecho, yo misma había pasado por esa fase, más o menos durante el primer año de la terapia. En cuanto empezabas a darte cuenta de que tenías derecho a la intimidad, la protegías con uñas y dientes. Evidentemente, Tara no quería que me inmiscuyera. Pero yo necesitaba saber qué estaba pasando.

—¿No puedes contarme nada, aunque sea un poco, de lo que has estado haciendo?

Hubo un silencio desganado hasta que Tara respondió:

—He empezado a tomar antidepresivos.

—Bien —dije—. ¿Notas la diferencia?

—Se supone que empezarán a hacer efecto dentro de unas semanas, pero creo que me están ayudando. Y he estado hablando mucho con la doctora Jaslow. Dice que la forma en la que nos criamos no es ni normal ni saludable. Y que cuando tu madre está loca, cuando en lugar de cuidarte compite contigo, hay que analizar las secuelas que te provocó en la infancia y buscar la manera de paliarlas. O...

—O, de lo contrario, podríamos acabar repitiendo algunos de sus patrones de conducta —terminé por ella en voz baja.

—Eso mismo. Así que la doctora Jaslow y yo estamos hablando de algunas cosas que siempre me han molestado.

—Como, por ejemplo...

—Como, por ejemplo, que mamá siempre dijera que yo era la guapa, y tú, la lista... Eso no estaba bien. Acabé pensando que era tonta, que no podría ser lista nunca en la vida. Y he cometido muchos errores estúpidos por su culpa.

—Lo sé, cariño.

—Vale, nunca seré neurocirujana, pero soy más lista de lo que mamá cree.

—No nos conoce a ninguna de las dos, Tara.

—Quiero enfrentarme a mamá, intentar que comprenda lo que nos hizo. Pero la doctora Jaslow dice que seguramente nunca lo entienda. Que podría explicárselo de mil maneras, y que ella lo negará o dirá que no lo recuerda.

—Yo pienso igual. Lo único que podemos hacer es solucionar nuestros propios problemas.

—Eso estoy haciendo. Y estoy descubriendo muchas cosas que no sabía. Estoy mejorando.

—Estupendo. Porque Lucas echa de menos a su mamá.

—¿De verdad lo crees? —me preguntó con un tímido entusiasmo que me emocionó mucho—. Lo tuve tan poco tiempo que no estoy segura de que me vaya a recordar.

—Lo llevaste en tu vientre nueve meses, Tara. Reconoce tu voz. Tu corazón.

—¿Duerme toda la noche?

—Ojalá —contesté con sorna—. La mayoría de las noches se despierta por lo menos tres veces. Me estoy acostumbrando... He empezado a tener un sueño tan ligero que, al menor ruido que hace, ya estoy despierta.

—Quizás esté mejor contigo. Nunca se me ha dado bien despertarme deprisa.

Solté una carcajada.

—Enseguida se pone a berrear. De verdad, saltarás de la cama como si tuvieras un resorte debajo del colchón. —Hice una pausa antes de preguntar con cautela—: ¿Crees que Mark querrá verlo en algún momento?

De repente, la afectuosa comunicación se cortó. La voz de Tara adquirió un tono seco y cortante.

—Mark no es el padre. Ya te lo he dicho. Lucas es sólo mío.

—Tara, no me vengas con el cuento de que te lo trajo la cigüeña. Vamos, alguien tuvo que hacer su aportación. Y sea quien sea, está obligado a ayudarte. Y, sobre todo, está obligado a ayudar a Lucas.

—Eso es asunto mío.

Me costó bastante no recordarle que, dado que me habían obligado a cuidar de Lucas y a pagarlo todo de mi bolsillo, también tenía algo que decir al respecto.

—Hay muchas cosas de las que todavía no hemos hablado, Tara. Si el padre de Lucas te está ayudando, si te ha hecho alguna promesa... Bueno, deberían estar puestas por escrito y firmadas. Y algún día Lucas querrá saber...

—Ahora no, Ella. Tengo que irme... Ya voy tarde a una clase de gimnasia.

—Pero si por lo menos me dejaras...

—Adiós. —La llamada se cortó sin más.

Molesta y preocupada, me puse a revisar el montón de facturas y folletos que había en la isla de la cocina, hasta dar con el trozo de papel en el que Jack había escrito el número de la Confraternidad de la Verdad Eterna.

Me pregunté hasta dónde llegaba mi responsabilidad. Saltaba a la vista que Tara no estaba todavía en condiciones de tomar decisiones respecto al futuro. Era muy vulnerable, y seguramente Mark Gottler la había engañado para que creyese que cuidaría de ella, que se ocuparía de ella y del bebé para siempre. Tal vez la hubiera seducido y se hubiera aprovechado de ella con el convencimiento de que sus actos no tendrían consecuencia alguna porque Tara casi no tenía familia. Pero me tenía a mí.

12

Me pasé los dos días siguientes llamando a la Confraternidad de la Verdad Eterna para pedir una cita con Mark Gottler. Sólo conseguí evasivas, silencios y excusas imposibles.

Me había topado con un muro. Sabía que sería imposible conseguir una cita con Gottler por mi cuenta. Ocupaba un puesto importante dentro de la jerarquía administrativa de la iglesia, y eso lo protegía y lo alejaba del alcance de los simples mortales.

Cuando le hablé a Dane del problema, me dijo que tal vez tuviera algún contacto que pudiera ser de utilidad. La iglesia tenía una extensa red de organizaciones de caridad y conocía a un tío que trabajaba en la rama de la Verdad Eterna en América Central. Por desgracia, sus esfuerzos cayeron en saco roto, de modo que seguí estancada en el mismo sitio.

—Deberías pedirle ayuda a Jack —me aconsejó Haven el viernes después de salir del trabajo—. Es el tipo de problema que mejor resuelve, porque conoce a todo el mundo. Y no le da reparo pedir favores. Si no me equivoco, creo que la empresa tiene un par de contratos con esa iglesia.

Estábamos tomándonos unas copas en el apartamento que compartía con su prometido, Hardy Cates. Haven había preparado una jarra de sangría con vino blanco afrutado, trozos de melocotón, naranja y mango, aderezada con un generoso chorro de licor de melocotón.

El apartamento tenía tres dormitorios y uno de sus muros laterales estaba formado por un ventanal desde el que se admiraba una panorámica de Houston. Estaba decorado con tonos neutros y los muebles eran piezas grandes, tapizadas con cuero y telas de gran calidad.

Sólo había visto ese tipo de apartamento en las series de televisión y en las películas. El placer que me producía estar en un sitio tan bonito me resultaba un tanto incómodo. Y no porque tuviera prejuicios o envidia. Más bien porque tenía muy claro que mi presencia en ese ambiente era temporal y no quería acostumbrarme. Aunque nunca me había considerado una persona ambiciosa, estaba descubriendo el terrible magnetismo del lujo. Sonreí para mis adentros al llegar a la conclusión de que necesitaba a Dane para volver a ajustar mis prioridades.

Lucas estaba tumbado boca abajo en el suelo, sobre una mantita. Fascinada, lo observé levantar brevemente la cabeza. Cada día que pasaba estaba más espabilado y se fijaba más en todo lo que había a su alrededor. Me daba la impresión de que iba cambiando a ojos vista. Sabía que sus avances eran normales entre los bebés de su edad y que la mayoría de la gente me diría que era un niño como cualquier otro... pero para mí era asombroso. Y quería muchas cosas para él. Quería que disfrutara de todas las ventajas; el problema era que había llegado al mundo con más de una carencia. No tenía familia, ni casa, ni siquiera una madre.

Le di unas palmaditas sobre el pañal y medité sobre lo que Haven me había dicho de Jack.

—Sé que podría ayudarme —dije convencida—. Pero prefiero no involucrarlo. Jack ya nos ha ayudado bastante a Lucas y a mí.

Haven se acercó con su vaso de sangría en la mano y se sentó en el suelo a nuestro lado.

—Estoy segura de que no le importaría. Le gustas, Ella.

—Le gustan todas las mujeres.

Mi comentario le arrancó una sonrisa torcida.

—No voy a discutírtelo. Pero tú eres distinta a todas esas lagartas de rodeo con las que suele salir.

Volví la cabeza para mirarla y abrí la boca para protestar.

—Ya sé que no estás con él —se apresuró a decirme—, pero salta a la vista que hay cierto interés. Al menos por su parte.

—¿De verdad? —Me esforcé por hablar con voz tranquila y sin que mi expresión me delatara—. No me he dado cuenta. En fin, ya sé que Jack se ha portado muy bien al ayudarme con lo del apartamento... pero sabe perfectamente que volveré con Dane y que no estoy disponible, y... ¿qué es una lagarta de rodeo?

Haven sonrió.

—Antes eran las mujeres que pululaban alrededor de los participantes de los rodeos para ver si le echaban el lazo a alguno. Hoy en día, el término se aplica a las cazafortunas que van detrás de los abueletes forrados.

—Yo no soy ninguna cazafortunas.

—No, tú les das consejos en tu columna. Les dices que sean independientes y que reflexionen acerca de cuáles son sus verdaderas prioridades.

—La gente debería hacerme caso —dije, y Haven soltó una estruendosa carcajada al tiempo que levantaba el vaso a modo de brindis.

Brindé con ella y bebí un sorbo de sangría.

—Bebe todo lo que quieras, por cierto —me ofreció—, Hardy ni siquiera va a probarla. Dice que sólo catará las bebidas afrutadas cuando estemos en una playa tropical y no nos vea nadie.

—¿Qué les pasa a los tíos de Tejas? —pregunté, desconcertada.

Haven sonrió.

—No lo sé. Una de mis amigas de la universidad estuvo aquí hace poco, es de Massachusetts, y juraba y perjuraba que los tejanos pertenecen a una subespecie.

—¿Le gustaron?

156

—No sabes cuánto. Sólo tenía una queja: que eran muy callados para su gusto.

—Es evidente que no sacó el tema de conversación adecuado —señalé, y Haven rio entre dientes.

—Y que lo digas. La semana pasada escuché a Hardy y a Jack discutir sobre todas las formas posibles que existen para encender fuego sin usar cerillas. Descubrieron siete.

—Ocho —matizó una voz ronca desde la puerta.

Me volví y vi a un hombre entrar en el apartamento. Hardy Cates tenía la complexión musculosa y ágil del los trabajadores de una plataforma petrolífera, más una sobredosis de atractivo sexual y los ojos más azules que había visto en la vida. Su color de pelo no era tan negro como el de Jack, sino que tenía reflejos castaños. Después de soltar un abultado maletín de cuero en el suelo, se acercó a Haven.

—Al final nos acordamos de que se puede pulir el culo de una lata de Coca-Cola utilizando pasta de dientes —siguió— y usarlo para conseguir un reflejo que prenda la hojarasca.

—Pues que sean ocho —concedió Haven entre risas al tiempo que levantaba la cara para recibir un beso. Cuando Hardy se enderezó, le dijo—: Hardy, te presento a Ella. Es la chica que se ha instalado en mi apartamento.

Hardy se inclinó con el brazo extendido para saludarme.

—Encantado de conocerte, Ella. —Su sonrisa se ensanchó en cuanto vio a Lucas—. ¿Qué tiempo tiene?

—Unas tres semanas.

Miró al bebé con satisfacción.

—Un chico muy guapo. —Se aflojó la corbata mientras le echaba un vistazo a la jarra de líquido claro que había sobre la mesa—. ¿Qué estáis bebiendo?

—Sangría. —Haven sonrió al ver la cara que ponía—. Hay cerveza en el frigorífico.

—Gracias. Pero esta noche necesito algo más fuerte.

Haven observó alarmada a su prometido, que se marchó hacia la cocina. Aunque Hardy parecía relajado, la pareja debía de estar muy compenetrada, porque Haven percibía su malestar y puso cara de preocupación. Se levantó para acercarse a él.

—¿Qué pasa? —le preguntó mientras Hardy se servía un vaso de Jack Daniel's.

Él suspiró.

—La he tenido hoy con Roy. —Me miró antes de explicar—: Uno de mis socios. —Miró de nuevo a Haven—. Ha estado analizando las muestras extraídas de un antiguo pozo, y cree que vamos a dar con algo bueno si seguimos perforando. Pero la calidad de las muestras indica que, aunque encontremos una buena reserva, la inversión no merecerá la pena.

—¿Y Roy no está de acuerdo? —preguntó Haven.

Hardy negó con la cabeza.

—Quiere que los cheques sigan llegando. Pero ya le he dicho que se cierra el puto grifo hasta que... —Guardó silencio y me miró con una sonrisa de disculpa—. Perdona, Ella. Se me va la lengua cuando me paso el día con los chicos.

—Tranquilo —le dije.

Haven le pasó la mano por el brazo después de que él se bebiera el bourbon de un trago.

—Roy no debería discutir contigo a estas alturas —murmuró—. Tu olfato para encontrar petróleo es casi legendario.

Hardy soltó el vaso y la miró con una sonrisa tristona.

—Lo mismo dice de mi ego.

—Siempre salta un cojo. —Se acercó a él—. ¿Necesitas un abrazo?

Me incliné sobre Lucas y comencé a jugar con él, intentando pasar por alto lo que se estaba convirtiendo en un momento íntimo.

Escuché a Hardy decir en voz baja algo del estilo de que luego le diría lo que necesitaba, a lo que siguió un absoluto silencio. Los miré de reojo y vi que se estaban besando. Así que volví la cabeza al instante hacia Lucas. Deberían quedarse a solas.

Cuando regresaron al salón, comencé a recoger las cosas de Lucas y a meterlas en el bolso de los pañales.

—Hora de irnos —dije con voz alegre—. Haven, es la mejor sangría que he...

—¡Quédate a cenar! —exclamó ella—. He preparado un montón de pollo en escabeche, es una ensalada mediterránea. Y además, tenemos tapas, aceitunas y queso manchego.

—Es una estupenda cocinera —señaló Hardy al tiempo que le pasaba un brazo por la cintura y la pegaba a él—. Como no te quedes, tendré que beberme la dichosa sangría con ella.

Los miré sin decidirme.

—¿Seguro que no queréis quedaros solos?

—No nos quedaremos solos aunque te vayas —contestó Hardy—. Jack está a punto de llegar.

—¿Ah, sí? —preguntamos Haven y yo a la vez.

Sentí una repentina punzada de ansiedad.

—Sí, me lo he encontrado en el vestíbulo y le he dicho que subiera a tomarse una cerveza. Está muy contento. Acaba de hablar con un abogado experto en urbanismo y le ha dado muchas esperanzas sobre el proyecto de construcción en la propiedad de McKinney Street.

—¿Han conseguido sortear los obstáculos? —preguntó Haven.

—Eso le ha dicho el abogado.

—Le dije a Jack que no se preocupara. Las leyes urbanísticas en Houston son un mito. No existen. —Me lanzó una mirada alentadora—. Ella, será la oportunidad perfecta. Puedes hablarle a Jack sobre lo de la Confraternidad de la Verdad Eterna.

—¿Quieres llevar a Jack a la iglesia? —me preguntó Hardy con fingida seriedad—. Caerá fulminado por un rayo en cuanto traspase el umbral.

Haven le sonrió.

—Comparado contigo, Jack es un monaguillo.

—Puesto que es tu hermano mayor —replicó él con amabilidad—, dejaré que conserves tus falsas ilusiones.

En ese momento, sonó el timbre y Haven fue a abrir. Me

molestó comprobar que se me aceleraba el pulso. El beso no significaba nada, me dije. El roce de nuestros cuerpos no había significado nada. La ternura del momento, la pasión...

—Hola, jefe. —Haven se puso de puntillas para darle un abrazo a su hermano.

—Sólo me llamas «jefe» cuando quieres algo —replicó Jack mientras la seguía hacia el interior del apartamento. En cuanto me vio, se detuvo con una expresión inescrutable. Debía de haber pasado por su apartamento para cambiarse de ropa, porque llevaba unos vaqueros desgastados y una camiseta de manga corta recién planchada cuya blancura resultaba cegadora en contraste con su piel morena. Exudaba una combinación irresistible de vitalidad, confianza y masculinidad, como un cóctel con la cantidad exacta de cada ingrediente—. Hola, Ella —susurró al tiempo que me saludaba con una inclinación de cabeza.

—Hola —repliqué con un hilo de voz.

—Ella y tú os quedáis a cenar —le informó Haven.

Jack la miró alarmado antes de volver la cabeza hacia mí.

—¿Ah, sí?

Asentí con la cabeza y cogí el vaso de sangría con éxito; toda una hazaña, porque no lo volqué por los pelos.

Jack se sentó a mi lado en el suelo y cogió a Lucas para acunarlo contra su pecho.

—Hola, chiquitín. —Lucas lo miró fijamente mientras él jugueteaba con sus deditos—. ¿Cómo va la cuna? —me preguntó sin dejar de mirarlo.

—Genial. Es muy resistente.

En ese momento, me miró a la cara. Estábamos muy cerca. Sus ojos eran de un sorprendente color castaño, como el del brandi mezclado con alguna especia exótica.

«Necesitas un desafío», me había dicho y lo encontré ahí mismo. En su mirada. Acompañado de la promesa de que no sólo iba a perder, sino que me lo iba a pasar en grande durante el proceso.

—Ella tiene un problema que esperamos que nos ayudes a

resolver —dijo Haven desde la cocina al tiempo que abría el frigorífico.

Jack me miró fijamente y esbozó una sonrisa torcida.

—¿Qué problema tienes, Ella?

—Jack, ¿te apetece una cerveza? —preguntó Hardy.

—Sí —contestó él—. En botella, con limón si tenéis.

—Estoy intentando concertar una cita con Mark Gottler —dije—. Para hablar con él sobre mi hermana.

La expresión de Jack se suavizó.

—¿Está bien?

—Sí, pero no creo que esté haciendo nada para asegurar sus intereses ni los de Lucas. Tengo que hablar con Gottler y dejarle claras unas cuantas cosas. Si piensa que pagando la estancia de Tara en la clínica ya puede lavarse las manos con lo demás, va listo. Tendrá que hacer lo correcto con mi hermana y con Lucas.

Jack dejó a Lucas en la manta y cogió un conejito que comenzó a agitar sobre el niño, haciéndole mover las piernas de alegría.

—Así que quieres que te ayude a entrar —concluyó.

—Sí. Tengo que ver a Gottler en privado.

—Puedo concertar una cita, pero tendré que meterte...

—¡No pienso dejar que me metas nada aunque sea para ver a Gottler! —lo interrumpí indignada, sin acabar de creer lo que acababa de soltarle delante de su propia hermana.

—Tendré que meterte con alguna excusa. No me has dejado terminar, Ella.

—Ah —dije, arrepentida—. Te refieres a que tendré que acompañarte.

Jack asintió con la cabeza mientras me miraba con sorna.

—Pensaré algún motivo para concertar una entrevista a la que pueda llevarte conmigo. Nada de sexo. Aunque si quieres agradecérmelo...

—No de esa forma. —Sin embargo, no pude evitar sonreír, ya que nunca había conocido a un hombre que pudiera ser tan sexy con un conejito de goma en la mano.

Jack siguió la dirección de mi mirada hasta el muñeco.

—Hay que ver los juguetes que le compras... Esto no es para niños.

—Le gusta —protesté—. ¿Qué tienen de malo los conejitos de goma?

Haven se sentó en un diván cercano y sonrió con tristeza.

—Gage es igualito —dijo—. Tiene las ideas clarísimas con respecto a lo que es apropiado para los niños y para las niñas. Aunque no creo que se quejara por el conejito, Jack.

—Tiene un lazo en el rabo —señaló él con seriedad. Sin embargo, siguió jugando con el conejito, al que hizo saltar sobre el pecho de Lucas antes de pasárselo por la cara.

Haven y yo nos reímos al ver la expresión hipnotizada del bebé.

—Qué diferente tratamos las mujeres y los hombres a los niños —comentó Haven—. Gage juega con Matthew haciendo un poco el bruto, lo tira por los aires, le da sustos y al niño le encanta. Supongo que por eso es bueno tener padre y m... —Se interrumpió y se puso colorada al recordar, demasiado tarde, que Lucas no tenía una figura paterna—. Lo siento, Ella.

—No pasa nada —le aseguré de inmediato—. Lucas pasará un tiempo sin contar con una influencia masculina, está claro. Pero espero que mi hermana acabe por conocer en algún momento a un buen hombre para que mi sobrino pueda tener un padrastro.

—Lucas estará bien —nos aseguró Jack al tiempo que detenía los movimientos del conejito, ya que Lucas le había agarrado una oreja—. Nuestro padre no estaba nunca cerca, la verdad. Y cuando estaba, lo que queríamos era que se fuera. Se puede decir que prácticamente crecimos sin padre.

—Y mira lo bien que hemos salido —apostilló Haven. Se miraron el uno al otro y se echaron a reír como si acabara de decir una tontería.

La cena fue muy relajada, y todos nos turnamos para coger a Lucas. Haven me llenó el vaso de sangría varias veces, hasta que noté que estaba un poco achispada. Me reí como hacía semanas que no lo hacía. Meses. Sin embargo, me pregunté qué podía significar el hecho de pasármelo bien en la compañía de unas personas tan distintas a Dane y mis amigos de Austin.

Estaba segura de que Dane encontraría un sinfín de defectos dignos de crítica tanto en Hardy como en Jack, y en sus tejemanejes a la hora de salirse con la suya en los negocios. Eran mayores que los hombres a los que estaba acostumbrada a tratar, mucho más cínicos, y posiblemente se lanzaran sin contemplaciones a la hora de conseguir lo que querían. Eso sí, de todas formas, eran simpatiquísimos.

Ahí estaba el problema, concluí. Su simpatía y su amabilidad impedían ver lo que eran en realidad. El tipo de hombre capaz de controlar a una mujer, de llevarla de compromiso en compromiso y, para colmo, de convencerla de que lo hacía encantada de la vida. Hasta que descubría el error que había cometido cuando ya había caído en la trampa. Lo que me dejó pasmada fue el hecho de que, a pesar de saberlo, me sintiera tan atraída por un hombre como Jack Travis.

Me senté a su lado en uno de los comodísimos sofás de terciopelo e intenté identificar el sentimiento que me invadía poco a poco. Al final, comprendí que se trataba de relajación. Nunca había sido una persona especialmente tranquila, siempre estaba tensa y a la espera de la siguiente crisis. Sin embargo, esa noche me sentía muy a gusto. Tal vez porque estaba en una situación en la que ni tenía que protegerme ni me sentía en la necesidad de demostrar nada. O tal vez fuera el efecto de tener en brazos a un bebé dormido y de sentir su calorcito.

Me acomodé con Lucas en el sofá y de repente noté la tibieza del cuerpo de Jack a mi lado. Había extendido un brazo sobre el respaldo. Cerré los ojos y me permití apoyar la cabeza sobre su hombro un momento. Él me acarició la cara y el pelo.

—¿Qué le has echado a esa dichosa sangría, Haven? —lo escuché preguntar con guasa.

—Nada —respondió su hermana a la defensiva—. Vino

blanco en su mayor parte. Yo he bebido tanto como Ella y estoy bien.

—Yo también lo estoy —protesté, abriendo los ojos—. Sólo estoy un p... —Guardé silencio porque me estaba costando la misma vida formar las palabras. Tenía la lengua como si fuera de trapo—. Un poco cansada.

—Ella, guapa... —dijo Jack a punto de echarse a reír al tiempo que me acariciaba el pelo.

Sus dedos comenzaron a masajearme el cuero cabelludo con suavidad. Cerré los ojos otra vez y me quedé quietecita con la esperanza de que no se detuviera.

—¿Qué hora es? —pregunté al tiempo que bostezaba.

—Las ocho y media.

Escuché que Haven preguntaba:

—¿Hago café?

—No —contestó su hermano antes de que yo pudiera hacerlo.

—El alcohol puede darte fuerte si estás cansado —comenzó Hardy como si se compadeciera de mí—. Nos pasaba mucho en la plataforma. Un par de semanas trabajando en el turno de noche te dejaban tan hecho polvo que una cerveza te tumbaba de espaldas.

—Todavía no estoy acostumbrada a los horarios de Lucas —les expliqué, frotándome los ojos—. No es muy dormilón que digamos. Ni siquiera para ser un bebé.

—Ella —dijo Haven con cara de preocupación—, tenemos un dormitorio de sobra. ¿Por qué no te quedas aquí esta noche? Yo cuidaré a Lucas para que puedas descansar.

—No. Uf, sería genial, eres muy... pero estoy bien. Sólo necesito... —Me detuve para bostezar y se me olvidó lo que estaba diciendo—. Necesito encontrar el ascensor —dije con voz distraída.

Haven se acercó a mí y me quitó a Lucas de los brazos.

—Lo dejaré en la sillita.

En ese momento, deseé poder disfrutar de otros cinco minutos de descanso sobre Jack. Los músculos que ocultaba su camiseta eran la almohada perfecta sobre la que apoyar la mejilla.

—Un poco... —balbucí y me dejé llevar. Solté un suspiro y seguí escuchando a lo lejos la conversación que mantuvieron los demás.

—... es duro lo que está haciendo —dijo Haven—. Hacer un paréntesis en tu vida...

—¿Qué le pasa a ese tío de Austin? —preguntó Hardy.

—No tiene lo que hay que tener —contestó Jack con un tono de voz evidentemente desdeñoso.

Aunque quise decir algo en defensa de Dane, estaba demasiado agotada como para emitir sonido alguno. A partir de ese momento, o bien me quedé dormida del todo o bien dejaron de hablar un rato, porque no escuché nada durante un tiempo.

—Ella —escuché por fin, y meneé la cabeza, irritada. Estaba tan cómoda que quería que me dejaran tranquila—. Ella. —Sentí algo suave y cálido contra la mejilla—. Voy a llevarte a tu apartamento.

Me sentí muy avergonzada al comprender que me había quedado frita delante de los tres y que prácticamente estaba sentada en el regazo de Jack.

—Vale. Sí. Lo siento. —Me incorporé como pude e intenté ponerme en pie.

Jack se acercó para sujetarme.

—Estás un poco borracha.

Colorada y medio dormida, lo miré con el ceño fruncido.

—No he bebido tanto.

—Ya lo sabemos —intervino Haven con voz apaciguadora al tiempo que le lanzaba una mirada de advertencia a su hermano—. Habló el sonámbulo. Recuerda que eres la última persona que debería burlarse de ella.

Jack sonrió y me explicó:

—Me levanto a las siete todos los días, pero no me despierto hasta las doce más o menos. —Tenía uno de los brazos sobre mis hombros—. Vamos, ojos azules. Te ayudaré a llegar al ascensor.

—¿Dónde está Lucas?

—Acabo de darle el biberón y de cambiarle el pañal —contestó Haven.

Hardy levantó la sillita y se la pasó a Jack, que la cogió con la mano libre.

—Gracias. —Miré a Haven con cara de angustia mientras me pasaba el bolso de los pañales—. Lo siento.

—¿Por qué?

—Por haberme quedado dormida así.

Haven sonrió y se acercó para abrazarme.

—No tienes que disculparte por nada. ¿Qué importancia tiene un episodio de narcolepsia entre amigos? —Sentí la cercanía de su cuerpo, delgado pero fuerte, mientras me daba unas palmaditas en la espalda. El gesto me sorprendió por su naturalidad y por su calidez. Le devolví el abrazo con torpeza—. Ésta me gusta, Jack —la escuché decir por encima de mi hombro.

Jack no contestó. Se limitó a empujarme suavemente en dirección al pasillo.

Eché a andar a trompicones, ya que apenas veía de lo cansada que estaba, y no paré de tropezar. Me costó un esfuerzo horrible poner un pie delante del otro.

—No sé por qué estoy tan cansada esta noche —dije—. Supongo que al final esto me está pasando factura. —Sentí la mano de Jack en la espalda, instándome a continuar caminando. Decidí que debía hablar para mantenerme despierta—. Ya sabes, cansancio acup... a...

—¿Acumulado?

—Sí. —Agité la cabeza para despejarme—. Te acarrea problemas de memoria y te sube la tensión. Es un factor de riesgo en el trabajo. Menos mal que el mío no es peligroso. A menos que me quede dormida y me dé un golpe con el teclado en la cabeza. Si alguna vez veo que llevo tatuado en la frente ASDFG ya sabes lo que me ha pasado.

—Ya hemos llegado —dijo Jack al tiempo que me hacía entrar en el ascensor.

Entrecerré los ojos para mirar la hilera de botones y extendí el brazo para pulsar el correcto.

—No —me detuvo él con paciencia—. Ése es el nueve. Pulsa el que está justo al revés.

—Están todos al revés —protesté, aunque al final conseguí localizar el seis. Me coloqué en un rincón y me abracé por la cintura—. ¿Por qué ha dicho Haven: «Ésta me gusta»?

—¿Por qué no ibas a gustarle?

—Es que... Si te dice eso, está sugiriendo... —intenté razonar a pesar de que mis neuronas no andaban muy finas—, algo.

Jack rio entre dientes.

—No intentes pensar ahora, Ella. Déjalo para luego.

Me pareció una idea estupenda.

—Vale.

La puerta del ascensor se abrió y salí dando tumbos con Jack a la zaga.

Más por suerte que por coordinación, logré introducir la combinación correcta en el teclado numérico de mi puerta, abrí y entramos.

—Tengo que hacer los biberones —dije, caminando hacia la cocina.

—Yo me encargo. Tú ponte el pijama.

Agradecida, me fui al dormitorio y me puse una camiseta de manga corta y los pantalones del pijama. Cuando terminé de lavarme la cara y de cepillarme los dientes, fui a la cocina. Jack ya había preparado los biberones, los había metido en el frigorífico y había acostado a Lucas en la cuna. Me sonrió al ver que me acercaba con cautela.

—Pareces una niña pequeña —susurró— con la cara lavada y reluciente. —Me tocó la cara con una mano y me acarició el párpado inferior, donde el cansancio había dejado su huella azulada—. Una niña cansada —añadió en voz baja.

Me puse colorada.

—No soy una niña.

—Ya lo sé. —Tiró de mí y sus brazos me resultaron cálidos y acogedores cuando me rodearon—. Eres una mujer fuerte e inteligente. Pero incluso las mujeres fuertes necesitan ayuda, Ella. Estás agotada. Sí, ya sé que no te gusta que te den consejos, que lo tuyo es darlos. Pero me da exactamente igual. Necesitas hacer planes a largo plazo con respecto a Lucas.

Me sorprendió ver que era capaz de replicar de forma coherente:

—Esta situación no se alargará mucho.

—Eso no lo sabes seguro. Más que nada porque depende de Tara.

—Sé que la gente puede cambiar.

—La gente puede cambiar sus hábitos. Pero no su esencia. —Comenzó a acariciarme los hombros y la espalda, y a masajearme los doloridos músculos del cuello. La placentera presión me arrancó un gemido—. Espero de verdad que Tara sea capaz de resolver sus problemas y se convierta en una madre medio decente para que te quite este marrón de encima. Pero yo no apostaría por ella. Creo que esta situación es más permanente de lo que te gustaría. Te has convertido en madre de la noche a la mañana, aunque no estuvieras preparada para hacerlo. Vas a acabar quemada si no te cuidas. Necesitas dormir cuando el bebé descanse. Necesitas encontrar una guardería, una niñera, una canguro... lo que sea.

—No voy a quedarme aquí tanto tiempo. Tara vendrá a por él y yo volveré a Austin.

—¿Para qué? ¿Vas a volver con un tío que te deja tirada cuando más lo necesitas? ¿Qué está haciendo Dane ahora mismo que sea más importante que ayudarte? ¿Luchando por los derechos de algún helecho en peligro de extinción?

Me tensé y lo aparté de un empujón, ya que la furia acababa de espabilarme de golpe.

—No tienes derecho a juzgar a Dane ni tampoco a juzgar la relación que mantengo con él.

Jack soltó un resoplido burlón.

—Tu relación con él, si se puede llamar así, acabó en cuanto te dijo que no llevaras el bebé a Austin. ¿Sabes lo que tendría que haberte dicho? «Joder, sí, Ella, te apoyaré decidas lo que decidas. La vida es una mierda a veces. Pero ya saldremos de ésta. Ven a casa y descansa.»

—Es imposible que Dane pudiera hacer frente a esta situación porque tiene que estar volcado en su trabajo. Además, no sabes la cantidad de causas por las que luchan, el número de personas a las que ayudan...

—Su mujer debería ser su causa prioritaria.

—Déjate de frases hechas. Y deja de meterte con Dane. ¿Cuándo has puesto tú los intereses de una mujer por encima de todo lo demás?

—Precisamente ahora voy a ponerte a ti encima de todo lo demás, preciosa.

La frase podría interpretarse de unas cuantas formas diferentes, pero el brillo de sus ojos le dio un matiz inequívocamente soez. Perdí el hilo de mis pensamientos y se me aceleró el pulso. No era justo que se aprovechara de mí cuando estaba en ese estado de fatiga. Sin embargo, en la escala de prioridades de Jack Travis, la justicia quedaba muy por debajo del sexo. Y el sexo nos traía de cabeza a los dos. Desde el principio. Era imposible que lo pasáramos por alto.

Me descubrí rodeando la mesita del sofá como si fuera una virgen ofendida recién salida de un melodrama victoriano.

—Jack, éste no es un buen momento. Estoy muy cansada y no puedo pensar.

—Por eso es el mejor momento. Si estuvieras descansada y sobria, sería imposible discutir contigo.

—No hago las cosas de forma impulsiva, Jack. No... —Dejé la frase en el aire y jadeé en cuanto lo vi alargar el brazo para agarrarme la muñeca—. Suéltame. —Mi voz no sonó en absoluto autoritaria.

—¿Con cuántos hombres has estado, Ella? —me preguntó en voz baja, al tiempo que tiraba de mí para que rodeara la mesita.

—No creo que haya que ir por ahí contándoles a los demás el número de personas con las que nos hemos acostado. De hecho, escribí una columna una vez sobre...

—¿Uno, dos? —me interrumpió mientras me acercaba a él. Yo no paraba de temblar.

—Uno y medio.

A sus labios asomó una sonrisa.

—¿Es posible acostarse con medio tío?

—Estábamos en el instituto. En plena época de los descubrimientos. Tenía pensado llegar hasta el final con él, pero antes de que alcanzáramos ese punto, una tarde lo pillé en la cama con mi madre al llegar a casa.

Jack soltó un gruñido compasivo y tiró de mí para abrazarme. Su proximidad me resultaba tan segura y protectora que me resultó imposible resistirme.

—Ya lo he superado —le aseguré.

—Vale. —Siguió abrazándome.

—El sexo con Dane siempre ha sido genial. Nunca he sentido la necesidad de buscar nada en otro sitio.

—Vale.

—En realidad, no es un tema que me obsesione.

—Claro.

Me estrechó con fuerza contra su cuerpo y al final no me quedó otra opción que apoyar la cabeza en su hombro. Me relajé poco a poco. El dormitorio estaba tan silencioso que sólo se oían su respiración y la mía, además del zumbido del aire acondicionado.

¡Por Dios, qué bien olía!

No quería que pasara nada de lo que estaba pasando. Era como estar sentada en una montaña rusa, con las barras de seguridad en su sitio, a la espera de que comenzara el espantoso recorrido. Caídas que desafiaban a la muerte. Hematomas producidos por la fuerza de la gravedad...

—¿Alguna vez te has preguntado cómo sería si lo hicieras con otro? —me preguntó Jack en voz baja.

—No.

Sentí sus labios en el pelo.

—¿Nunca te has dejado llevar por un impulso y has dicho «¡Qué coño!» antes de lanzarte?

—No me dejo llevar por los impulsos.

—Pues éste es el momento de hacerlo, Ella.

Sus labios buscaron los míos y los siguieron con insistencia al ver que intentaba alejarme de ellos. Me colocó una mano en la nuca y sentí la fuerte presión de sus dedos. Me recorrió una descarga que me aceleró el corazón y me puso a mil. Empezó a besarme de forma indecente, con besos largos, húmedos y ardientes. El roce áspero de su mentón me arrancó un jadeo, al igual que lo hizo el de su lengua.

Sin ser consciente de lo que hacía, busqué sus manos, una estaba en mi nuca y la otra en mi cintura, y lo agarré con fuerza por las muñecas. Mis uñas encontraron la dureza de sus músculos. En realidad, no tenía muy claro si intentaba apartarlo de mí o acercarlo más. Él siguió besándome, explorando mi boca con pericia y sin miramientos. Le solté las muñecas y me apoyé en ese cuerpo tan seductor. Nunca había experimentado un vínculo tan terrenal, tan pasional, que borraba la noción del tiempo y del espacio. Sólo existía el deseo. La pasión.

Jack me colocó una mano en el trasero y presionó para que sintiera la dureza de su erección. Comencé a jadear y a arquear el cuerpo para mantenerme en el sitio preciso. Sus besos se ralentizaron, como si estuviera bebiendo los gemidos que escapaban de mi garganta. Me tensé a medida que las sensaciones se acumulaban cuando su mano me instó a mover las caderas siguiendo el ritmo que él imponía. Nada me había parecido nunca tan delicioso como sus besos y la presión de esa mano que seguía pegándome a él mientras nuestras caderas se frotaban con una lenta cadencia.

La tensión se convirtió en la promesa de una fuerza arrolladora, y me vi asaltada por un espasmo incontrolado y brutal que supe que sería la causa de una horrorosa humillación si me dejaba llevar. Y todo por un beso y un abrazo, completamente vestidos.

«Ni de coña», pensé alarmada, al tiempo que me apartaba de su boca.

171

—Espera —le dije con dificultad mientras lo agarraba de la camisa. Mi cuerpo palpitaba de la cabeza a los pies. Sentía los labios hinchados—. Tengo que parar ahora mismo.

Jack me miró con los ojos entrecerrados. Tenía los pómulos y la nariz sonrosados.

—Todavía no —replicó con voz ronca—. Estamos llegando a la mejor parte.

Y antes de que yo pudiera protestar, volvió a besarme. En esa ocasión, con un ritmo insistente y mientras sus caderas se frotaban contra mí con toda premeditación. Me estaba obligando, tentando, seduciendo para que disfrutara del momento.

El placer que me proporcionaban sus besos y el sensual ritmo de sus caderas se acumuló en un lugar muy concreto. Di un respingo y solté un gritito. La sensación fue tan intensa que se me desbocó el corazón. Entre espasmos, me aferré con fuerza a su camisa. Jack prolongó el placer todo lo posible y siguió moviéndose lentamente hasta que mi cuerpo se relajó, derretido por las ardientes sensaciones. Casi sin fuerzas, me apoyé en él.

—No, no. ¡Dios! —gimoteé—. No deberías haber hecho eso.

Jack me mordisqueó la barbilla, una de mis acaloradas mejillas y la delicada piel del cuello.

—No pasa nada —susurró—. Tranquila, Ella.

Guardamos silencio, a la espera de que yo recobrara el aliento. Puesto que estábamos pegados el uno al otro, era imposible no reparar en que seguía excitado. ¿Cuál era el protocolo a seguir en esos casos? Me tocaba corresponderle, ¿no?

—Que digo yo... —titubeé al cabo de un rato—, que debería hacer algo por ti.

Los ojos oscuros de Jack chispearon al mirarme.

—No hace falta. Ha sido un regalo de mi parte.

—Pero no es justo para ti.

—Descansa un poco. Ya me dirás en otro momento qué tienes en el menú.

Lo miré con inseguridad y me pregunté qué esperaría de

mí. Mi vida sexual con Dane era normal y corriente, pero nunca habíamos explorado lo que cualquier otro llamaría «territorio exótico».

—Mi menú es bastante limitado.

—Teniendo en cuenta lo mucho que me ha gustado el aperitivo, no creo que vaya a quejarme. —Me soltó con cuidado, aunque mantuvo una mano sobre uno de mis hombros para ayudarme a guardar el equilibrio—. ¿Quieres que te lleve a la cama? —Su voz era burlona y tierna—. ¿Y que te arrope?

Negué con la cabeza.

—Pues hala, vete tú solita —murmuró antes de darme una palmadita en el culo.

Lo seguí con la mirada mientras salía del apartamento. Me daba vueltas la cabeza, estaba alucinada y me sentía muy culpable. Me mordí el labio para no pedirle que volviera.

Después de echarle un vistazo a Lucas, que estaba dormido como un tronco, entré en el dormitorio y me metí en la cama casi a rastras. Tendida en la oscuridad, mi maltrecha conciencia salió de la trinchera donde se había escondido y agitó una banderita blanca.

Caí en la cuenta de que no había hablado con Dane la noche anterior, ni tampoco esa noche. Los hábitos cotidianos de mi día a día comenzaban a desvanecerse como una calcomanía.

«Estoy metida en un lío, Dane. Creo que voy a meter la pata. Y me parece que no voy a poder evitarlo. Me estoy desviando del camino. Déjame volver a casa.»

Si no hubiera estado tan cansada, habría llamado a Dane. Pero sabía que no era capaz de hablar de forma coherente. Además, en un rincón dolorido y recalcitrante de mi corazón, deseaba que me llamara él.

Pero el teléfono no sonó. Y cuando me quedé dormida, Dane no apareció en mis sueños.

13

Querida Miss Independiente:
He empezado a salir con un chico con el que no tengo nada en común. Es unos cuantos años menor que yo y tenemos distintos gustos en casi todo. A él le gusta salir, a mí me gusta quedarme en casa. A él le gusta la ciencia ficción, a mí me gusta hacer punto. A pesar de todo, nunca he estado tan colada por nadie. Pero me temo que, como somos tan diferentes, la relación está condenada al fracaso. ¿Debería romper con él ahora antes de que vaya a más?

PREOCUPADA POR EL PÁJARO EN MANO

Querida Preocupada:
Algunas veces, establecemos relaciones cuando menos lo esperamos. No hay ninguna regla que diga que dos personas que se quieren tienen que ser iguales. De hecho, hay algunas pruebas científicas que sugieren que, a nivel genético, las personas más distintas son las que suelen tener relaciones más duraderas y saludables. Aunque, ¿quién puede explicar de verdad los misterios de la atracción? Échale la culpa a Cupido. A la luna. A una sonrisa. Los dos podéis reafirmaros en vuestras diferencias siempre y cuando os respetéis mutuamente. ¿Que tú dices que el mar es verde y él dice que es azul? Déjate llevar, Preocupada. Lán-

zate de cabeza. Por regla general, las relaciones con el polo opuesto de nuestra personalidad son las que nos ayudan a conocernos mejor.

MISS INDEPENDIENTE

Clavé la vista en el monitor.

—¿Déjate llevar? —mascullé.

En mi caso, me repateaba dejarme llevar. Nunca iba a un sitio desconocido sin consultar antes un mapa. Siempre que compraba algo me registraba en la página oficial y mandaba los papeles de la garantía. Dane y yo usábamos condones, espermicida y, además, yo me tomaba la píldora. Nunca comía nada que tuviera colorante. Me ponía protección solar muy alta.

«Tienes que divertirte un poco», me había dicho Jack antes de hacerme una demostración de lo mucho que podía divertirme con él. Me daba en la nariz que, si me dejaba llevar con él, el entretenimiento no sería apto para todos los públicos. El problema era que la vida no consistía en pasárselo bien, consistía en hacer lo correcto, y la diversión era un derivado, si tenías suerte, claro.

Di un respingo al pensar en mi siguiente encuentro con Jack y me pregunté qué le diría.

«Ojalá pudiera desahogarme con alguien», pensé.

Stacy. Pero sabía que se lo contaría a Tom, que a su vez le diría algo a Dane.

A mediodía, sonó el teléfono. Vi el número de Jack en el identificador de llamadas. Fui a cogerlo, pero retiré la mano de golpe. Un segundo después, volví a extenderla con cuidado.

—¿Diga?

—Ella, ¿qué tal estás? —Jack parecía relajado y muy profesional. Hablaba como un comercial.

—Muy bien —contesté sin fiarme—. ¿Y tú?

—Genial. Oye, he llamado un par de veces a la Confraternidad de la Verdad Eterna y quería ponerte al día. ¿Por qué no quedamos para comer en el restaurante?

175

—¿El que está en el séptimo piso?

—Ése. Puedes traerte a Lucas. Nos vemos en veinte minutos.

—¿No puedes decírmelo ya?

—No, necesito comer con alguien.

Esbocé una sonrisa torcida.

—¿Esperas que me crea que soy tu única alternativa?

—No, pero sí que eres la primera de la lista.

Me alegré de que no pudiera verme colorada como un tomate.

—Nos vemos allí.

Como seguía en pijama, corrí al armario y saqué una chaqueta beis, una camisa blanca, unos vaqueros y unas sandalias de cuña. El resto del tiempo lo pasé preparando a Lucas, cambiándole el pelele y poniéndole un peto vaquero que se abrochaba en la cara interna de las piernas.

Una vez que me aseguré de que estábamos presentables, coloqué a Lucas en su sillita y me colgué el bolso de los pañales al hombro. Subimos al restaurante, que tenía una decoración de estilo contemporáneo con sillones tapizados de cuero negro, mesas de cristal y coloridos cuadros abstractos en las paredes. Casi todos los comensales eran empresarios y directivos, mujeres ataviadas con vestidos conservadores y hombres con trajes de corte clásico. Jack ya estaba allí, hablando con la *maître*. El traje azul oscuro y la camisa celeste resaltaban su cuerpo atlético. Reconocí con cierta sorna que en Houston, a diferencia de lo que pasaba en Austin, la gente se arreglaba para comer.

Al verme, Jack se acercó para coger la sillita de Lucas. Me desconcertó al darme un beso fugaz en la mejilla.

—Hola —dije, parpadeando.

Me enfadé al darme cuenta de que me sentía acalorada y de que me faltaba el aliento, como si me hubieran pillado viendo un canal de pago para adultos.

Jack pareció entender lo que estaba pensando. Esbozó una lenta sonrisa.

—Te lo tienes demasiado creído —le dije.

—No sé de qué me hablas. Siempre sonrío así...

La *maître* nos condujo a una mesa en un rinconcito, al lado de las ventanas. Jack dejó la sillita del bebé en el asiento que había junto al mío antes de retirarme la silla para que yo me sentara. Después, me ofreció una bolsita de papel azul con asas de cuerda.

—¿Qué es? —le pregunté.

—Algo para Lucas.

Metí la mano en la bolsa y saqué un pequeño camión blandito, especial para bebés. Era suave y delicado, cosido con diferentes tejidos. Las ruedas crujían al estrujarlas. Sacudí el juguete para ver qué pasaba y se escuchó un sonido, como el de un cascabel. Sonreí y le enseñé el camión a Lucas antes de colocárselo sobre el pecho. Mi sobrino se lanzó de lleno a por ese objeto nuevo tan interesante y lo estrujó con sus deditos.

—Es un camión —le dije.

—La cabina de un tráiler —puntualizó Jack.

—Gracias. Supongo que ya podemos deshacernos de ese ridículo conejito.

Nos miramos a los ojos, y me descubrí sonriéndole. Todavía sentía el cosquilleo de su beso en la mejilla.

—¿Has hablado con Mark Gottler en persona? —le pregunté.

Los ojos de Jack se iluminaron con un brillo travieso.

—¿Tenemos que empezar por ahí?

—¿Y con qué quieres que empecemos?

—¿No podrías preguntar algo como «¿Qué tal la mañana?», «¿Cuál sería tu día perfecto?» o algo así?

—Ya sé cuál sería tu día perfecto.

Me miró con una ceja enarcada, como si el comentario lo hubiera sorprendido.

—¿En serio? Venga, dímelo.

Iba a soltarle algo ingenioso, algo cortante. Pero mientras lo miraba, sopesé la pregunta en serio.

—Bueno... Creo que sería en una casita junto a la playa...

—Mi día perfecto incluye a una mujer —señaló él.

—Vale. Estás con tu novia. Una mujer de bajo consumo y muy poco exigente.

—No conozco a ninguna mujer así.

—Por eso te gusta tanto esta mujer en concreto. Y la casita es algo rústica, por cierto. No hay tele por cable, ni conexión inalámbrica. Y los dos habéis apagado los móviles. Dais un paseo matutino por la playa, tal vez os dais un chapuzón. Y recogéis unos cuantos guijarros de la orilla, de ésos pulidos por las olas, para meterlos en un tarro. Después, os acercáis al pueblo en bici. Tú vas a la tienda para comprar algo relacionado con la pesca... cebo o lo que sea...

—Moscas, nada de cebos —me interrumpió Jack sin apartar la mirada de mis ojos—. La Deceiver de Lefty Kreh.

—¿Para qué tipo de pez?

—Gallinetas.

—Genial. Entonces te vas a pescar...

—¿Con mi novia? —me interrumpió.

—No, ella se queda leyendo en la casita.

—¿No le gusta la pesca?

—No, pero le parece bien que a ti sí te guste y dice que es bueno que tengáis intereses distintos. —Hice una pausa—. Te prepara un bocadillo enorme y un par de cervezas.

—Me gusta esta mujer.

—Sales en tu yate y vuelves a casa con unos cuantos peces para la parrilla. La chica y tú coméis. Después, os acurrucáis y empezáis a charlar. De vez en cuando te quedas callado para escuchar el rumor de las olas. Y luego, bajáis a la playa con una botella de vino y os sentáis sobre una toalla para contemplar el atardecer. —Cuando terminé, lo miré a la espera de su reacción—. ¿Qué te parece?

Creía que a Jack le haría gracia, pero me estaba mirando con una seriedad desconcertante.

—Genial. —Y después se quedó callado durante unos momentos, mirándome como si intentara descubrir el truco de un número de magia.

El camarero se acercó, recitó las especialidades de la casa, nos tomó nota de la bebida y dejó una cesta de pan.

Jack extendió la mano y acarició con el pulgar la copa de agua empañada que tenía delante. Acto seguido, me miró con expresión decidida, como si estuviera aceptando un desafío.

—Me toca —dijo.

Sonreí porque me lo estaba pasando en grande.

—¿Vas a adivinar cómo sería mi día perfecto? Es muy fácil. Unos tapones para los oídos, las persianas bajadas y doce horas de sueño.

Pasó de mi comentario.

—Es un bonito día de otoño...

—No hay otoño en Tejas. —Cogí un panecillo con albahaca.

—Estás de vacaciones... pero en un lugar donde sí hay otoño.

—¿Estoy sola o con Dane? —pregunté al tiempo que mojaba un extremo del panecillo en un platito con aceite de oliva.

—Estás con un tío, pero no es Dane.

—¿Dane no va a formar parte de mi día perfecto?

Jack meneó la cabeza muy despacio, sin dejar de mirarme ni un instante.

—Es uno nuevo.

Tras darle un mordisco al panecillo, que estaba de muerte, decidí seguirle la corriente.

—¿Dónde estamos este tío nuevo y yo de vacaciones?

—En Nueva Inglaterra. Seguramente en New Hampshire.

Intrigada, sopesé la idea.

—Nunca he estado tan al norte.

—Os quedáis en un antiguo hotel con verandas, candelabros y jardines.

—Suena muy bien —admití.

—Cogéis el coche y vais a las montañas para ver el color de las hojas, y por el camino os topáis con un pueblecito donde se celebra una feria de artesanía. Os paráis y compras un par de libros antiguos, un montón de adornos navideños

179

hechos a mano y una botella de sirope de arce. Cuando volvéis al hotel, os echáis una siesta con las ventanas abiertas.

—¿Le gustan las siestas al tío nuevo?

—No mucho, pero hace una excepción por ti.

—Me gusta este tío. Bueno, ¿qué pasa cuando nos despertamos?

—Os arregláis para tomar unas copas y cenar, así que bajáis al restaurante. Al lado de vuestra mesa, hay una pareja de ancianos que parecen llevar casados por lo menos cincuenta años. El tío nuevo y tú os empezáis a preguntar cuál es el secreto de un matrimonio longevo. Él dice que es el sexo. Tú dices que es estar con alguien que te haga reír todos los días y él asegura que es capaz de ambas cosas.

Fui incapaz de contener una sonrisa.

—Se lo tiene un poco creído, ¿no te parece?

—Sí, pero a ti te gusta. Después de la cena, bailáis al son de la orquesta.

—¿Sabe bailar?

Jack asintió con la cabeza.

—Su madre lo obligó a ir a clases de baile cuando estaba en el colegio.

Me obligué a darle otro mordisco al panecillo y a comérmelo casi sin darme cuenta. Sin embargo, por dentro me sentía muy asombrada porque acababa de experimentar un repentino anhelo. Y me di cuenta rápidamente del problema: no conocía a nadie que hubiera pensado en semejante día para mí.

«Este hombre podría partirme el corazón», pensé.

—Parece divertido —dije a la ligera mientras me concentraba en Lucas y recolocaba el camión—. Vale, ahora dime qué te contó Gottler. ¿O hablaste con su secretaria? ¿Tenemos una cita?

Jack sonrió por el repentino cambio de tema.

—El viernes por la mañana. Hablé con su secretaria. Mencioné ciertos problemas en el contrato de mantenimiento e intenté pasarme a otro departamento. Así que dejé caer que se trataba de un problema personal, que a lo mejor quería unirme a la iglesia.

Lo miré con incredulidad.

—¿Mark Gottler accedió a concertar una cita con la esperanza de que te unas a su iglesia?

—Claro que sí. Soy un famoso pecador con un montón de pasta. Cualquier iglesia me querría en su rebaño.

Solté una carcajada.

—¿Todavía no perteneces a ninguna?

Jack negó con la cabeza.

—Mis padres pertenecían a iglesias distintas, así que me criaron como baptista y también como metodista. El resultado es que nunca he sabido si está bien visto bailar en público. Y durante un tiempo pensé que la Cuaresma era algo que te sacudías de la chaqueta.

—Yo soy agnóstica —confesé—. Sería atea, pero prefiero no cerrarme puertas.

—Yo prefiero las congregaciones pequeñas.

Lo miré con expresión inocente.

—¿Quieres decir que un estudio de grabación de más de dieciséis mil metros cuadrados con enormes pantallas panorámicas, sistema de sonido envolvente y efectos especiales no hace que te sientas más cerca de Dios?

—No creo que deba llevar a una infiel como tú a la Confraternidad de la Verdad Eterna.

—Te apuesto lo que quieras a que mi vida ha sido mucho más virtuosa que la tuya.

—A ver, preciosa, primero, eso no es muy difícil. Y, segundo, alcanzar un nivel espiritual más elevado es como aumentar tu línea de crédito. Tendrás más puntos si pecas y luego te arrepientes que si nunca has pedido ningún crédito.

Estiré el brazo y empecé a juguetear con uno de los pies de Lucas.

—Haría cualquier cosa por este bebé —afirmé—, incluso meterme de cabeza en una pila bautismal.

—Lo recordaré por si necesito negociar más adelante —dijo Jack—. Mientras tanto, escribe tu lista para Tara y ya veremos si podemos endosársela a Gottler el viernes.

La Confraternidad de la Verdad Eterna tenía su propio sitio web y su propia página en la Wikipedia. El pastor principal, Noah Cardiff, era un cuarentón bastante guapo, casado y con cinco hijos. Su esposa, Angelica, era una mujer atractiva y delgada, con tendencia a abusar de la sombra de ojos. No se tardaba mucho en comprender que la Confraternidad era más un imperio económico que una iglesia. De hecho, el *Houston Chronicle* se refería a ella como «megaiglesia», ya que poseía una flotilla de aviones privados, un aeródromo y un capital inmobiliario en el que se incluían mansiones, instalaciones deportivas y su propia empresa publicitaria. Me quedé pasmada al enterarme de que también tenía sus propios campos petrolíferos y de gas, gestionados por una empresa subsidiaria, la Eternity Petrol Incorporated. La iglesia daba trabajo a unas quinientas personas y tenía una junta directiva compuesta por doce personas, cinco de las cuales eran familiares de Cardiff.

No pude encontrar ningún vídeo de Mark Gottler en YouTube, pero sí encontré algunos de Noah Cardiff. Era carismático y encantador, e incluso se reía en ocasiones de sí mismo y les aseguraba a sus fieles de todas partes del mundo que el Creador les tenía reservadas muchas cosas buenas. Su pelo negro, su piel clara y sus ojos azules le otorgaban un aspecto angelical. De hecho, al ver uno de los vídeos de YouTube me sentí tan bien que, si hubiera pasado alguien por mi lado con la cesta de la colecta en ese momento, habría soltado veinte pavos. Y si Cardiff tenía ese efecto en una agnóstica, a saber lo que una verdadera creyente estaría dispuesta a donar.

El viernes, la niñera llegó a las nueve. Se llamaba Tina y parecía muy agradable y competente. Me la había recomendado Haven, según la cual, Tina había hecho maravillas con su sobrino. Me preocupaba dejar a Lucas al cuidado de otra persona (era la primera vez que nos separábamos), pero también fue un alivio en cierta manera, ya que podría tomarme un respiro.

Tal y como convenimos, Jack me estaba esperando en el vestíbulo principal. Llegué unos minutos tarde, porque me había parado a darle unas instrucciones de última hora a Tina.

—Lo siento. —Apresuré el paso mientras me acercaba a él, que estaba junto al mostrador de recepción—. No era mi intención llegar tarde.

—No pasa nada —me tranquilizó Jack—. Todavía tenemos mucho... —Dejó la frase en el aire en cuanto reparó en mi apariencia y se quedó boquiabierto.

Con cierta timidez, me aparté un mechón de pelo de la cara y me lo coloqué detrás de la oreja. Llevaba un traje negro ajustado, de lana fría, y unos zapatos negros de tacón de tiras muy finas que se abrochaban en el empeine. Me había maquillado un poco: sombra de ojos marrón metalizada, máscara de pestañas, un poco de colorete y brillo de labios.

—¿Voy bien? —le pregunté.

Jack asintió con la cabeza, sin parpadear siquiera.

Contuve una sonrisa al caer en la cuenta de que nunca me había visto arreglada. Y el traje me sentaba muy bien, porque se ceñía a mis curvas.

—Me pareció que esto iba mejor para la iglesia que unos vaqueros y unas sandalias planas.

No supe bien si Jack me escuchó o no. Daba la sensación de que su mente iba por otros derroteros totalmente distintos. Mis sospechas se confirmaron cuando afirmó con énfasis:

—Tienes unas piernas increíbles.

—Gracias. —Me encogí de hombros con modestia—. Hago yoga.

Eso lo alentó a seguir con sus reflexiones. Me pareció que se sonrojaba, aunque era difícil estar segura porque estaba muy moreno. Su voz sonó un poco forzada al preguntarme:

—Supongo que eres bastante flexible, ¿no?

—No era la más flexible de mi clase ni mucho menos

—contesté e hice una pausa antes de añadir—: Pero puedo ponerme los tobillos detrás de la cabeza. —Contuve una carcajada al escuchar que contenía el aliento. Vi que su coche estaba aparcado en la puerta y eché a andar. Él me siguió sin pérdida de tiempo.

El complejo de la Confraternidad estaba a unos siete kilómetros de Houston. Aunque había investigado la organización y había visto fotos de sus instalaciones, puse los ojos como platos al cruzar las puertas de entrada. El edificio principal era tan grande como un estadio de fútbol olímpico.

—¡Madre del amor hermoso! —exclamé—. ¿Cuántas plazas de aparcamiento hay?

—Mínimo, unas dos mil —contestó Jack mientras lo atravesaba.

—Bienvenido a la iglesia del siglo veintiuno —mascullé, preparada para detestar todo lo que tuviera que ver con la Confraternidad de la Verdad Eterna.

Cuando entramos, me sorprendió la grandeza del lugar. El vestíbulo estaba dominado por una pantalla gigante en la que se veía a familias disfrutando de alegres excursiones al campo, paseando por soleados vecindarios, a padres que columpiaban a sus hijos, lavaban al perro o iban a la iglesia en familia.

Unas gigantescas estatuas de Jesús y los Apóstoles protegían las entradas a un comedor y a un patio enmarcado con cristaleras de color esmeralda. Las paredes estaban adornadas con paneles de malaquita verde y madera de cerezo, y el suelo, cubierto por metros y metros de inmaculadas alfombras. La librería que había al otro lado del vestíbulo estaba atestada de gente. Todo el mundo parecía muy animado y se detenía a charlar y a reír con los demás, alentados por la música relajante que inundaba el ambiente.

Había leído que la Confraternidad de la Verdad Eterna era admirada y criticada a partes iguales por su evangelio, que ensalzaba los bienes materiales. El pastor Cardiff solía hacer hincapié en que Dios quería que su iglesia disfrutara de la prosperidad material en la misma medida que disfrutaban de la prosperidad espiritual. De hecho, insistía en que ambas iban de la mano. Si uno de los miembros de su iglesia tenía problemas económicos, debía rezar con más ahínco para tener éxito. Al parecer, el dinero era una recompensa de la fe.

No estaba lo bastante puesta en teología como para discutir el asunto a fondo, pero desconfiaba de manera instintiva de cualquier cosa que resultara tan atrayente y estuviera tan bien vendida. Claro que... la gente parecía contenta. Si la doctrina les funcionaba, si satisfacía sus necesidades, ¿qué derecho tenía yo a ponerle pegas? Asombrada, me detuve junto a Jack cuando un asistente salió a nuestro encuentro con una enorme sonrisa.

Tras una breve consulta en voz baja, nos condujo al otro lado de unas enormes columnas de mármol, detrás de las cuales había una escalera mecánica. Y así fue como empezamos a subir hacia una zona totalmente acristalada y muy luminosa, con una enorme cornisa de caliza en la que rezaba la siguiente inscripción:

YO VINE PARA QUE TENGAN VIDA,
Y LA TENGAN ABUNDANTE
Juan 10:10

Una secretaria nos esperaba al final de la escalera mecánica. Nos condujo a una sala de reuniones muy amplia, con una mesa de seis metros de largo, construida con diferentes maderas, todas exóticas, y cuyo centro estaba compuesto por una tira de cristal serigrafiado de varios colores.

—¡Vaya! —exclamé, admirando los sillones de piel, la enorme pantalla plana y los monitores individuales conectados a los puertos de datos para celebrar videoconferencias—. Menudo tinglado.

La secretaria sonrió.

—Le diré al pastor Gottler que están aquí.

Miré a Jack, que estaba medio sentado, medio apoyado en la mesa.

—¿Crees que Jesús habría venido a un sitio como éste? —le pregunté en cuanto la secretaria se marchó.

Me lanzó una mirada de advertencia.

—No empieces.

—Según lo que he leído, el mensaje que lanza la Confraternidad de la Verdad Eterna es que Dios quiere que todos seamos ricos y que todos tengamos éxito. Así que supongo que tú estás un poco más cerca del paraíso que el resto de los mortales.

—Ella, si quieres ponerte a blasfemar, adelante. Pero cuando nos hayamos ido.

—No puedo evitarlo. Este sitio me da repelús. Tenías razón... es como Disneyland. Y, en mi opinión, le están dando a su rebaño el equivalente espiritual de un montón de comida basura.

—Un poco de comida basura nunca le ha hecho daño a nadie —replicó Jack.

En ese momento, la puerta se abrió y apareció un hombre rubio bastante alto.

Mark Gottler era guapo y tenía cierto aire refinado. Era corpulento, de cara rechoncha. Bien alimentado y bien peinado. Le rodeaba el aura de quien se sabía por encima del rebaño, de quien aceptaba con tranquilidad su respeto. Costaba trabajo imaginárselo en las garras de las necesidades fisiológicas de todo hijo de vecino.

¿Ése era el hombre con el que se había acostado mi hermana?

Los ojos de Gottler eran del color de los caramelos Werther's fundidos. Miró a Jack y fue derecho a por él con la mano extendida.

—Me alegro de volver a verte, Jack. —Con la mano libre cubrió un segundo sus manos unidas, estrechándosela con las dos. Se podría haber tomado por un gesto controlador, o por uno de extrema afabilidad. La expresión amable de Jack no cambió—. Veo que has traído a una amiga —siguió Gottler con una sonrisa antes de volverse hacia mí. Cuando me estrechó la mano, recibí el mismo tratamiento.

Me aparté algo irritada.

—Me llamo Ella Varner —dije antes de que Jack pudiera presentarnos—. Creo que conoce a mi hermana, Tara.

Gottler me soltó, pero no dejó de mirarme. Su expresión agradable no se inmutó, pero el ambiente se enfrió hasta el punto de poder congelar una botella de vodka.

—Sí, conozco a Tara —admitió al tiempo que forzaba una sonrisa—. Trabajó un tiempo en administración. He oído hablar de usted, Ella. Tiene una columna de cotilleos, ¿no?

—Algo así —respondí.

Gottler miró a Jack con expresión cauta.

—Me han hecho creer que venías en busca de consejo.

—Así es —dijo Jack como si nada mientras apartaba un sillón de la mesa y me indicaba que me sentase—. Quería hablarte de un problema. Sólo que no es mío.

—¿Cómo es que la señorita Varner y tú os conocéis?

—Es una buena amiga mía.

Gottler me miró a los ojos.

—¿Sabe su hermana que está aquí?

Negué con la cabeza, preguntándome si hablaría mucho con ella. ¿Por qué iba un hombre casado que estaba metido en esa profesión a correr el riesgo de enzarzarse en una aventura con una chica inestable a la que, para colmo, había dejado embarazada? Me quedé aterrada al comprender que había miles de millones de dólares (o muchísimos más) en peligro por esa situación. Un escándalo sexual sería un golpe terrible para su iglesia, además del fin de su carrera como telepredicador.

—Le dije a Ella que estaba seguro de que tendrías algunas ideas sobre cómo podemos ayudar a Tara. —Una pausa intencionada—. Y al bebé. —Tras sentarse junto a mí, se reclinó como si estuviera en su casa—. ¿Lo has visto ya?

—Me temo que no. —Gottler se fue al otro extremo de la mesa de conferencias. Se tomó su tiempo para sentarse—. La iglesia hace todo lo que puede por los miembros que necesitan ayuda, Jack. A lo mejor en el futuro tengo la oportunidad de hablar con Tara sobre la ayuda que podemos prestarle.

Pero es un asunto privado. Creo que Tara preferiría que siguiera siendo así.

No me gustaba Mark Gottler ni un pelo. No me gustaban sus modales educados, su seguridad en sí mismo, su arrogancia, ni ese pelo tan perfecto. No me gustaba que hubiera engendrado un hijo y que ni siquiera se hubiera tomado la molestia de verlo. En el mundo sobraban los hombres que no se responsabilizaban de los hijos que habían engendrado. Mi propio padre era uno de ellos.

—Como bien sabe, señor Gottler —dije con voz serena—, mi hermana no está en situación de poder ocuparse de sus asuntos. Es vulnerable. Es fácil aprovecharse de ella. Por eso quería hablar con usted en persona.

El pastor me sonrió.

—Antes de que continuemos con este asunto, detengámonos un momento para rezar.

—No veo la necesidad de... —protesté.

—Por supuesto —me interrumpió Jack al tiempo que me daba una patada por debajo de la mesa. Me lanzó una mirada elocuente: «No te pases, Ella.»

Fruncí el ceño, pero me resigné y bajé la cabeza.

Gottler comenzó la oración.

—Alabado seas, Padre que estás en el Cielo, Señor de nuestros corazones, Dador de todas las cosas buenas, hoy acudimos a Ti en busca de paz. Te pedimos que nos ayudes a convertir cualquier momento negativo en una oportunidad para encontrar Tu camino y resolver nuestras diferencias...

La oración siguió una eternidad, hasta que llegué a la conclusión de que o bien Gottler estaba ganando tiempo o bien intentaba impresionarnos con su palabrería. De cualquier manera, me estaba impacientando. Quería hablar de Tara. Quería que se tomaran decisiones. Cuando levanté la cabeza para lanzarle una miradita a Gottler, me di cuenta de que él hacía lo mismo conmigo, de que estaba analizando la situación, de que me estaba midiendo como adversaria mientras seguía hablando:

—Y dado que Tú has creado el universo, Señor, seguro que puedes hacer que le pasen cosas a nuestra hermana Tara y...

—Es hermana mía, no suya —protesté.

Tanto Jack como el pastor me miraron sorprendidos. Sabía que debería haber mantenido la boca cerrada, pero ya no aguantaba más. Tenía los nervios tan de punta que cualquier cosa me haría saltar.

—Deja que rece, Ella —murmuró Jack.

Me colocó una mano en el hombro y empezó a acariciarme la nuca con el pulgar. Me crispé, pero me mordí la lengua.

Entendí la indirecta. Había que seguir ciertos rituales. No conseguiríamos nada del pastor si lanzábamos un ataque frontal. Agaché de nuevo la cabeza y esperé a que siguiera. Me concentré en respirar según me habían enseñado en las clases de yoga, profundamente y de manera regular. Me concentré en el pulgar de Jack en la nuca, que me acariciaba con una relajante presión.

Por fin, Gottler terminó con un:

—Te rogamos, Señor, que nos otorgues sabiduría y bienestar. Amén.

—Amén —murmuramos Jack y yo antes de levantar las cabezas.

Jack apartó su mano.

—¿Te importa si empiezo yo? —le preguntó Jack a Gottler, que asintió con la cabeza, y después me miró de reojo para que le diera permiso.

—Claro —masculló con sorna—, hablad vosotros mientras yo me quedo calladita escuchando, como debemos hacer las mujeres obedientes.

Con voz relajada y tranquila, Jack le dijo a Gottler:

—No creo que tenga que detallarte la situación, Mark. Creo que todos sabemos lo que pasa. Y, al igual que tú, preferimos que todo esto se mantenga en el ámbito privado.

—Es bueno saberlo —replicó Gottler con inequívoca sinceridad.

—Supongo que todos queremos lo mismo —continuó

Jack—. Que el futuro de Tara y de Lucas esté asegurado y que todo el mundo siga con su vida como de costumbre.

—Nuestra iglesia ayuda a mucha gente necesitada, Jack —comentó Gottler con voz razonable—. Es una lástima, pero admito que hay muchas jóvenes en la misma situación que Tara. Y hacemos todo lo que está en nuestras manos. Pero si le prestamos más ayuda a Tara que a las demás, me temo que sólo conseguiremos llamar la atención. Cosa que no nos interesa.

—¿Y qué me dice de una prueba de paternidad por orden judicial? —le pregunté con sequedad—. Eso también llamaría la atención, ¿no cree? ¿Qué me dice de...?

—Tranquila, nena —murmuró Jack—. Mark tiene algo en mente. Deja que se explique.

—Eso espero —repliqué—, porque pagar las facturas de la clínica donde está Tara es sólo el primer paso. Quiero un fideicomiso para el bebé, y quiero...

—Señorita Varner —me interrumpió Gottler—, ya había decidido ofrecerle a Tara un contrato de trabajo. —Al percatarse del desdén que yo no intentaba disimular, añadió—: Con beneficios.

—Suena interesante —comentó Jack, que me dio un apretón en el muslo bajo la mesa y me obligó a volver a sentarme—. Vamos a dejar que se explique, Ella. Bueno, Mark... ¿a qué beneficios te refieres? ¿Estamos hablando de algún tipo de alojamiento y de pensión?

—Por supuesto que eso va incluido —contestó el pastor—. Las leyes tributarias federales permiten a los pastores proporcionarles una vivienda a sus empleados, de modo que... en fin, que si Tara trabaja para nosotros, no violaríamos ninguna ley sobre beneficios personales y retribuciones. —Gottler se detuvo como si estuviera pensando—. Nuestra iglesia tiene un rancho en Colleyville con una pequeña comunidad privada de unas diez casas. Cada una de ellas tiene su propio jardín con piscina y una parcela de unos cuatro mil metros cuadrados. Tara y el bebé podrían vivir allí.

—¿Solos? —pregunté—. ¿Con los servicios, la jardinería y el mantenimiento incluidos?

—Podría ser —concedió Gottler.

—¿Durante cuánto tiempo? —lo presioné.

Gottler guardó silencio. Saltaba a la vista que la Confraternidad de la Verdad Eterna estaba dispuesta a ayudar a Tara Varner hasta cierto punto, aunque uno de sus pastores principales la hubiera dejado embarazada. ¿Qué hacía yo allí, intentando sacarle a Mark Gottler algo que él ya debería haber ofrecido de manera voluntaria?

Lo que estaba pensando debió de reflejarse en mi cara, porque Jack se apresuró a intervenir.

—No nos interesan las soluciones temporales, Mark, dado que el bebé es algo permanente en la vida de Tara. Creo que vamos a tener que elaborar algún tipo de contrato vinculante con garantías para ambas partes. Podemos ofrecer la garantía de que no hablaremos con los medios de comunicación, de que no someteremos al niño a una prueba de paternidad para aclarar quién es su progenitor... Lo que te parezca bien para que te sientas seguro. Pero, a cambio, Tara va a necesitar un coche, una mensualidad para sus gastos, un seguro médico, tal vez un fideicomiso para la educación universitaria de Lucas...

—Jack hizo un gesto para indicar que la lista era demasiado larga como para detallarla ese momento.

Gottler dijo algo acerca de que tenía que consultarlo con su junta directiva, a lo que Jack sonrió y replicó que no creía que la junta le pusiera pegas. Me pasé los minutos siguientes escuchando la conversación medio impresionada y medio asqueada. Acabaron la charla tras haber llegado al acuerdo de que ambas partes dejarían los detalles de la operación en manos de sus respectivos abogados.

—... tienes que dejarme trabajar un poco en el asunto —le estaba diciendo Gottler a Jack—. Me has pillado desprevenido.

—¿Que lo hemos pillado desprevenido? —repetí, incrédula y mosqueada—. Ha tenido nueve meses para pensárselo.

¿No se le había ocurrido hasta ahora que estaría obligado a hacer algo por Lucas?

—Lucas —dijo Gottler con cara de preocupación—. ¿Así se llama? —Parpadeó un par de veces—. Por supuesto.

—¿Cómo que «por supuesto»? —pregunté, pero me respondió asintiendo con la cabeza y esbozando una sonrisa que no tenía un pelo de sincera.

Jack me obligó a ponerme en pie al mismo tiempo que lo hacía él.

—Te dejaremos volver al trabajo, Mark. Pero ten presentes los plazos de los que hemos hablado. Y también me gustaría que me mantuvieras informado de la decisión que tome la junta directiva.

—Claro, Jack.

Gottler nos acompañó mientras salíamos de la sala de conferencias, dejando atrás una galería con varias puertas dobles, columnas, retratos y placas. Leí estas últimas mientras nos íbamos, aunque la que más me llamó la atención fue una situada en un enorme arco de caliza sobre unas puertas de castaño decoradas con vidrieras de colores. En ella, se podía leer:

PORQUE NADA HAY IMPOSIBLE PARA DIOS
Lucas 1:37

—¿Adónde lleva esa puerta? —pregunté.

—Pues a mi despacho —respondió un hombre que se había acercado a dicha puerta desde otra dirección. Se detuvo y se volvió hacia nosotros con una sonrisa.

—Pastor Cardiff —se apresuró a saludar Gottler—, le presento a Jack Travis y a la señorita Ella Varner.

Noah Cardiff le estrechó la mano a Jack.

—Un placer conocerlo, señor Travis. Hace poco tuve la oportunidad de conocer a su padre.

Jack sonrió.

—Espero que no lo pillara en uno de sus días malos.

—En absoluto. Es un hombre fascinante y muy educado.

De la vieja escuela. Intenté convencerle para que asistiera a uno de mis oficios, pero me dijo que todavía no había terminado de pecar y que ya me lo diría cuando lo hiciera. —Con una carcajada, se giró hacia mí.

Era un hombre fascinante. Alto, aunque no tanto como Jack, y con la constitución de un escalador. Mientras que Jack parecía un atleta y se movía como tal, Noah Cardiff poseía la elegancia de un bailarín. Era asombroso verlos juntos: Jack con su atractivo sexy y terrenal, y Cardiff con su belleza refinada y austera.

El pastor era moreno de pelo y de piel clara, de esa que se ruborizaba con facilidad, y tenía la nariz aguileña. Su sonrisa era angelical y un poco tristona; la sonrisa de un mortal muy consciente de la fragilidad de su naturaleza humana. Y los ojos eran los de un santo, de un agradable azul claro. Su mirada producía la sensación de haber sido bendecido.

Cuando se acercó para estrecharme la mano, capté un olor a lavanda y a ámbar gris.

—Señorita Varner, bienvenida a nuestra casa de adoración. Espero que la cita con el pastor Gottler haya sido de su entera satisfacción. —Guardó silencio antes de sonreír al aludido con expresión interrogante—. Varner... ¿No teníamos una secretaria que...?

—Sí, su hermana, Tara, ha trabajado con nosotros de forma esporádica.

—Espero que se encuentre bien —me dijo Cardiff—. Por favor, dele recuerdos de mi parte.

Asentí con la cabeza de forma insegura.

Cardiff me sostuvo la mirada un instante, y pareció leerme el pensamiento.

—Rezaremos por ella —murmuró. Con un gesto elegante, señaló la placa situada sobre la puerta de su despacho—. Mi versículo preferido de mi apóstol preferido. Una gran verdad. Nada es imposible para el Señor.

—¿Por qué es Lucas su preferido? —quise saber.

—Entre otros motivos, porque Lucas es el único apóstol

que cuenta las parábolas del buen samaritano y del hijo pródigo. —Cardiff me sonrió—. Además, es un gran defensor del papel de las mujeres en la vida de Cristo. ¿Por qué no asiste a uno de nuestros oficios, señorita Varner? Y traiga a su amigo Jack con usted.

14

Mientras salíamos, reflexioné sobre todo lo que se había dicho durante la entrevista. Me froté las sienes, porque parecía tener una goma elástica muy apretada alrededor de la cabeza.

Jack me abrió la puerta del coche antes de rodearlo para abrir la suya. Dejamos un rato las puertas abiertas para aliviar un poco el calor del interior antes de sentarnos.

—No soporto a Mark Gottler —confesé.

—¿De verdad? No lo había notado.

—Estaba escuchándolo hablar y no dejaba de pensar que tenía delante a un gilipollas hipócrita que se había aprovechado de mi hermana... En vez de pegarle un tiro o algo así, que era lo que me apetecía hacer, he tenido que aguantarlo y negociar con él.

—Lo sé. Pero de momento se está portando. Tienes que reconocerlo.

—Sí, claro, porque lo estamos obligando. —Fruncí el ceño—. No estarás de su parte, ¿verdad?

—Ella, acabo de pasarme una hora y cuarto apretándole las tuercas a ese tío. No, no estoy de su parte. Lo único que digo es que no es el único culpable de esta situación. Vale, ya podemos entrar. —Arrancó el coche. El aire acondicionado no era suficiente para aliviar el calor abrasador.

Me abroché el cinturón de seguridad.

—Mi hermana está en una clínica con una depresión nerviosa después de que un pastor casado la sedujera y la dejara tirada... ¿Estás insinuando que la culpa es de Tara?

—Estoy diciendo que cada cual tiene su parte de culpa. Y a Tara no la sedujo nadie. Es una mujer hecha y derecha que usa su cuerpo para conseguir lo que quiere.

—Viniendo de ti, el comentario resulta un pelín hipócrita, ¿no te parece? —repliqué, malhumorada.

—Ella, las cosas están así: tu hermana va a conseguir una casa, un coche y una mensualidad de quince mil dólares, y todo gracias a que un tío con dinero la dejó embarazada. Sin embargo, por muy bueno que sea el acuerdo al que lleguen los abogados, tendrá que buscarse algún otro vejestorio con pasta para asegurarse el futuro. El problema es que la próxima vez no le va a resultar tan fácil. Porque tendrá unos añitos más.

—No crees que algún día pueda casarse, ¿verdad? —le pregunté, cada vez más irritada.

—No se conformará con un tío normal y corriente. Quiere uno rico. Y ella no es de las mujeres con las que se casan los ricos.

—Sí que lo es. Es guapa.

—La belleza está de capa caída. Y eso es lo único que Tara aporta al matrimonio. En términos empresariales, es un bien temporal, no perdurable.

La cruda afirmación me dejó sin aliento.

—¿Así es como pensáis los ricos?

—La mayoría, sí.

—¡Madre mía! —exclamé, echando humo por las orejas—. Supongo que pensarás que todas las mujeres que se te acercan van detrás de tu dinero.

—No. Pero digamos que es fácil distinguir a las que me dejarían tirado si algo le pasara a mi dinero.

—Por mí, te puedes meter el dinero en el...

—Lo sé. Es una de las razones por las que...

—Y si tanto odias a mi hermana, ¿por qué te molestas en ayudarla?

—No la odio. En absoluto. La veo tal cual es. Estoy haciendo todo esto por el bien de Lucas. Y por el tuyo.

—¿Por mi bien? —Eso aplacó mi furia de golpe y lo miré con los ojos como platos.

—Haría cualquier cosa por ti, Ella —contestó él en voz baja—. ¿Todavía no te has dado cuenta?

Lo observé en silencio mientras sacaba el coche del aparcamiento.

Irritada, desconcertada y muerta de calor, ya que el aire acondicionado todavía no aliviaba la achicharrante temperatura que reinaba en el interior del coche, seguí en silencio un rato. La imagen que yo tenía de mi hermana era distinta a la de Jack. Yo la quería. ¿Me impedirían los sentimientos ver la verdad? ¿Habría captado Jack la situación mejor que yo?

Escuché que sonaba mi móvil. Cogí el bolso y rebusqué en el interior hasta dar con él.

—Es Dane —dije con voz tensa. Casi nunca me llamaba durante el día—. ¿Te importa si lo cojo?

—Adelante.

Jack siguió conduciendo muy atento al tráfico. Las hileras de coches apenas avanzaban, como si fueran células circulando por una arteria endurecida.

—Dane, ¿pasa algo?

—Hola, cariño, todo va bien. ¿Qué tal ha ido la entrevista?

Le conté la versión reducida y él me escuchó, dándome su apoyo con sus comentarios, libres de los prejuicios de Jack. Era un alivio poder hablar con alguien que no me daba justo donde más me dolía. Descubrí que me iba relajando poco a poco, ayudada por el efecto del aire acondicionado que soplaba sobre mí tan fresco como el aliento de un glaciar.

—Oye, me estaba preguntando una cosa... —dijo Dane—. ¿Te apetece tener compañía mañana por la noche? Tengo que acercarme a Katy para recoger un anemómetro que nos hace falta para una de las instalaciones que estamos construyendo. Saldremos a cenar y pasaremos la noche juntos. Así podré conocer al tío ese con el que pasas tanto tiempo.

Me quedé helada hasta que Dane añadió:

—Eso sí, no pienso cambiarle el pañal.

La risa que me salió fue un pelín histérica.

—No hace falta que le cambies el pañal. Sí, nos encantará verte. Tengo muchas ganas de verte.

—Vale, estaré ahí mañana sobre las cuatro o las cinco. Adiós, cariño.

—Adiós.

Cerré el teléfono y me di cuenta de que habíamos llegado al número 1800 de Main Street. Estábamos doblando la curva para entrar en el aparcamiento subterráneo.

Jack encontró un sitio libre cerca de los ascensores y aparcó el coche. Apagó el motor y me miró, sumido en la penumbra del interior.

—Dane vendrá a verme mañana —le dije. Aunque quería que mi voz sonara normal, la verdad era que me salió un poco tensa.

Me fue imposible leer su expresión.

—¿Por qué?

—Va a recoger un equipo de medición en Katy. Y como va a estar por la zona, quiere pasarse a verme.

—¿Dónde va a quedarse?

—Conmigo, por supuesto.

Jack guardó silencio un buen rato. Tal vez fuera fruto de mi imaginación, pero me pareció que respiraba con dificultad.

—Puedo reservarle una habitación en cualquier hotel —dijo por fin—. Corre de mi cuenta.

—¿Por qué...? ¿Qué pas...?

—No quiero que pase la noche contigo.

—Pero es mi... —Guardé silencio y lo miré sin dar crédito—. ¿Qué pasa, Jack? Es mi pareja, vivo con él.

—Ya no. Vives aquí. Y... —Una pausa antes de que añadiera entre dientes—: Y no quiero que te acuestes con él.

En un primer momento, sus palabras me dejaron más pasmada que furiosa. Jack parecía haber sufrido una regresión al modo troglodita, cosa que jamás había presenciado en el caso de Dane. Ver ese arranque posesivo, saber que se sentía con derecho a decirme cuándo y con quién podía acostarme, me dejó totalmente alucinada.

—Tú no tienes nada que decir al respecto —repliqué.

—No voy a dejar que me quite lo que es mío.

—¿¡Tuyo!? —meneé la cabeza y solté un sonido a caballo entre una risa y un gemido de protesta. Me llevé los dedos a los labios lentamente, cubriéndomelos con la misma suavidad que un visillo cubriría una ventana abierta. Tuve que hacer un gran esfuerzo para encontrar las palabras adecuadas—. Jack, mi novio viene a verme. Puede que me acueste con él o puede que no. Pero eso no es de tu incumbencia. Y no me gustan estos jueguecitos. —Inspiré hondo y me escuché decir de nuevo—: No me gustan los jueguecitos.

La voz de Jack al replicar fue suave, pero con un deje tan salvaje que me puso los pelos como escarpias.

—No estoy jugando. Estoy tratando de decirte cómo me siento.

—Ya lo he pillado. Y ahora necesito un poco de espacio.

—Te daré todo el espacio que necesites. Siempre y cuando él haga lo mismo.

—¿Y eso qué significa?

—No lo dejes quedarse contigo en el apartamento.

Me estaba mangoneando. Me estaba controlando. El pánico me dejó sin respiración, de modo que abrí la puerta del coche en busca de aire.

—Déjame tranquila —dije.

Salí del coche y me encaminé hacia los ascensores con él pegado a mis talones.

Pulsé el botón del ascensor con tanta fuerza que estuve a punto de partirme el dedo.

—¿Ves? Por eso prefiero a Dane, o a los hombres como él, antes que a alguien como tú. Él no me dice lo que tengo que hacer. Soy una mujer independiente.

—Gilipolleces feministas —lo escuché murmurar. También parecía tener problemas para respirar.

Me volví para mirarlo, presa de la furia.

—¿¡Cómo!?

—Esto no tiene nada que ver con la puta independencia femenina. Estás asustada porque sabes que, si empiezas una relación conmigo, llegarás mucho más lejos de lo que has llegado con Dane. Él no te apoyará en nada, ya lo ha demostrado. Se ha rajado. ¿Y encima vas a dejar que te eche un polvo?

—¡Cállate!

Aquello fue el colmo. Yo, que nunca le había pegado a nadie en la vida, le golpeé el brazo con el bolso, que por casualidad pesaba bastante. El impacto resonó con fuerza, pero él no pareció notarlo.

En ese momento, se abrió la puerta del ascensor y la luz del interior iluminó el suelo gris del aparcamiento. No hicimos el menor ademán de entrar. Nos limitamos a seguir mirándonos echando chispas por los ojos, cada vez más cabreados.

Jack me agarró por la muñeca y me arrastró hasta un rincón oscuro situado en uno de los laterales de los ascensores, donde olía a aceite y a gasoil.

—Te deseo... —murmuró—. Échalo de tu vida y quédate conmigo. No vas a perder nada, porque de entrada no cuentas con él. Dane no es el hombre que necesitas, Ella. Yo sí.

—Increíble —repliqué, asqueada.

—¿El qué es increíble?

—Tu ego. Es como un agujero negro, rodeado de... ¡Rodeado de arrogancia!

Jack me miró y, a pesar de la penumbra reinante y de que volvió un poco la cara, me pareció ver una sonrisa en su cara.

—¿¡Te estás riendo!? —exclamé—. ¿Qué coño te hace tanta gracia?

—Estaba pensado que, si echar un polvo contigo es la mitad de divertido que mantener una discusión, desde ya me considero un cabrón con suerte.

—No lo descubrirás en la vida. Porque...

Me besó.

Estaba tan furiosa que intenté volver a golpearlo con el

bolso, pero se me cayó al suelo y perdí el equilibrio por culpa de los tacones. Jack me agarró con fuerza y siguió besándome, instándome a separar los labios. Su aliento tenía el fresco sabor de la menta... y su propio sabor. El de Jack.

Me pregunté desesperada por qué no sentía lo mismo con Dane. Sin embargo, la reacción que me provocaban la boca de Jack, sus húmedos besos y el delicioso roce de su lengua era demasiado intensa como para resistirme. Me pegó a su cuerpo y comenzó a explorar el interior de mi boca. A medida que la pasión se apoderaba de nuestras lenguas, mi cuerpo se iba derritiendo y se apoyaba en él, invadido por la lujuria.

Me acarició por encima de la ropa con delicadeza. Sentí que me acaloraba bajo la fina textura de la tela. Sus dedos llegaron a mi cara y siguieron por mi pelo. Sus manos temblaban por culpa del abrasador deseo. Yo también me estremecí al notar que me desabrochaba los tres botones de la chaqueta con la mano libre. Cuando lo logró, apartó la tela y dejó a la vista un top ajustado de color crema, sujeto únicamente por dos tirantes muy finos.

Le escuché susurrar algo, un taco o una exclamación, no estaba segura, antes de que metiera la mano por debajo del top para tocarme la cintura. A esas alturas, los dos temblábamos de la cabeza a los pies, demasiado excitados como para detenernos. Me levantó el top y dejó a la vista mis pechos, que me resultaron blanquísimos en la penumbra del lugar. Inclinó la cabeza hacia uno de ellos y buscó el pezón con los labios. Siseé al notar un húmedo lametón antes de que lo chupara. La combinación de su lengua y sus labios me provocó un placentero ramalazo en el abdomen. Apoyé la cabeza en la fría y dura pared, al tiempo que arqueaba las caderas hacia él sin poder evitarlo.

Jack se enderezó para volver a besarme los labios casi de forma agresiva mientras me acariciaba el pecho con la mano. El erotismo de la situación, los mordiscos, los roces de su lengua... Todo se me subió a la cabeza hasta que las sensaciones acabaron por embriagarme. Le eché los brazos al cuello y tiré de él, exigencia que Jack aceptó con un gruñido salvaje y fiero. En la vida había experimentado esa desesperación, ese deseo tan exigente que me dejaba al borde de la súplica.

«Hazme algo, lo que sea. Me da igual, pero hazlo ya», ansiaba decirle.

Le pasé la mano por el torso y acaricié su musculoso cuerpo por encima del traje. La idea de lo que había debajo de esa civilizada y elegante fachada me excitó todavía más.

Noté que agarraba mi falda y me la subía con brusquedad. El roce fresco del aire en las piernas, en contraste con el fuego que parecía quemarme desde dentro, me arrancó un jadeo. Introdujo la mano bajo el elástico de mis bragas, entre los muslos, en busca de la humedad de mi cuerpo. Noté la caricia abrasadora de su aliento en el cuello y sentí cómo se contraían los músculos de su brazo bajo mi mano. Me penetró con un dedo y luego con otro. Cerré los ojos, casi sin fuerzas cuando me pasó el pulgar por el clítoris mientras me penetraba con los dos dedos sin darme tregua. Cada movimiento de su mano estimulaba cierta zona interna tan sensible que la caricia resultaba desquiciante. Desconcertante... apabullante... enloquecedora.

Por primera vez en la vida, deseé algo más que seguridad. Deseaba a Jack con tantas ganas que no había cabida para el sentido común. Forcejeé con la hebilla de su cinturón antes de desabrocharle los pantalones y bajarle la cremallera. Lo acaricié y rodeé su miembro. Grande y duro.

Jack apartó la mano de mi cuerpo para librarse de las bragas y subirme la falda. Me levantó con una facilidad pasmosa. La demostración de fuerza me excitó muchísimo más. Me aferré con fuerza a su cuello y apoyé la cabeza en su hombro.

«¡Sí, sí!», exclamé para mis adentros.

Cuando me penetró, mi cuerpo protestó ante la invasión. Me besó el cuello y me dijo al oído que me relajara, que él se ocuparía de mí, que lo dejara hacer, que lo dejara hundirse en mí... Me fue bajando poco a poco, hasta que rocé el suelo con las puntas de los pies y la postura me ayudó a acogerlo poco a poco.

El erotismo del momento era casi insoportable. Echar un polvo totalmente vestidos y de pie... Me besó con ansia y respondí con un gemido. Jack impuso un ritmo lento con el que cada embestida hacía que mis músculos se tensaran de placer, que mi cuerpo se relajara para recibirlo cada vez más adentro. Me aferré con fuerza a su cuerpo, rodeándolo con brazos y piernas hasta que comenzaron los espasmos y experimenté un orgasmo increíblemente placentero y casi interminable. Jack me besó para acallar el grito que surgió de mi garganta. Embistió con fuerza y se quedó inmóvil, conteniendo la respiración cuando llegó también al orgasmo.

Pasó un buen rato antes de que nos moviéramos. Yo seguía aferrada a él, con la cabeza apoyada en su hombro, y nuestros cuerpos, unidos de la forma más íntima. Me sentía como si hubiera tomado alguna droga. Sabía a la perfección que, cuando mi cerebro comenzara a funcionar con normalidad, iba a experimentar ciertos sentimientos que me habría gustado evitar. Comenzando por la vergüenza. Lo que habíamos hecho estaba tan mal en tantos aspectos que me sentía asombrada de mí misma.

Y lo peor era que había estado genial, que era genial sentirlo en mi interior mientras me abrazaba.

Una de sus manos me dio un suave apretón en la coronilla, como si tratara de protegerme de algo. Lo escuché soltar un taco entre dientes.

—Acabamos de hacerlo en un aparcamiento —dije sin fuerzas.

—Lo sé, cariño —susurró.

Me levantó un poco para apartarse de mí y solté un quejido. Estaba empapada, un poco dolorida y me temblaba todo el cuerpo. Me apoyé en la pared y le dejé que me colocara la ropa y me abrochara la chaqueta. Cuando acabó de hacer lo propio con su ropa, cogió mi bolso y me lo dio. No podía ni mirarlo, ni siquiera cuando tomó mi cara entre las manos para obligarme a hacerlo.

—Ella. —El olor a menta de su aliento se mezclaba con el

del sexo y el del sudor, conformando una mezcla increíblemente erótica. Todavía lo deseaba. La revelación hizo que se me llenaran los ojos de lágrimas—. Voy a llevarte a mi apartamento —lo oí murmurar—. Nos daremos una ducha y...

—No, yo... necesito estar a solas.

—Cariño... no quería que fuera así. Es mejor en la cama. Déjame hacerte el amor como Dios manda.

—No hace falta.

—Sí que hace falta. —Hablaba en voz baja y urgente—. Por favor, Ella. Esto no es lo que había planeado para nuestra primera vez. Puedo hacer que sea mucho mejor para ti. Puedo...

Lo silencié poniéndole los dedos en los labios. El suave roce de su aliento era abrasador. Iba a hablar, pero guardé silencio al escuchar el sonido de las puertas del ascensor al abrirse. Di un respingo. Un hombre salió del ascensor y se alejó en dirección a su coche. Sus pisadas reverberaron en las paredes de hormigón.

No hablé hasta que el coche salió del aparcamiento.

—Escúchame —le dije con voz titubeante—. Si de verdad te importan mis sentimientos o mis deseos, tienes que darme un poco de espacio. Ahora mismo no doy para más. Es la primera vez que lo hago con otro que no sea Dane. Tienes que dejarme un poco de tiempo para pensar. —Levanté una mano con cautela para acariciarle el mentón—. No hace falta que me enseñes más fuegos artificiales. En realidad —añadí—, la idea de que haya más me asusta un poco.

—Ella...

—Tienes que retroceder un poco —le dije—. Cuando esté preparada para avanzar, te lo diré, si es que se da el caso. Hasta entonces... no quiero verte, no quiero hablar contigo. A quien tengo que ver ahora es a Dane. Con quien tengo que hablar y tomar decisiones es con él. Si después descubro que hay espacio en mi vida para ti, serás el primero en saberlo.

Era de suponer que ninguna mujer le había hablado de forma tan directa a Jack Travis en la vida. Sin embargo, fue la única manera de pararle los pies que se me ocurrió. Porque, de no hacerlo, ya me veía desnuda en su cama en menos de un cuarto de hora.

Jack me cogió por las muñecas para apartarme las manos de la cara mientras me miraba con cara de cabreo total.

—Joder. —Tiró de mí y me abrazó con fuerza, respirando por la nariz—. Ahora mismo tengo una lista de diez razones para convencerte. Pero nueve de ellas me harían parecer un psicópata.

Pese a la seriedad de la situación, sonreí.

—¿Y cuál es la décima? —le pregunté con los ojos clavados en la pechera de su camisa.

Jack se lo pensó un poco antes de contestar:

—Da igual —masculló—. Tampoco es que sea muy razonable que digamos.

Me instó a caminar hacia el ascensor y, una vez delante, pulsó el botón. Subimos en silencio, aunque no dejó de acariciarme los hombros, la cintura y los brazos, como si no pudiera mantener las manos alejadas de mí. Me habría gustado volverme, dejar que me abrazara y subir con él a su apartamento. En cambio, salí del ascensor en la sexta planta y Jack me siguió.

—No hace falta que me acompañes hasta la puerta —le dije.

Lo vi fruncir el ceño, de modo que no insistí. Estaba a punto de introducir la clave en el teclado numérico cuando me aferró por los hombros y me obligó a volverme. Su mirada hizo que me ardiera todo el cuerpo. Me colocó una mano en la nuca.

—Jack...

Me besó con ardor. Separé los labios, instigada por su insistencia. Fue un beso erótico y abrasador que me robó el sentido común... o más bien lo poco que me quedaba de él. Intenté alejarlo de un empujón para ponerle fin, pero Jack se resistió y al final acabé derretida contra él. Entonces fue cuando se apartó, aunque me miró con evidente deseo y un brillo triunfal innegablemente masculino.

Al parecer, creía haber puesto los puntos sobre las íes.

De repente, caí en la cuenta de que todo el episodio había sido una especie de demarcación territorial.

«Los hombres son como los perros», solía decir Stacy antes de añadir que, al igual que los perros, se apropian de casi todo el sitio en la cama y van directos a la entrepierna.

Para mi absoluta sorpresa, acerté a la primera con la combinación de la puerta.

—Ella...

—Estoy tomando la píldora, por cierto —lo interrumpí.

Antes de que pudiera decir nada más, le cerré la puerta en las narices.

—Hola, Ella —me saludó alegremente Tina, la canguro—. ¿Qué tal ha ido la entrevista?

—Bien. ¿Cómo está Lucas?

—Limpito y recién comido. Acabo de acostarlo.

Los ositos y los tarros de miel giraban lentamente al ritmo de la nana.

—¿Algún problema en mi ausencia? —le pregunté.

—Bueno, lloró un rato cuando te fuiste, pero acabó tranquilizándose —contestó antes de echarse a reír—. No les gusta ver que su mami se va.

Me dio un vuelco el corazón. «Mami.» Estuve a punto de corregirla, pero al final pensé que el esfuerzo no valía la pena. Le pagué, la acompañé hasta la puerta y me fui directa a la ducha.

El agua caliente me alivió y me tranquilizó. Los dolorcillos y los calambres mejoraron. Sin embargo, la culpa siguió tal cual. Por primera vez en la vida sentía un doble remordimiento. Remordimientos por haber engañado a otra persona y, además, por haber disfrutado tantísimo mientras lo hacía.

Me enrollé una toalla en la cabeza con un suspiro, me puse el albornoz y fui a echarle un vistazo a Lucas. El móvil se había detenido y todo estaba en silencio.

Me acerqué de puntillas a la cuna y me asomé, pensando que estaría dormido. Sin embargo, Lucas me miró con esa expresión suya tan seria.

—¿Todavía no te has dormido? —le pregunté en voz baja—. ¿A qué estás esperando?

En cuanto me escuchó, comenzó a moverse y a dar pataditas, y esbozó una sonrisa. Su primera sonrisa.

Me sorprendió muchísimo esa reacción espontánea a mi presencia. Parecía decirme: «Eres tú. Te estaba esperando.» Sentí una punzada agridulce que me llegó hasta el alma y que borró todo lo demás. Me había ganado esa sonrisa. Y quería ganarme un millón más. Sin pensar, lo cogí en brazos y le di un montón de besos a esa carita sonriente mientras aspiraba el olor inocente y dulzón tan característico de los bebés.

Nunca había sentido una felicidad semejante.

—Fíjate —murmuré, frotándole el cuello con la nariz—. ¡Te has reído! Eres el niño más guapo y más cariñoso...

Mi niño. Mi Lucas.

15

—¡La leche! —exclamó Dane cuando entró en el apartamento después de un prolongado abrazo en la puerta y observó la decoración de diseñador, los enormes ventanales y la
espectacular vista, tras lo cual soltó un silbido de admiración.

—Es genial, ¿verdad? —le pregunté con una sonrisa.

Dane se comportaba con la misma cordialidad de siempre
y seguía igual de guapo. Era más bajo y delgado que Jack, por
lo que encajábamos a la perfección cuando nos abrazábamos.
Al verlo recordé de inmediato todos los motivos por los que
me había ido a vivir con él. Era el hombre que me conocía mejor que nadie en el mundo, el hombre que nunca me desesta-
bilizaba. Era muy raro encontrarse con alguien que sabías que
nunca te haría daño ni te jodería con manipulaciones morales.
Dane era una de esas personas.

Lo acompañé para que viera a Lucas y, después de prestarle la atención que se esperaba de él, me observó en silencio
mientras lo dejaba en su hamaca. Coloqué el accesorio con los
muñequitos para que se entretuviera con ellos y luego me senté en el sofá junto a Dane.

—No sabía que se te dieran tan bien los bebés —comentó él.

—Yo tampoco. —Le cogí la manita a Lucas y le enseñé
cómo mover un cachorrito de plástico de un lado a otro. Lucas
empezó a darle manotazos con un gruñido—. Pero estoy co-
giéndole el truco a éste. Me está educando.

—Pareces cambiada —murmuró Dane, que se colocó en la esquina del sofá para poder observarme mejor.

—Estoy cansada —puntualicé con voz burlona—. Son las ojeras.

—No, no me refiero a eso. Estás genial. Tienes un... brillo especial.

Solté una carcajada.

—Gracias. Aunque no sé por qué. Bueno, a lo mejor porque me alegro mucho de verte. Te he echado de menos, Dane.

—Yo también te he echado de menos.

Me abrazó y tiró de mí hasta que quedé tendida sobre él, haciendo que mi pelo le cayera sobre la cara. Tenía los dos primeros botones de la camisa desabrochados, de modo que su torso bronceado quedaba al descubierto. Capté el familiar aroma de su desodorante ecológico a base de sal. Me incliné sobre él para darle un beso cariñoso, para besar esos labios que había besado un millón de veces. Sin embargo, el suave contacto no me provocó la misma ternura y la misma tranquilidad que de costumbre. De hecho, lo que sentí fue una extraña aversión.

Levanté la cabeza. Dane me abrazó con más fuerza, haciendo que una sensación totalmente desconocida y nada agradable me recorriera de la cabeza a los pies.

¿Cómo era posible?

Al darse cuenta de que me había crispado, Dane aflojó el abrazo y me miró sin comprender.

—¿Qué pasa? ¿Delante del bebé no se puede?

Me aparté de él, confusa.

—Supongo. Yo... —Se me formó un nudo en la garganta. Cerré los ojos y parpadeé varias veces—. Tengo que contarte algunas cosas —dije con voz ronca.

—Vale. —Su voz me alentaba sin presionarme.

¿Tenía que contarle lo que había hecho con Jack? ¿Cómo explicárselo? Seguí allí sentada sin saber por dónde empezar, mirándolo a la cara. Tenía la sensación de que se me habían congelado todos los poros del cuerpo un momento y que, al descongelarse, se me había formado una desagradable capa de sudor en la piel.

La expresión de Dane cambió.

—Cariño, se me da muy bien leer entre líneas. Y es imposible que no me haya dado cuenta de que, cada vez que hablamos, se cuela con insistencia el nombre de otra persona en la conversación. Así que voy a decirlo: «Dane, últimamente he estado pasando mucho tiempo con Jack Travis...»

»Últimamente he estado pasando mucho tiempo con Jack Travis —repetí, y dos lágrimas se deslizaron por mis mejillas.

Dane parecía muy tranquilo y para nada sorprendido. Me cogió una mano y la sostuvo entre las suyas.

—Cuéntamelo. Puedo ser tu amigo, Ella.

Sorbí por la nariz.

—¿En serio?

—Siempre he sido tu amigo.

Me levanté y fui a la cocina para coger un trozo de papel antes de regresar al sofá, sonándome la nariz. Empecé a mover la hamaca de Lucas con el fin de que se balanceara, y el bebé se quedó mirando los juguetes que colgaban de la barra.

—No pasa nada, Lucas —le dije, aunque ni se había enterado de mi crisis emocional—. Los adultos también lloran, de vez en cuando. Es algo muy natural... Un proceso muy nor-normal.

—Creo que se lo está tomando muy bien —dijo Dane, que contemplaba mi rostro descompuesto con una sonrisa burlona—. Siéntate aquí y cuéntamelo todo.

Me senté a su lado y solté un suspiro tembloroso.

—Ojalá pudieras leerme el pensamiento. Quiero que lo sepas todo, pero no quiero tener que contártelo. Porque hay algunas cosas que preferiría no decir en voz alta.

—No hay nada que no puedas decirme. Lo sabes.

—Sí, pero nunca me he visto en la tesitura de contarte que me he liado con otro tío. Me siento tan culpable que casi no lo soporto.

—Tu umbral de culpabilidad siempre ha sido muy bajo —me recordó con cariño.

—Está mal que desee a Jack, y es una estupidez, pero no puedo evitarlo. Lo siento muchísimo, Dane. Lo siento mucho más de lo que jamás habría creído...

—Para el carro. Antes de que sigas... nada de disculpas. Y mucho menos por tus sentimientos. Los sentimientos nunca son malos, son lo que son. Y ahora, sigue.

No llegué a contárselo todo, por supuesto. Pero sí lo suficiente como para que comprendiera que mi cuidadoso plan de vida se estaba yendo al traste y que me sentía obsesivamente atraída por un hombre que jamás en la vida debería haberme atraído. Cosa que, por cierto, me resultaba del todo incomprensible.

—Jack es listo —dije—, pero también puede ser muy simple. Es un macho alfa, y muy tradicional. Es como el quarterback del instituto, que tenía a todas las chicas loquitas por él, y siempre he aborrecido a esa clase de tío.

—Yo también.

—Pero me sorprende de vez en cuando con un comentario o una idea que siempre da en el clavo. Es sincero, comunicativo y curioso, y seguramente la persona menos egocéntrica que haya conocido en la vida. Me hace reír. Dice que me hace falta ser más espontánea.

—Tiene razón.

—Bueno, hay un momento y un lugar para la espontaneidad. Y mi vida no está atravesando por una fase en la que tenga que concentrarme en divertirme. Tengo una gran responsabilidad encima.

—¿Qué le parece el bebé?

—Le gusta. De hecho, le gustan todos los niños.

—Si es un tío tradicional, seguramente quiera formar una familia propia —murmuró Dane, que no dejaba de observarme de forma penetrante.

—Ya le he dicho a Jack lo que pienso del matrimonio y de la familia. Así que sabe que nunca tendrá eso conmigo. Creo que la atracción se debe a lo novedoso. Creo que le pone que no vaya detrás de él.

—Pondrías a cualquiera, Ella. Eres muy guapa.

—¿De verdad? —Lo miré con una sonrisa tímida—. Nunca me lo habías dicho.

—No se me dan bien estas cosas —admitió—. Pero es verdad. Eres muy sexy, a tu estilo de bibliotecaria.

Esbocé una sonrisa torcida.

—Gracias. Creo que eso le va a Jack.

—¿Tienes muchas cosas en común con él?

—No demasiadas. Se podría decir que somos polos opuestos. Pero ¿quieres que te diga dónde reside la atracción? Porque ahí está lo raro... En las conversaciones.

—¿De qué habláis?

—De todo —respondí, animada—. Cuando empezamos, es como el sexo, un toma y daca, y estamos los dos tan metidos... ¿Sabes a lo que me refiero? Nos lanzamos a por el otro. Además, algunas conversaciones parecen suceder a varios niveles a la vez. Pero aunque no estemos de acuerdo en algo, seguimos sintiendo esa especie de extraña armonía. Como una conexión.

Dane me miró con detenimiento.

—Bueno, si la conversación es como el sexo, ¿qué tal el sexo?

—Pues...

Abrí y cerré la boca como un pez fuera del agua. Avergonzada, sopesé varias respuestas posibles que explicaran que de momento sólo habíamos compartido un beso de buenas noches estratosférico... y un polvo rápido en un aparcamiento. Y las dos veces habían sido increíbles. No, no había palabras para describirlo.

—Información clasificada —murmuré con timidez.

Nos quedamos en silencio un momento, un poco cohibidos por el hecho de que estuviera reservándome algo cuando siempre se lo había contado todo con pelos y señales. Nuestra relación siempre había sido completamente transparente.

Esa situación, ese concepto de que una parte de mi vida quedaba vedada a Dane, era nueva.

—¿No estás enfadado? —quise saber—. ¿Ni celoso?

—Celoso, tal vez... —admitió él en voz baja, como si le sorprendiera—. Pero no enfadado. Y tampoco soy posesivo. Porque la verdad se resume en que no quiero una relación tradicional y nunca la querré. Pero si tú quieres explorar esa posibilidad con Travis, deberías hacerlo. No necesitas mi permiso, ni yo tengo derecho a dártelo. Además, vas a hacerlo de todas formas.

Me fue imposible no comparar a Dane con Jack, que era muchísimo más exigente y posesivo. Muchísimo más difícil. El miedo me provocó un escalofrío.

—Si te digo la verdad —susurré con un hilo de voz—, no me siento tan segura con él como contigo.

—Lo sé.

Esbocé una media sonrisa.

—¿Cómo lo sabes?

—Piensa en qué consiste la seguridad, Ella.

—¿En la confianza?

—En parte sí, pero también en la ausencia de riesgos... —Apartó un mechón de pelo de mi húmeda mejilla—. Tal vez tengas que correr algún riesgo. Tal vez necesites estar con alguien que te desequilibre un poco.

Me incliné sobre él y apoyé la cabeza en su pecho. Nos quedamos sentados durante un buen rato, en silencio salvo por algún que otro suspiro. Rumiando la certeza de que algo se estaba acabando, y de que algo nuevo daba comienzo.

Dane me tocó la barbilla y me obligó a levantar la cara para darme un beso tierno. En ese preciso momento comprendí que Dane siempre había sido un amigo con quien me acostaba, y también comprendí lo distinto que era ese concepto del hecho de tener a un amante que también podía ser mi amigo.

—Esto... —empezó Dane—, ¿crees que podríamos hacerlo una última vez por los viejos tiempos? ¿Como recuerdo de despedida? ¿Un adiós cariñoso?

Lo miré con sorna.

—¿Qué te parece si te atizo en la cabeza con una botella de champán?

—¡Qué desperdicio, mejor la abrimos! —exclamó él, y yo me levanté para servir unas copas que a los dos nos hacían mucha falta.

Intenté hablar con Jack al día siguiente. Después de dejarle dos mensajes en el buzón de voz, me di cuenta de que no estaba por la labor de devolverme la llamada. Eso me preocupaba y me cabreaba.

—Ya sabía yo que había gato encerrado —dijo Haven cuando la llamé por la tarde—. Jack está de un humor de perros. De hecho, en la oficina suspiraron aliviados cuando se fue a visitar la obra de uno de los proyectos que supervisa. De lo contrario, creo que su secretaria, Helen, lo habría dejado inconsciente con la plastificadora.

—Tenía que dejar las cosas claras con Dane cuando vino a verme —le expliqué—. Así que le pedí a Jack un poco de espacio. Supongo que no se lo tomó demasiado bien.

—No, no lo hizo —replicó Haven con sorna—. Claro que nunca se le ha dado bien quedarse a un lado cuando quiere algo.

—Pues ahora lo está haciendo de maravilla —masculné—. No me devuelve las llamadas.

—Ella, seguramente esté metiendo las narices donde no me llaman, pero como me cabreaba muchísimo cuando él me hacía lo mismo...

—Suéltalo ya —la insté—. Dame tu opinión. No puedes meter las narices donde no te llaman si te piden que lo hagas.

—Vale —soltó Haven alegremente—. Creo que Jack está tan liado y confuso que no sabe qué hacer. No está acostumbrado a tener celos de nadie. Siempre va de sobrado, siempre es él quien controla, y creo que tú lo tienes pillado por los huevos. Ah, y que sepas que estoy disfrutando de lo lindo.

—¿Por qué? —quise saber, presa de la esperanza y el nerviosismo.

—Siempre he visto a Jack salir con herederas o ejecutivas, o con actrices o modelos tontas, y creo que es porque quería evitar esto... Quería evitar estar colado por alguien, y también ser vulnerable. Los hombres de la familia Travis detestan ser vulnerables. Aunque soy de la opinión de que un poquito de sufrimiento le vendría bien a Jack, porque lo haría recapacitar y poner las cosas en perspectiva.

—¿Puedo contarte algo en confianza?

—Claro, dime.

—Jack se puso hecho una fiera por la posibilidad de que Dane se quedara en el apartamento. Quería que se fuera a un hotel.

—Menuda tontería. Has vivido varios años con Dane. Si querías acostarte con él, habría dado lo mismo que se quedara en el apartamento o en un hotel.

—Lo sé. Pero Dane se quedó en el apartamento. Y me estaba preguntando si es posible que Jack se haya enterado.

Haven soltó una carcajada.

—Ella, no pasa nada en este edificio que a Jack se le escape. Seguramente le encargó al conserje que le avisara en cuanto se fuera Dane.

—No me acosté con Dane —dije a la defensiva.

—No me tienes que dar explicaciones.

—Fue espantoso. Dane se quedó a dormir en el sofá, pero no podía pegar ojo por culpa de Lucas, que no paraba de llorar, así que le dije que se fuera al dormitorio, que yo me quedaría en el sofá. Te puedo asegurar sin temor a equivocarme que, después de lo de anoche, Dane jamás se reproducirá de forma voluntaria. La cosa es que ya ha vuelto a Austin, pero parece que Jack no quiere hablar conmigo.

Otra carcajada.

—Pobre Ella. Si quieres mi opinión, creo que Jack está intentando decidir cuál será su siguiente movimiento.

—Si tienes la oportunidad, ¿le dirás que me llame?

—No, se me ha ocurrido algo mejor. Vamos a celebrar el cumpleaños de mi padre mañana por la noche. La mujer con la que está saliendo, Vivian, ha organizado una fiesta en la casa familiar de River Oaks. Todos los Travis vamos a estar allí, incluidos Jack y mis hermanos con sus mujeres. Ven conmigo y con Hardy.

—No quiero estropear un evento familiar —dije, insegura.

—Serás mi invitada. Pero aunque no lo fueras, la mitad de Houston estará presente.

—No tengo ningún regalo para tu padre.

—Vivian ha pedido que en vez de regalos los asistentes hagan una donación a una de las obras de caridad preferidas de mi padre. Te daré la lista para que puedas hacer una donación *online* si quieres.

—¿Estás segura de que no pasa nada?

Me moría por asistir a la fiesta. Y me moría de curiosidad por saber cómo era el resto de la familia de Jack, por ver cómo era la casa en la que había crecido.

—Sí. No es una fiesta demasiado formal, pero... ¿tienes un vestido mono que ponerte?

—Tengo un vestido cruzado de color azul celeste.

—Genial. Es su color preferido. ¡Ay, Ella, va a ser muy divertido!

—Para ti, seguro —dije, apesadumbrada, y Haven se echó a reír.

El único código postal en el que Churchill Travis podía vivir era el 77019, porque no había otro escalón por encima de River Oaks. Situado en el centro geográfico de Houston, era uno de los barrios más ricos del país. Según Haven, los letreros de SE VENDE nunca se veían en River Oaks. Cuando una casa se quedaba libre, solía recibir un sinfín de ofertas y se vendía en cuestión de días. Abogados, empresarios, inversores financieros, cirujanos y estrellas del deporte habían elegido vivir en ese paraíso de pinos y robles, que estaba al lado de Galleria, de Rice Village y de algunos de los mejores colegios privados de Tejas.

Algunas de las casas de la zona tenían más de tres mil metros cuadrados, pero la mansión Travis era relativamente pequeña y tan sólo contaba con mil metros cuadrados. En cambio, disfrutaba de una maravillosa vista de la llanura sobre la que se asentaba la ciudad, ya que se levantaba sobre un cerro al lado del río. A medida que pasábamos por los lujosos jardines y explanadas, relucientes a la luz del anaranjado atardecer, mis ojos se fueron abriendo cada vez más al contemplar las hileras de casas de estilo neogeorgiano, las imitaciones de la Tara de *Lo que el viento se llevó*, las mansiones coloniales, las villas toscanas y los castillos franceses. No parecía haber ni una sola representación del estilo originario de Houston, sino una multitud de maquetas de diferentes periodos históricos y de diferentes países, pero construidas a gran escala.

—Te lo vas a pasar genial, Ella —me tranquilizó Haven, que me miró desde el asiento delantero del Mercedes de Hardy—. Vivian da unas fiestas increíbles, y la comida y la música son siempre de lo mejor. Sólo tuvo un desastre que yo sepa, y fue tan sonado que se convirtió en una especie de éxito.

—¿Qué pasó?

—Resulta que Peter Jackson era uno de los invitados de honor, así que Vivian quiso rendirle homenaje a *El señor de los anillos*. Hizo remodelar el patio trasero con cascadas y formaciones rocosas.

—De momento, no me parece mal —comenté.

—No, lo malo fue que Vivian contrató a los Boy Scouts de Houston para que se disfrazaran de hobbits y se mezclaran con los invitados. Así que se movieron por toda la casa... con los gorros puestos, y mi padre es alérgico a las pieles. Estuvo semanas quejándose. —Hizo una pausa—. Aunque estoy segura de que esta noche no hará nada que se le parezca.

—Empieza a beber en cuanto llegues... —me aconsejó Hardy.

La mansión Travis, un edificio de piedra de estilo europeo, se alzaba sobre una parcela de doce mil metros cuadrados. Atravesamos una verja de hierro forjado y llegamos a la zona de aparcamiento, atestada de lujosos coches. El enorme garaje, con puertas de cristal accionadas por control remoto en cuyo interior se podían ver un Bentley, un Mercedes, un Shelby Cobra y al menos otros siete coches, parecía una gigantesca máquina expendedora para dioses. Varios ayudantes ataviados con chaquetas blancas dirigían los relucientes vehículos a espacios pulcramente marcados con el mismo cuidado que un amante padre al arropar a su precioso hijito en la cama.

Acompañé a Haven y a Hardy por el camino que llevaba hasta la multitud de asistentes como si flotara en una nube. La música en vivo amenizaba la velada. Una alegre orquesta de viento acompañaba a un reconocido cantante que hacía poco había ganado un premio por su papel de actor secundario en una película de Spielberg. El cantante, de unos veintitantos, cantaba *Steppin' out with my baby* con voz ronca y una clara influencia de jazz.

Tenía la sensación de haberme colado en otra dimensión. O en un plató de cine. La escena era increíble, pero me parecía un tanto raro que la gente viviera de verdad de esa manera, con una opulencia que para ellos era lo cotidiano.

—He estado en otras fiestas... —dije, pero dejé la frase en el aire por temor a quedar como una tonta.

Hardy me miró con un brillo travieso en los ojos.

—Lo sé.

En ese momento, comprendí que me entendía de verdad, porque aunque Haven estaba acostumbrada a ese escenario, para Hardy era un mundo totalmente distinto al camping de caravanas donde había crecido al este de Houston.

Formaban una pareja interesante: Hardy tan grande, la personificación del tópico norteamericano, y Haven, bajita y elegante. Sin embargo, y a pesar de la diferencia de altura, parecían estar muy compenetrados. Cualquiera que los viese por primera vez repararía en la potente química que había entre ellos, en las alegres muestras de apreciación que se dedicaban durante una conversación y en lo pendientes que estaban el uno del otro. Aunque también había ternura. Sobre todo, era evidente cuando Hardy la miraba sin que ella se diera cuenta. La miraba como si quisiera llevársela lejos y tenerla para él solo. Esa habilidad de sentirse tan cerca el uno del otro sin sentirse atrapados ni sofocados me resultaba envidiable.

—Antes de nada, vamos a saludar a mi padre —dijo Haven al tiempo que caminaba hacia la casa. Estaba increíble con un vestido corto de organdí plisado de color bronce. La falda estaba recogida de una forma que sólo podía favorecer a una mujer delgadísima.

—¿Crees que Jack ha llegado? —le pregunté.

—No, nunca llega puntual a las fiestas.

—¿Le has dicho que me has invitado?

Haven negó la cabeza.

—No he tenido oportunidad de hacerlo. Ha estado fuera de cobertura casi todo el día.

Jack me había llamado por la mañana, pero me pilló en la ducha, de modo que saltó el contestador. Me dejó un seco mensaje informándome de que tenía una reunión en la zona de Woodlands, al norte de la ciudad, y de que estaría fuera casi todo el día. Cuando le devolví la llamada, fui directa al buzón de voz. No dejé mensaje, convencida de que le iría bien un poco de su propia medicina por haber evitado mis llamadas el día anterior.

Tardamos un buen rato en atravesar las diferentes estancias de la mansión. Entre Haven y Hardy, conocían a casi todos los presentes. Un camarero pasó por nuestro lado con copas heladas de champán. Cogí una y le di un buen sorbo al magnífico espumoso, dejando que las burbujas me hicieran cosquillas en la lengua. Me situé junto a un cuadro de Frida Kahlo para estudiar a la gente que me rodeaba, mientras Haven le daba largas con mucho tiento a una mujer decidida a convencerla de que se uniera a la Asociación de Amigos de las Orquídeas de Houston.

Había invitados de todas las edades. Las mujeres iban maquilladas a la perfección y con tacones imposibles, mientras que los hombres llevaban sus mejores galas. Me alegré de haberme puesto mi mejor vestido, de un tejido celeste muy suave que se ceñía al cuerpo y con un favorecedor escote de pico. Era un estilo clásico y sencillo que resaltaba mis voluptuosas curvas, y cuyo largo hasta la rodilla dejaba al aire las piernas. Llevaba unas sandalias plateadas de tacón, de las que al principio no estaba muy segura, pero dejé de preocuparme al ver que todas las mujeres llevaban tacones. La definición de Houston de «no demasiado formal» parecía implicar cantidades ingentes de joyas y accesorios, mientras que en Austin se tenía por una camisa y unos zapatos de vestir.

Me había pintado los ojos más que de costumbre, con sombra gris oscuro y dos capas de máscara de pestañas. Para los labios, elegí un brillo de labios rosado. Llevaba el pelo rizado en las puntas, de modo que me rozaba la cara cada vez que movía la cabeza. No había necesitado colorete, ya tenía las mejillas sonrosadas de forma natural, y con un tono bastante subido, por cierto.

Sabía que iba a pasar algo esa noche, algo que sería o muy bueno o muy malo.

—Está fuera —le dijo Hardy a su novia, quien a su vez me hizo un gesto para que los acompañara.

—¿Se refiere a Jack? —pregunté, nerviosa.

—No, a mi padre. —Haven me sonrió antes de hacer una mueca—. Vamos, vas a conocer a unos cuantos Travis.

Nos abrimos paso hasta el otro lado de la casa y salimos a un enorme jardín. Los árboles estaban adornados con lucecitas blancas y sus relucientes copas cubrían una atestada pista de baile. Los invitados estaban repartidos entre las sillas y las mesas llenas de comida. Me quedé de piedra al ver la tarta de cumpleaños, con mesa propia. Una creación de chocolate de un metro de altura, adornada con cintas de gominola y mariposas de caramelo.

—¡Madre de Dios! —le dije a un hombre mayor que acababa de alejarse de un grupo—. Eso es lo que yo llamo una tarta de cumpleaños. ¿Cree que alguien va a salir de esa cosa?

—Espero que no —respondió el hombre con voz grave—. Podría prenderse fuego con las velas.

Solté una carcajada.

—Sí, y todos esos adornos harían que la salida de la tarta fuera un poco pringosa. —Me giré hacia él y le tendí la mano—. Ella Varner, de Austin. ¿Es usted amigo de los Travis? Menuda pregunta, claro que sí. No habrían invitado a un enemigo, ¿verdad?

Me sonrió mientras me estrechaba la mano. Tenía los dientes de ese tono tan blanco que siempre me resultaba desconcertante en personas de su edad.

—Los enemigos serían los primeros invitados.

Era un hombre bastante apuesto, no mucho más alto que yo, con el pelo canoso muy corto y la piel curtida por el sol. Exudaba carisma como si, cual perfume, se lo hubiera echado con un pulverizador.

Al mirarlo a los ojos, su color me hechizó, porque era igual que el del buen chocolate venezolano. Mientras contemplaba esos ojos tan conocidos, supe quién era.

—Feliz cumpleaños, señor Travis —dije con una sonrisa avergonzada.

—Gracias, señorita Varner.

—Llámeme, Ella, por favor. Creo que colarme en su fiesta le da derecho a tutearme, ¿no le parece?

Churchill Travis no perdió la sonrisa.

—Eres mucho más guapa que las que suelen colarse en mis fiestas, Ella. Quédate conmigo y me aseguraré de que no te echen a patadas.

«Menudo zorro está hecho el viejo», pensé antes de sonreír.

—Gracias, señor Travis.

—Churchill.

Haven se acercó a su padre y se puso de puntillas para darle un beso en la mejilla.

—Feliz cumpleaños, papá. Estaba diciéndole a Vivian lo bien que estaba la fiesta. Veo que has encontrado a Ella. Pero no puedes quedártela. Es de Jack.

Otra voz se unió a la conversación:

—A Jack no le hace falta otra chica. Déjamela a mí.

Me giré hacia el hombre que estaba a mi espalda. Me sorprendió ver una versión más joven y desgarbada de Jack, de veintipocos años.

—Joe Travis —se presentó, estrechándome la mano.

Le sacaba casi una cabeza a su padre. Joe todavía no había alcanzado la madurez masculina de su hermano Jack, pero era simpático y guapísimo, y bien que lo sabía.

—No te fíes ni un pelo, Ella —me dijo Haven con seriedad—. Joe es fotógrafo. Empezó haciéndonos fotos comprometedoras a los miembros de la familia sin que lo supiéramos (yo en ropa interior, por ejemplo) y luego chantajeándonos con los negativos.

Hardy escuchó la última parte cuando se unió al grupo.

—¿Te queda alguno? —le preguntó a Joe, y Haven le dio un codazo.

Joe me miró con expresión lastimera sin soltarme la mano.

—Estoy aquí solito. Mi novia me ha dejado para trabajar en un hotel en los Alpes franceses.

—Oye, donjuán —lo previno Haven—, ni se te ocurra tirarle los tejos a la novia de tu hermano.

—No soy la novia de Jack —me apresuré a aclarar.

Joe le lanzó una mirada exultante a su hermana.

—A mí me parece que está libre.

Hardy interrumpió la discusión en ciernes al darle una purera de cuero doble a Churchill Travis.

—Feliz cumpleaños.

—Gracias, Hardy. —Abrió la purera y sacó uno de los puros, que procedió a oler con un gruñido agradecido.

—En la casa le espera una caja entera —le dijo Hardy.

—¿Cohibas? —preguntó Churchill, mientras seguía inhalando su aroma como si fuera el mejor de los perfumes.

Hardy no admitió nada, se limitó a mirarlo con un brillo travieso en sus ojos azules.

—Sólo sé que tienen envoltura hondureña. No puedo responder por lo que haya dentro.

«Puros cubanos de contrabando, sin duda alguna», pensé, encantada.

El patriarca de los Travis se metió la purera en el bolsillo interior de la chaqueta.

—Al final de la noche, nos echaremos uno en el porche.

—Sí, señor.

Eché un vistazo más allá de Joe y vi a alguien junto a una de las puertas francesas. El corazón me dio un vuelco. Era Jack, ataviado con una camisa negra y unos pantalones del mismo color. Estaba muy sexy, y parecía a punto de cometer algún robo de guante blanco. Aunque su pose era un tanto relajada, tenía una mano metida en el bolsillo del pantalón, el color negro de su ropa y su porte destacaban sobre la reluciente multitud como un desgarrón en la portada de una revista.

Su expresión era tensa mientras hablaba con la mujer que tenía al lado. Al verlos juntos, se me revolvió el estómago. Era una de las mujeres más guapas que había visto en la vida, con una larga melena rubia, la cara de una diosa y un cuerpo ultradelgado enfundado en un vestido negro que apenas tenía tela. Parecían haber llegado juntos.

Joe siguió mi mirada.

—Ahí está Jack.

—Ha traído a alguien —conseguí decir.

—Qué va. Es Ashley Everson. Está casada. Pero se pega a Jack como una lapa cada vez que lo ve.

—¿Es la que le rompió el corazón? —susurré.

Joe inclinó la cabeza.

—Ajá —me respondió también en voz baja—, y está teniendo ciertos problemas con su marido, Peter. Creo que acabarán divorciándose. Se lo merecen por todo lo que le hicieron a Jack.

—¿Crees que Jack...?

—No —respondió Joe de forma tajante—. Jack no la tocaría ni con un palo, encanto. No tienes rival.

Estaba a punto de decirle que no estaba compitiendo, pero en ese momento Jack levantó la vista y me vio. Me quedé sin aliento. Sus ojos oscuros se abrieron de par en par. Me recorrió muy despacio con la mirada, desde la cabeza hasta las sandalias plateadas, y luego hacia arriba de nuevo. Se enderezó, se sacó la mano del bolsillo y echó a andar hacia mí.

Desconcertada, la tal Ashley lo cogió del brazo y le dijo algo, y Jack se detuvo para contestarle.

—Ella. —La voz de Haven me llamó la atención.

Alguien más se había unido al grupo, otro hombre alto y moreno, que no podía ser sino un Travis. El mayor de los hermanos, Gage. Aunque el parecido con su padre era innegable, no era tan marcado como en el caso de los otros dos hermanos. No tenía nada de vaquero... Sus facciones eran elegantes y reservadas; podía decirse que era incluso demasiado guapo. No tenía los ojos del color café, sino de un gris claro muy poco común, del mismo color que el hielo encerrado entre paredes oscuras. Cuando me sonrió, tuve la sensación de que acababa de ser perdonada.

—Gage Travis —se presentó al tiempo que rodeaba con el brazo a la mujer que acababa de acercarse a él—. Y ésta es mi esposa, Liberty.

Era una mujer despampanante de rostro ovalado y perfecto, piel clara y sedosa, y sonrisa agradable. Cuando se inclinó para estrecharme la mano, su melena oscura se deslizó sobre sus hombros como la seda.

—Encantada de conocerte, Ella —me dijo—. Tengo entendido que sales con Jack.

No tenía la menor intención de presentarme como la novia de Jack.

—No estamos lo que se dice saliendo —repliqué, un tanto incómoda—. Quiero decir que es un hombre estupendo, pero yo no diría que... En fin, nos conocemos desde hace pocas semanas, así que no diría que estamos juntos de esa forma, pero...

—Estamos juntos —escuché que decía Jack a mi espalda, en voz baja pero firme.

Me giré hacia él con el corazón desbocado.

Un fuerte brazo me rodeó la cintura. Jack bajó la cabeza y sus labios me dieron un beso amigable en la mejilla. Nada inapropiado, el gesto de dos amigos que se encontraban. Pero, después, descendió más y me plantó un beso ardiente en el cuello. Era increíblemente revelador, una declaración en toda regla.

Alucinada por el hecho de que Jack hiciera algo semejante delante de su familia, que nos miraba con los ojos como platos, me puse como un tomate. Mi cara se encendió como un cartel de neón. Sin saber dónde meterme, vi que Haven y Liberty intercambiaban una mirada elocuente.

Sin soltarme la cintura, Jack extendió la mano para saludar a su padre.

—Feliz cumpleaños, papá. Te he traído un regalo... está en la casa.

El patriarca de los Travis nos miró con un brillo curioso en los ojos antes de decir:

—¿Sabes lo que sería un buen regalo? Que sentaras la cabeza, te casaras y me dieras nietos.

Jack aceptó esa espantosa demostración de falta de sutileza con una tranquilidad que me indicó que no era nada nuevo.

—Ya tienes un nieto —señaló Jack con calma.

—Me gustaría tener más antes de irme.

Jack lo miró con sorna.

—¿Adónde tienes pensado ir, papá?

—Lo único que digo es que el tiempo no pasa en balde. Y que, si quieres que la siguiente generación de la familia disfrute de mi presencia en vida, tienes que ponerte ya manos a la obra.

—¡Por Dios, papá! —exclamó Joe—. Si Jack le pone más empeño, va a tener que dar número como en las carnicerías...

—Joe —murmuró Gage, aunque eso bastó para que el benjamín de la familia se callara.

Churchill me lanzó una mirada, dándome su aprobación.

—A lo mejor tú puedes conseguir que Jack siente la cabeza, Ella.

—No soy de las que se casan —le díje.

Lo vi arquear las cejas como si nunca hubiera escuchado a una mujer decir algo así.

—¿Por qué no?

—Primero, porque estoy muy volcada en mi carrera.

—Lástima —dijo Jack—. El primer requisito para casarse con un Travis es renunciar a tus sueños.

Solté una carcajada. La expresión de Jack se suavizó al mirarme. Me apartó un mechón de cabello que me había caído sobre la frente.

—¿Quieres bailar o quedarte aquí a soportar el tercer grado? —me preguntó en voz baja. Sin esperar a que le respondiera, me alejó de su familia.

—No la estaba sometiendo al tercer grado —protestó su padre—, me limitaba a mantener una conversación con ella.

Jack se detuvo para mirarlo con sorna.

—Sólo se considera conversación cuando habla más de una persona, papá. —Me alejó del todo de ellos y me dijo—: Lo siento.

—¿Por tu padre? Bueno... no hace falta que te disculpes. Me ha caído bien. —Le lancé una mirada inquieta.

Esa actitud de Jack me resultaba novedosa. Siempre se comportaba con arrogancia, como si no le importase nada, como si se negara a permitir que algo le importara. Sin embargo, esa actitud había desaparecido. En ese momento, estaba cabreado. Algo le importaba, y mucho.

Llegamos a la pista de baile. Me rodeó con los brazos con un movimiento elegante y natural. La orquesta estaba tocando *Song for You*, de Leon Russell, como si todos sus componentes estuvieran sufriendo un episodio de melancolía colectiva. Sentía la fuerza del hombro de Jack bajo la mano, y la seguridad de sus brazos mientras me guiaba sin titubeos. Bailaba estupendamente, se movía con naturalidad, sin florituras ostentosas. Ojalá hubiera podido decirle a su madre que las clases de baile obligadas habían merecido la pena.

Me concentré en relajarme y seguir sus pasos, con la vista clavada en el lugar donde se le abría el cuello de la camisa. El vello de su torso asomaba de forma sugerente por el vértice de esa V.

—Dane pasó la noche contigo —masculló Jack sin rodeos.

Me gustó que lo soltara sin más, que estuviera ansioso por aclarar las cosas.

—Se quedó a dormir en el apartamento, sí. Pero no se puede decir que durmiera mucho. Verás... ¡Ay!

Jack se paró de golpe, haciendo que me diera de bruces con él. Al mirarlo a la cara, entendí a qué conclusión había llegado.

—Por Lucas —me apresuré a explicarle—. Empezó a llorar. Así que yo me quedé en el sofá y Dane se fue al dormitorio. Jack, me estás haciendo daño en la mano.

Aflojó un poco el apretón e intentó controlar su respiración. Retomamos el baile y pasó un minuto entero antes de que se atreviera a preguntar:

—¿Te acostaste con él?

—No.

Jack asintió con un leve gesto de cabeza, pero su expresión siguió siendo rígida, tensa como la cuerda de un arco.

—Dane es historia —dijo al final con una inquietante certeza.

Intenté aligerar la situación.

—No me aclaro: ¿me estás diciendo que no quieres que vuelva a verlo o que tienes pensado matarlo?

—Te estoy diciendo que, si pasa lo primero, es muy probable que también pase lo segundo.

La idea me hizo gracia. Al mismo tiempo, fui consciente de poseer un poder de naturaleza seductora, nuevo para mí, sobre el hombre más fuerte, más mundano, más impredecible y más alfa que había conocido en la vida. Era como estar al volante de un coche de pruebas. Aterrador y excitante al mismo tiempo, sobre todo para alguien a quien nunca le había gustado pisar el acelerador.

—Eres muy bueno de boquillas, Jack Travis. ¿Por qué no me llevas a casa y me demuestras que no son sólo palabras?

Me miró pasmado. De hecho, creo que ninguno de los dos terminaba de creerse que hubiera dicho algo así.

Y, a juzgar por el brillo de sus ojos, saltaba a la vista que iba a ser una gran demostración.

16

La orquesta empezó a tocar una versión lenta de *Moon-dance*, de Van Morrison. Jack me pegó contra él hasta que sentí su aliento en la sien y el roce de sus muslos contra los míos. Seguimos bailando, y yo lo seguí a ciegas con paso algo inseguro, como si estuviéramos en la cubierta de un barco en vez de en tierra firme. Sin embargo, me sujetaba con firmeza y compensaba cada pequeño traspié que yo daba. Tomé aire para aspirar su aroma almizcleño. Una fina película de sudor me cubrió el cuerpo de repente, como si se me hubiera encendido la piel.

La canción llegó a su fin. Los aplausos y los primeros acordes de la siguiente, que era más movida, me resultaron molestos. De hecho, fue como si me despertaran con un jarro de agua fría en la cara. Parpadeé y seguí a Jack a través de la multitud. Nos vimos obligados a pararnos varias veces para charlar con sus amistades. Jack conocía a todo el mundo. Y también resultó ser mejor que yo a la hora de mantener la fachada cordial que la situación requería. No obstante, sentía la férrea tensión de su brazo al guiarme entre la multitud mientras buscaba algún hueco por el que avanzar.

Encendieron las velas de la tarta de cumpleaños y la orquesta acompañó a los asistentes en una versión achispada, pero entusiasta, del *Cumpleaños feliz*. Repartieron trozos de tarta con gominola, caramelo y nata montada. Yo sólo fui capaz de darle un mordisco, pero la densa cobertura se me quedó un pelín atascada en la garganta. Después de bajar la tarta con unos sorbos de champán, mi estado de ánimo mejoró gracias al azúcar y al alcohol. Seguí a Jack, que tiraba de mi mano.

Nos detuvimos para despedirnos de Churchill y de su novia. Joe estaba en un rincón con una chica que parecía tragarse su triste historia de la novia que se había largado a Francia. Me despedí de Haven, Hardy, Gage y Liberty con un gesto de la mano, ya que estaban al otro lado de la estancia.

—Creo que deberíamos haber utilizado alguna excusa para irnos antes de que la fiesta acabe —le dije a Jack—. Que teníamos que echarle un vistazo a Lucas o...

—Saben perfectamente por qué nos vamos.

No hablamos mucho durante el trayecto de vuelta al número 1800 de Main Street. Teníamos los sentimientos a flor de piel. Todavía no conocía a Jack lo suficiente como para sentirme cómoda con él... Teníamos que acostumbrarnos el uno al otro.

Sin embargo, sí le hablé de la conversación que había mantenido con Dane, y él me escuchó con mucha atención. En ese momento, me di cuenta de que, aunque Jack entendía la postura de Dane, desde un punto de vista visceral no era capaz de asimilarla.

—Debería haber peleado por ti —me dijo—. Debería haber intentado romperme la crisma.

—¿Qué habría conseguido con eso? —le pregunté—. A fin de cuentas, es decisión mía, ¿no?

—Cierto, tú decides. Pero eso no cambia el hecho de que debería haber intentado darme una hostia por haberle trincado a su mujer.

—No me has trincado —protesté.

Me lanzó una mirada que hablaba por sí sola.

—Todavía.

Y mi corazón se puso a bailar una rumba.

Subimos a su apartamento, que aún no había visto. Estaba

unos cuantos pisos por encima del mío, y contaba con unos enormes ventanales desde los que se disfrutaba de una maravillosa vista de Houston cuyas luces relucían como diamantes diseminados sobre un manto de terciopelo.

—¿A qué hora le dijiste a la canguro que volverías? —me preguntó Jack mientras yo curioseaba por el apartamento. Era muy elegante y un tanto espartano, con sillones tapizados con cuero oscuro, unos cuantos cuadros, algunos objetos decorativos de diseño y tejidos en tonos marrón chocolate, beis y azul.

—Le dije que sobre las once. —Rocé el borde de un cuenco de cristal grabado con espirales. Me temblaban los dedos una barbaridad—. Bonito apartamento.

Jack se colocó detrás de mí y me tocó los hombros con las manos antes de deslizarlas por mis brazos. Su calidez me provocó un cosquilleo muy agradable. Me cogió una de las manos. Tras sujetarme con fuerza los gélidos dedos, inclinó la cabeza hasta rozarme el cuello con los labios. La caricia encerraba una promesa sensual.

Siguió besándome ese punto, en busca del lugar más sensible, y cuando lo encontró, di un respingo y me pegué contra él de forma instintiva.

—Jack... No seguirás cabreado porque Dane se quedó en mi apartamento, ¿verdad?

Sus manos se deslizaron por mi cuerpo, tocando cada centímetro y deteniéndose cada vez que descubría una respuesta instintiva. Me arqueé, presa del placer. En el fondo de mi mente, sabía que Jack estaba recabando información, descubriendo mis zonas erógenas, los puntos más vulnerables.

—En fin, Ella... cada vez que lo recuerdo, me entran ganas de aplastar algo.

—Pero no pasó nada —protesté.

—Ése es el único motivo por el que no he ido detrás de él para borrarlo del mapa.

No supe bien si era una exageración o si había algo de verdad en sus palabras. Me decanté por responderle con un tono razonable, un tanto irónico, aunque me costó mucho, porque sus dedos comenzaron a acariciarme el escote.

—No irás a tomarte la revancha conmigo, ¿verdad?

—Pues, mira por dónde, sí. —Se quedó sin aliento cuando descubrió que no llevaba sujetador—. Esta noche te vas a enterar de lo que es bueno, ojos azules.

Con una indecente lentitud, su mano se deslizó por mi pecho. Me apoyé en él y mantuve el equilibrio a duras penas sobre los tacones plateados. Mi pezón acabó entre sus dedos, de modo que comenzó a acariciármelo suavemente con el pulgar, hasta que se endureció.

Me hizo dar la vuelta para quedar de cara a él.

—Preciosa —murmuró. Sus manos bajaron por mi cuerpo, siguiendo la silueta de mi ajustado vestido. Me miraba con gran concentración y con los párpados entornados. La sombra de sus largas pestañas oscurecía sus pómulos afilados—. Mía —susurró en voz tan baja que apenas alcancé a escucharlo.

Hechizada, clavé la mirada en sus ojos oscuros y negué muy despacio con la cabeza.

—Sí —me contradijo Jack antes de besarme.

Respondí sin poder evitarlo, aferrándome con fuerza a la pechera de su camisa. Me enterró los dedos en el pelo para inmovilizarme la cabeza mientras sus labios se apoderaban de mi boca buscando el ángulo correcto para saborearme mejor, de forma que acabé consumida por las llamas.

Me cogió de la mano y me arrastró hasta el dormitorio. Pulsó uno de los tres interruptores que encendían las luces y la estancia quedó iluminada por un suave resplandor que no supe muy bien de dónde procedía. Estaba demasiado excitada como para fijarme mucho en la decoración, y sólo me percaté de que la cama era enorme y de que tenía una colcha ámbar y las sábanas de lino blanco.

Carraspeé e intenté parecer despreocupada, como si fuera lo más normal del mundo.

—¿Ni siquiera me merezco un poquito de música romanticona para seducirme? —pregunté.

Jack meneó la cabeza.

—Suelo hacerlo a capela.

—¿Te vas a marcar un solo?

—No, no he hecho ningún solo desde que tenía catorce años.

Mi carcajada nerviosa acabó en un jadeo cuando Jack extendió los brazos para abrir los diminutos broches que me cerraban el vestido por delante. Cuando se abrió, mis pechos y las braguitas blancas de seda quedaron expuestos.

—Mírate —susurró—. Es un crimen que lleves ropa.

Me quitó el vestido de los hombros y lo dejó caer al suelo. Me ruboricé de la cabeza a los pies al saberme allí de pie, vestida tan sólo con los zapatos y las bragas.

Las prisas entorpecieron mis movimientos cuando intenté quitarle la camisa negra, de modo que Jack lo hizo por mí. Tenía un torso definido y fuerte, con una deliciosa tableta de chocolate. Acaricié con inseguridad el vello de su pecho deteniéndome de vez en cuando para juguetear con él. Era maravilloso tocarlo. Dejé que sus brazos me rodearan al tiempo que yo hacía lo mismo. El roce de su vello me hizo cosquillas en el pecho, y sus besos, ardientes y apasionados, me volvieron loca.

Cuando vio que me pegaba a él y que comenzaba a frotarme contra su evidente erección, Jack me apartó un poco con una carcajada ahogada.

—Todavía no.

—Te necesito —le dije, acalorada y temblorosa.

Nunca le había dicho eso a ningún hombre. Mientras lo decía, recordé lo que Jack me había dicho en el aparcamiento: «... sabes que, si empiezas una relación conmigo, llegarás mucho más lejos de lo que has llegado con Dane». Era verdad. Una verdad como un templo. Iba a dejar que Jack se acercara a mí de un modo que trascendía el plano físico. El pánico se apoderó de mí al darme cuenta del enorme riesgo que estaba a punto de correr.

Cuando se percató de mi pánico, Jack me aprisionó entre

sus muslos y me abrazó contra su pecho. Me abrazó en silencio, con una paciencia infinita.

—Yo... —conseguí decir al cabo de un rato— supongo que no me siento del todo segura.

—Probablemente porque no lo estás. —Jack aferró mis braguitas con los pulgares y me las bajó—. Pero te aseguro que en unos minutos no te vas a acordar siquiera, guapa.

Aturdida, dejé que me quitara las bragas y lo obedecí cuando me instó a sentarme en el borde de la cama. Intenté agacharme para quitarme las sandalias.

—No —murmuró Jack, que se arrodilló delante de mí. Me separó las piernas con las manos y me miró con expresión absorta.

Intenté cerrar las piernas.

—La luz... —protesté, avergonzada, pero Jack me sujetó con fuerza y, a pesar de que me estaba retorciendo, se inclinó hacia delante y me besó justamente ahí. Utilizando la lengua. En cuestión de segundos, estaba gimiendo, paralizada por el placer que crecía a cada lametón. La sensación fue aumentando poco a poco hasta que el deseo se volvió insoportable y le sujeté la cabeza con las manos para mantenerlo pegado a mí. Jack me agarró de las muñecas y me colocó los brazos a los costados para que no me moviera.

Inmovilizada y con las piernas separadas, empecé a jadear mientras me lamía, me mordisqueaba y me besaba hasta el punto de que mi cuerpo comenzó a tensarse de forma involuntaria.

Jack se apartó y me dejó abandonada a la deriva. Me sentía débil, desesperada, y el corazón estaba a punto de salírseme del pecho. Mientras me miraba, todavía arrodillado delante de mí, estiré las manos para desabrocharle los pantalones. Movía los dedos con torpeza, como si llevara guantes.

Jack estaba muy excitado, tan duro que parecía a punto de estallar. Lo toqué maravillada, lo aferré con una mano y me acerqué hasta rozarlo casi con los labios. Se quedó muy quieto y soltó un débil gemido. Soportó mis suaves caricias, la delicada succión de mis labios cuando intenté abarcarlo con la boca en la medida de lo posible. Sin embargo, en cuestión de segundos, me volvió a apartar con una protesta:

—No... no puedo. Estoy a punto de estallar. Estoy... Ella, espera...

Se quitó la ropa y se reunió conmigo en la cama, donde me arrastró hasta el centro del colchón. Se tomó su tiempo para quitarme las sandalias, ya que desabrochó las tiras una a una cuando habría bastado con sacármelas sin más. Y después volvió a colocarse sobre mí, acariciándome los pechos con la boca y la entrepierna con el muslo. Lo abracé y le coloqué las manos en la espalda. Cuando nuestras bocas se encontraron, me rendí con un gemido, me dejé llevar por la pasión. Me abrazó con fuerza y rodó hasta que los dos quedamos de costado. Empezó a acariciarme por todas partes.

Nuestros cuerpos entrelazados comenzaron a rodar lentamente por el colchón. Era como una lucha sensual en la que nuestros cuerpos se deslizaban, frotándose el uno contra el otro, el mío intentando que lo penetrara y el de Jack retrasando el momento de hacerlo. Siguió torturándome, acariciándome y excitándome hasta que le supliqué con voz ronca que lo hiciera, que estaba preparada, que no aguantaba más.

Me colocó de espaldas y me separó las piernas todo lo que fue capaz. Me dejé hacer con un gemido al tiempo que alzaba las caderas.

Cuando por fin me penetró, fue como si el mundo dejara de girar y sólo pudiera sentir esa larga y lenta embestida. Me aferré a sus hombros, clavándole las uñas. Se hundió en mi interior pese a la resistencia que ofrecía mi cuerpo, mientras murmuraba una y otra vez que me relajara, que iría con cuidado, y efectivamente, cuando me relajé lo noté hundido hasta el fondo.

Me miró con una expresión crispada y los ojos brillantes, y me apartó un mechón de la frente.

—Vas a tener que acostumbrarte —susurró, y yo asentí con la cabeza como si estuviera hipnotizada.

Me besó en los labios y comenzó a moverse en mi húmedo y estrecho interior, con la delicadeza de la que sólo era capaz un hombre tan grande. Estaba atento a cada jadeo, a cada movimiento, a fin de encontrar el ritmo perfecto. Y cuando lo encontró, grité sin poder evitarlo.

Jack casi se puso a ronronear de satisfacción.

—¿Te gusta así, Ella?

—Sí. ¡Sí!

Le clavé los dedos en la espalda y levanté las caderas. Su musculoso cuerpo me mantuvo pegada al colchón mientras me penetraba con un ritmo lento y controlado, de modo que acabé debatiéndome para instarlo a que fuera más rápido, con más fuerza. Lo escuché soltar una carcajada satisfecha. Me aplastó contra el colchón y me obligó a aceptar el ritmo que me imponía, y, después de lo que me pareció una eternidad, me di cuenta de que me había relajado por completo. Eché la cabeza hacia atrás cuando me pasó un brazo bajo el cuello y empezó a besarme la garganta.

Se movía con un ritmo incansable, llegando hasta el fondo en cada embestida, que eran deliciosas, tiernas y a la vez sensuales. Cuando llegué a lo más alto de esa tortuosa cima, el placer se apoderó de mí y, mientras los espasmos sacudían mi cuerpo, me aferré a sus caderas con las piernas. Jack siguió moviéndose hasta que las sacudidas cesaron y después aceleró un poco el ritmo en busca de su propio orgasmo.

Después, me quedé un buen rato tumbada y temblando con el brazo de Jack bajo la cabeza. Tenía los muslos pegajosos. Giré la cabeza para apoyarme en su hombro. Mi cuerpo estaba satisfecho y relajado, y algunas zonas seguían extremadamente sensibles a cualquier estímulo.

—Descansa un poco —murmuró Jack al tiempo que me tapaba con la sábana.

—No puedo —repliqué en voz baja—. Tengo que bajar. La canguro...

Me besó el pelo y su voz me acarició con la suavidad del terciopelo.

—Unos minutos nada más. Yo te despierto dentro de un rato.

Agradecida, me acurruqué contra él y me quedé profundamente dormida.

Al cabo de poco tiempo, me desperté parpadeando, consumida por la sensación un tanto irreal de que algo había cambiado. Yo. Me sentía insegura y un tanto débil, pero la sensación no estaba tan mal.

Jack estaba apoyado sobre un codo y me miraba con sorprendente seriedad. Acarició mis labios sonrientes con la yema de un dedo.

—Ha sido el mejor polvo de mi vida, Ella. No recuerdo ninguno que se le parezca.

Cerré los ojos mientras sentía su dedo recorriendo mis cejas. Llegué a la conclusión de que la diferencia entre un buen polvo y uno glorioso radicaba en esa entrega tan especial que nunca había visto en Dane. Jack había estado totalmente pendiente de mí, de mis respuestas. Incluso en ese momento me tocaba como si el roce entre nuestros cuerpos fuera una forma de comunicación en sí misma. Las caricias de sus dedos se trasladaron a mi cuello.

—Tienes una piel muy suave —susurró—. Y tu pelo es como un manto de seda. Me encanta tu piel... y también me encanta cómo te mueves. —Me pasó el pulgar por el mentón—. Quiero que confíes en mí, Ella. Quiero que seas mía. Algún día lograré que te entregues por completo.

Giré la cabeza para besarle la palma de la mano. Sabía a lo que se refería, lo que quería, pero no estaba segura de cómo decirle que era imposible. Nunca sería capaz de entregarme por completo en la cama. Una parte de mi mente siempre quedaría resguardada, protegida en un lugar que nadie podría alcanzar nunca.

—Acabo de hacerlo contigo con la luz encendida —le recordé—. ¿Te parece poco?

Soltó una carcajada y me besó.

Aunque estaba saciada, el roce de sus labios me provocó

un ramalazo de deseo. Apoyé las manos en sus hombros y seguí el duro contorno de sus músculos.

—Te vi con Ashley en la fiesta —le dije—. Es muy guapa.

Jack hizo una mueca que no podía calificarse de sonrisa.

—Va perdiendo lustre cuanto más la conoces.

—¿De qué estabais hablando?

—Está poniendo a parir a Pete delante de cualquiera.

—¿Su marido? ¿También estaba en la fiesta?

—Sí. Parece que están haciendo todo lo posible por evitarse.

—Me pregunto si no le habrá sido infiel —murmuré.

—No sería de extrañar —masculló él.

—Qué triste. Aunque eso reafirma mi opinión sobre el matrimonio, no se puede prometer que vas a amar siempre a otra persona. Porque todo cambia.

—No todo. —Jack se acomodó en la almohada y yo me estiré junto a él, apoyando la cabeza en su hombro.

—¿Crees que te quería? —le pregunté—. Pero de verdad.

Suspiró, algo tenso.

—No sé yo si por su parte hubo amor en algún momento. —Hizo una pausa—. Si fue así, yo lo arruiné.

—¿Lo arruinaste? —Supe que tenía que andarme con mucho tiento con ese tema, que todavía quedaba un resquemor o cierto arrepentimiento—. ¿En qué sentido?

—Cuando me dejó por Pete, me dijo que... —Se interrumpió con un suspiro inquieto.

Me coloqué sobre él y crucé los brazos sobre su pecho.

—La confianza debe ser mutua, Jack. —Extendí el brazo para acariciar con los dedos su pelo alborotado—. Puedes contármelo.

Jack apartó la vista, ofreciéndome un perfil tan duro y perfecto como el de una moneda recién acuñada.

—Me dijo que quería demasiado. Que era demasiado exigente. Que la agobiaba.

—Vaya. —Sabía que para un hombre tan orgulloso como él, era lo peor que una mujer podría decirle—. ¿Y era verdad?

—le pregunté como si nada—. ¿O más bien era una excusa para culparte por el hecho de haberte engañado? Me indigna que la gente justifique sus errores achacando la responsabilidad al otro.

La tensión abandonó su cuerpo.

—La verdad es que Ashley nunca se responsabilizó de nada. Aunque es posible que fuera un poco coñazo con ella. No me gustan las medias tintas, ni siquiera cuando me enamoro. —Se detuvo—. Soy bastante posesivo.

Daba la sensación de que creía estar desvelándome un secreto. Me mordí el labio para no soltar una carcajada.

—¡No me digas! —exclamé—. Lo bueno es que yo no tengo problemas para pararte los pies.

—Ya me he dado cuenta.

Nos miramos fijamente mientras sonreíamos.

—Así que, después de que Ashley te pusiera los cuernos, te pasaste unos cuantos años tirándote a todas las que se te ponían a tiro para dejarle claro lo que se estaba perdiendo.

—No, eso no ha tenido nada que ver con Ashley. Es que me gusta el sexo. —Deslizó su mano hasta mi trasero.

—¡No me digas! —Me aparté de él con una carcajada antes de saltar de la cama—. Tengo que ducharme.

Jack me siguió al instante.

Me paré en seco nada más encender la luz del cuarto de baño, una estancia muy bien iluminada decorada con un estilo moderno y con lavabos de piedra. Aunque lo que me dejó sin habla fue la ducha, un habitáculo de cristal, pizarra y granito con hileras de botones, mandos y termostatos.

—¿Por qué tienes el salpicadero de un coche en el cuarto de baño?

Jack pasó a mi lado, abrió la mampara de cristal y entró. Giró unos mandos, ajustó la temperatura del agua en las pantallas y comenzaron a salir chorros de agua por todos lados, incluido el techo, del que caían tres, formando una nube de vapor.

—¿No entras? —La voz de Jack me llegó a través del ruido del agua.

Atravesé la puerta y eché un vistazo. Jack estaba para comérselo, con ese cuerpo bronceado brillante a causa de las gotitas de agua. Si sus abdominales parecían una tableta de chocolate, era mejor no hablar de su espalda...

—Detesto tener que ser yo quien te lo diga —comencé—, pero vas a tener que empezar a hacer ejercicio. Un hombre de tu edad no puede descuidarse...

Me sonrió y me hizo un gesto para que me acercara a él. Me atreví a atravesar los chorros cruzados de agua y vapor procedentes de todas las direcciones.

—Me estoy ahogando —dije, y Jack se apresuró a sacarme de debajo de uno de los chorros del techo—. A saber la cantidad de agua que estamos despilfarrando.

—Ella, aunque no eres la primera que ha pisado esta ducha...

—Me has dejado muerta. —Me pegué contra él mientras me enjabonaba la espalda.

—Te juro que eres la primera que se ha preocupado por el agua.

—Bueno, ¿cuánta crees que estamos gastando?

—Unos cuarenta litros por minuto, litro arriba litro abajo.

—¡Madre del amor hermoso! ¡Date prisa! No podemos quedarnos mucho tiempo. ¡Desestabilizaremos todo el ecosistema mundial!

—Estamos en Houston, Ella. El ecosistema ni se va a inmutar.

Pasó de mis protestas y comenzó a enjabonarme el pelo. La sensación era tan buena que acabé cerrando la boca y me quedé allí plantada, dejando que sus fuertes manos me recorrieran de la cabeza a los pies mientras aspiraba el vapor. Y yo le devolví el favor, acariciando su pecho enjabonado con expresión soñadora y explorando las maravillosas y masculinas texturas de su cuerpo.

La situación me resultó un tanto irreal por la tenue luz, por la caricia del agua sobre la piel, por la increíble sensualidad del momento en el que no había cabida para la vergüenza. Su boca se apoderó de la mía. Sus besos eran húmedos y urgentes, mientras introducía una mano entre mis muslos para acariciarme con esos largos dedos. Jadeé y apoyé la mejilla en su hombro.

—La primera vez que te vi —murmuró Jack contra mi pelo—, me resultó imposible creer que fueras tan mona.

—¿Mona?

—Pero muy sexy.

—Pues yo creí que eras muy sexy... para ser tan capullo. Eres... —Dejé la frase en el aire. Se me había nublado la vista al sentir sus dedos en mi interior—. Debes saber que no eres para nada mi tipo.

Sentí su sonrisa contra el pelo.

—¿En serio? Porque ahora mismo parece que mi tipo te va estupendamente.

Me obligó a doblar una rodilla hasta que apoyé el pie en un taburete de madera. Me abracé a él, sin fuerzas por el deseo. Su cuerpo se pegó al mío por completo, y la pasión nos consumió. Con cuidado y decisión, me fue abriendo con los dedos y después se colocó en la posición adecuada para penetrarme. Me aferró con fuerza por el trasero. Nos quedamos así un momento, sin movernos, mientras yo me adaptaba a tenerlo en mi interior.

Lo miré a la cara y parpadeé unas cuantas veces. No sentíamos la urgencia de alcanzar el orgasmo, nos limitábamos a disfrutar del mutuo descubrimiento. Mi cuerpo lo acogía entre espasmos cada vez que él se hundía en mi interior de forma increíblemente lenta y placentera. Era como si yo fuera el único punto inmóvil del universo.

Sus lentas embestidas me provocaban un sinfín de estremecimientos, de modo que acabé aferrándome a sus hombros, y él me estrechó contra su cuerpo. El placer fue en aumento hasta el punto de que creí morir derretida. Sentí su lengua en la garganta y en la oreja, lamiendo la humedad de mi piel. Me retorcí entre sus brazos y mi cuerpo húmedo perdió el equilibrio por culpa de la debilidad.

Sin embargo, Jack se detuvo sin previo aviso y me abandonó, dejándome temblorosa y vacía.

—No —protesté al tiempo que me aferraba a él—. Espera, no he... Jack...

Pero él ya estaba girando los mandos, cerrando los chorros de agua.

—No he terminado —le dije con voz angustiada cuando regresó a mi lado.

Tuvo la osadía de sonreír. Me cogió por los hombros y me sacó de la ducha.

—Ni yo.

—¿Y por qué has parado?

Justifiqué mis súplicas ante mi conciencia. Cualquier mujer suplicaría en mis circunstancias.

Lo vi coger una toalla blanca con la que empezó a secarme.

—Porque eres peligrosa para hacerlo de pie. Se te han aflojado las rodillas.

—¡Seguía de pie!

—Te ha faltado poco para caerte. —Me secó el pelo con la toalla y después cogió otra para secarse él—. Admítelo, Ella, se te da mejor en horizontal. —Tras tirar la toalla al suelo, me arrastró al dormitorio. En cuestión de segundos, me había tirado a la cama como si no pesara más que una pluma.

Chillé de sorpresa al rebotar en el colchón.

—¿Qué haces?

—Estoy acelerando las cosas. Son las once menos veinte.

Fruncí el ceño y me aparté un mechón de la cara.

—Pues dejémoslo para cuando tengamos más tiempo.

Pero acabé debajo de un cuerpo masculino de casi cien kilos de peso con muchas ganas de marcha.

—No puedo bajar así —dijo Jack.

—Qué pena —repliqué con seriedad—. Porque o te esperas o te marcas un solo.

—Ella, vamos a terminar lo que hemos empezado en la ducha —adujo para engatusarme.

—Deberías haberlo hecho en su momento.

—No quería que te cayeras y te dieras un golpe en la cabeza. La sensación no resulta tan placentera en la sala de urgencias.

Solté una carcajada ahogada cuando Jack apoyó la mejilla contra mis pechos. Su cálido aliento me rozó un pezón que se introdujo en la boca muy despacio para chuparlo con delicadeza. Le rodeé el cuello con los brazos y le di un beso en el pelo, que seguía húmedo. Apartó la boca de mi pecho y la sustituyó por los dedos antes de pasar al otro pezón. Levanté las caderas para pegarme a él. Mi cuerpo ardía en cuestión de segundos. Jack me estaba saboreando como si yo fuera un bufet delicioso; me mordisqueaba, me lamía y me besaba, moviéndome a su antojo para asegurarse de que no dejaba ni un solo centímetro de mi piel sin atender. Me puso boca abajo y me levantó las caderas mientras yo me aferraba a las sábanas.

—¿Estás bien así? —le escuché susurrar.

—Sí —jadeé—. ¡Dios, sí!

Su peso, que me provocó una sensación electrizante, cayó sobre mí al tiempo que me separaba las piernas. Gemí cuando me penetró, aunque esta vez sin dificultad. Me pasó la mano por debajo, en busca del lugar que más requería su atención.

Atrapada entre el placer que me provocaban su cuerpo y su mano, alcé las caderas para invitarlo a entrar todo lo que pudiera, y él me dio el gusto. Acercó los labios a mi espalda y dejó un reguero de besos por mi columna, aunque el resto de su cuerpo siguió inmóvil a la espera de que yo me moviera. En ese momento, me di cuenta de que me estaba dejando marcar el ritmo, de que todos sus movimientos eran una respuesta a los míos. Arqueé la espalda entre jadeos aceptándolo de lleno en mi interior, moviendo las caderas para sentirlo bien adentro mientras sus dedos me torturaban con un placer exquisito. Las sensaciones eran tan intensas que me resultaba imposible separarlas unas de otras. Me aferré a sus fuertes muñecas, una junto a mi cabeza y la otra entre mis muslos, y me dejé llevar. El orgasmo fue increíble y desbordante, y cada vez que pensaba que había llegado a su fin, el placer remontaba de nuevo.

Sentí que Jack se estremecía antes de correrse en mi interior entre violentos espasmos.

Cuando por fin recuperó el aliento, soltó unos cuantos tacos entre dientes. Contuve una carcajada temblorosa enterrando la cara en la sábana porque lo entendía a la perfección. Era como si, de alguna manera, algo muy normal y corriente acabara de reinventarse, arrastrándonos a nosotros en el proceso.

Nos vestimos a la carrera y bajamos a mi apartamento, donde Jack le dio una buena propina a la canguro, que a su vez fingió no darse cuenta de nuestro aspecto desaliñado. Después de ver cómo estaba Lucas, que dormía tranquilamente, le dije a Jack que podía pasar la noche si quería, pero que tuviera claro que el niño podía despertarlo en cualquier momento.

—Sin problemas —contestó él al tiempo que se quitaba los zapatos—. Tampoco es que tuviera pensado dormir mucho. —Se quitó la camiseta y los vaqueros, se metió en la cama y me observó mientras me ponía el pijama—. No te va a hacer falta —me dijo.

Sonreí al verlo recostado contra el cabecero de bronce, con las manos detrás de la cabeza. Su cuerpo moreno y fuerte, tan masculino, desentonaba muchísimo con la colcha antigua de encaje.

—No me gusta dormir desnuda —le dije.

—¿Por qué? Te sienta genial.

—Me gusta estar preparada.

—¿Para qué?

—Pues en caso de emergencia. Un incendio o algo...

—¡Dios, Ella! —Se echó a reír—. Míralo de esta manera: acostarse desnudo es mejor para el medioambiente.

—Cierra el pico.

—Vamos, Ella. Duerme en verde.

Pasé de sus comentarios y me metí en la cama con una camiseta y unos *boxers* con estampado de pingüinos. Extendí el brazo y apagué la lamparita de la mesilla de noche.

Tras un breve silencio, escuché un murmullo sensual:

—Me gustan tus pingüinos.

Me acurruqué contra él, que dobló las piernas para pegarse por completo a mí.

—Estoy segura de que las mujeres con las que sueles liarte no se ponen boxers de pingüinos para acostarse —murmuré.

—No. —Me colocó la mano en la cadera—. Si se ponen algo, suele ser algún camisón transparente.

—Menuda tontería. —Bostecé y me relajé contra su cálido cuerpo—. Pero me pondré uno si quieres. Un día de éstos.

—No sé qué decirte. —Parecía estar pensándoselo. Me dio un apretón en el trasero—. La verdad es que estos pingüinos me ponen mucho.

«¡Dios, cómo adoro hablar contigo!», pensé, sin decirlo en voz alta, porque nunca le había dicho a un hombre que lo adoraba en ningún sentido.

17

Me desperté sola y nerviosa. Me incorporé en la cama mientras me frotaba los ojos. Lo que me había puesto nerviosa era la brillante luz del sol que se filtraba por las persianas. No había oído a Lucas. Y él nunca dormía hasta tan tarde.

Histérica, salí de la cama de un salto y volé hasta el salón, aunque me detuve de golpe como si fuera un personaje de dibujos animados que se hubiera quedado justo al borde de un precipicio.

Encima de la mesa había una taza de café a medio terminar. Jack estaba en el sofá, vestido con los vaqueros y una camiseta de manga corta, con Lucas acurrucado en el pecho. Estaban viendo las noticias.

—Te has levantado para darle de comer —dije, sorprendida.

—Me pareció que era mucho mejor que siguieras durmiendo. —Esos ojos oscuros me miraron de arriba abajo—. Anoche te dejé exhausta.

Me incliné sobre ambos para besar a Lucas, y el beso le arrancó una desdentada sonrisa.

Durante la noche, se había despertado una vez, y Jack insistió en levantarse conmigo. Mientras yo le cambiaba el pañal, él le calentó el biberón y se sentó a mi lado hasta que se lo bebió todo.

Al volver a la cama, comenzó por abrazarme y acabó acariciándome sutilmente. Al cabo de pocos minutos, me había besado todo el cuerpo, torturándome con los labios y la lengua de forma exquisita. Me levantó de la cama, me dio la vuelta y lo hicimos en algunas posturas que en la vida se me habían pasado por la cabeza. Descubrí que Jack era un amante vigoroso y creativo, y si se detuvo fue por mi insistencia. Agotada y saciada, me pasé el resto de la noche dormida como un tronco.

—Hace un siglo que no duermo hasta tan tarde —le dije a Jack con sinceridad—. Ha sido un detallazo por tu parte. —Me acerqué a la cocina para servirme una taza de café—. Arrastro una falta de sueño horrorosa. De verdad, ha sido estupendo.

—¿Te refieres al sexo o a lo bien que has dormido?

Sonreí.

—Al sexo... aunque me ha costado decidirme.

—¿Y si le dices a tu madre que te ayude a cuidar del niño?

Le eché un poco de leche al café.

—Tal vez esté de acuerdo, siempre y cuando la pille en un buen día y no tenga otra cosa que hacer. Pero tendría que agradecérselo tanto que no merece la pena. Estaría en deuda con ella el resto de mi vida. Además... no me fío de que cuide bien de Lucas.

Jack me observó con detenimiento mientras me acercaba al sofá.

—¿Crees que podría hacerle daño?

—Físicamente no. Mi madre nunca nos pegó ni a Tara ni a mí, nada de eso. Pero era la reina de los numeritos dramáticos y le encantaba chillar. De ahí que no soporte que me griten. No quiero que le haga algo así a Lucas. Es más, si yo no soporto quedarme a solas con ella, me niego a que Lucas tenga que pasar por eso. —Dejé la taza en la mesita y extendí los brazos para coger a mi sobrino—. Hola, cariñín —susurré mientras lo abrazaba sin apartar los ojos de Jack—. ¿Sueles alzar mucho la voz?

—Sólo en los partidos de fútbol. Bueno, no. También les grito a los contratistas. —Se inclinó hacia mí para besarme en la sien mientras me agarraba un mechón de pelo con delicadeza—. ¿Tienes planes para hoy?

—No.

—¿Quieres pasar el día conmigo?

Asentí con la cabeza de inmediato.

—Me gustaría llevaros al lago Conroe —dijo—. Tengo una lancha, así que llamaré al puerto deportivo para que nos tengan el almuerzo listo cuanto lleguemos.

—¿Y no será peligroso para Lucas dar un paseo en lancha? —pregunté, preocupada.

—Estará seguro en la cabina. Además, le pondremos un chaleco salvavidas cuanto estemos en cubierta.

—¿Tienes alguno de su talla?

—Lo conseguiremos en el puerto.

El lago Conroe estaba a unos sesenta kilómetros al norte de Metroplex, y todo el mundo sabía que allí era donde iban a relajarse los habitantes de Houston. El lago tenía unos treinta kilómetros de longitud y a vista de pájaro su forma recordaba un poco a la de un escorpión. Un tercio de sus orillas estaba dentro del límite del Parque Nacional Sam Houston. El resto de la zona estaba ocupada por áreas residenciales carísimas y por un buen número de campos de golf. Nunca había estado en el lago Conroe, pero había oído hablar de sus coloridas puestas de sol, de sus lujosos hoteles, de sus exquisitos restaurantes y de la fama mundial que tenían sus aguas entre los pescadores deportivos.

—No sé nada de lanchas ni de pesca —le dije a Jack durante el trayecto—, así que te ayudaré en la medida de lo posible, aunque quiero que quede claro que sufro de discapacidad flotacional.

Jack sonrió y dejó el móvil entre nuestros asientos, en uno de los soportes pensados para las latas de refrescos. Con las gafas de aviador, las bermudas y el polo blanco estaba para comérselo.

—El personal del puerto nos ayudará a botar la lancha. Tú sólo tienes que disfrutar.

—Eso me vale.

Sentía una gran alegría, una felicidad efervescente que nunca había experimentado hasta ese momento. Me resultaba difícil incluso quedarme quieta en el coche. Era como una niña nerviosa porque sólo quedaban cinco minutos de clase antes de las vacaciones de verano. Era la primera vez en mi vida que no deseaba estar en ningún otro lugar ni con ninguna otra persona. Me volví para echarle un vistazo a la sillita de Lucas, colocada de forma que miraba hacia atrás.

—Debería echarle un ojo —dije al tiempo que alargaba el brazo para desabrochar el cinturón.

—Está bien —me aseguró Jack, que me cogió la mano—. Ya vale de pasarte al asiento de atrás. Quédate ahí sentada con el cinturón puesto.

—Pero no me siento tranquila si no puedo verlo.

—¿Cuándo se puede colocar la sillita mirando hacia el frente?

—Cuando tenga unos cuantos meses más. —Mi felicidad se evaporó en parte—. Ya, pero para entonces ya no estará conmigo.

—¿Sabes algo de Tara?

Negué con la cabeza.

—Había pensado llamarla mañana. Además de preguntarle por cómo le va, quiero contarle cosas de Lucas. —Me sumí en un silencio reflexivo—. La verdad es que me sorprende muchísimo que demuestre tan poco interés por su hijo. Vale que me pregunta si está bien o no; pero el resto de los detalles, si come y duerme, si es capaz de sostener la cabeza solo, esas cosas no parecen interesarle en absoluto.

—¿Alguna vez demostró interés por los niños antes de tener a Lucas?

—Dios, no. Yo tampoco. Siempre he pensado que es un coñazo aguantar a la gente hablar de sus hijos. Pero es distinto cuando es el tuyo.

—Es posible que Tara no lo haya tenido el tiempo suficiente como para crear ese vínculo con él.

—Es posible. Pero yo sólo necesité dos días con él para...
—Dejé la frase en el aire y me puse colorada.

Jack me miró de reojo, aunque las gafas me impidieron ver su expresión.

—¿Empezar a quererlo? —preguntó en voz baja.

—Sí.

Comenzó a acariciarme el dorso de la mano con el pulgar, trazando un perezoso círculo.

—¿Por qué te da vergüenza admitirlo?

—No es vergüenza. Es... no me resulta fácil hablar de estas cosas.

—Pero te pasas la vida escribiendo sobre estos temas.

—Sí, pero no es lo mismo cuando son mis sentimientos.

—¿Lo ves como una trampa?

—No, no precisamente. Pero los sentimientos acaban estropeando las cosas.

Vi el destello de su sonrisa.

—Ella, ¿qué podría estropear el amor?

—A ver, pongamos mi ruptura con Dane como ejemplo. Si alguna vez hubiéramos llegado al punto de confesar que nos queríamos, habría sido un proceso difícil y desagradable. Pero como no lo hicimos, fue mucho más fácil distanciarnos.

—En algún momento tendrás que distanciarte de Lucas —me recordó—. Tal vez no deberías haberle dicho que lo quieres.

—¡Es un bebé! —exclamé, indignada—. Necesita que alguien se lo diga. ¿Te gustaría venir al mundo y que nadie te dijera que te quiere?

—Mis padres no se lo dijeron nunca. Pensaban que el uso desgastaba las palabras.

—¿Tú no piensas igual?

—No. Si el sentimiento existe, es mejor admitirlo. El hecho de que se pronuncien o no se pronuncien esas palabras en voz alta no cambia nada.

El día era caluroso y tranquilo. El puerto deportivo estaba muy concurrido y los tablones de madera, grisáceos por el paso del tiempo, crujían bajo el peso de cientos de pies. Había chicos en bañador y sin camiseta, chicas en biquinis que apenas cubrían nada, hombres con camisetas con mensajes como: «Cállate y pesca» o «No me toques la perca». Los abueletes llevaban pantalones cortos de poliéster y guayaberas, esas camisas de estilo cubano con frunces en la parte delantera. Las abuelas, faldas pantalón con camisas de un llamativo estampado tropical y enormes pamelas. Algunas damas llevaban viseras y el pelo cardado de tal forma que los recogidos parecían ascender sobre sus cabezas como hongos atómicos en miniatura. En el aire flotaba el olor característico a algas y humedad, aderezado con el de la cerveza, el del gasoil, el del cebo para pescar y el de la crema protectora solar de coco. Había un perro que no paraba de corretear de un lado para otro y que no parecía pertenecer a nadie en concreto.

Nada más entrar, un empleado vestido de rojo y blanco se acercó a recibirnos con gran entusiasmo. Le dijo a Jack que su lancha estaba limpia y cargada de combustible, que la batería estaba al máximo, que la comida y la bebida estaban preparadas, y que todo estaba listo para zarpar.

—¿Y qué hay del chaleco para el bebé? —preguntó Jack, a lo que el hombre contestó que había encontrado uno y que ya estaba a bordo.

En el casco de la lancha estaba su nombre: *La última aventura.* Era el doble de grande de lo que me había imaginado. Podía medir unos diez metros de eslora y parecía recién sacada de una exposición: blanca, reluciente y perfecta. Jack me ayudó a subir a bordo y me acompañó en un pequeño recorrido. Tenía dos camarotes y dos cubiertas; una cocina equipada con horno, placa para cocinar, frigorífico y fregadero; un salón con relucientes acabados de madera, lujosas tapicerías y un televisor de pantalla plana.

—¡Madre mía! —exclamé, asombrada—. Cuando me dijiste que había una cabina, pensé que te referías a un cuartito con un par de sillas y ventanas con cristales de vinilo. Jack, ¡esto es un yate!

—Más bien de bolsillo. Es una lancha bien equipada.

—Eso es una tontería. De bolsillo es un reloj o una cartera. Es imposible que te metas un yate como éste en el bolsillo.

—Después te contaré lo que llevo en los bolsillos —replicó él—. Pruébale a Lucas el chaleco salvavidas para comprobar que le quede bien.

A velocidad de crucero, el paseo fue tranquilo y relajado. La proa de *La última aventura* cortaba la superficie azul del lago con aplomo. Disfruté de él sentada en el puente de mando, en un banco acolchado situado junto al asiento del capitán. Lucas estaba protegido por un chaleco salvavidas azul de nailon que tenía el cuello redondo y abultado. O bien era más cómodo de lo que parecía, o bien Lucas estaba muy entretenido por los novedosos sonidos y sensaciones que le proporcionaba el barco, ya que estaba sorprendentemente tranquilo. Extendí las piernas sobre el banco y coloqué a Lucas sobre mi regazo.

Jack nos llevó en un recorrido por el perímetro del lago, enseñándonos casas, isletas e incluso un águila pescadora que intentaba atrapar un barbo. Yo tenía una copa de vino blanco y afrutado en la mano. Me sentía abrumada por la sensación de paz que sólo se puede experimentar en un barco durante un día soleado, disfrutando de la humedad del aire en los pulmones y de la cálida brisa.

Atracamos en una cala, a la sombra de las copas de los pinos y los cedros, donde el paisaje aún era virgen. Al sacar la enorme cesta que contenía la comida, descubrí un tarro de miel, unas cuantas baguettes que parecían muy crujientes, recipientes con ensaladas, sándwiches de distintos tipos y galletas que por su tamaño más bien parecían tapacubos. Comimos lentamente y apuramos la botella de vino antes de que le diera de comer a Lucas y le cambiara el pañal.

—Está listo para la siesta —dije mientras lo acunaba para que se durmiera.

Lo llevamos a uno de los camarotes, fresquito gracias al aire acondicionado, y lo dejé con cuidado en el centro de la litera. Lucas me miró y parpadeó varias veces, aunque se le cerraban los ojos del sueño que tenía.

—Que duermas bien, Lucas —le dije al tiempo que le daba un beso en la cabeza cuando por fin se durmió.

Me enderecé y estiré la espalda antes de mirar a Jack, que estaba en la puerta. Tenía un hombro apoyado en la pared y las manos en los bolsillos.

—Ven aquí —murmuró.

Su voz en la oscuridad me provocó un delicioso escalofrío.

Me llevó al otro camarote, también sumido en una fresca penumbra y con un agradable olor a madera encerada y a aire fresco con un toque de gasoil.

—¿Puedo dormir la siesta? —pregunté mientras me quitaba los zapatos y me metía en la cama.

—Puedes hacer lo que te apetezca, ojos azules.

Nos tumbamos el uno al lado del otro, mirándonos a la cara, disfrutando del calor de nuestros cuerpos, un tanto pegajosos por la humedad y el sudor. Jack me miraba fijamente. Levantó una mano y me la acercó a la cara para acariciarme una ceja con el dedo corazón antes de seguir la curva de la mejilla. Parecía totalmente concentrado en el recorrido del dedo, como un explorador que acabara de descubrir una frágil y preciosa antigüedad. Me puse colorada al recordar la exquisita paciencia que podían llegar a demostrar sus manos y las caricias tan íntimas que me habían prodigado la noche anterior.

—Te deseo —susurré.

Mis sentidos se agudizaron mientras Jack me desnudaba despacio. Se llevó un erecto pezón a la boca y lo torturó con la lengua. Una de sus manos se trasladó a la base de mi espalda para acariciarme hasta que el deseo crepitó en mi interior.

Después, se quitó la ropa, dejando a la vista ese cuerpo atlético e increíblemente fuerte. Me movió hasta dejarme expuesta y vulnerable antes de explorar mi piel con los labios y las manos hasta que me robó el aliento. Me tenía aferrada por las muñecas cuando se detuvo y se colocó sobre mí para mirarme a los ojos. Solté un gemido al tiempo que arqueaba las caderas, tensa por la espera y con los brazos inmovilizados por sus manos.

Jadeé mientras me penetraba lenta y satisfactoriamente. Deslizó su cuerpo hacia arriba, de forma que sentí sus caricias por dentro y por fuera. El contraste de sus endurecidos músculos con mis delicadas curvas era manifiesto. Como también lo era el de la frescura del camarote sobre nuestros acalorados cuerpos. Cada embestida transformaba mi piel en pura sensación; mi cuerpo, en una llamarada. Noté que se detenía de repente, jadeando, para intentar alargar el momento y retrasar el clímax. Me soltó las muñecas y entrelazó nuestros dedos con una enervante lentitud.

Levanté las caderas, suplicándole que siguiera, y lo escuché contener el aliento. Sin embargo, no le di el gusto y seguí tentándolo con mis movimientos hasta que por fin se dejó llevar y comenzó a penetrarme con envites rápidos y profundos. Me besó para acallar mis gemidos como si pudiera saborearlos. Puesto que no podía usar los brazos para rodearlo, lo hice con las piernas. Lo vi apretar los dientes justo cuando aumentaba el ritmo de sus embestidas, avivando las sensaciones hasta que me provocó un orgasmo largo y exquisito, tras lo cual él también se corrió y enterró la cara en mi cuello con un gruñido.

Seguimos tumbados un rato en silencio con las piernas entrelazadas. Apoyé la cabeza en su hombro y me planteé lo extraño que resultaba estar acostada con un hombre que no era Dane. Aunque más extraño aún era la naturalidad del momento. Pensé en lo que Dane me había dicho, en su tolerancia para dejarme explorar con Jack la posibilidad de tener una relación tradicional ya que con él era imposible.

—Jack... —dije con voz adormilada.

—¿Qué? —Comenzó a acariciarme el pelo.

—¿Lo que tenemos es una relación tradicional?

—¿En comparación con lo que tenías con Dane? Sí, yo diría que sí.

—Así que... esto es exclusivo, tú y yo, y nada de terceras personas, ¿verdad?

Jack titubeó antes de responder por fin:

—Eso es lo que quiero. ¿Y tú?

—Me pone un poco nerviosa lo de ir tan rápido.

—¿Qué te dice tu instinto?

—Llevo un tiempo sin hablarme con él.

—El mío casi nunca falla —me aseguró con una sonrisa—. Y ahora mismo me dice que tenemos algo bueno entre manos. —Me acarició la espalda, provocándome un escalofrío—. Vamos a intentarlo. Sólo tú y yo. Nadie más. Nada de distracciones. Veamos cómo se desarrolla la cosa, ¿vale?

—Vale. —Bostecé—. Pero para que conste en acta, no pienso ir en serio contigo. Esto no tiene futuro.

—Duérmete —murmuró mientras me tapaba los hombros con la sábana.

Fui incapaz de seguir manteniendo los ojos abiertos.

—Sí, pero ¿has oído lo que he...?

—Te he oído. —Y me abrazó mientras me quedaba dormida.

Mi buen humor y mi relajación desaparecieron en cuanto volvimos al apartamento y escuché los mensajes del contestador. Tara me había llamado tres veces, y su nerviosismo había ido en aumento en cada uno de sus mensajes mientras me decía que la llamara en cuanto volviese, sin importar la hora.

—Es por la entrevista que tuvimos con Mark Gottler —le aseguré a Jack, desanimada, mientras él soltaba la sillita de Lucas y lo cogía en brazos—. Es por el acuerdo vinculante. Estoy segura. Sabía que acabaría llamándola para decírselo.

—¿Le dijiste a tu hermana que habíamos ido a verlo?

—No, no quise ponerla nerviosa. Se supone que está en la

clínica para aclararse las ideas... Está en un momento muy vulnerable. Como Gottler la haya molestado por esto, lo mato.

—Llámala y entérate de lo que ha pasado —replicó Jack como si nada mientras se llevaba a Lucas al cambiador.

—¿Hay que cambiarle el pañal? Yo lo hago.

—Llama a tu hermana, cariño. Si soy capaz de despellejar a un ciervo, puedo cambiar un pañal.

Se lo agradecí con la mirada y llamé a Tara.

Mi hermana contestó al segundo tono.

—¿Diga?

—Tara, soy yo. Acabo de escuchar tus mensajes. ¿Qué tal va la cosa?

—Todo iba estupendamente hasta que me llamó Mark —contestó con voz cortante— y me dijo lo que has estado tramando.

Respiré hondo.

—Siento mucho que te hayas enfadado por eso.

—¡Pues no haberlo hecho en primer lugar! Sabías que estaba mal o de lo contrario me habrías dicho algo. ¿Qué está pasando, Ella? ¿Y por qué has metido a Jack Travis en mis asuntos personales?

—Es un amigo. Me acompañó para darme su apoyo.

—Pues es una lástima que le hicieras perder el tiempo y que tú perdieras el tuyo. Porque no sirvió de nada. No voy a firmar ningún acuerdo. No necesito tu ayuda y menos si es de ese tipo. ¿Sabes la vergüenza que me estás haciendo pasar? ¿Sabes lo que está en juego? Como no cierres la boca y dejes de meter la nariz donde no tienes que meterla, vas a arruinarme la vida.

Guardé silencio mientras intentaba respirar con normalidad. Cuando se enfadaba, mi hermana se parecía muchísimo a mi madre.

—No voy a arruinar nada —le aseguré—. Sólo estoy haciendo lo que me pediste, que es cuidar de Lucas. E intentar que consigas la ayuda que debes recibir.

—Mark ya había prometido ayudarme. ¡No hacía falta que recurrieras a ningún abogado!

Su ingenuidad me dejó pasmada.

—¿Hasta qué punto vas a confiar en un hombre que engaña a su mujer?

La escuché jadear por la ofensa.

—No es asunto tuyo. Es mi vida. No quiero que vuelvas a hablar con Mark nunca más. No entiendes nada en absoluto.

—Entiendo mucho más de lo que tú piensas —la contradije con voz seria—. Tara, escúchame... necesitas protección. Necesitas garantías de que vas a conseguir apoyo económico. ¿Te ha hablado Mark de los términos del acuerdo?

—No, y tampoco me interesa oír nada del tema. Sé lo que él me ha prometido y eso me basta. Como te presentes con algún papel, lo haré pedazos y lo tiraré.

—¿Me dejas que te cuente algunas de las cosas de las que hablamos con él?

—¡No! No me interesa nada de lo que tengas que decir. Por fin estoy consiguiendo lo que quiero, por primera vez en mi vida, y tú me juzgas y te metes donde nadie te ha llamado y lo estropeas todo. ¡Igual que mamá!

Eso me dolió.

—No soy como mamá.

—¡Sí que lo eres! Estás celosa, como ella. Estás celosa de mí porque soy más guapa, y porque tengo un niño, y porque tengo un novio rico.

En ese momento, descubrí que era cierto lo que dicen de que se puede ver todo rojo si estás lo suficientemente enfadada.

—Madura un poco, Tara —le solté.

Al otro lado sonó un clic.

Silencio.

Me aparté el teléfono de la oreja y lo miré un momento.

Al final, dejé caer la cabeza, derrotada.

—Jack...

—¿Qué?

—Acabo de decirle a mi hermana, que está ingresada en una clínica psiquiátrica, que madure.

Se acercó a mí después de haberle puesto un pañal limpio a Lucas.

—Ya lo he oído —me aseguró con una nota guasona en la voz.

Lo miré con seriedad.

—¿Tienes el teléfono de Mark Gottler? Tengo que llamarlo.

—En el móvil. Llama si quieres. —Me observó un momento—. Si te digo que soy capaz de ocuparme de esto, ¿confiarías en mí? —murmuró—. ¿Me dejas que haga eso por ti?

Consideré el ofrecimiento, consciente de que, aunque yo era capaz de manejar perfectamente a Mark Gottler, ése era el tipo de problema en el que Jack sobresalía. Y, en ese instante, me parecía maravilloso contar con su ayuda. Asentí con la cabeza.

Él me pasó a Lucas y se acercó a la mesa, donde había dejado la cartera, las llaves y el teléfono. Al cabo de dos minutos estaba hablando con Mark Gottler.

—Hola, Mark. ¿Qué tal estás? Bien. Sí. Todo va bien, pero tenemos un problema que necesitamos solucionar. Ella acaba de hablar con Tara por teléfono. Sí, han estado hablando sobre nuestra conversación. Sí, el acuerdo. Ella no está muy contenta que digamos... Y si te digo la verdad, yo tampoco. Supongo que deberíamos haber dejado muy claro que todo este asunto es confidencial. Aunque no esperaba que fueras directo a soltárselo. —Se detuvo para escuchar—. Sé por qué lo has hecho, Mark. —Hablaba en voz baja, pero su voz era mortalmente seria—. Lo único que has conseguido es que las dos hermanas se pongan de uñas. Da igual lo que Tara quiera o deje de querer ahora mismo, porque no está en condiciones mentales de tomar una decisión como ésta. Y tú no necesitas preocuparte de si firma el acuerdo o no. En cuanto mi abogado lo redacte, te lo enviará para que tus chicos le echen un vistazo, después le pones tu puta firma y me lo devuelves. —Escuchó lo que Mark Gottler decía—. Porque Ella me ha pedido que la ayude, ni más ni menos. No sé cómo sueles manejar estas cosas normalmente... Sí, eso es lo que insinúo. Mark, lo que yo pinto en esto está claro: quiero asegurarme de que Tara y Lucas obtienen lo que les corresponde. Quiero que consigan lo que hablamos y lo que acordamos. Y ya sabes lo que puede ocurrir en Houston si le llevas la contraria a un Travis. No, desde luego que no es una amenaza. Te considero un amigo, y sé que no vas a acobardarte a la hora de hacer lo correcto. Así que te voy a decir muy clarito lo que vamos a hacer durante el tiempo que queda: no vas a volver a molestar a Tara con este asunto. Vamos a firmar el acuerdo y, como nos sigas creando problemas, te garantizo que te va a costar muy caro. Y no es eso lo que queremos, créeme. La próxima vez que quieras hablar del asunto, nos llamas a Ella o a mí. Tara se queda al margen de todo esto hasta que se reponga y salga de la clínica. Bien. Yo también lo creo. —Escuchó un minuto más con expresión satisfecha y, después de despedirse, cerró el teléfono con gesto decidido.

Me miró y alzó una ceja.

—Gracias —le dije en voz baja, consciente de que la presión que tenía en el pecho comenzaba a aliviarse—. ¿Crees que te ha tomado en serio?

—Me ha tomado en serio.

Me senté en el sofá y él se acercó para acuclillarse delante de mí y mirarme a la cara.

—Todo saldrá bien —me dijo—. No hace falta que te preocupes por nada.

—Vale. —Alargué un brazo para acariciar ese pelo oscuro—. ¿Vas a pasar la noche conmigo o...? —le pregunté, un poco avergonzada.

—Sí.

Esbocé una sonrisa torcida.

—¿No quieres pensártelo un rato?

—Vale. —Entrecerró los ojos como si estuviera meditando el asunto con detenimiento y, al cabo de medio segundo, dijo—: Me quedo.

18

Pasamos juntos todas las noches del mes siguiente y también todos los fines de semana, y aun así tenía la sensación de que no veía a Jack lo suficiente.

Había momentos en los que apenas me reconocía, sobre todo cuando reía y jugaba como la niña que nunca había sido. Fuimos a un bar de carretera donde Jack me sacó a la tarima de madera que servía de pista de baile, pegajosa por la cerveza y el tequila, y me enseñó a bailar en línea.

En otra ocasión, fuimos a un mariposario y nos dejamos rodear por cientos de coloridas alas que parecían confeti.

—Cree que eres una flor —me susurró Jack al oído cuando una de las mariposas se posó en mi hombro.

También nos llevó a Lucas y a mí a un mercadillo de flores y artesanía, donde me compró una enorme cesta de jabones naturales y dos cajas de melocotones de Fredericksburg. Dejamos una de las cajas en casa de su padre, donde estuvimos una hora de visita durante la cual Churchill nos enseñó el hoyo de golf que acababan de instalar en el jardín trasero.

Al enterarse de que yo nunca había jugado al golf, Churchill me dio una clase improvisada. Le dije que no me hacía falta tener otro pasatiempo que se me daba fatal, pero me aseguró que el golf era una de las dos únicas cosas en la vida que se podían disfrutar aunque se fuera malísimo. No me dio tiempo a preguntarle cuál era la otra porque Jack meneó la cabeza y me sacó de allí, no antes de que su padre le hiciera prometerle que me llevaría pronto de visita.

También hubo salidas elegantes como la velada a beneficio de la Orquesta Sinfónica de Houston, o alguna exposición de arte, o una cena en un luminoso restaurante emplazado en lo que fuera una iglesia en los años veinte. La reacción de las otras mujeres al ver a Jack me hacía gracia, aunque también me molestaba, porque no dejaban de revolotear a su alrededor y de coquetear con él. Jack, en cambio, era siempre amable, pero mantenía las distancias, cosa que sólo parecía instalarlas a esforzarse más. En ese momento, me di cuenta de que Jack no era el único de la pareja que tenía una vena posesiva.

Disfrutaba enormemente de los fines de semana que lograba encontrar a una canguro, porque así pasaba las tardes en el apartamento de Jack. Nos tirábamos las horas muertas en la cama, hablando o haciéndolo, en algunas ocasiones incluso las dos cosas a la vez. Como amante, Jack era muy creativo y hábil, y me guiaba hasta alcanzar nuevos niveles de sensualidad antes de devolverme a la realidad con mucho cuidado. Día a día, me daba cuenta de que estaba cambiando de una forma que ni siquiera era capaz de analizar. Nuestro vínculo comenzaba a ser demasiado estrecho, lo sabía, pero era incapaz de encontrar el modo de evitarlo.

Sin saber muy bien cómo, le hablé a Jack de mi pasado, de cosas que sólo había sido capaz de confiarle a Dane, de recuerdos que seguían siendo muy dolorosos, tanto como para llenarme los ojos de lágrimas y hacer que me fallara la voz. En vez de decir algo filosófico o de darme un sabio consejo, Jack se limitaba a abrazarme, a ofrecerme el consuelo de su cuerpo. Era lo que más falta me hacía. Aunque en ocasiones también me tensaba por el conflicto que se libraba en mi interior. Me sentía muy atraída por él, sí, pero, al mismo tiempo, me esforzaba por mantener entre nosotros todas las barreras posibles por débiles que fueran. El problema radicaba en que Jack era muy listo, tanto que no me presionaba. En cambio, me conquistaba poco a poco, con ternura pero sin flaquear, con sexo, con dulzura y con una paciencia a prueba de bombas.

Un día, Jack nos llevó a Lucas y a mí a casa de Gage y Liberty, situada en la zona de Tanglewood, para pasar la tarde relajados en la piscina. Me explicó que tendría que pasar parte del tiempo ayudando a su hermano Gage con la barca de vela de unos seis metros de eslora que estaban construyendo en el garaje. Había comenzado como un proyecto para Carrington, la hermana de Liberty, a quien ella había criado desde su nacimiento y que tenía once años. Gage la estaba ayudando a construir la barquita, pero necesitaban otro par de manos para terminar el trabajo.

Tanglewood estaba cerca de la zona de Galleria. Las parcelas eran más pequeñas que las de River Oaks, y la avenida principal estaba flanqueada por robles, paseos anchos y bancos donde sentarse. Gage y Liberty habían comprado una propiedad ruinosa, una de las últimas casas destartaladas y prefabricadas que se levantaron en los años cincuenta, y la habían convertido en una mansión de estilo europeo con pizarra, estuco y tejas negras. El vestíbulo principal era circular y estaba abierto a las dos alturas de la casa, rodeado por una escalinata con barandilla de hierro forjado que continuaba en el borde del distribuidor del segundo piso. La decoración era sencilla, con agradables y suaves tapizados, como si fuera una casa con cientos de años.

Liberty nos recibió en la puerta. Llevaba el pelo recogido en una coleta, un sencillo bañador negro y unos vaqueros cortos deshilachados. Sus chanclas estaban adornadas con flores de lentejuelas. Irradiaba un magnetismo peculiar, una especie de picardía agradable por su naturalidad.

—Me encantan tus chanclas —le dije.

Liberty me abrazó como si fuera una vieja amiga de la familia.

—Mi hermana Carrington me las hizo en el campamento de verano. Todavía no la conoces. —Se puso de puntillas para darle a Jack un beso en la mejilla—. Hola, descastado. Hace mucho que no te vemos.

Él le sonrió al tiempo que se colocaba a Lucas contra un hombro.

—He estado ocupado.

—Me parece estupendo. Cualquier cosa vale para que no te metas en líos. —Le quitó al bebé de los brazos y lo acunó—. Qué pronto se olvida lo pequeños que son al principio. Es precioso, Ella.

—Gracias. —Me inundó el orgullo, como si Lucas fuera hijo mío y no de Tara.

Dos personas salieron al vestíbulo: el marido alto y guapo de Liberty, Gage, y una niña rubia y desgarbada. Carrington no se parecía en nada a su hermana, lo que me llevó a la conclusión de que eran hermanastras.

—¡Jack! —exclamó la niña, que se lanzó a por él con las trenzas al viento—. ¡Mi tío favorito!

—Ya te he prometido que voy a ayudarte con la barca —replicó Jack entre dientes cuando la niña se le echó en los brazos.

—¡Es muy divertido, Jack! Gage se ha dado un martillazo en el dedo y ha soltado un taco, y me dejó usar el taladro, y he estado colocando los tornillos de la quilla...

—¿El taladro? —preguntó Liberty, que le lanzó una mirada preocupada, a la vez que severa, a su marido.

—Lo ha hecho genial. —Gage sonrió y extendió la mano para saludarme—. Hola, Ella, ya veo que tu gusto en cuanto a las amistades no ha mejorado.

—No te creas nada de lo que te diga —me advirtió Jack—. Yo soy, y siempre he sido, un angelito.

Gage resopló.

Liberty estaba intentando cogerle la mano a su marido.

—¿Qué dedo ha sido?

—No ha sido nada. —Gage le enseñó el pulgar, que Liberty procedió a examinar con el ceño fruncido al darse cuenta de que la uña ya empezaba a amoratarse.

Ver cómo cambiaba la expresión de Gage, cómo se suavizaba, mientras observaba la cabeza inclinada de su mujer, me sorprendió.

Sin soltar la mano de su marido, Liberty miró a su hermana pequeña.

—Carrington, te presento a la señorita Varner.

La niña me estrechó la mano y me sonrió, mostrándome dos paletas torcidas. Su cutis era blanquísimo, sus ojos, muy azules, y se percibían unas marcas rosadas en el puente de la nariz y en la frente, como si hubiera tenido puesta una máscara.

—Llámame Ella. —Miré a Liberty antes de decir—: Por cierto, se ha puesto unas gafas protectoras.

—¿Cómo lo sabes? —preguntó Carrington, impresionada y alucinada. Antes de que pudiera responderle, vio a Lucas—. ¡Ay, es precioso! ¿Puedo cogerlo? Se me dan muy bien los niños. Me paso el día ayudando con Matthew.

—A lo mejor después, cuando estés sentada —contestó Jack—. Ahora mismo tenemos trabajo que hacer. ¿Por qué no vamos a echarle un vistazo a la barca?

—Vale, está en el garaje.

La niña lo cogió de la mano y empezó a tirar de él.

En vez de moverse, Jack me miró.

—¿Te importa quedarte con Liberty en la piscina?

—Encantada de la vida.

Liberty me condujo por la casa hasta el patio trasero. Llevaba a Lucas en los brazos, haciéndole carantoñas, mientras yo la seguía con el bolso de los pañales.

—¿Dónde está Matthew? —le pregunté.

—Hoy se está echando una siesta un poco antes. La niñera lo traerá cuando se despierte.

Atravesamos una cocina que parecía sacada talmente de un antiguo castillo francés. Un par de puertas francesas daban a un patio vallado, con un jardín bien cuidado, parterres de flores y una tarima de madera con su barbacoa. El centro de los dos mil metros cuadrados era una piscina con dos partes conectadas como si fueran dos lagos, uno para niños y otro para adultos.

El lago infantil terminaba en una playa de arena blanca con una palmera de verdad en el centro.

—Arena hawaiana —me explicó Liberty, que se echó a reír al ver mi interés—. Deberías habernos visto cuando la elegimos. El paisajista nos trajo por lo menos veinte muestras mientras Gage y Carrington intentaban decidir con cuál se podrían hacer los mejores castillos de arena.

—¿Me estás diciendo que os la trajeron de Hawai?

—Pues sí. Un camión entero. El constructor de la piscina estuvo a punto de matarnos varias veces. Pero Gage decidió que a Carrington le gustaría tener su playita privada. Haría cualquier cosa por ella. Coge a Lucas mientras yo enciendo los nebulizadores.

—¿Los nebulizadores?

Liberty se acercó a la zona de la barbacoa para pulsar el mando que accionaba las boquillas encastradas en la pared de las cuales surgía un ligero vapor de agua fresca que rodeaba la piscina.

No me lo podía creer.

—Es alucinante —dije—. No te lo tomes a mal, Liberty, pero tu vida es irreal.

—Lo sé. —Hizo una mueca—. Esto no se parece en nada a mi niñez, de verdad.

Nos sentamos en unos sillones acolchados de terraza junto a la piscina, después de que Liberty ajustara una sombrilla para proteger a Lucas del sol.

—¿Cómo conociste a Gage? —le pregunté. Aunque Jack me había dicho que fue Churchill quien la introdujo en la familia, no conocía los pormenores.

—Churchill se cortaba el pelo en la peluquería donde yo trabajaba y nos hicimos amigos. Durante un tiempo era yo quien le hacía la manicura. —Me miró con un brillo travieso en los ojos y supe que estaba analizando mi reacción. No me cabía la menor duda de que la mayoría de la gente habría sacado sus propias conclusiones a raíz de esa relación.

Decidí no andarme con rodeos.

—¿Había alguna relación romántica entre vosotros?

Liberty sonrió y negó con la cabeza.

—Me enamoré de Churchill nada más verlo, pero no de esa manera.

—Entonces lo considerabas como a un padre.

—Eso es. Mi padre murió cuando yo era pequeña. Supongo que siempre tuve la sensación de que me faltaba algo. Después de un par de años, Churchill me contrató como asistente personal, y entonces fue cuando conocí al resto de la familia. —Soltó una carcajada—. Me llevaba estupendamente con todos, menos con Gage, que era un capullo arrogante. —Una pausa—. Pero muy sexy.

Sonreí.

—Tengo que admitir que los Travis tienen unos genes estupendos.

—La familia Travis es... poco común —dijo Liberty, que se quitó las chanclas y estiró sus piernas morenas—. Todos son muy cabezotas. Apasionados. Jack es el más tranquilo de todos, al menos de cara a la galería. Se puede decir que es el mediador de la familia, el que mantiene el equilibrio. Pero puede ser muy cabezón cuando quiere. Le gusta hacer las cosas a su modo y no teme enfrentarse a Churchill cuando es necesario. —Otra pausa—. Supongo que ya te habrás dado cuenta de que no resulta fácil convivir con Churchill.

—Sé que espera mucho de sus hijos —comenté.

—Sí, y tiene unas ideas muy claras acerca de cómo deberían vivir y qué deberían decidir. Se enfada o se lleva una decepción cuando sus hijos no hacen las cosas como él quiere. Pero si te mantienes firme en tu posición, te respeta por ello. Además, puede ser muy cariñoso y comprensivo. Creo que, cuanto más lo conoces, más te gusta.

Extendí las piernas y me miré las uñas, que llevaba sin pintar.

—No tienes que convencerme para que Churchill y los otros Travis me caigan bien, Liberty. Ya me caen bien. Pero la relación entre Jack y yo no va a ninguna parte. No va a durar.

Liberty puso los ojos como platos.

—Ella... espero que no dejes que la reputación de Jack se interponga en vuestra relación. He escuchado algunos de los rumores que corren por Houston. Vale que ha hecho muchas locuras, pero creo que está preparado para sentar la cabeza.

—No es por... —protesté, pero me interrumpió.

—Jack es uno de los tíos más leales y cariñosos que puedas encontrar. Creo que le ha costado mucho encontrar a una mujer que vea más allá del dinero y de su apellido, que lo quiera por quién es de verdad. Y Jack necesita a alguien lo bastante fuerte e inteligente como para saber llevarlo. Sería muy desgraciado con una mujer sumisa.

—¿Qué puedes decirme de Ashley Everson? —Fui incapaz de morderme la lengua—. ¿Qué clase de mujer es?

Liberty torció el gesto.

—No la soporto. Es la clase de mujer que no tiene amigas. Dice que le gustan más los hombres. ¿Qué piensas de una mujer incapaz de ser amiga de otra mujer?

—Que es competitiva. O insegura.

—En el caso de Ashley, seguramente las dos cosas.

—¿Por qué crees que dejó a Jack?

—Yo no estaba aquí por aquel entonces, pero Gage sí, y según él, el problema de Ashley es su incapacidad para aguantar al mismo hombre durante mucho tiempo. Una vez que consigue a su presa, se aburre y quiere pasar al siguiente. Según Gage, Ashley no tenía intención de acabar casada con Pete. Se habría divorciado de él de inmediato de no ser porque se quedó embarazada.

—No entiendo cómo es posible que Jack se enamorara de ella —mascullé.

—A Ashley se le dan bien los hombres. Controla los resultados de la liga de fútbol, sale de caza y de pesca, suelta tacos como un camionero y cuenta chistes verdes. Además, tiene el cuerpo de una modelo. Los hombres la adoran. —Sonrió—. Y estoy segura de que es buenísima en la cama.

—Yo tampoco la soporto —dije.

Liberty soltó una carcajada.

—Ashley no puede competir contigo, Ella.

—Yo no estoy compitiendo por Jack —le aseguré—. Y él ya sabe que no me interesa el matrimonio. —La vi poner los ojos como platos—. No tiene nada que ver con él, que es maravilloso —puntualicé—. Tengo un montón de razones para pensar así. —Sonreí con inseguridad—. Siento mucho si te parece que me he puesto a la defensiva, pero decirle a una persona casada que no tienes intención de casarte es como agitar un capote delante de un toro.

En vez de sentirse ofendida o de intentar rebatir mis argumentos, Liberty asintió con gesto serio.

—Debe de ser frustrante. Es difícil nadar contracorriente.

El hecho de que aceptara con tanta facilidad mis sentimientos hizo que me cayera todavía mejor de lo que ya lo hacía.

—Era una de las cosas buenas que tenía mi novio, Dane —le confesé—. Él tampoco quería casarse. Era una relación muy cómoda.

—¿Por qué has roto con Dane? ¿Por el bebé?

—La verdad es que no. —Saqué del bolso un juguete, una oruga con música, para que Lucas jugara—. Ahora que lo pienso, supongo que no teníamos lo bastante en común como para seguir juntos. Ni siquiera después de todos los años que hemos pasado juntos. Y cuando conocí a Jack, vi algo en él... —Me interrumpí, consciente de que, a pesar de mi extenso vocabulario, no encontraría la forma de describir cómo ni por qué Jack Travis me había cautivado. Miré a Lucas y le acaricié el suave pelo oscuro—. Oye, ¿por qué estamos con Jack? —le pregunté y él me miró con una expresión igual de desconcertada que la mía.

Liberty se echó a reír.

—Entiendo perfectamente cómo te sientes. Al principio,

cuando Gage me caía como un tiro, era verlo entrar en la habitación y me entraban unos calores que ni en el desierto.

—Sí, esa parte me gusta. Ya sabes, la atracción. Pero no creo que nuestra relación vaya a durar para siempre.

—¿Por qué no? —Liberty parecía desconcertada de verdad.

«Porque, tarde o temprano, pierdo a todas las personas a las que quiero», pensé. Claro que no podía decir eso en voz alta. Aunque para mí era algo muy lógico, a oídos de los demás sólo me haría parecer una loca. Era imposible explicar que justo lo que más anhelaba en el mundo (una relación estrecha e íntima con Jack) era también lo que más miedo me daba. No era un miedo racional, por supuesto... Era un miedo instintivo, razón por la cual costaba mucho más combatirlo.

Me encogí de hombros y me obligué a sonreír.

—Creo que Jack me considera la chica del mes.

—Eres la primera mujer que ha presentado a la familia —dijo Liberty en voz baja—. La cosa podría ponerse seria en cualquier momento, Ella.

Me puse a mecer a Lucas mientras intentaba controlar mis pensamientos, y fue todo un alivio cuando la niñera de Liberty salió de la casa con un pequeñín regordete y precioso. El niño llevaba un bañador y una camiseta con langostas dibujadas.

—Matthew, cariño... —Liberty se levantó de un salto y abrazó a su hijo, dándole besos a diestro y siniestro—. ¿Has dormido bien? ¿Quieres jugar con mamá? Ha venido una amiga de visita, y ha traído a un bebé con ella... ¿Quieres verlo?

El niño respondió con una sonrisa encantadora y una retahíla de frases incomprensibles mientras sus bracitos regordetes se aferraban al cuello de su madre.

Tras una inspección de rutina, Matthew llegó a la conclusión de que jugar en la arena era muchísimo más interesante que el bebé. Liberty se quitó los pantalones cortos y fue con su hijo hasta la orilla, donde se sentaron y empezaron a llenar un cubo de arena.

—Ella, ven y mete las piernas en el agua —me dijo—. Está buenísima.

Me había puesto una camiseta anudada al cuello y unas bermudas a juego, pero no un bañador. Lo saqué del bolso de los pañales y le dije:

—Me cambio y vuelvo en un segundo.

—Claro. ¡Ah! Te presento a Tia, nuestra niñera... Ella le echará un ojo a Lucas mientras te pones el bañador.

—¿Te parece bien? —le pregunté a Tia, que se acercó a nosotros con una sonrisa.

—Claro, sin problemas —me aseguró.

—Gracias.

—Al lado de la cocina tienes un aseo para invitados —me informó Liberty—. Pero si quieres algo más de espacio, puedes usar uno de los dormitorios de arriba.

—Con el aseo me vale.

Entré en la casa, agradecida por la frescura de la cocina, y di con el cuarto de aseo, que tenía las paredes pintadas de tonos arena y un lavabo de piedra con un espejo de marco negro encima. Me puse un bañador rosa de estilo retro. Mientras volvía descalza a la cocina, con la ropa en la mano, escuché varias voces, entre ellas la voz grave de Jack. Las palabras iban acompañadas de martillazos y del ruido del serrucho, además del ocasional taladro.

Seguí la dirección de la que procedían y llegué a una puerta entreabierta que conducía a un espacioso garaje, donde un enorme ventilador hacía circular el aire. El lugar estaba muy bien iluminado gracias a la luz del sol que entraba por las puertas abiertas. Abrí la puerta un poco más para poder observar a Jack, Gage y Carrington, quienes trabajaban en la barca de madera, que en esos momentos descansaba sobre unos borriquetes acolchados.

Tanto Jack como Gage se habían quitado las camisetas por el calor. Pensé en la cantidad de mujeres que pagarían una fortuna por ver a dos Travis juntos, sin camiseta y sudorosos por el trabajo. Mientras recorría con la mirada la fuerte espalda de Jack, me vino a la cabeza un recuerdo muy reciente en el cual me aferraba a sus costados con las dos manos... y me sofoqué de repente.

Carrington estaba muy ocupada extendiendo una espesa capa de cola en las tres últimas planchas de madera, que, unidas, formarían la regala de la barca. Sonreí al ver que Gage se agachaba junto a ella para murmurarle instrucciones mientras le apartaba una de las trenzas, que estaba a punto de mancharse de cola.

—... y después, en el recreo —estaba explicando la niña mientras estrujaba un bote de cola con ambas manos—, Caleb no quiso que nadie más jugara con la pelota de béisbol, así que Katie y yo se lo dijimos a la profe...

—Bien hecho —dijo Gage—. Pon más cola aquí. Mejor que sobre que no que falte.

—¿Así?

—Perfecto.

—Y después —continuó Carrington—, la profe dijo que le tocaba a otra persona jugar con la pelota y obligó a Caleb a escribir una redacción sobre lo que es compartir y ayudar a los demás.

—¿Y eso lo puso en su sitio? —quiso saber Jack.

—No —respondió ella con voz malhumorada—. Sigue igual de insoportable que siempre.

—Todos los niños lo son, cariño —dijo Jack.

—Le conté que ibas a llevarme de pesca —siguió Carrington, indignada—, ¿y sabes lo que me dijo?

—¿Que las niñas no saben pescar? —sugirió Jack.

—¿Cómo lo has adivinado? —preguntó ella, alucinada.

—Porque yo también fui un niño insoportable y eso es lo que yo habría dicho. Pero me habría equivocado. Las niñas son buenísimas pescando.

—¿Estás seguro, tío Jack?

—Claro que... Un momento. —Jack y Gage levantaron las planchas de madera ensambladas y las colocaron para formar la regala de la barca.

—Cariño —le dijo Gage a la niña—, trae el cubo donde están los gatos, anda. —Se dispuso a colocar con mucho cuidado los gatos a lo largo de la regala, deteniéndose para ajustar la posición de las planchas de madera allí donde era necesario.

—¿Qué decías, tío Jack? —lo apremió Carrington al tiempo que le daba un trozo de papel para que limpiara la cola sobrante.

—Iba a preguntarte una cosa. ¿Quién es el experto de la familia en pesca?

—Tú.

—Ahí lo tienes. ¿Y quién es el experto en mujeres?

—El tío Joe —respondió la niña entre carcajadas.

—¿Joe? —preguntó él con fingida indignación.

—Síguele la corriente, Carrington —dijo Gage—, o nos tiraremos aquí todo el día.

—Vale. Tú eres el experto en mujeres —dijo la niña.

—Y tanto que sí. Y además puedo decirte que algunos de los mejores pescadores del mundo son mujeres.

—¿De verdad?

—Claro. Son más pacientes y no se rinden fácilmente. Saben sacarle mejor partido a una zona de pesca. Y siempre encuentran los huecos debajo de las piedras o de la vegetación donde se suelen esconder los peces. Los hombres solemos pasar de largo por esos sitios, pero las mujeres siempre los encuentran.

Mientras Jack hablaba, Carrington me vio junto a la puerta y me sonrió.

—¿Vas a llevar de pesca a la señorita Ella? —le preguntó a su tío, que acababa de coger una sierra japonesa para cortar los salientes de la regala a inglete.

—Si quiere... —contestó él.

—¿Y te va a pescar a ti, tío Jack? —quiso saber la niña.

—Ya lo ha hecho, cariño. —Al captar la nota traviesa en la voz de Carrington, Jack dejó lo que estaba haciendo y desvió la mirada hacia la puerta... donde estaba yo. Esbozó una lenta sonrisa y el deseo ensombreció sus ojos al ver mi bañador rosa y mis piernas desnudas. Soltó la sierra y dijo entre dientes—: Disculpadme un segundo, pero tengo que comentarle una cosa a la señorita Ella.

—Ni hablar —protesté—. Sólo quería echarle un vistazo a la barca. Es preciosa, Carrington. ¿De qué color la vas a pintar?

—Rosa, como tu bañador —respondió alegremente la niña.

Jack se acercaba a mí. Retrocedí unos pasos.

—No lo entretengas mucho rato, Ella —me dijo Gage—. Aún tenemos que pegar la regala del otro lado.

—No voy a entretenerlo ni un segundo... Jack, vuelve al trabajo. —Sin embargo, siguió avanzando hacia mí sin detenerse, y yo retrocedí hasta la cocina entre risas—. No me toques, ¡estás sudoroso!

En cuestión de segundos, me encontré atrapada contra la encimera, entre los brazos de Jack, que había apoyado las manos en la piedra a ambos lados de mi cuerpo.

—Te gusta cuando estoy sudoroso —murmuró al tiempo que me inmovilizaba las piernas con las suyas.

Me apoyé en la encimera para evitar el contacto con su torso húmedo.

—Si te he pescado —le dije sin dejar de sonreír—, que sepas que pienso devolverte al río.

—Sólo se devuelven los pequeños, nena. Con los grandes te quedas. Venga, dame un beso.

Intenté dejar de reír el tiempo suficiente para hacerlo. El suave roce de sus labios resultó increíblemente erótico por su dulzura.

Después de que los carpinteros terminaran de pegar y clavar las regalas, terminando así la borda de la barca, fueron a la piscina a relajarse y pasamos una tarde muy tranquila. Nos llevaron la comida. Ensaladas variadas, pollo asado, uvas negras y nueces, regado por una botella de borgoña blanco helado. La niñera se llevó a los niños a la casa, donde hacía más fresco, mientras que Gage, Liberty, Jack y yo comíamos a la sombra de una enorme sombrilla.

—Voy a proponer un brindis especial —anunció Gage, que levantó su copa. Lo miramos, expectantes—. Por Haven y Hardy —dijo—, que a estas alturas ya se habrán convertido en el señor y la señora Gates. —Sonrió al ver nuestras caras de sorpresa.

—¿¡Se han casado!? —preguntó Liberty.

—Creía que iban a pasar el fin de semana en México —comentó Jack, dividido entre la alegría y el enfado—. No me dijeron nada de que tuvieran planeado casarse.

—Lo han hecho en una ceremonia íntima en Playa del Carmen.

Liberty se echó a reír.

—¿Cómo es que se han casado sin nosotros? No puedo creer que hayan querido mantener la boda en secreto. —Miró a Gage con el ceño fruncido, aunque no estaba enfadada de verdad—. Y tú no has soltado prenda hasta ahora. ¿Desde cuándo lo sabes? —preguntó, con la felicidad pintada en la cara.

—Desde ayer —contestó Gage—. Ninguno de los dos quería una boda sonada. Pero piensan dar una fiesta cuando vuelvan. Le he dicho a Haven que es una idea estupenda.

—Sí, es una idea genial —reconoció Jack, al tiempo que alzaba la copa en honor de la pareja—. Después de todo lo que ha pasado Haven, se merece tener la boda que quiera. —Le dio un sorbo al vino—. ¿Lo sabe papá?

—Todavía no —respondió Gage con pesar—. Supongo que me tocará decírselo... pero no le va a hacer gracia.

—No es por Hardy, ¿verdad? —pregunté, preocupada.

—No, les ha dado su bendición —me aseguró Gage—. Pero mi padre nunca desaprovecha la oportunidad de convertir un evento familiar en un circo de tres pistas. Quería encargarse de todo en persona.

Asentí con la cabeza al comprender por qué Haven y Hardy no habían querido que su boda se convirtiera en un espectáculo. A pesar de que formaban una pareja muy sociable, los dos protegían con celo su vida privada. Sus sentimientos eran demasiado profundos como para exponerlos a la luz pública.

Brindamos por los recién casados y charlamos un rato sobre Playa del Carmen, que al parecer era un lugar famoso por sus playas y su caladeros, mucho menos masificado por los turistas que Cancún.

—¿Has estado en México alguna vez, Ella? —preguntó Liberty.

—Todavía no, aunque siempre he querido ir.

—Deberíamos ir un fin de semana, los cuatro, y llevarnos a los niños —le sugirió Liberty a su marido—. Se supone que es un buen destino para familias.

—Claro, podemos ir en uno de los aviones —aseguró Gage como si nada—. ¿Tienes pasaporte, Ella?

—No, todavía no. —Puse los ojos como platos—. ¿Tenéis un avión?

—Dos jets —contestó Jack. Esbozó una sonrisa torcida al ver mi expresión. Me cogió la mano que tenía libre y empezó a acariciármela. A esas alturas ya debería estar acostumbrada a la impresión que me provocaba cualquier recordatorio de la estratosfera económica en la que vivían los Travis—. Gage —le dijo a su hermano, pero sin dejar de mirarme—, creo que la mención de los aviones ha asustado a Ella. Dile que soy un tío normal y corriente, anda.

—Es el más normalito de todos los Travis —me aseguró Liberty con un brillo travieso en los ojos.

La descripción me arrancó una carcajada.

Liberty sonrió. Y, en ese momento, me di cuenta de que entendía cómo me sentía.

«No pasa nada —parecía decirme—. Todo saldrá bien.» Alzó de nuevo su copa.

—Yo también tengo una noticia que compartir con vosotros... aunque no es una sorpresa para Gage. —Nos miró a Jack y a mí con emoción—. A ver si lo adivináis.

—¿Estás embarazada? —preguntó Jack.

Liberty negó con la cabeza y sonrió de oreja a oreja.

—Voy a montar mi propio salón de belleza. Llevo un tiempo dándole vueltas a la idea... y pensé que, antes de tener otro hijo, me gustaría hacerlo. Voy a mantenerlo como un lugar discreto y exclusivo, con un par de ayudantes nada más.

—¡Es maravilloso! —exclamé al tiempo que acercaba mi copa a la suya para brindar.

—Felicidades, Lib. —Jack extendió el brazo para hacer lo mismo—. ¿Cómo lo vas a llamar?

—Todavía no lo sé. Carrington quiere llamarlo «Con Tijeras y a lo Loco» o «Rizando el rizo»... pero le he dicho que teníamos que elegir algo un poco más clásico.

—«Tijeretazos» —sugerí.

—«Pelillos a la mar» —fue la propuesta de Jack.

Liberty se tapó las orejas.

—No duraré ni una semana en el negocio.

Jack arqueó las cejas con gesto burlón.

—La verdadera pregunta es: ¿cómo va a conseguir mi padre más nietos? Porque ésa es la función de la esposa de un Travis, ¿no? Estás desperdiciando tus mejores años reproductivos, Lib.

—Cierra el pico —le regañó Gage—. Ahora que por fin estamos recuperando el sueño perdido porque Matthew duerme la noche entera, no estoy preparado para empezar de cero otra vez.

—Que sepas que no me das lástima —dijo Jack—. Ella está pasando por todo eso (las noches sin dormir y los pañales sucios) por un niño que ni siquiera es suyo.

—Es como si lo fuera —repliqué sin pensar, y Jack me estrechó la mano con gesto protector.

Guardamos silencio un instante, de modo que sólo se oían los nebulizadores y el ruido de la cascada de agua.

—¿Cuánto tiempo te queda con el bebé, Ella? —preguntó Liberty.

—Un mes, más o menos. —Con la mano libre, cogí la copa de vino y la apuré de un trago. En circunstancias normales, habría forzado una sonrisa antes de cambiar de tema. Pero, rodeada de personas que me escuchaban con atención, con Jack a mi lado, acabé soltando lo que realmente pensaba—. Voy a echarlo de menos. Me va a costar muchísimo hacerme a la idea. Y, de un tiempo a esta parte, no paro de atormentarme con la idea de que Lucas no recordará el tiempo que ha pasado conmigo. Los tres primeros meses de su vida. No sabrá todas las cosas que he hecho por él... Seré como una desconocida con la que se cruza en la calle.

—¿No lo verás cuando Tara se lo lleve? —indagó Gage.

—No lo sé. Seguramente no muy a menudo.

—En el fondo, te recordará —murmuró Jack con ternura.

Y la expresión de esos maravillosos ojos oscuros me reconfortó.

19

Lucas estaba tendido en el suelo de mi apartamento, en una alfombra infantil con dos arcos cruzados de los que colgaban sonajeros con forma de mariposas, pajaritos y hojas que crujían al apretarlos y de los que surgía una alegre musiquilla. Le gustaba jugar en la alfombra casi tanto como a mí me gustaba mirarlo cuando lo dejaba en ella. A sus dos meses reía a carcajadas, sonreía, hacía gorgoritos y era capaz de levantar la cabeza y los hombros cuando estaba boca abajo.

Jack estaba tendido a su lado y, de vez en cuando, levantaba la mano para mover los muñequitos o para pulsar un botón que cambiaba la música.

—Ojalá yo hubiera tenido una de éstas —dijo—. Pero, en vez de muñequitos, con latas de cerveza, Cohibas y esas braguitas de encaje negro que llevabas el sábado por la noche.

Me detuve de repente con los platos en las manos, ya que los estaba colocando.

—Pensaba que no las habías visto siquiera. No me duraron puestas ni dos segundos.

—Me había pasado dos horas cenando contigo en frente. Y mirándote el escote. Tienes suerte de que no me abalanzara sobre ti en el aparcamiento otra vez.

Contuve una sonrisa y me puse de puntillas para colocar una jarra de cristal en una balda.

—Sí, bueno, normalmente me gusta que los preliminares

no se limiten al tintineo de las llaves y a un par de besos, y...
—Di un respingo cuando lo noté detrás de mí.

Se había movido con tanto sigilo que ni siquiera lo había oído entrar en la cocina. Cuando la jarra se tambaleó, Jack levantó un brazo para empujarla hacia la pared.

Sentí sus labios en la oreja.

—No me dirás que no disfrutaste, ¿eh?

—Ni se me había pasado por la cabeza decirlo. —Solté una ronca carcajada mientras me abrazaba desde atrás por la cintura—. No tengo ninguna queja al respecto, pero lo que digo es que no perdiste ni un segundo en ponerte manos a la obra... —Las palabras se convirtieron en un suspiro cuando noté que me mordisqueaba y me lamía el cuello.

El roce juguetón de su lengua me hizo recordar ciertos momentos increíblemente placenteros. Se me bajaron las gafas por la nariz y tuve que subírmelas. Aprovechando el movimiento, Jack me colocó una mano debajo del pecho y me metió la otra por debajo del pantalón.

—¿Quieres preliminares, Ella? —Se pegó a mí sin cambiar de postura y noté la dura evidencia de su erección a través de las capas de ropa.

Cerré los ojos y me agarré a la encimera mientras sus manos jugueteaban con mi cuerpo.

—Lucas... —le recordé con un hilo de voz.

—No va a quejarse. Está haciendo sus ejercicios.

Aparté sus manos de mí con una carcajada.

—Déjame acabar con los platos.

Jack me aferró por las caderas y volvió a pegarme a él, dispuesto a seguir jugando.

Sin embargo, el estridente sonido del teléfono nos interrumpió. Lo cogí y siseé al ver el número.

—No hables —le advertí a Jack antes de contestar—. ¿Diga?

—Ella, soy yo —contestó mi prima con timidez y un tanto apocada—. Te llamo para soltarte una bomba. Lo siento.

Me tensé y las manos de Jack se quedaron inmóviles.

—¿Qué tipo de bomba? —pregunté.

—Tu madre va de camino a tu casa. Llegará dentro de un cuarto de hora más o menos. O antes, si no pilla ningún atasco.

—Imposible —dije. Me había quedado blanca de repente—. No la he invitado. No sabe dónde vivo.

—Se lo he dicho —replicó mi prima con voz culpable.

—¿Por qué? ¿¡Por qué me has hecho eso!?

—Ha sido sin querer. Me llamó muy enfadada porque acababa de hablar con Tara por teléfono y le había dicho que tenías algo con Jack Travis. Así que ahora las dos quieren saber lo que está pasando.

—¡No tengo por qué darles ninguna explicación! —grité, colorada por el cabreo—. Estoy hasta el moño, Liza. No puedo más con los líos de Tara. ¡Ojalá a mi madre le interesara su nieto tanto como le interesa mi vida sexual! —Me di cuenta demasiado tarde de que me había ido de la lengua y me tapé la boca con una mano.

—¿¡Tienes vida sexual con Jack Travis!?

—Claro que no. —Jack me acarició la nuca con los labios y me estremecí. Me llevé el teléfono al pecho y me volví para mirarlo—. Tienes que irte —le dije, alarmada, antes de llevarme el teléfono de nuevo a la oreja.

—¿... ahí contigo? —me estaba preguntando Liza.

—No. Acaba de llegar un repartidor de UPS. Quiere que firme algo.

—Aquí —murmuró Jack al tiempo que me cogía la mano libre y se la pasaba por el cuerpo.

—Vete —le dije con los labios mientras le daba un empujón en el pecho.

No se movió siquiera, se limitó a quitarme las gafas para limpiarme los cristales con la parte inferior de la camiseta.

—¿La cosa va en serio? —me preguntó mi prima.

—No. Es un rollo superficial, totalmente físico, que no nos llevará a ningún lado. —Di un respingo cuando Jack me mordió la oreja en venganza.

—¡Genial! Ella, ¿crees que podría conseguirme una cita con alguno de sus amigos? Llevo un tiempo de sequía total y...

—Tengo que dejarte, Liza. Necesito limpiar un poco y ver qué... ¡Joder! Te llamo luego. —Colgué y le quité las gafas a Jack para volver a ponérmelas.

Corrí hacia el dormitorio con él pegado a los talones.

—¿Qué estás haciendo? —me preguntó al verme colocar las sábanas de la cama.

—Mi madre llegará en cualquier momento y parece que hemos celebrado una orgía aquí. —Me detuve el tiempo justo para lanzarle una mirada furiosa—. Tienes que irte. Lo digo en serio. Ni de coña vas a conocer a mi madre.

Coloqué las almohadas y volví al salón para recoger todos los trastos que había tirado. Los guardé en una cesta de mimbre que escondí en el armario de los abrigos.

En ese momento, sonó el portero automático. Era el conserje, David.

—Señorita Varner... tiene visita. Su...

—Lo sé —lo interrumpí, derrotada—. Que suba. —Me volví hacia Jack y vi que había cogido a Lucas en brazos—. ¿Qué puedo hacer para que te vayas?

Sonrió.

—Nada de nada.

Menos de dos minutos después, llamaron a la puerta con decisión.

Abrí y allí estaba mi madre, maquillada, con taconazos y con un vestido ajustado rojo que resaltaba una silueta que bien podría pertenecer a una mujer con la mitad de su edad. Entró envuelta en una nube de perfume baratucho, me abrazó al tiempo que me daba un par de besos al aire y se apartó para examinarme.

—Me he cansado de esperar a que me invites —me dijo—, así que he decidido coger el toro por los cuernos. No voy a permitir que sigas manteniéndome alejada de mi nieto.

—¿Ahora sí eres abuela? —le pregunté.

Siguió mirándome como si no hubiera hablado.

—Estás más gorda, Ella.

—En realidad, he perdido unos cuantos kilos.

—Me alegro. Unos cuantos más y estarás saludable.

—Mamá, la talla cuarenta es saludable.

Me lanzó una mirada severa, pero a la vez tierna.

—Si es un tema delicado, descuida, que no volveré a mencionarlo... —Abrió los ojos de par en par de forma exagerada cuando Jack se acercó a nosotras—. Vaya, ¿quién es éste? Ella, ¿por qué no me presentas a tu amigo?

—Jack Travis —murmuré—, te presento a mi madre...

—Candy Varner —me interrumpió al tiempo que se lanzaba hacia él para abrazarlo, de forma que Lucas quedó entre ellos—. No hace falta que me des la mano, Jack. Siempre me han encantado los amigos de Ella. —Le guiñó un ojo—. Y viceversa. —Le quitó al niño de los brazos—. Y aquí está mi nieto, qué guapísimo eres... No entiendo por qué Ella te ha mantenido alejado de mí, cosita preciosa.

—Te dije que podías ayudarme a cuidarlo cuando quisieras —le recordé en voz baja.

Pasó por completo de mí y se adentró en el apartamento.

—Qué acogedor es esto. Me parece muy dulce que estéis los dos cuidando de Lucas mientras Tara sigue de vacaciones en el spa.

Fui detrás de ella.

—Está en una clínica para pacientes con problemas psicológicos y emocionales.

Mi madre se acercó a los ventanales para observar las vistas.

—Da igual cómo lo llames. Esos sitios están muy de moda. Las estrellas de Hollywood se pasan la vida allí. Necesitan un sitio donde escapar de la presión, así que se inventan un problema y van a relajarse y a dejarse mimar unas semanas.

—Tara no se ha inventado nada —la contradije—. Está...

—Tu hermana sufre de estrés, nada más. El otro día estuve viendo un programa de televisión donde hablaban del cortisol, la hormona del estrés, y dijeron que las personas que beben café tienen un exceso de cortisol. Siempre os he dicho a Tara y a ti que bebéis demasiado café.

—No creo que los problemas de Tara, ni los míos, por

cierto, tengan nada que ver con el abuso del café con leche —
le solté con brusquedad.

—Lo que quiero decir es que tú misma te buscas el estrés.
Tienes que superarlo. Como yo. El hecho de que tu padre fuera un pelele no significa que tú tengas que serlo. —Siguió parloteando mientras deambulaba por el apartamento, reparando
en todos los detalles con la misma atención que demostraría el
empleado de una aseguradora. La observé con inquietud, deseando quitarle a Lucas de los brazos—. Ella, deberías haberme dicho que estás viviendo aquí. —Miró a Jack con cara de
agradecimiento—. Quiero agradecerte la ayuda que le estás
prestando a mi hija. Que, por cierto, tiene una imaginación
prodigiosa. Espero que no creas todo lo que te diga. Cuando era pequeña, se montaba unas historias... Si quieres conocer a la verdadera Ella, yo te contaré unas cuantas cosas. ¿Por
qué no nos invitas a cenar para que nos conozcamos mejor?
Esta noche me viene bien.

—Una idea estupenda —contestó él con cordialidad—.
Algún día lo haremos. Por desgracia, Ella y yo tenemos planes para esta noche.

Mi madre me pasó a Lucas.

—Cógelo, tesoro, este vestido es nuevo y puede manchar-
me. —Se sentó con elegancia en el sofá y cruzó las piernas, largas y tonificadas—. En fin, no me gusta desbaratar los planes
de nadie. Pero si estás liado con mi hija, me sentiría más cómoda conociéndoos a ti y a tu familia un poco mejor. Para empezar, me encantaría conocer a tu padre.

—Llegas tarde —dije—. Su padre tiene novia.

—¡Ella! No iba por ahí... —Soltó una alegre carcajada al
tiempo que miraba a Jack con una sonrisa contrita y una expresión exasperada, como si le dijera: «¡Mira lo que tengo que
soportar!»—. A mi hija siempre le ha disgustado la admiración que despierto en los hombres —dijo con voz horrible-
mente almibarada—. Todos los amigos que trajo a casa me ti-
raron los tejos. Todos.

—Sólo llevé a uno —le recordé—. Y fue suficiente.

Me miró con expresión gélida y se echó a reír, tras lo cual apretó los labios.

—Da igual lo que diga, Jack —le dijo—, no le hagas caso. Pregúntame a mí si quieres saber algo.

Siempre que mi madre estaba cerca, la realidad se distorsionaba. La locura se debía al consumo de café, una talla cuarenta indicaba tal estado de obesidad que requería atención médica inmediata y cualquier hombre con el que yo estuviera saliendo tenía que conformarse con una copia mediocre de Candy Varner. Además, cualquier cosa que yo hubiera dicho o hecho en algún momento de mi vida podía ser convenientemente alterada para encajar en el rollo que a ella le apeteciera soltar.

Los siguientes cuarenta minutos fueron *El Show de Ella Varner* sin cortes publicitarios. Le dijo a Jack que se habría ofrecido a cuidar de Lucas, pero que estaba muy ocupada y que consideraba que ya había cumplido con su deber después de haber pasado años sacrificándose y trabajando por sus dos hijas, ninguna de las cuales se lo agradecía como merecía porque, en realidad, le tenían celos. Después, siguió preguntándose cómo era posible que yo me ganara la vida dando consejos cuando no tenía ni pajolera idea de lo que estaba hablando... porque había que vivir mucho más de lo que yo había vivido antes de saber de qué iba la cosa. Lo que yo había aprendido de la vida era fruto de los sabios consejos de mi madre... según ella.

Y así, se presentó como el original a desear, la marca registrada, mientras que yo quedé reducida a una vulgar copia. Coqueteó abiertamente con Jack, pero él se mostró educado y respetuoso, y de vez en cuando me miró de reojo para ver mi cara. Luego, mi madre pasó a la fase de soltar nombres conocidos, fingiendo tener amistad con algunos de los millonarios con los que Jack se codeaba, y eso me dio tantísima vergüenza que me rendí. Dejé de protestar y de corregirla, y puse toda mi atención en Lucas. Comprobé si tenía el pañal limpio, lo llevé de vuelta a su alfombra y me puse a jugar con él. Aunque me ardían las orejas, tenía el resto del cuerpo helado.

Al rato, capté que le había dado un giro a la conversación y se había internado en asuntos tan privados que resultaban inapropiados. Le estaba diciendo a Jack que acababa de someterse a la primera de unas cuantas sesiones de depilación con láser en un spa de Houston muy exclusivo.

—Me han dicho —le estaba diciendo a Jack entre risillas tontas— que tengo el chochito más bonito de toda Tejas.

—¡Mamá! —exclamé con brusquedad.

Me miró con expresión ladina y soltó una carcajada.

—¡Pero es que es verdad! Sólo repito lo que me...

—Candy —se apresuró a interrumpirla Jack—, ha sido un rato muy divertido, pero Ella y yo tenemos que arreglarnos para salir. Ha sido un placer conocerte. Te acompañaré hasta la recepción para dejarte en manos del conserje.

—Yo me quedo para cuidar a Lucas mientras vosotros os divertís —se ofreció.

—Gracias —dijo Jack—, pero vendrá con nosotros.

—No he pasado nada de tiempo con mi nieto —protestó, mirándome con el ceño fruncido.

—Ya te llamaré, mamá —conseguí decir.

Jack fue hacia la puerta, la abrió y salió al pasillo.

—Te espero mientras coges el bolso, Candy —dijo de forma cordial pero tajante.

Me puse de pie para que mi madre me abrazara. Su perfume y su cálida cercanía me dejaron al borde de las lágrimas como si fuera una niña. Me pregunté por qué siempre seguiría anhelando su cariño cuando saltaba a la vista que era incapaz de querer a nadie así. Me pregunté por qué Tara y yo sólo éramos para ella los daños colaterales de un matrimonio fallido.

Los años me habían enseñado que había sustitutos para el amor de una madre cuando no se contaba con ésta. El amor de otras personas. Se podía encontrar el amor cuando ni siquiera se estaba buscando. Aunque la herida original no sanaba nunca. La llevaría en mi interior para siempre, igual que Tara. El truco era asimilarlo y seguir adelante a sabiendas de que se llevaba esa herida dentro.

—Adiós, mamá —dije con voz ronca.

—No le des todo lo que quiere —replicó ella en voz baja.

—¿A Lucas? —pregunté, extrañada.

—No. A Jack. Así lo retendrás durante más tiempo. Y tampoco te hagas la lista con él. Haz el favor de maquillarte un poco. ¡Y quítate esas gafas! Pareces una solterona con ellas. ¿Te ha regalado algo ya? Que sean piedras grandes, no pequeñas. Es la mejor inversión.

Conseguí esbozar una sonrisa tensa al tiempo que me apartaba de ella.

—Hasta luego, mamá.

Después de coger el bolso, caminó contoneándose hasta el pasillo.

Jack asomó la cabeza por la puerta y me miró de arriba abajo.

—Vuelvo enseguida.

Cuando regresó, me había bebido un vaso de tequila con la esperanza de que aliviara el entumecimiento que sentía de la cabeza a los pies. Era como una nevera que necesitaba que la descongelaran.

Lucas no paraba de moverse inquieto entre mis brazos mientras lloriqueaba.

Jack se acercó y, tras ponerme un dedo en la barbilla, me obligó a mirarlo a los ojos.

—¿Te arrepientes de no haberte ido cuando te dije que lo hicieras? —le pregunté, malhumorada.

—No. Quería ver con lo que tuviste que crecer.

—Supongo que ya entiendes por qué necesitamos terapia mi hermana y yo.

—Joder, la necesito hasta yo y eso que sólo he pasado una hora con ella...

—Es capaz de hacer o de decir cualquier cosa con tal de llamar la atención. Le da lo mismo lo vergonzoso que sea. —Lo miré fijamente porque acababa de ocurrírseme algo horroroso—. ¿Te ha tirado los tejos en el ascensor?

—Qué va —contestó él... demasiado rápido.

—Te ha tirado los tejos.

—Ha sido una tontería.

—¡Dios, esto es horrible! —exclamé en voz baja—. ¡No puedo con ella!

Jack me quitó de los brazos a un inquieto Lucas, que se tranquilizó en cuanto lo cogió.

—Y no me refiero a que consiga sacarme de mis casillas —puntualicé—. Es que me agota física y mentalmente, me deja helada, como si no fuera capaz de sentir nada. Ni siquiera noto que me late el corazón. Me encantaría llamar a Tara y desahogarme con ella, porque creo que me entendería.

—¿Y por qué no lo haces?

—Porque ha sido Tara la que la ha azuzado para que venga. Estoy cabreadísima con ella.

Jack me observó un instante.

—Vamos a mi apartamento.

—¿Para qué?

—Para que entres en calor.

Negué con la cabeza sin pensármelo.

—Necesito estar un rato a solas.

—Ni hablar. Vamos.

—Dane siempre me dejaba estar un rato a solas cuando lo necesitaba. —Estaba de un humor insoportable y cualquier cosa que Jack hiciera sólo conseguiría irritarme más—. Jack, no necesito que me abraces ni que me consueles, ni tampoco necesito un polvo ni una conversación. Ahora mismo no quiero sentirme mejor. Así que no hace falta...

—Trae el bolso de los pañales. —Con Lucas en los brazos, se alejó hacia la puerta, la abrió y me esperó con gesto paciente en el pasillo.

Subimos a su apartamento y me llevó a su dormitorio. Encendió una lamparita, entró en el cuarto de baño y, al instante, se escucharon los chorros de agua de la ducha.

—No necesito darme ninguna ducha —dije.

—Métete ahí y espérame.

—Pero...

—Hazlo.

Suspiré resignada.

—¿Y Lucas qué?

—Voy a acostarlo. A la ducha.

Me quité las gafas, me desnudé y entré en la cabina de la ducha a regañadientes. Había una luz muy tenue y en el aire flotaba un delicado vapor que olía a eucalipto. Jack había extendido una gruesa toalla en el banco. Me senté y respiré hondo. Al cabo de unos dos minutos, comencé a relajarme. El fragante vapor que me rodeaba me estaba abriendo los poros, relajando los músculos y llenándome los pulmones con su humedad. El tequila me hizo efecto, de modo que mi cuerpo pareció suspirar y volví a notar el latido de mi corazón.

—¡Hummm, mejor así! —exclamé mientras me tumbaba boca abajo en la toalla.

Todo estaba en silencio salvo por los chorros de vapor. Sentí cómo el calor se extendía por mi cuerpo, sonrosándome la piel. Allí tumbada, mientras disfrutaba de la agradable neblina, perdí la noción del tiempo. De repente, noté que Jack estaba sentado a mi lado al sentir el roce de su cadera, aunque no supe si llevaba mucho conmigo.

—¿Y Lucas? —murmuré.

—Frito.

—Y si...

—No hables.

Me colocó las manos en la espalda y las deslizó por mi húmeda piel. Comenzó por los hombros, frotándolos y aliviando la tensión que se había apoderado de mis músculos. Poco a poco fue intensificando el masaje. Sentí cómo sus pulgares presionaban sobre los tendones a un ritmo maravilloso que me arrancó un gemido de placer.

—Hummm, Jack, esto es... no sabía que fueras capaz de dar masajes.

—No hables.

Siguió bajando por la espalda. Sus manos se deslizaban con facilidad, primero con movimientos largos y después en círculos, para aliviar la tensión y relajar los músculos agarrotados. Me dejé llevar por las sensaciones y noté que mi cuerpo se volvía pesado a medida que la relajación se extendía. Desde la espalda bajó hasta los glúteos, los muslos y las pantorrillas. Luego me dio la vuelta y se colocó mis pies en el regazo. Cuando me masajeó las plantas, se me escapó otro gemido de placer.

—Siento mucho haberme puesto tan insoportable —conseguí decir.

—Tenías motivos, preciosa.

—Mi madre es un horror.

—Pues sí. —Masajeó mis dedos uno por uno—. Por cierto, el consejo que te ha dado es una mierda —dijo con voz baja y suave.

—¿La has oído? ¡Dios!

—Deberías darme todo lo que quiero —me aconsejó—. Deberías consentirme al máximo. Es demasiado tarde para hacerte la tonta y estás monísima sin maquillaje.

Sonreí, pero mantuve los ojos cerrados.

—¿Y las gafas?

—Me ponen muchísimo.

—A ti te pone cualquier cosa —señalé con voz lánguida.

—Todo no —replicó él al borde de la carcajada.

—Sí. Eres como uno de esos productos farmacéuticos cuyo uso puede provocar erecciones de cuatro horas. Deberías ir al médico.

—Mi médico no me pone nada. —Sus manos ascendieron por mis piernas, me separaron los muslos y me arrancaron un jadeo cuando empezaron a acariciarme la entrepierna—. ¿Alguna vez te han dado un masaje así, Ella? —susurró—. ¿No? Pues quédate quietecita. Te prometo que te va a encantar...

Y mi cuerpo se arqueó en respuesta a su pregunta, mientras mis gemidos de placer reverberaban en el cuarto de baño.

20

El día posterior a la inesperada visita de mi madre, me sentí inquieta y expuesta, como si me faltara una capa aislante. Sin embargo, hice de tripas corazón. Si algo había aprendido de mi infancia, era la habilidad de seguir adelante pasara lo que pasase, aunque fuera un holocausto nuclear. Aun así, la visita de mi madre, el simple hecho de verla, me había desestabilizado.

Jack se pasó toda la mañana fuera, ya que un amigo había tenido un accidente de caza y fue a verlo al hospital.

—Jabalíes —me dijo cuando le pregunté por el tipo de cacería a la que había asistido su amigo—. Suele haber muchos accidentes cuando se sale a cazar jabalíes.

—¿Por qué?

—Porque hay que hacerlo de noche, que es cuando suelen moverse. Así que imagínate a un montón de tíos corriendo por el bosque y disparando en la oscuridad.

—Precioso...

Jack siguió explicándome que su amigo le había disparado al jabalí con el rifle y que, cuando se internó en la maleza pensando que lo había matado, el animal se abalanzó sobre él antes de que pudiera apartarse.

—Estuvo a punto de castrarlo —dijo con una mueca de dolor.

—Hay que ver lo que se enfadan los jabalíes cuando se les dispara, ¿verdad? —repliqué.

Jack me respondió dándome una juguetona palmada en el culo.

—Un poquito de solidaridad, guapa. Una herida en salva sea la parte no es como para reírse.

—Reservo mi solidaridad para los jabalíes. Espero que tú no vayas a esas cacerías. No me gusta nada que pongas mi vida sexual en peligro por culpa de tus peligrosos pasatiempos.

—No me gusta cazar jabalíes —me aseguró—. Los trofeos de caza nocturna me los cobro en la cama.

Mientras él estaba fuera, aproveché para trabajar en mi columna.

Querida Miss Independiente:

Hace cinco años me casé con un hombre al que no quería. Había cumplido los treinta y creí que había llegado la hora de hacerlo. Todas mis amigas estaban casadas y ya estaba harta de ser la única soltera. El hombre con el que acabé casada es una buena persona. Es cariñoso y dulce, y me quiere. Pero en nuestra relación no hay pasión ni magia. Me conformé con él y, cada vez que lo miro, me veo obligada a enfrentarme a mi decisión. Tengo la sensación de vivir encerrada en un armario que mi marido no es capaz de abrir porque no tiene la llave. No tenemos hijos, así que nadie saldría herido si nos divorciamos, sólo nosotros. Pero hay algo que me impide dar ese paso. Tal vez me asuste ser demasiado mayor para empezar de cero. O tal vez me asuste lo culpable que me sentiría, porque sé que él me quiere de verdad y no se merece algo así.

No sé qué hacer. Sólo sé que me conformé y que ahora me arrepiento.

CORAZÓN DESCONTENTO

Querida Descontenta:

Somos criaturas con necesidades y deseos complicados. El único hecho seguro en una relación sentimental es que los dos miembros de la pareja cambiarán a lo largo del tiempo. Una mañana te levantas, te miras en el espejo y ves a una extraña. Tienes lo que querías, pero descubres que aspiras a algo más. Creías conocerte a la perfección y, de repente, te sorprendes a ti misma.

Descontenta, a la hora de elegir entre las opciones que se te presentan, ten algo muy claro: no puedes menospreciar el amor. Hubo algo en ese hombre, aparte de conocerlo en el momento y en el lugar adecuados, que te atrajo de él. Antes de que pongas fin a tu matrimonio... dale una oportunidad. Sé sincera con él y afronta las necesidades que tu matrimonio no cubre, los sueños que quieres perseguir. Déjalo que descubra quién eres en realidad. Déjalo ayudarte a abrir ese armario para que por fin podáis conoceros después de todos estos años.

¿Cómo sabes que no es capaz de satisfacer tus necesidades emocionales? ¿Y si él también echa de menos la magia y la pasión en vuestro matrimonio? ¿Puedes afirmar con total seguridad que lo sabes todo sobre él?

El esfuerzo te reportará beneficios, aunque al final la cosa no funcione. Vas a necesitar armarte de valor y paciencia. Inténtalo con todos los medios que tengas a tu alcance. Intenta quedarte al lado de un hombre que te quiere. De momento, olvida la cuestión de lo que podrías tener con otro hombre y concéntrate en lo que puedes tener, en lo que tienes en este momento. Espero que descubras nuevas incógnitas y que tu marido sea la respuesta.

MISS INDEPENDIENTE

Con la vista clavada en la pantalla, me pregunté si ésa sería la respuesta adecuada. Comprendí que estaba preocupada por Corazón Descontento y por su marido. Tenía la impresión de que había perdido la estabilidad que me ayudaba a ser una observadora objetiva.

—Mierda —murmuré mientras me preguntaba cómo narices había tomado la decisión de aconsejar a la gente lo que hacer con sus vidas.

Escuché que Lucas se despertaba, sus bostezos y sus quejidos. Solté el portátil y me acerqué a la cuna para echarle un vistazo. Lucas me sonrió, contento por estar despierto, contento por verme. Tenía el pelo de punta, como si fuera la cresta de algún pájaro.

Lo cogí y lo abracé con fuerza, notando que su cuerpecito encajaba a la perfección con el mío. De repente, mientras sentía el suave roce de su aliento en la cara, sentí una oleada de felicidad que me tomó totalmente por sorpresa.

A las cinco de la tarde, seguía sin saber nada de Jack. Estaba un poco preocupada, porque siempre que quedaba en llamarme cumplía su palabra incluso antes de la hora que habíamos acordado. Habíamos quedado en que yo subiría a su apartamento para preparar una cena dominical como las de antes. Incluso le había dado la lista de la compra.

Marqué su número y lo cogió a la primera, aunque su voz sonó extrañamente brusca.

—¿Diga?

—Jack, no me has llamado.

—Lo siento. Me ha surgido algo —adujo con voz rara, como si estuviera enfadado, dolido y agobiado, todo al mismo tiempo.

Nunca me había hablado así. Algo iba mal.

—¿Puedo ayudarte? —le pregunté en voz baja.

—No creo.

—¿Quieres que...? ¿Cancelamos los planes para esta noche o...?

—¡No!

—Vale. ¿Cuándo subo?

—Dame cinco minutos.

—Vale. —Titubeé—. Pon el horno a doscientos grados.

—Vale.

Después de colgar, observé a Lucas mientras le daba vueltas a la conversación.

—¿Qué narices estará pasando? ¿Crees que puede tener problemas familiares? ¿De negocios? ¿Por qué tenemos que esperar aquí abajo?

Lucas se llevó el puño a la boca para chupárselo con actitud contemplativa.

—Vamos a ver la tele —dije, y me lo llevé al sofá.

Sin embargo, con dos minutos de música clásica y marionetas de colores tuve bastante. No podía seguir sentada. Estaba preocupada por Jack. Si tenía algún problema, quería estar a su lado.

—No puedo soportarlo —le dije a Lucas—. Vamos a subir para ver qué está pasando.

Me colgué el bolso de los pañales al hombro, salí con Lucas en brazos al pasillo y me encaminé al ascensor. Cuando llegamos al apartamento de Jack, llamé al timbre.

La puerta se abrió enseguida. Jack me bloqueó el acceso unos segundos. Irradiaba la tensión de un hombre al que le encantaría estar en cualquier otro sitio. Nunca lo había visto tan agobiado. Vi que alguien se movía tras él en el apartamento.

—Jack —murmuré—, ¿pasa algo?

Él parpadeó, se humedeció los labios y estaba a punto de decir algo, pero se contuvo.

—¿Hay alguien contigo? —Intenté mirar tras él.

Jack asintió vehemente con la cabeza y me lanzó una mirada desesperada. Pasé a su lado y me detuve al ver a Ashley Everson.

Hecha un desastre, pero guapísima como siempre. Llevaba los ojos pintados con delineador negro y tenía las mejillas mojadas por las lágrimas mientras retorcía un pañuelo de papel entre los dedos. Su melena rubia necesitaba un buen cepillado. Me sorprendió mucho el contraste entre su carita de niña desolada y el modelito a la última que llevaba: minifalda blanca, top negro ceñido que le marcaba perfectamente el pecho (realzado por el sujetador), un bolero monísimo y unas sandalias de tiras con diez centímetros de tacón. Si la fotografiaran tal cual, con el maquillaje de los ojos todo corrido, sería la imagen perfecta para un anuncio de perfume. Una pobre mujer abandonada, pero muy sexy.

Ni se me pasó por la cabeza que Jack la hubiera invitado ni que siguiera deseándola. Sin embargo, no sabía muy bien si era mejor dejarlo solo para que solucionara la situación o si necesitaba mi apoyo.

Lo miré y torcí el gesto.

—Lo siento. ¿Quieres que vuelva luego?

—No.

Me arrastró hasta el interior y me quitó a Lucas de los brazos como si quisiera utilizarlo de rehén.

—¿Quién es? —preguntó Ashley, que me miró sin parpadear siquiera. Su cara era tan perfecta que parecía un maniquí.

—Hola —dije al tiempo que me acercaba—. Eres Ashley, ¿verdad? Soy Ella Varner. Te vi en la fiesta de cumpleaños de Churchill, pero no nos presentaron.

Pasó de la mano que le había ofrecido a modo de saludo y, en cambio, me miró de arriba abajo fijándose en mi camiseta de manga corta y mis vaqueros antes de preguntarle a Jack con evidente asombro:

—¿Ésta es con la que te fuiste de la fiesta?

—Sí —contesté—. Jack y yo estamos juntos.

Ashley me dio la espalda y siguió hablando con Jack.

—Necesito hablar contigo —dijo—. Necesito explicarte algunas cosas y... —Dejó la frase en el aire, ya que el asombro de ver la expresión gélida de Jack, la tensión con la que apretaba los labios, la dejó sin palabras.

Al darme cuenta de que retrocedía de forma imperceptible, comprendí que nunca lo había visto así antes. Incapaz de hacer frente a esa impenetrable actitud, se volvió hacia mí.

—Si no te importa, necesito hablar con Jack. A solas. Tenemos un pasado. Tenemos ciertas cosas que aclarar. Tenemos que solucionar lo nuestro.

Jack aprovechó que Ashley estaba de espaldas a él para

menear la cabeza con fuerza y para señalarme en silencio que me sentara de inmediato en el sofá.

La situación rayaba en la comedia. Me mordí la parte interna de los carrillos con disimulo mientras la observaba. Era fácil adivinar que Ashley Everson había vivido su vida a todo gas y sin pararse a pensar en el daño que podía dejar a su paso. En esos momentos, la vida le estaba pasando factura. La vi tan afectada que me compadecí de ella sin querer. Claro que no pensaba permitirle que enredara a Jack en sus líos. Ya le había hecho daño en el pasado y no iba a volver a hacérselo jamás.

Además, era mío.

—No se va, Ashley —dijo Jack—. La que se va eres tú.

—¿Esto es por tus problemas con Pete? —pregunté con suavidad.

La vi abrir los ojos de par en par.

—¿Quién te lo ha contado? —Se giró de golpe y le lanzó una mirada recriminatoria a Jack, aunque él parecía muy ocupado colocándole bien el pañal a Lucas.

—No sé mucho —le aseguré—, sólo que tu marido y tú estáis pasando una mala racha. No habrá ningún tipo de maltrato, ¿verdad?

—No —respondió ella con voz gélida—. Sólo nos hemos distanciado.

—Lo siento —le dije con sinceridad—. ¿Has buscado ayuda profesional?

—Eso es para los locos —me soltó con desdén.

Su respuesta me arrancó una sonrisilla.

—Y para los cuerdos también. De hecho, cuanto más cuerdo estás, más te beneficia. Y tal vez te ayude a descubrir de dónde te vienen los problemas. Es posible que necesites replantearte tu concepto de lo que debería ser un matrimonio. O también cabe la posibilidad de que el problema resida en vuestra forma de comunicaros. Si quieres seguir casada, deberías analizar esas cuestiones y...

—Ni hablar. —Saltaba a la vista que Ashley no podía ni verme, que me había catalogado como una rival indigna—.

No quiero arreglar nada. No quiero seguir casada con Pete. Quiero... —Se interrumpió mientras miraba a Jack con un anhelo imperioso y feroz.

Yo sabía lo que estaba viendo al mirarlo: un hombre que parecía ser la solución a todos sus problemas. Guapo, sexy y con éxito. Un nuevo comienzo. Ashley pensaba que, si conseguía volver con él, podría borrar toda la infelicidad que había vivido desde que se casó.

—Tienes hijos —le recordé—. ¿No se merecen que por lo menos intentes salvar la familia que habéis creado?

—¿Has estado casada alguna vez? —me soltó.

—No —admití.

—Pues entonces no tienes ni zorra idea de lo que estás hablando.

—Tienes razón —reconocí con tranquilidad—. Lo único que sé es que volver con Jack no va a solucionar tus problemas. Lo que tuviste con él es agua pasada. Jack ha rehecho su vida. Y me voy a tomar la libertad de hablar por él al decir que estoy segura de que te aprecia como podría apreciar a cualquier otra persona, pero nada más. Así que lo mejor que puedes hacer por él, por ti y por todos los implicados, es irte con Pete a tu casa y preguntarle qué puedes hacer para salvar tu matrimonio. —Guardé silencio y miré a Jack de reojo—. ¿Tengo razón?

Vi que asentía con la cabeza y que su expresión se relajaba.

Ashley soltó un gruñido furioso al tiempo que miraba a Jack con cara de cabreo.

—Recuerdo que me dijiste que siempre me querrías.

Jack se puso de pie con Lucas cómodamente apoyado en su hombro. La miró con seriedad.

—He cambiado, Ashley.

—¡Pues yo no! —exclamó ella.

—Lo siento por ti —replicó Jack en voz baja.

Ashley cogió su bolso a tientas y se alejó hacia la puerta. La seguí con el ceño fruncido mientras me preguntaba si hacíamos bien en dejar que se fuera estando tan alterada.

—Ashley... —dije al tiempo que extendía un brazo para agarrarla por uno de sus escuálidos brazos.

Se zafó de mi mano.

Vi que estaba enfadada, pero que no había perdido el control. Tenía la cara tensa y la frente arrugada. Miró a Jack, que se había colocado detrás de mí.

—Si me echas —le dijo—, nunca tendrás otra oportunidad. Piénsatelo bien, Jack.

—Ya me lo he pensado y estoy seguro. —Y le abrió la puerta.

La furia le enrojeció las mejillas.

—¿Crees que tienes lo que hay que tener para mantenerlo a tu lado? —me preguntó con desprecio—. Va a hacer que te lo pases en grande en la cama. El viaje será alucinante, pero cuando menos te lo esperes, te dejará tirada en la cuneta. —Miró de nuevo a Jack—. No has cambiado nada. Crees que por salir con alguien como ella la gente pensará que has madurado, pero la verdad es que sigues siendo el mismo gilipollas superficial y egoísta de siempre. —Se detuvo para recobrar el aliento, echando humo por las orejas—. Yo soy muchísimo más guapa que ella —farfulló indignada y luego se fue.

Jack cerró la puerta y yo me apoyé en ella. Nos quedamos en silencio, mirándonos el uno al otro. Al parecer, seguía bastante desconcertado, como si se hubiera internado en una zona desconocida y estuviera intentando orientarse.

—Gracias.

Le ofrecí una sonrisa insegura.

—De nada.

Meneó la cabeza, asombrado.

—Veros juntas así...

—¿El pasado y el presente?

Asintió en silencio, suspiró y torció el gesto, como si algo lo inquietara. Se pasó la mano libre por el pelo y dijo:

—Sólo hay que mirar a una mujer como Ashley para saber el tipo de hombre que la desea. Yo solía ser ese tipo de hombre, y no veas cómo me cabrea eso.

—¿El tipo de hombre que quiere llevar un trofeo de caza del brazo? —sugerí—. Un hombre que busca una mujer guapa para pasárselo bien... Yo no sería muy dura con él, la verdad.

—Eres mucho más mujer de lo que ella podrá llegar a ser. Y, joder, eres muchísimo más guapa.

Me eché a reír.

—Eso lo dices porque te he ayudado a librarte de ella.

Se acercó hasta que Lucas estuvo atrapado entre nosotros, y me colocó la mano en la nuca. Sus dedos estaban fríos cuando me acariciaron con decisión. Me resultó tan placentero sentirlos que me estremecí.

—¿Algún problema con lo que ha pasado? —me preguntó.

—¿Por qué íbamos a tener un problema por eso?

—Porque cualquiera de las mujeres que conozco se habría puesto como una fiera si llega y se encuentra a Ashley en mi apartamento.

—Saltaba a la vista que no la querías aquí. —Esbocé una sonrisa torcida—. Y, por cierto, Jack... seas el tipo de hombre que seas, ya no eres ni superficial ni egoísta. Estoy dispuesta a dar la cara por ti al respecto.

Jack inclinó la cabeza y su aliento me abrasó los labios. Me besó con pasión, con dulzura. Un beso largo.

—No me dejes nunca, Ella. Te necesito.

De repente, su cercanía me resultó incómoda.

—Estamos aplastando a Lucas —dije con una carcajada un tanto forzada mientras me alejaba, aunque, en realidad, Lucas estaba la mar de cómodo y contento entre nosotros.

21

Saboreé las dos semanas siguientes con la agridulce certeza de que sólo serían una breve etapa de mi vida. Jack y Lucas se habían convertido en el eje alrededor del cual giraba todo mi mundo. Sabía que llegaría el momento de perderlos a ambos. Pero aparqué esa realidad y me permití disfrutar del aura casi mágica de esos días estivales.

Era una felicidad ajetreada y bulliciosa, ya que tenía todas las horas ocupadas entre el trabajo, el cuidado de Lucas y las salidas con los amigos; además de pasar todo el tiempo posible con Jack. Nunca había creído que pudiera intimar tan rápido con alguien. Memoricé todas las expresiones de Jack, sus coletillas, su forma de fruncir los labios cuando estaba concentrado o de entrecerrar los ojos justo antes de soltar una carcajada... También descubrí que mantenía su temperamento bajo un férreo control, que era muy amable con la gente a quien consideraba más vulnerable que él y que no soportaba ni la crueldad ni la estrechez de miras.

Jack tenía un gran círculo de amigos, aunque sólo consideraba íntimos a dos, pero sólo confiaba de verdad en sus hermanos, sobre todo en Joe. Lo único que exigía de los demás era que mantuvieran su palabra.

Para él, una promesa era un asunto de vida o muerte, un rasero para medir a las personas.

Conmigo se mostraba abiertamente cariñoso y propenso

a demostrarme sus sentimientos con caricias. Era un hombre muy carnal y muy decidido. Le encantaba jugar, bromear y engatusarme para que hiciera cosas que, al amanecer, daban tanta vergüenza que me costaba mirarlo a la cara. Sin embargo, hubo un par de ocasiones en las que el sexo no fue nada juguetón, hubo un par de ocasiones en las que jadeamos y nos movimos al unísono hasta que me pareció que Jack me llevaba al borde de un abismo, al borde de algo trascendental y místico, sorprendente por su intensidad. En esas ocasiones, me encerré en mí misma y rompí el hechizo, por temor a lo que pudiera pasar.

—Lo que tienes que hacer es tener un hijo propio —me aconsejó Stacy cuando la llamé una tarde—. Te lo está diciendo tu reloj biológico.

Había intentado describirle la facilidad con la que Lucas, tan pequeño e inocente, había traspasado mis defensas. Por primera vez en la vida, estaba experimentando un vínculo emocional con un niño, un vínculo tan poderoso que me resultaba increíble.

Le dije a Stacy que estaba metida en un lío terrible.

Quería a Lucas para siempre. Quería estar a su lado en cada etapa de su crecimiento. Pero su verdadera madre vendría a buscarlo pronto y yo acabaría en un segundo plano.

Lo que Tara y Lucas me habían hecho era muy fuerte.

—Te va a doler mucho cuando tengas que entregarlo —me recordó Stacy—. Tienes que estar preparada.

—Lo sé. Pero no sé cómo prepararme para algo así. La verdad es que me repito continuamente que sólo ha estado conmigo tres meses. No es mucho tiempo que digamos, pero me he encariñado con él muchísimo más de la cuenta.

—Ella, hija mía, con los bebés no hay límites que valgan.

Agarré el teléfono con fuerza.

—¿Qué puedo hacer?

—Empieza a hacer planes. Vuelve a Austin justo después

de entregar a Lucas y deja ya de perder el tiempo con Jack Travis.

—¿Cómo voy a estar perdiendo el tiempo si me lo estoy pasando pipa?

—No tiene futuro. Reconozco que está cañón y, si yo estuviera soltera, seguramente también babearía por él. Pero tienes que abrir los ojos, Ella. Sabes que un tío así no quiere nada permanente.

—Yo tampoco. Por eso es perfecto.

—Ella, vuelve a casa. Me preocupas. Creo que te estás engañando.

—¿Sobre qué?

—Sobre muchas cosas.

Sin embargo, en el fondo de mi mente sospechaba que tal vez fuera todo lo contrario, que tal vez se me hubiera caído la venda de los ojos con respecto a muchas cosas, que tal vez la vida fuera más tranquila y sencilla cuando se iba a ciegas.

Hablaba con mi hermana una vez a la semana. Mantuvimos un par de conversaciones muy largas y bastante incómodas, salpicadas de la jerga psicológica inevitable después de acudir a un terapeuta.

—Voy a ir a Houston la semana que viene —me dijo por fin—. El viernes. Dejo la clínica. La doctora Jaslow me ha dicho que he hecho muchos progresos, pero que debería seguir viendo a alguien para no recaer.

—Me alegro mucho —conseguí decir, aunque me había quedado helada—. Me alegro de que estés mejor, Tara. —Hice una pausa antes de obligarme a preguntar—: Supongo que querrás recoger a Lucas enseguida, ¿no? Porque si no, podría...

—Sí, eso he pensado.

«¿De verdad?», quería soltarle. «Porque casi nunca me preguntas por él, no parece interesarte demasiado», pensé.

Aunque a lo mejor no estaba siendo justa. A lo mejor era

muy importante para ella. A lo mejor era incapaz de hablar de algo que le resultaba tan doloroso.

Me acerqué a la cuna de Lucas, donde estaba durmiendo. Toqué uno de los muñecos del móvil. Me temblaban los dedos.

—¿Voy a recogerte al aeropuerto?

—No, yo... Ya está arreglado.

Mark Gottler, seguro.

—Oye, no quiero agobiarte, pero... el acuerdo vinculante del que hablamos... lo tengo aquí. Espero que al menos le eches un vistazo cuando vengas.

—Lo haré. Pero no lo firmaré. No hace falta.

Me mordí el labio para no discutir con ella.

«Paso a paso», me dije.

Jack y yo discutimos sobre la llegada de Tara porque él quería estar presente y yo quería verla a solas. No quería que formara parte de algo tan doloroso e íntimo. Ya sabía más o menos lo mucho que me dolería la marcha de Lucas y prefería que Jack no me viera en un momento tan vulnerable.

Además, el viernes era el cumpleaños de Joe y habían planeado pasarse la noche pescando en Galveston.

—Tienes que estar con Joe —le dije.

—Puedo cambiar los planes.

—Se lo has prometido —le recordé, muy consciente de lo que eso significaría para él—. Es increíble que te estés planteando la idea de dejar tirado a tu hermano en su cumpleaños.

—Lo entenderá. Esto es más importante.

—Estaré bien —le aseguré—. Y necesito pasar tiempo a solas con mi hermana. Tara y yo no podremos hablar libremente contigo delante.

—¡Joder, se suponía que volvería la semana que viene! ¿Por qué leches ha salido antes?

—No lo sé. Es una falta de consideración por su parte que sus problemas mentales no estén sincronizados con tu excursión de pesca.

—No voy a ir.

Exasperada, empecé a pasearme por su apartamento.

—Quiero que vayas, Jack. Soy capaz de afrontar esto sin ti. Tengo que hacerlo sola. Después de que Tara se lleve a Lucas, me tomaré un copazo de vino, me daré un baño relajante y me meteré en la cama. Si necesito estar con alguien, subiré a ver a Haven. Y tú estarás de vuelta al día siguiente, así que podremos hacer la autopsia tranquilamente.

—Prefiero llamarlo examen final. —Me miró detenidamente, reparando sin duda en demasiadas cosas—. Ella, deja de pasearte de una vez y ven aquí.

Me quedé quieta unos diez segundos antes de obedecerlo. Me abrazó y tiró de mi renuente cuerpo poco a poco para estrecharlo con fuerza. Primero los hombros, después el torso, a continuación la cintura y, por último, las caderas.

—Deja de fingir que todo va bien —me dijo al oído.

—Es lo único que sé hacer. Si finges que todo va bien el tiempo suficiente, acabará siendo verdad.

Jack me abrazó en silencio mucho rato. Sus manos siguieron acariciándome despacio, estrechándome y moldeándome contra su cuerpo como un artista que trabajara la arcilla. Inspiré hondo y me dejé llevar. Me tensé cuando nuestras caderas se rozaron y me di cuenta de lo excitado que estaba.

Me desnudó y después se quitó la ropa lentamente. Silenció mis protestas tomando mi cara entre las manos para besarme con pasión. Me tendió en el suelo y se sentó a horcajadas sobre mí sin dejar de besarme. Intenté incorporarme, acercarme más a él, en busca del placer que me proporcionaba ese cuerpo tan fuerte. Fuimos intercambiando posiciones. Yo encima y él debajo. Después a la inversa, se colocó sobre mí, me agarró por las caderas y me penetró hasta el fondo, hasta que quedó enterrado por completo en mi interior. Gemí de placer, inmovilizada contra el suelo por su peso, encantada de sentirlo tan adentro, encantada de acogerlo en mi interior.

Estiró el brazo para coger un cojín del sofá, me lo colocó bajo las caderas y aumentó la fuerza de sus envites hasta que me corrí entre gritos. Sin embargo, en lugar de detenerse, siguió moviéndose, demorando su propio orgasmo hasta que no pudo más. Siguió dentro de mí mucho rato, acariciándome el pelo y besándome. Era como si quisiera demostrarme algo, como si quisiera hacerme ver algo que ni mi corazón ni mi cabeza estaban dispuestos a aceptar.

Aún no había amanecido cuando Jack se fue el viernes por la mañana. Se sentó en la cama junto a mí y me abrazó sin despertarme. Me desperté con un murmullo de protesta y él me sujetó la cabeza con una mano. Escuché su voz grave, que me susurraba al oído:

—Haz lo que tengas que hacer. No me interpondré en tu camino. Pero cuando vuelva, no podrás dejarme a un lado. ¿Me has oído? Voy a llevarte a algún sitio, nos tomaremos unas largas vacaciones... y vamos a hablar. Y voy a abrazarte mientras lloras, hasta que te sientas mejor. Y superaremos esto. —Me dio un beso en la mejilla, me apartó el pelo de la cara y me dejó de nuevo en el colchón.

Me quedé en silencio con los ojos cerrados. Sentí la caricia de sus dedos en la mejilla, en mi cuerpo, antes de que me arropara hasta la barbilla y se fuera.

No veía la forma de hacerle entender que quería mucho más de lo que yo podía darle, que para la gente que había sufrido tanto como yo, pesaban más el miedo y el instinto de supervivencia que cualquier vínculo afectivo. Mi capacidad de amar era muy limitada, salvo en el caso de Lucas, y esa excepción era un milagro con el que no había contado en la vida.

Sin embargo, iba a perder a Lucas.

Una lección que la vida me había impartido demasiadas veces. Una verdad universal que no precisaba de la lógica. Cada vez que quería a alguien, lo perdía, y desaparecía un trocito de mí.

Me pregunté cuánto quedaría de mi persona cuando llegara la noche.

Mientras vestía a Lucas con un traje de marinerito y unas zapatillas blancas, intenté imaginarme cómo lo vería Tara, qué diferencias habría entre un bebé de tres meses y un recién nacido. Lucas ya podía coger cosas o darle manotazos a cualquier objeto que tuviera delante. Me sonreía, y también sonreía cuando se veía reflejado en un espejo. Cuando le hablaba, hacía pompitas y gorgoritos, como si estuviéramos manteniendo una conversación fascinante. Cuando lo cogía en brazos y dejaba que sus pies rozaran el suelo, hacía fuerza con las piernas como si quisiera mantenerse erguido.

Lucas estaba a punto de hacer un sinfín de descubrimientos en cuanto a sus habilidades. Pronto llegaría el momento de que pronunciara sus primeras palabras, de que se pudiera sentar solo, de que diera el primer paso. Yo me lo perdería todo. No era hijo mío, pero mi corazón no entendía de esas cosas.

Sentí la quemazón de las lágrimas, como un estornudo que se me hubiera quedado atascado en la nariz. El problema era que parecía habérseme averiado la máquina del llanto. Era una sensación espantosa la de querer llorar pero no poder hacerlo.

«Podrás ir a verlo —me repetí con brusquedad—. Encontrarás la manera de formar parte de su vida. Serás esa tía estupenda que siempre le hace los mejores regalos.»

Aunque no era lo mismo.

—Lucas —dije con voz llorosa mientras le abrochaba las zapatillas con las tiras de velcro—, mamá va a venir hoy a buscarte. Por fin volverás con ella.

Me sonrió. Me agaché, besé esa suave mejilla y me agarró del pelo. Me zafé de sus deditos con mucho cuidado y lo cogí en brazos antes de sentarme en el sofá, con él en el regazo. Empecé a leerle su cuento preferido, uno sobre un gorila que dejaba escapar a todos los animales del zoo una noche.

A mitad de la historia, escuché el portero automático.

—Señorita Varner, tiene una visita.

—Que suba, por favor.

Estaba nerviosa y me sentía derrotada. Y, en el fondo, también experimentaba una rabia latente. Bueno, no era rabia, más bien un cabreo tan fuerte como para acabar con el poco optimismo que albergaba sobre mi futuro. Si Tara no me hubiera pedido que le echara una mano, nunca habría sido consciente de que se podía sufrir tanto. Y si alguna vez tenía que volver a pasar por eso, alguien tendría que trasplantarme a una maceta y regarme tres veces por semana.

Llamaron a la puerta. Tres golpecitos.

Con Lucas en brazos, me acerqué a abrir.

Y allí estaba Tara, más guapa que nunca, con la cara un poco más chupada, pero no le sentaba nada mal. Estaba más delgada y llevaba un ajustado top de seda blanco, unos pantalones negros y unos zapatos del mismo color con tachuelas plateadas. Llevaba el pelo rubio suelto, un poco ondulado y unos aros enormes en las orejas. En la muñeca llevaba una pulsera de diamantes de al menos quince quilates.

Entró en el apartamento y soltó una exclamación ahogada, sin hacer el menor gesto por coger a Lucas. Se limitó a abrazarnos a los dos. Había olvidado que era mucho más alta que yo. En ese momento, recordé el momento, durante la adolescencia, en el que descubrí que me había dejado atrás y me quejé porque no debería haber dado el estirón antes que yo. Ella bromeó diciendo que había dado el estirón por las dos. El abrazo me hizo recordar un sinfín de momentos. También me recordó lo mucho que la quería.

Se apartó para mirarme y fue en ese momento cuando por fin miró a Lucas.

—Ella, es precioso... —dijo con un tono de satisfacción infinita—. Y ha crecido mucho.

—¿A que sí? —Cambié de postura a Lucas para que quedara de frente a ella—. Lucas, mira la mamá tan guapa que tienes... Toma, cógelo.

Se lo di con mucho cuidado, y cuando Tara lo tuvo en brazos, sentí la huella que su peso me había dejado en el hombro. Tara me miró con los ojos llenos de lágrimas y un rubor en las mejillas que traspasaba la capa de maquillaje.

—Gracias, Ella —susurró.

Me sorprendió un poco darme cuenta de que no estaba llorando. Tenía la sensación de que me separaba una pequeña, aunque crucial, distancia de lo que estaba pasando. Lo agradecí de corazón.

—Vamos a sentarnos.

Tara me siguió.

—Vives en el 1800 de Main Street y estás liada con un ricachón como Jack Travis... Lo has hecho genial, Ella.

—No estoy saliendo con Jack por su dinero —protesté.

Tara soltó una carcajada.

—Si tú lo dices, te creo. Aunque has conseguido este apartamento gracias a él, ¿no?

—Es un préstamo —puntualicé—. Pero como ya has vuelto y no tengo que seguir ocupándome de Lucas, me voy a mudar a otro sitio. Aunque todavía no sé dónde.

—¿No puedes quedarte aquí?

Negué con la cabeza.

—No estaría bien. Pero ya se me ocurrirá algo. Lo importante ahora es saber dónde te vas a quedar tú. ¿Qué vais a hacer Lucas y tú?

La expresión de Tara cambió y se volvió reservada.

—Tengo una casita no muy lejos de aquí.

—¿Mark te la ha conseguido?

—Más o menos.

La conversación siguió y durante unos minutos más intenté sonsacarle a Tara algún detalle sobre su situación: los planes que tenía y cómo iba a conseguir dinero, principalmente. No quería decirme nada. Sus evasivas me sacaron de quicio.

Afectado por la creciente tensión, o tal vez cansado de estar en brazos de una desconocida, Lucas comenzó a protestar.

—¿Qué quiere? —preguntó Tara—. Anda, cógelo tú.

Extendí los brazos y cogí a Lucas, que se acurrucó contra mí. Enseguida se tranquilizó con un suspiro.

—Tara —dije—, siento mucho si crees que me extralimité al exigirle un acuerdo vinculante a Mark Gottler. Pero lo hice para protegerte, para que tanto Lucas como tú tengáis garantías. Cierta seguridad.

Me miró con una serenidad desconcertante.

—Tengo toda la seguridad que me hace falta. Me ha prometido que cuidará de nosotros y yo lo creo.

—¿Por qué? —Fui incapaz de morderme la lengua—. ¿Por qué estás dispuesta a aceptar la palabra de un hombre que le pone los cuernos a su mujer?

—No lo entiendes, Ella. No lo conoces.

—He hablado con él y creo que es un gilipollas insensible y manipulador.

Eso hizo que perdiera el control.

—¡Qué lista eres, Ella! Siempre lo sabes todo, ¿verdad? Pues deja que te diga una cosa... Mark Gottler no es el padre de Lucas, sólo le está cubriendo las espaldas.

—¿Quién es, Tara? —pregunté, con la paciencia agotada, al tiempo que le sujetaba la cabecita a Lucas.

—Noah.

La miré, alucinada. Su mirada me indicó que estaba diciendo la verdad.

—¿Noah Cardiff? —pregunté con voz ronca.

Tara asintió con la cabeza.

—Me quiere. Es un hombre al que adoran miles de personas, podría querer a cualquiera, pero me ha elegido a mí. ¿O es que no crees que un hombre como él pueda enamorarse de mí?

—No, yo... —Lucas se estaba quedando dormido. Le acaricié la espalda. Lucas... el nombre de su apóstol preferido—. ¿Qué me dices de su mujer? —Tuve que carraspear antes de seguir—. ¿Sabe de tu existencia? ¿De la del bebé?

—Todavía no. Noah va a decírselo cuando llegue el momento oportuno.

—¿Cuándo será eso? —murmuré.

—Dentro de unos años, cuando sus hijos sean mayores. Ahora mismo tiene muchas responsabilidades. Está muy ocupado. Pero se va a encargar de todo. Quiere estar conmigo.

—¿De verdad crees que arriesgará su imagen con un divorcio? ¿Y cuándo verá a Lucas?

—Lucas seguirá siendo pequeño unos años. No necesitará un padre hasta que sea mayor, y para entonces Noah y yo ya nos habremos casado. —Frunció el ceño al ver mi expresión—. No me mires así, Ella. Me quiere. Ha prometido cuidar de mí. Estaré en una posición segura, y el niño también.

—Tal vez te lo parezca, pero no es verdad. No tienes nada con lo que negociar. Puede dejarte tirada cuando quiera, con una mano delante y la otra detrás.

—¿Y tú crees que estás mejor con Jack Travis? —me preguntó—. ¿Qué tienes tú para negociar, Ella? ¿Cómo sabes que no te va a dejar tirada? Al menos, yo le he dado un hijo a Noah.

—Yo no dependo de Jack —susurré.

—No, tú no dependes de nadie. No confías en nadie ni crees en nada. Pues yo no soy como tú. No quiero estar sola. Necesito a un hombre, y no hay nada de malo en eso. Además, Noah es el mejor hombre que he conocido. Es bueno e inteligente, y reza a todas horas. Y seguro que tiene más dinero que Jack Travis. Y conoce a todo el mundo, Ella. A políticos y empresarios y... A todo el mundo. Es increíble.

—¿Se ha comprometido por escrito a algo? —quise saber.

—Nuestra relación no funciona así. Un acuerdo la convertiría en algo sucio y vulgar. Además, heriría los sentimientos de Noah, porque creería que no confío en él. Mark y él saben que el acuerdo fue cosa tuya, que yo no tuve nada que ver en eso. —Al ver mi expresión, intentó que no se le notara la frustración. Las lágrimas se agolparon en sus delicadas pestañas—. ¿Es que no puedes alegrarte por mí, Ella?

Negué con la cabeza muy despacio.

—Dada la situación, no, no puedo.

Se enjugó las lágrimas que no terminaban de caer con los dedos.

—Intentas controlar a la gente, como mamá. ¿Eres consciente de que lo haces? —Se puso en pie y extendió los brazos—. Dame a Lucas. Tengo que irme. El coche me está esperando abajo.

Le di al niño, que se había quedado dormido, y cogí el bolso de los pañales, donde metí el libro de cuentos.

—Puedo ayudarte a meter el cochecito en el coche...

—No lo necesito. Tengo una habitación llena de cosas para el bebé, todas por estrenar.

—No te vayas enfadada —le dije, sin aliento y con un nudo en el pecho provocado por el miedo.

—No estoy enfadada. Es que... —Titubeó—. Mamá y tú sois perjudiciales para mí, Ella. Sé que no es culpa vuestra. Pero no puedo veros a ninguna sin recordar el infierno que fue nuestra infancia. Necesito llenar mi vida con cosas positivas. De ahora en adelante, seremos Noah, Lucas y yo, nada más.

Esas palabras me dejaron tan pasmada que apenas me salió la voz.

—Espera. Por favor. —Me incliné sobre la sillita y le di un beso algo torpe a Lucas en la frente—. Adiós, Lucas —susurré.

Después, me alejé de ellos y la observé mientras se marchaba con Lucas. Llegaron al ascensor. Las puertas se abrieron y se volvieron a cerrar. Y desaparecieron de mi vista.

De forma torpe y lenta, como si fuera una anciana, regresé al interior del apartamento. No atinaba a pensar en nada. De forma mecánica, me metí en la cocina y empecé a preparar un té que sabía que no iba a beber.

—Se ha acabado —dije en voz alta—. Se ha acabado.

Lucas se despertaría y yo no estaría con él. Se preguntaría por qué lo había abandonado. El sonido de mi voz desaparecería de su memoria.

Mi niño. Mi bebé.

Me quemé los dedos con el agua caliente sin darme cuenta, pero no me percaté del dolor. Parte de mi mente estaba preocupada por mi afán de desvincularme de la realidad. Necesitaba a Jack. Él sabría cómo romper el hielo que se estaba apoderando de mí... Pero, al mismo tiempo, la idea de estar con él me aterraba.

Me puse el pijama y me pasé lo que quedaba de tarde viendo la tele sin prestarle la menor atención a nada. Sonó el teléfono, pero dejé que saltara el contestador. Antes de mirar el identificador de llamadas, supe que era Jack. Me era imposible hablar con él, o con otra persona, en ese momento. Le desactivé el sonido.

Consciente de que necesitaba seguir con la rutina habitual, me preparé una sopa de pollo y me la tomé despacio, tras lo cual me bebí una copa de vino. El teléfono volvió a sonar otra vez, y otra más, y en todas las ocasiones dejé que saltara el contestador, de modo que me encontré con unos cuantos mensajes.

Justo cuando estaba pensando en meterme en la cama, llamaron a la puerta. Era Haven. Esos ojos oscuros, tan parecidos a los de su hermano, delataban su preocupación. No hizo ademán de entrar, se limitó a meterse las manos en los bolsillos y a mirarme con infinita paciencia.

—Hola —dijo en voz baja—. ¿Ya se ha ido Lucas?

—Sí. Ya no está. —Intenté hacerme la fuerte, pero las palabras se me atascaron en la garganta.

—Jack te ha estado llamando.

Una sonrisa torcida, más bien una mueca tristona, apareció en mi rostro.

—Lo sé. Pero no estoy de humor para hablar. Y tampoco quería arruinar su noche de pesca con mi malhumor.

—No le habrías arruinado nada... Sólo quiere saber que estás bien. Me ha llamado hace unos minutos y me ha pedido que baje a ver cómo estás.

—Lo siento. No hacía falta. —Intenté sonreír—. No estoy al borde del suicidio ni nada de eso. Sólo estoy cansada.

—Sí, lo sé. —Titubeó—. ¿Quieres que me quede contigo un rato? ¿Que veamos la tele o algo?

Negué con la cabeza.

—Necesito dormir. Yo... te lo agradezco, pero no.

—Vale. —Me miró con expresión interrogante, aunque también con ternura. Me estremecí como una criatura nocturna que huyera de la luz del sol—. Ella, nunca he tenido un bebé, así que no sé por lo que estás pasando... pero sí sé algo del sentimiento de pérdida. Y de dolor. Y se me da bien escuchar. ¿Por qué no hablamos mañana?

—No hay nada de lo que hablar. —No tenía la menor intención de hablar de Lucas en la vida. Era un capítulo cerrado de mi vida.

Extendió la mano y me tocó el hombro.

—Jack volverá sobre las cinco —me dijo—. Puede que antes.

—Lo más probable es que no esté aquí —me sorprendí diciendo con voz distante—. Voy a volver a Austin.

Haven me miró alarmada.

—¿De visita?

—No lo sé. Tal vez para siempre. No dejo de pensar que... que quiero volver a mi vida de antes.

En Austin, con Dane, me sentía segura. No había un exceso de sentimientos, ni para dar ni para recibir. No había ninguna promesa.

—¿Crees que puedes volver? —me preguntó Haven en voz baja.

—No lo sé —repetí—. Quizá sea cuestión de intentarlo. Tengo la sensación de que aquí todo va mal, Haven.

—Espera un poco antes de tomar una decisión —me aconsejó Haven—. Necesitas un poco de tiempo. Date un poco de tiempo y seguro que acabas descubriendo lo que tienes que hacer.

22

Por la mañana me desperté y fui al salón. Al entrar, algo protestó cuando le puse el pie encima. Me agaché y cogí el conejito de Lucas. Con él en la mano, me senté en el sofá y me eché a llorar. Sin embargo, no fue el llanto largo que necesitaba para desahogarme, sino cuatro lágrimas desesperadas. Me di una ducha y me pasé un buen rato debajo del agua caliente.

Me di cuenta de que, por muy lejos que estuvieran Tara y Lucas, siempre los querría, sin importar dónde estuvieran o lo que hicieran. Nadie podría arrebatarme ese amor.

Tara y yo éramos supervivientes que nos enfrentábamos al horror de nuestra infancia de formas opuestas. A mi hermana le asustaba la posibilidad de quedarse sola tanto como a mí me asustaba el hecho de tener a alguien a mi lado. Era muy posible que el tiempo nos enseñara a ambas lo equivocadas que estábamos y que el secreto de la felicidad siguiera eludiéndonos durante toda la vida. Lo único que tenía claro en esos momentos era que sólo la soledad me había mantenido a salvo todo ese tiempo.

Me vestí, me recogí el pelo en una coleta y empecé a doblar la ropa, que coloqué en montones sobre la cama.

El teléfono siguió en silencio. Supuse que Jack se había cansado de intentar hablar conmigo, cosa que me dejó extrañada y me inquietó un poco. Aunque no quería hablar de Lucas ni de mis sentimientos, quería saber cómo estaba él. El informe meteorológico local anunciaba una borrasca en el golfo. Eso les complicaría el regreso a los Travis, a menos que consiguieran llegar a tierra antes de que los alcanzara el frente. Media hora después del primer informe, la borrasca se había convertido en una depresión tropical en toda regla.

Preocupada, cogí el teléfono para llamar a Jack, pero me saltó el buzón de voz.

—Hola —dije cuando sonó el pitido que indicaba que podía dejar el mensaje—. Siento no haberte contestado anoche. Estaba cansada y... Bueno, da igual. Acabo de ver la predicción meteorológica y quería asegurarme de que estabas bien. Llámame, por favor.

Sin embargo, no me devolvió la llamada. ¿Estaría enfadado porque no le cogí el teléfono la noche anterior o simplemente estaba ocupado intentando llegar al puerto?

A primera hora de la tarde, escuché que sonaba el teléfono y corrí para cogerlo sin mirar siquiera quién estaba llamando.

—¿Jack?

—Ella, soy Haven. Me estaba preguntando... por casualidad no dejó Jack ahí en tu casa una copia de la ruta que pensaban seguir, ¿verdad?

—No. No sé ni de lo que me estás hablando. ¿Cómo es?

—Nada del otro mundo, un par de hojas de papel. Es simplemente una descripción de la embarcación, más la ruta prevista y los números de las plataformas petrolíferas situadas en esa ruta, además del día y la hora previstos para la vuelta.

—¿No puedes llamar a Jack y preguntárselo?

—Ni él ni Joe cogen el teléfono.

—Ya me he dado cuenta. He intentado hablar con Jack esta mañana cuando he escuchado lo de la previsión meteorológica, pero no me lo ha cogido. Pensé que estaría ocupado. —Titubeé un momento—. ¿Crees que les ha pasado algo?

—No lo sé, pero... me gustaría saber exactamente la ruta que pensaban seguir.

—Subiré a su apartamento para ver si encuentro la copia.

—No, tranquila, ya lo he hecho yo. Hardy va a llamar ahora al puerto del que zarparon. Seguramente dejaran la copia en manos de la autoridad portuaria.

—Vale. Llámame cuando sepas algo, ¿sí?

—Claro.

Después de que Haven colgara, me quedé un buen rato con la vista clavada en el auricular del teléfono. Me froté la nuca porque tenía una especie de hormigueo. Volví a marcar el número de Jack, y de nuevo saltó el buzón de voz.

—Sólo lo estaba intentando otra vez —dije con voz tensa—. Llámame y dime si estás bien.

Seguí viendo el canal meteorológico en la televisión un rato más antes de coger el bolso y salir del apartamento. Me sentía rara al moverme sin toda la parafernalia que normalmente llevaba por culpa de Lucas. Subí al apartamento de Haven y Hardy.

—Me estoy poniendo de los nervios —le dije a Haven cuando me abrió la puerta—. ¿Alguien sabe algo de Jack o de Joe?

Negó con la cabeza.

—Hardy está hablando con la autoridad portuaria. Están buscando la hoja de ruta. Yo he llamado a Gage, y dice que está casi seguro de que tenían pensado volver hoy. Pero en el puerto dicen que su amarre sigue vacío.

—¿Y si han decidido quedarse un poco más?

—Con este tiempo, no. Además, sé que Jack tenía pensado volver pronto. No quería dejarte sola mucho tiempo después de lo de ayer.

—Espero que esté bien para poder matarlo cuando aparezca —solté y Haven se echó a reír.

—Ponte a la cola.

Hardy colgó y cogió el mando a distancia del televisor para subir el volumen. Quería escuchar el último parte meteorológico.

—Hola, Ella —me saludó de forma distraída con la vista clavada en la tele.

Aunque era un hombre tranquilo y jovial, en esos momentos tenía una expresión muy seria y tensa. Estaba sentado en el borde del sofá, preparado para entrar en acción a las primeras de cambio.

—¿Qué te han dicho? —preguntó Haven.

—Están intentando ponerse en contacto con ellos por radio —contestó Hardy sin rastro de tensión en la voz para tranquilizarla—. No hay nada en el canal nueve, que es el que se utiliza para las emergencias, y no han recibido ninguna llamada de socorro.

—¿Eso es bueno? —pregunté.

Hardy me miró con una sonrisilla, aunque tenía el ceño un poco fruncido.

—La falta de noticias es una buena noticia.

Yo no tenía ni idea de barcos y tampoco sabía qué preguntas hacer. Sin embargo, intenté con todas mis fuerzas encontrar una explicación razonable para la ausencia de Jack y Joe.

—¿Es posible que el yate se haya quedado sin combustible o algo así? ¿Y que los móviles no tengan cobertura?

Hardy asintió con la cabeza.

—Te puede pasar cualquier putada a bordo de un barco, ya sea accidental o premeditada.

—Mis hermanos tienen experiencia, Ella —me aseguró Haven—. Saben qué hacer en caso de emergencia, y ninguno de ellos arriesgaría su vida. Estoy segura de que se encuentran bien. —Me pareció que lo decía tanto para convencerse a sí misma como para tranquilizarme a mí.

—¿Y si no han conseguido zafarse del temporal? —pregunté con un nudo en la garganta.

—Tampoco es una tormenta tan fuerte —respondió Haven—. En caso de que los haya pillado, habrán tomado las medidas de seguridad necesarias y esperarán a que pase. —Echó un vistazo en busca de su móvil—. Voy a llamar a Gage para ver si hay alguien con papá.

Haven y Hardy se pasaron la siguiente media hora pegados a sus móviles, intentando recabar información. Liberty se había ido a River Oaks para esperar el desarrollo de los acontecimientos con Churchill, mientras que Gage iba de camino al cuartel de la Guardia Costera situado en Galena Park. Ya habían enviado dos patrullas desde Freeport en busca del yate desaparecido. Ésas fueron las únicas noticias que tuvimos durante un buen rato.

Pasó otra media hora durante la cual seguimos viendo la información meteorológica. Haven preparó unos bocadillos, pero nadie los tocó siquiera. La situación nos parecía en cierto modo irreal y la tensión aumentaba de forma exponencial con el paso del tiempo.

—Ojalá fumara —dijo Haven con una seca carcajada. No paraba de pasearse de un lado para el otro del apartamento, presa de los nervios—. Ésta es una de esas situaciones en las que parece apropiado ponerse a fumar como un carretero.

—Ni hablar —murmuró Hardy al tiempo que la cogía por una muñeca—. Bastantes malos hábitos tienes ya como para añadirles el tabaco, cariño. —Tiró de ella hasta que la tuvo entre las piernas y se acomodó en el sofá con ella en el regazo.

—Tú sí que eres un mal hábito —replicó ella con la cara enterrada en su cuello—. El peor de los que tengo.

—Y que lo digas. —Hardy le pasó los dedos por el pelo y le dio un beso en la coronilla—. Aunque no te vas a librar de mí.

El teléfono sonó y nos sobresaltó tanto a Haven como a mí. Hardy lo cogió sin apartarse de su mujer.

—Soy Cates. Hola Gage, ¿cómo va la cosa? ¿Los han encontrado? —En ese momento, se quedó muy quieto y su silencio me puso los pelos de punta. Siguió escuchando a Gage unos minutos más, haciendo que se me acelerara el corazón hasta el punto de que empezó a darme vueltas la cabeza y se me revolvió el estómago—. De acuerdo —dijo en voz baja—. ¿Necesitan más helicópteros? Porque si es así, puedo conseguir... Lo sé. Pero es como buscar una aguja en un pajar. Lo sé. Vale, no nos moveremos. —Y cortó la llamada.

—¿Qué ocurre? —preguntó Haven, aferrada a sus hombros.

Hardy desvió la mirada unos instantes y apretó los dientes con tanta fuerza que le apareció un tic nervioso en el mentón.

—Han encontrado restos del yate —consiguió decir por fin—, pero el casco se ha hundido.

Me quedé en blanco. Seguí mirándolo mientras me preguntaba si lo habría escuchado bien.

—¿Los están buscando? —preguntó Haven, que se había quedado blanca.

Hardy asintió con la cabeza.

—La Guardia Costera ha mandado un par de helicópteros de salvamento.

—Restos del yate —repetí atontada y tragué saliva para intentar contener las náuseas—. Como si... ¿como si hubieran sufrido una explosión?

—Una de las plataformas informó de que había humo en la distancia —contestó Hardy al tiempo que hacía un gesto afirmativo con la cabeza.

Los tres intentamos asimilar las noticias como pudimos.

Me llevé una mano a la boca y seguí respirando a través de los dedos. Me pregunté dónde estaría Jack en esos momentos, si estaría herido, si se estaría ahogando.

«No pienses en eso», me dije.

Por un segundo, tuve la sensación de que yo también me ahogaba. Sentía la frialdad del agua cerrándose sobre mi cabeza, empujándome hacia las profundidades, donde no podía respirar, ver ni escuchar nada.

—Hardy —dije, sorprendiéndome a mí misma por lo racional de mi tono de voz cuando en mi interior reinaba el caos más absoluto—. ¿Qué puede ocasionar que un yate como el de Jack sufra una explosión?

—Una fuga de gas —respondió él con excesiva serenidad—, una anomalía en el motor, una acumulación de vapor cerca del tanque de combustible, una explosión en la batería... Cuando trabajaba en la plataforma petrolífera, vi una lancha pesquera bastante grande que estalló al pasar sobre una tubería sumergida. —Miró a Haven. Estaba colorada y apretaba los labios en un intento por no llorar—. No han encontrado los cuerpos —murmuró, abrazándola con fuerza—. Así que no vamos a ponernos en lo peor. Es posible que estén en el agua, esperando que los rescaten.

—Pero la corriente es muy fuerte —le recordó Haven sin apartarse de su pecho.

—Sí, es cierto —reconoció—. Según Gage, el capitán al mando de la operación de rescate está consultando una simulación generada por ordenador para intentar ver adónde los ha llevado la corriente.

—¿Qué probabilidad hay de que se encuentren bien? —pregunté con voz trémula—. Si han sobrevivido a la explosión, ¿puede que alguno de ellos llevara puesto el chaleco salvavidas?

La pregunta fue recibida por un silencio sepulcral.

—No creo —acabó admitiendo Hardy—. Aunque es posible, claro.

Asentí con la cabeza y me senté en una silla cercana con la cabeza hecha un lío.

«Necesitas tiempo —me había dicho Haven cuando le hablé de mis planes de volver a Austin—. Date un poco de tiempo y sabrás qué es lo que tienes que hacer.»

Pero ya no tenía tiempo.

Cabía la posibilidad de que no lo tuviera nunca.

Ojalá hubiera podido disponer de cinco minutos con Jack... Habría dado mi vida por la oportunidad de decirle lo mucho que significaba para mí. Lo mucho que lo deseaba. Lo mucho que lo quería.

Recordé su deslumbrante sonrisa, sus ojos oscuros, su expresión tranquila cuando dormía. La idea de no volver a verlo nunca más, de no volver a sentir la dulzura de sus besos, me causó un dolor casi insoportable.

¿Cuántas horas había pasado al lado de Jack en silencio, descansando juntos sin poder decirle lo que sentía por culpa de los límites que me imponía el corazón? Había tenido un sinfín de oportunidades para confiarle mis sentimientos y las había desaprovechado todas.

Lo amaba, y a lo mejor él nunca se enteraría.

Por fin comprendí que lo que más debía asustarme no era la posibilidad de perder a alguien, sino el hecho de no haber amado nunca. Los remordimientos que sentía en esos momentos eran el precio que debía pagar por el afán de sentirme segura. Y me acompañarían durante el resto de mi vida.

—No soporto esperar aquí —estalló Haven—. ¿Adónde podemos ir? ¿No podemos ir al cuartel de la Guardia Costera?

—Si quieres, te llevaré. Pero allí no podremos hacer nada aparte de estorbar. En cuanto haya novedades, Gage nos llamará. —Guardó silencio—. ¿Quieres que nos vayamos con tu padre y con Liberty para esperar las noticias allí?

Haven asintió con la cabeza de forma vehemente.

—Si voy a acabar volviéndome loca por la espera, lo mismo me da que sea con ellos.

Acabábamos de subir al coche plateado de Hardy cuando sonó su móvil. Alargó el brazo para cogerlo, ya que lo había dejado en el salpicadero, pero Haven fue más rápida.

—Yo lo cojo, cariño, tú conduce. —Se llevó el teléfono a la oreja—. Hola, ¿Gage? ¿Qué pasa? ¿Los habéis encontrado? —Escuchó en silencio unos minutos, con los ojos como platos—. ¡Dios mío! No me lo puedo creer. ¿Cuál de los dos? ¿No lo saben? ¡Mierda! ¿Es que no hay alguien que...? Vale, vale. Nos vamos para allá. —Se volvió hacia Hardy—. Hospital Garner —dijo sin aliento—. Los han encontrado, los han rescatado y los están examinando de camino al hospital. Uno de ellos parece estar bien, pero el otro... —se le quebró la voz y se le llenaron los ojos de lágrimas— está muy mal —consiguió decir.

—¿Quién es? —me escuché preguntar mientras Hardy se internaba en el tráfico y maniobraba con tal agresividad que a nuestro alrededor comenzaron a sonar los bocinazos indignados de los demás conductores.

—Gage no lo sabe. Es lo único que ha logrado averiguar. Va a llamar a Liberty para que lleve a papá al hospital.

El hospital, situado en el Texas Medical Center, llevaba el nombre de John Nance Garner, el que fuera vicepresidente durante dos legislaturas bajo el mandato de Franklin Roosevelt. Contaba con seiscientas camas y disponía de un servicio de urgencias de primera categoría y un helipuerto que era el segundo más activo entre los hospitales de su tamaño. Además, era el único hospital de Houston especializado en atender heridos con traumatismos graves.

—¿Dejamos el coche en el aparcamiento? —preguntó Hardy mientras conducía entre los numerosos edificios que conformaban el enorme complejo hospitalario.

Dejamos atrás la torre Memorial Hermann de treinta plantas, con su parte central toda de cristal, que era uno de los muchos edificios de oficinas con los que contaba el complejo.

—No, hay un aparcacoches en la entrada principal —contestó Haven, que se desabrochó el cinturón de seguridad.

—Espera, cariño, todavía no he parado. —Echó un vistazo hacia atrás y vio que yo también me había quitado el cinturón—. ¿Os importaría esperar a que pare antes de saltar del coche? —preguntó con ironía.

En cuanto dejamos el coche en manos del aparcacoches, entramos en el hospital y tanto Haven como yo tuvimos que esforzarnos para mantenernos a la altura de Hardy, que caminaba mucho más rápido que nosotras. Al preguntar en el mostrador de recepción, nos indicaron que subiéramos al ala de traumatismos, situada en la segunda planta. Lo único que pudieron decirnos fue que el helicóptero ya había llegado y que ambos pacientes estaban en manos de los equipos médicos de urgencias. Nos hicieron pasar a una sala de espera decorada en tonos cremas, con un acuario y una mesa llena de revistas manoseadas.

Reinaba un silencio agobiante, que sólo quedaba interrumpido por la monótona voz del presentador del noticiario que aparecía en la televisión. Clavé la mirada en la pequeña pantalla plana sin prestar atención a lo que estaba diciendo. Porque sólo importaba lo que sucediera en el hospital.

Haven parecía incapaz de esperar sentada. Comenzó a pasearse por la sala de espera como si fuera una tigresa enjaulada, hasta que Hardy la convenció para que se sentara a su lado. Le masajeó los hombros mientras le murmuraba algo que consiguió tranquilizarla en parte. La vi suspirar hondo y limpiarse los ojos con disimulo en la manga.

Gage llegó casi al mismo tiempo que lo hicieron Liberty y Churchill. Los tres tenían muy mala cara y parecían tan idos como lo estábamos nosotros.

Me sentía como una intrusa en un asunto familiar, así que me acerqué a Churchill después de que Haven lo abrazara.

—Señor Travis —lo saludé con inseguridad—. Espero que no le importe que haya venido.

Churchill me pareció más viejo y frágil que en otras ocasiones. Se estaba enfrentando a la posible pérdida de un hijo o tal vez de los dos. No se me ocurría nada que decirle.

Me sorprendió al acercarse para abrazarme.

—¿Cómo no ibas a estar aquí, Ella? —me preguntó con esa voz tan seria—. Jack querrá verte.

Olía a jabón de afeitar y cuero... y a tabaco. Un olor paternal muy reconfortante. Me dio unas palmaditas en la espalda y me soltó.

Gage y Hardy estuvieron hablando unos minutos en voz baja, intentando explicar lo que había sucedido en el yate, lo que podía haber fallado, las posibles heridas que tal vez hubieran sufrido Jack y Joe, y todas las razones para mantener la esperanza. La única posibilidad que no se mencionó fue la que precisamente todos teníamos en mente: que uno de los dos hermanos, o tal vez ambos, hubieran sufrido una herida mortal.

Haven y yo salimos al pasillo para estirar las piernas y nos acercamos a una máquina expendedora en busca de un par de tazas de café.

—Ella... —me dijo con voz titubeante de regreso a la sala de espera—, en fin, aunque los dos salgan de ésta, es posible que la recuperación sea dura. Podemos enfrentarnos a una amputación, o a algún daño cerebral, o... ¡Dios, no tengo ni idea! Nadie te culpará si decides que es demasiado para ti.

—Ya lo he pensado —repliqué sin dudar siquiera—. Quiero a Jack y me da lo mismo en qué estado se encuentre. Lo cuidaré a pesar de sus heridas. Me quedaré a su lado pase lo que pase. No me importa cómo esté mientras siga vivo.

Mi intención no había sido la de molestarla, pero Haven comenzó a llorar.

—Haven —dije, arrepentida—, lo siento, no quería...

—No —me interrumpió, una vez que logró controlarse. Me cogió la mano para darme un fuerte apretón—. Es que me alegro mucho de que Jack haya encontrado a una mujer capaz de permanecer a su lado. Ha estado con muchas que lo querían por motivos superficiales, pero... —Guardó silencio mientras se sacaba un pañuelo de papel del bolsillo y se sonaba la nariz—. Ninguna lo quería por él mismo. Él lo tenía muy claro y deseaba encontrar algo más.

—Ojalá pudiera... —dije, pero Haven vio que alguien había entrado en la sala de espera procedente de una de las puertas laterales. Un médico.

—¡Dios mío! —murmuró y salió corriendo, con lo que estuvo a punto de derramar el café.

Se me cayó el alma a los pies. Me quedé paralizada, aferrada a la jamba de la puerta con una mano, mientras observaba a la familia Travis congregada alrededor del médico. Los miré con atención, los miré a la cara, intentando adivinar sus reacciones. Si alguno de los hermanos había muerto, el médico lo comunicaría de inmediato. O eso pensé. Sin embargo, estaba hablando tranquilamente y ningún miembro de la familia revelaba otra reacción aparte del nerviosismo.

—Ella.

La voz fue tan suave que apenas la escuché por encima del atronador rugido que tenía en los oídos.

Me giré hacia el pasillo.

Un hombre alto y delgado, ataviado con camiseta de manga corta y pantalones anchos como los de los médicos, caminaba hacia mí. Tenía un brazo vendado con los apósitos de color plateado típicos en caso de quemaduras. Reconocí sus hombros, su forma de moverse.

Jack.

Se me nubló la vista y sentí que el corazón me latía a una velocidad casi dolorosa. Las emociones fueron tantas y me asaltaron con tal fuerza que empecé a temblar.

—¿Eres tú? —pregunté casi sin voz.

—Sí. Sí. ¡Dios, Ella!

Me vine abajo. No podía respirar. Me agarré los codos por delante del cuerpo y empecé a llorar mientras Jack se acercaba. No podía moverme. Me aterrorizaba la idea de estar sufriendo una alucinación, de que hubiera conjurado la imagen de lo que más deseaba ver, de que, si alargaba el brazo, no encontraría nada salvo aire.

Pero Jack estaba allí, en carne y hueso, rodeándome con esos brazos fuertes y musculosos. El contacto fue electrizante. Aunque me pegué a él, no me pareció suficiente.

—Ella, cariño —susurró él mientras yo sollozaba contra su pecho—, no pasa nada. No llores. No...

Sin embargo, el alivio que sentí al tocarlo, al tenerlo cerca, me aclaró las ideas de golpe. Todavía no era demasiado tarde. La idea me dejó eufórica. Jack estaba vivo, estaba bien, y yo jamás volvería a dar las cosas por sentado. Tanteé hasta dar con el borde de la camiseta para meter las manos por debajo y acariciar la cálida piel de su espalda. Mis dedos encontraron otro vendaje. Entretanto, Jack siguió abrazándome como si también comprendiera que necesitaba sentirme encerrada, pegada a él mientras nuestros cuerpos se lanzaban mensajes silenciosos.

«No me dejes.»

«Estoy aquí, no me voy a ninguna parte.»

Los temblores seguían sacudiéndome sin parar. Me castañeteaban los dientes hasta tal punto que me era difícil hablar.

—Pensé... pensé que no volvería a verte.

La boca de Jack, normalmente dulce y tierna, me resultó

áspera al rozarme la mejilla. Tenía los labios agrietados y barba de un par de días.

—Siempre volveré a tu lado —replicó con voz ronca.

Enterré la cara en su cuello para aspirar su olor. Ese olor tan familiar que apenas apreciaba por culpa del fuerte olor del apósito que llevaba en el brazo.

—¿Qué te ha pasado? —Le recorrí la espalda con las manos entre sollozos, intentando averiguar la extensión de sus heridas.

Él me enterró los dedos en el pelo.

—Sólo son unas cuantas quemaduras sin importancia y algunos arañazos. Nada de lo que preocuparse. —Noté que sonreía porque tensó la mandíbula—. Tus partes preferidas siguen intactas.

Nos sumimos unos instantes en el silencio y me di cuenta de que él también estaba temblando.

—Te quiero, Jack —le dije, y justo después me eché a llorar de nuevo por la alegría de haber podido confesárselo—. Pensaba que era demasiado tarde... Que nunca lo sabrías porque soy una cobarde, porque soy...

—Lo sabía. —Me pareció que se le quebraba la voz al pronunciar esas palabras.

Se apartó de mí para mirarme y vi que tenía los ojos enrojecidos y brillantes por las lágrimas.

—¿Ah, sí? —conseguí preguntarle entre hipidos.

Él asintió con la cabeza.

—Decidí que no podía quererte tanto como te quiero sin que tú sintieras algo por mí también.

Me dio un beso con tal ansia que el roce de nuestros labios no alcanzó a ser placentero.

Coloqué una mano en una de sus ásperas mejillas y le aparté la cara para mirarlo a los ojos. Estaba ojeroso, lleno de arañazos y quemado por el sol. Ni siquiera quería pensar en la deshidratación que debía de sufrir. Señalé con un tembloroso dedo hacia la sala de espera.

—Tu familia está ahí. ¿Qué haces en el pasillo? —Lo miré

sorprendida de arriba abajo, deteniéndome en sus pies descalzos—. ¿Cómo... cómo te han dejado moverte en este estado?

Jack meneó la cabeza.

—Me han dejado aparcado en una habitación a la vuelta del pasillo para hacerme unas cuantas pruebas más. Cuando he preguntado si alguien te había dicho que me encontraba bien, nadie supo contestarme. Así que he salido a buscarte.

—¿Te has levantado de la cama cuando necesitan hacerte más pruebas?

—Tenía que encontrarte —susurró en voz baja pero firme.

Comencé a tocarlo por todos lados.

—Tienes que volver. Puedes tener una hemorragia interna o...

Jack no se movió.

—Estoy bien. Ya me han hecho un TAC y todo estaba bien. Quieren hacerme una resonancia para asegurarse.

—¿Y Joe?

Su expresión se ensombreció. De repente, me pareció joven e inseguro.

—No quieren decirme nada. Pero no estaba bien, Ella. Apenas podía respirar. Estaba al timón cuando el motor estalló y... y es posible que esté bien jodido.

—Estamos en uno de los mejores hospitales del país, con los mejores médicos y el mejor equipo —le recordé mientras le tomaba la cara entre las manos con mucho cuidado—. Lo curarán. Harán todo lo que tengan que hacer. ¿Tenía quemaduras graves?

Meneó la cabeza.

—Yo me quemé un poco porque tuve que apartar algunos restos en llamas para encontrarlo.

—Ay, Jack... —Ansiaba escuchar todo lo que había pasado hasta el más mínimo detalle. Ansiaba reconfortarlo de todas las formas posibles, pero ya habría tiempo para eso después—. Había un médico hablando con tu familia en la sala de espera. Vamos a ver qué les ha dicho. —Le lancé una mirada amenazadora—. Y después te vas de vuelta a la habitación para que te hagan la resonancia. Seguro que te están buscando.

—Que esperen. —Me pasó un brazo por los hombros—. Deberías ver a la enfermera pelirroja que me ha llevado en silla de ruedas de un lado para otro. Es la mujer más marimandona que he conocido en la vida.

Entramos en la sala de espera.

—Ejem... —dije—. Mirad a quién me he encontrado. —Me temblaba la voz.

Jack fue rodeado al instante por su familia, aunque fue Haven la primera en llegar a su lado. Me aparté, todavía sin aliento y con el corazón desbocado.

No hubo bromas mientras Jack abrazaba a su hermana y a Liberty. Después, se volvió hacia su padre y lo abrazó con fuerza y con los ojos llenos de lágrimas. A Churchill le resbaló una lágrima por una de sus cuarteadas mejillas.

—¿Estás bien? —le preguntó su padre con la voz ronca.

—Sí, papá.

—Bien. —Churchill acarició la cara de su hijo con una especie de palmadita cariñosa.

A Jack le tembló el mentón antes de que carraspeara. Pareció aliviado al volverse hacia Hardy, con quien intercambió un abrazo muy viril con palmaditas en la espalda incluidas.

Gage fue el último. Agarró a su hermano por los hombros y lo examinó de la cabeza a los pies.

—Estás hecho un desastre —le dijo.

—Eres un gilipollas —replicó él antes de fundirse en un sentido abrazo.

Jack le dio unas fuertes palmadas en la espalda, pero Gage lo hizo con más delicadeza, consciente del estado de su hermano.

En cuanto nos dimos cuenta de que Jack se tambaleaba, lo obligamos a sentarse.

—Está deshidratado —dije al tiempo que me acercaba en busca de un vaso de agua al dispensador que había en un rincón.

—¿Por qué no te han puesto suero? —exigió saber Churchill, a todas luces preocupado por él.

Jack le enseñó la mano, donde le habían insertado una vía que estaba sujeta con esparadrapo.

—Me han puesto una aguja tan gorda que parecía una puntilla, así que les he pedido una más fina.

—Eres un cagado —le soltó Gage con cariño mientras le acariciaba el pelo, tieso por el efecto de la sal.

—¿Cómo está Joe? —preguntó Jack mientras cogía el vaso de agua que le ofrecí. Se lo bebió de un par de tragos.

La familia intercambió unas cuantas miradas, una mala señal, antes de que Gage contestara con mucho tiento:

—El médico nos ha dicho que tiene una conmoción cerebral y los pulmones dañados por la explosión. Va a necesitar un tiempo, casi un año, para recuperar su uso normal. Pero podría haber sido mucho peor. Ha llegado con insuficiencia respiratoria, al borde de la hipoxia... así que le han puesto respiración asistida. Pasará un buen tiempo en la UCI. Y, de momento, no oye por un oído. Luego vendrá un especialista para confirmarnos si la pérdida auditiva es temporal o si será definitiva.

—Eso es lo de menos —comentó Jack—. De todas formas, Joe no escucha nada de lo que se le dice.

Gage sonrió un momento, pero volvió a ponerse serio.

—Lo están preparando para llevarlo al quirófano. Tiene hemorragias internas.

—¿Dónde?

—En el abdomen, principalmente.

Jack tragó saliva.

—¿Es grave?

—No lo sabemos.

—¡Mierda! —Jack se frotó la cara con las dos manos. Se le notaba el cansancio—. Eso era lo que me temía.

—Antes de que vengan a por ti —dijo Liberty—, ¿puedes contarnos qué pasó?

Jack me hizo un gesto para que me acercara y me mantuvo a su lado mientras hablaba. Según él, la mañana era despejada. Habían pescado bastante, así que decidieron volver temprano a puerto. Pero, ya de camino, se toparon con una enorme masa flotante de algas, que tendría una media hectárea de tamaño. Había formado su propio ecosistema. Vieron percebes, peces pequeños y otro tipo de crustáceos entre la madera flotante y los huevos de tiburón.

Tras decidir que era el sitio perfecto para pescar, bien en los alrededores o bien bajo las algas, detuvieron el motor y se deslizaron hasta ellas. Al cabo de unos minutos, Jack pescó una lampuga y la caña estuvo a punto de partirse cuando el acrobático pez se alejó, haciendo que el carrete echara humo. En cuanto saltó, vieron que era un monstruo de casi metro y medio de longitud, de modo que Jack lo siguió por la cubierta para evitar que el sedal se rompiera. Le dijo a Joe que volviera a encender el motor para que no se alejara demasiado, y estaba recogiendo sedal cuando Joe arrancó el motor y se produjo la explosión.

Llegado a ese punto, Jack guardó silencio y parpadeó varias veces, intentando recordar lo que sucedió a continuación.

Hardy murmuró:

—Parece que hubiera una acumulación de gases.

Jack asintió despacio con la cabeza.

—Es posible que el conducto de evacuación se atascara. Con todos esos chismes electrónicos, cualquiera sabe... De todas formas, no recuerdo nada sobre la explosión. De repente, me encontré en el agua, rodeado de trozos de la embarcación y vi que el yate era una bola de fuego. Empecé a buscar a Joe. —A esas alturas, se puso muy nervioso y comenzó a hablar de forma atropellada—. Se había agarrado a una nevera portátil. Gage, ¿te acuerdas de la nevera portátil naranja que me regalaste? Así que me acerqué a él para ver cómo estaba. Me daba miedo que la explosión le hubiera volado una pierna o algo así. Cuando llegué a su lado, vi que estaba de una pieza, gracias a Dios. Pero tenía un buen huevo en la cabeza y no era capaz de seguir a flote, así que lo agarré y le dije que se tranquilizara mientras me lo llevaba a una buena distancia del yate.

—Y entonces llegó el temporal —terció Churchill.

Jack asintió con la cabeza.

—El viento arreció, el mar se picó y la corriente nos alejó del yate. Intenté quedarme cerca, pero el esfuerzo era demasiado grande. Así que me limité a mantener a Joe agarrado a la nevera y juré que no lo soltaría hasta que alguien nos rescatara.

—¿Estaba consciente? —le pregunté.

—Sí, pero no hablaba mucho. Las olas eran demasiado altas y le costaba mucho respirar. —Se las apañó para esbozar una sonrisa tristona—. Lo primero que me dijo fue: «Supongo que la lampuga se nos ha escapado, ¿verdad?» —Guardó silencio mientras los demás reían entre dientes—. Después, me preguntó si habría tiburones por la zona, pero le dije que no se preocupara, que era temporada de camarones y los tiburones estarían cerca de la costa, alimentándose de los que soltaban. —Se detuvo, indeciso, y tragó saliva—. Al rato, me di cuenta de que Joe empeoraba. Me dijo que no creía que pudiera salir de ésa. Y yo le dije... —Se le quebró la voz y bajó la cabeza, incapaz de continuar.

—Ya nos lo dirás luego —susurré al tiempo que le acariciaba la espalda mientras Haven le ofrecía un pañuelo de papel.

Era demasiado pronto para que lo recordara todo.

—Gracias —farfulló él al cabo de un momento, después de sonarse la nariz y suspirar.

—¡Aquí está! —exclamó una voz estentórea y gruñona desde la puerta.

Al volvernos, vimos a una enfermera corpulenta, pelirroja y de mejillas regordetas que empujaba una silla de ruedas vacía.

—Señor Travis... ¿Por qué ha salido corriendo de esa manera? Lo he estado buscando.

—Me he tomado un descanso —contestó Jack con timidez.

La enfermera frunció el ceño.

—Pues es el único que va a tener en un buen rato. Vamos a ponerle la vía definitiva y a hacerle la resonancia, y ya se me ocurrirán algunas pruebas más en venganza por el mal rato que me ha hecho pasar. ¿A quién se le ocurre desaparecer de esa forma?

—Estoy completamente de acuerdo —dije al tiempo que obligaba a Jack a levantarse—. Lléveselo. Y no lo pierda de vista.

Jack me miró con los ojos entrecerrados por encima del hombro mientras caminaba arrastrando los pies hacia la silla de ruedas.

La enfermera miró asombrada sus pantalones y su camiseta.

—¿De dónde los ha sacado? —exigió saber.

—No pienso decírselo —murmuró.

—Señor Travis, necesita ponerse la bata del hospital hasta que hayamos acabado de hacerle pruebas.

—Claro —replicó Jack—, me apuesto lo que sea a que está deseando verme con el culo al aire dando vueltas por ahí.

—Señor Travis, he visto tantos culos que el suyo no va a impresionarme.

—No sé yo... —dijo él mientras se sentaba en la silla de ruedas—. El mío es de primera.

La enfermera se lo llevó, y las pullas continuaron entre ellos mientras se alejaban por el pasillo.

23

Después de que le hicieran todas las pruebas a Jack, el equipo médico lo mantuvo otras seis horas en observación. La enfermera le prometió que, después de ese tiempo, podría irse a casa. Le asignaron una habitación privada, una de las habitaciones reservadas para los VIP, donde pudo ducharse. Estaba empapelada de marrón y tenía un espejo de marco dorado y una televisión empotrada en un mueble de estilo victoriano.

—Parece un burdel —dije.

Jack le dio un manotazo a la vía de la mano para que no se trabara en la barandilla de la cama. Una enfermera le había desconectado el gotero el tiempo justo para que se duchara, pero después se lo había colocado otra vez pese a sus protestas.

—Quiero que me quiten la aguja de la mano. Y quiero saber qué coño pasa con Joe. Me duele la cabeza un huevo, y del brazo mejor no hablar.

—¿Por qué no te tomas uno de los analgésicos que insisten en darte? —le pregunté en voz baja.

—No quiero quedarme frito, por si hay noticias de Joe. —Empezó a ojear los canales—. No dejes que me quede dormido.

—Vale —murmuré sin apartarme de su lado.

Extendí la mano para acariciarle el pelo húmedo y empecé a masajearle la cabeza.

Jack suspiró y comenzó a parpadear despacio.

—Qué maravilla.

Seguí acariciándole el pelo, masajeándole el cuero cabelludo como si fuera un felino enorme. En cuestión de dos minutos, había caído.

No se movió en cuatro horas, ni siquiera las dos o tres veces que le unté crema hidratante en los labios ni cuando la enfermera entró para cambiarle el gotero y comprobar sus constantes vitales. Me quedé todo el rato a su lado, sin quitarle la vista de encima por temor a estar soñando. Me pregunté cómo era posible que me hubiera enamorado tan completamente de un hombre en tan poco tiempo. Parecía que mi corazón iba al galope.

Cuando Jack se despertó, ya había noticias de su hermano y pude decirle que había salido del quirófano y que su situación era estable. Dada la edad y la buena forma física de Joe, según el médico, tenía muchas probabilidades de recuperarse del todo.

Abrumado por el alivio, Jack guardó silencio, cosa rara en él, mientras le daban el alta, para lo cual tuvo que firmar un montón de impresos, tras lo cual le dieron una serie de instrucciones para tratarse las quemaduras y las recetas de los medicamentos pertinentes. Se vistió con unos vaqueros y una camisa que Gage le había llevado, y después Hardy nos llevó de vuelta al 1800 de Main Street. Tras dejarnos allí, Hardy volvería al hospital para estar con Haven, que quería quedarse en la UCI con Joe más tiempo.

El silencio de Jack siguió mientras subíamos a su apartamento. Aunque había dormido en el hospital, sabía que seguía exhausto. Eran más de las doce de la noche y el edificio estaba sumido en un completo silencio que sólo se veía interrumpido por el zumbido del ascensor.

Entramos en su apartamento y cerré la puerta a mi espalda. Jack parecía descolocado mientras miraba a su alrededor, como si nunca hubiera estado allí. Ansiosa por reconfortarlo, me acerqué a él y lo abracé por la cintura.

—¿Qué puedo hacer? —le pregunté en voz baja.

Sentí el ritmo de su respiración, más acelerada de lo que había previsto. Tenía el cuerpo en tensión, con los músculos agarrotados.

Se volvió y me miró a los ojos. Hasta ese momento, nunca había visto a Jack, siempre tan seguro de sí mismo, tan perdido e inseguro. Guiada por esa necesidad de consolarlo, me puse de puntillas y lo besé en los labios. El beso fue un poco titubeante al principio, hasta que él me agarró la nuca con una mano y las caderas con la otra, amoldándome a su cuerpo. Me besó con voracidad, con deseo. Sabía a sal.

Se separó para cogerme de la mano y llevarme hasta el dormitorio a oscuras. Me quitó la ropa a tirones, jadeando y con una pasión que no había demostrado hasta el momento.

—Jack —dije, preocupada—, podemos esperar hasta...

—Ahora. —Tenía la voz ronca—. Te necesito ahora. —Se quitó a tirones la camisa y dio un respingo cuando se le trabó en el vendaje.

—Vale, vale. —Me daba miedo que se hiciera daño—. Pero con cuidado, Jack. Por favor...

—No puedo esperar —masculló al tiempo que buscaba los botones de mis vaqueros. Las prisas entorpecían sus movimientos.

—Deja que lo haga yo —murmuré, pero me apartó las manos y me arrastró a la cama. Su autocontrol se había esfumado por el cansancio y el bombardeo de emociones.

Me quitó los vaqueros y las bragas, que acabaron en el suelo. Tras separarme los muslos con las rodillas, se colocó entre ellos. Levanté las caderas al instante, ofreciéndome a él, ya que los dos buscábamos lo mismo.

Me penetró hasta el fondo con un gemido. Enterró sus temblorosas manos en mi pelo y se apoderó de mi boca con un beso brutal. Sus movimientos eran fuertes, salvajes casi, y yo respondí con ternura, dejándole imponer el ritmo. Le cogí la cabeza con las manos y acerqué mis labios a su oído para susurrarle cuánto lo quería, para decirle que lo quería más que a nada en la vida. Se tensó y jadeó mi nombre mientras su cuerpo se estremecía por la fuerza de su orgasmo.

Poco antes del amanecer, me desperté por las delicadas caricias de unas manos que exploraban mi cuerpo, de unos dedos que se deslizaban sobre mí con ternura. Estábamos tumbados de costado y Jack me abrazaba desde atrás, con las rodillas dobladas y pegadas a mis piernas. A diferencia de lo sucedido la vez anterior, sus caricias eran increíblemente suaves y sensuales. Sentí la dureza de su pecho contra mi espalda, y el cosquilleo del vello entre los omóplatos me provocó un escalofrío. Me besó la nuca y me dio un mordisquito, haciendo que me estremeciera.

—Tranquila —murmuró al tiempo que intentaba calmarme con las caricias de sus manos, con sus besos en la nuca, con el roce de su lengua.

El problema era que no podía quedarme quieta mientras sentía sus manos en el pecho y en el abdomen, deslizándose en busca de mi entrepierna. Cuando esos largos dedos se introdujeron en mi interior, gemí y lo aferré con fuerza por la muñeca. Noté que tensaba los músculos y que sonreía contra mi cuello.

Apartó la mano y me pasó el brazo bajo el muslo para levantarlo. Ajustó su postura hasta que pudo penetrarme lentamente mientras me susurraba:

—Te quiero, Ella. Déjate llevar, entrégate por completo...

Impuso un ritmo lento, una cadencia soñadora y sosegada. De hecho, cuanto más me debatía, más despacio se movía él. El ascenso a la cumbre fue tranquilo. Nos fuimos acercando al orgasmo poco a poco con cada envite, con cada latido del corazón, con cada jadeo.

En un momento dado, se apartó de mí, me puso de espaldas y me separó las piernas, dejándome indefensa bajo su cuerpo. Gemí cuando volvió a penetrarme. Su boca se apoderó de la mía con una erótica dulzura mientras nuestros cuerpos retomaban los sinuosos movimientos que nos reportaban cada vez más placer.

Nos miramos a los ojos y yo me sumí en sus profundidades oscuras, sintiéndolo por completo, a mi alrededor y también en mi interior. Aceleró el ritmo de sus embestidas, llegando más adentro, dejándose guiar por las reacciones de mi cuerpo y con un par de potentes envites llegué al orgasmo más poderoso y largo que había experimentado en la vida. Grité, le rodeé la cintura con las piernas y en ese momento lo escuché pronunciar mi nombre con un jadeo al llegar al éxtasis, tras el cual seguimos flotando en un maravilloso, lento y glorioso remanso de paz.

Mucho tiempo después, Jack acunó mi todavía tembloroso cuerpo y me ayudó a relajarme con sus caricias.

—¿Alguna vez te habías imaginado que podía ser así? —susurré.

—Sí. —Me apartó el pelo de la cara y me besó en la frente—. Pero sólo contigo.

Dormimos hasta que la luz del día se filtró por las persianas bajadas, inundando el dormitorio con su claridad. Medio adormilada, me di cuenta de que Jack salía de la cama, oí el ruido de la ducha y después lo escuché trastear en la cocina mientras preparaba el café. Después de cargar la cafetera, llamó al hospital para saber cómo estaba Joe.

—¿Cómo está? —pregunté con voz adormilada cuando volvió al dormitorio.

Llevaba un albornoz de cuadros y una taza de café en la mano. Seguía teniendo muy mal aspecto, pero estaba más sexy de lo que debería estar cualquier hombre que acabara de pasar por el trance que él había pasado.

—Estable. —Su voz seguía ronca—. Se recuperará. Es duro de roer.

—En fin, es un Travis —dije con voz razonablemente audible. Salí de la cama, me acerqué al armario y saqué una camiseta de manga corta que, al ponérmela, me tapó hasta medio muslo.

Al girarme hacia Jack, me di cuenta de que estaba justo a mi lado. Levantó una mano para apartarme un mechón de cabello de la cara y me miró a los ojos. Nadie me había mirado nunca con tanta ternura ni tanta preocupación.

—Cuéntame lo de Lucas —me dijo en voz baja.

Y mientras miraba esos ojos oscuros, comprendí que podría contarle cualquier cosa. Porque me escucharía, y me entendería.

—Primero necesito un café —repliqué antes de echar a andar hacia la cocina.

Jack había dejado una taza con un platillo junto a la cafetera. Dentro de la taza descubrí una hoja de papel doblada a lo largo. Extrañada, cogí la nota y la leí.

Querida Miss Independiente:

He decidido que, de todas las mujeres a las que he conocido, tú eres la única a la que querré por encima de la caza, la pesca, el fútbol y las herramientas eléctricas.

Tal vez no lo sepas, pero la noche que te pedí que te casaras conmigo, cuando monté la cuna, lo dije en serio. Aunque sabía que no estabas preparada.

Por Dios, espero que ahora lo estés.

Cásate conmigo, Ella. Porque da igual dónde estés o lo que hagas, yo siempre te querré. Ahora y durante el resto de mi vida.

JACK

No me dio miedo leer sus palabras. Lo único que sentí fue un gran asombro por saber que tenía semejante felicidad al alcance de la mano.

Al darme cuenta de que había algo más en la taza, metí la mano y saqué un anillo con un resplandeciente diamante. Me quedé sin aliento al levantarlo a la luz. Me lo probé en el dedo anular y comprobé que me quedaba perfecto. Cogí el bolígrafo que estaba en la encimera y escribí mi respuesta en el revés de la misma hoja.

Me llené la taza de café, le añadí leche y azúcar, y regresé al dormitorio con la nota.

Jack estaba sentado en el borde de la cama, observándome con la cabeza ladeada. Su ardiente mirada me recorrió de la cabeza a los pies, deteniéndose en el reluciente diamante que brillaba en mi mano. Me di cuenta de que contenía la respiración.

Bebí un sorbo de café y me acerqué para darle la nota.

Querido Jack:
Yo también te quiero.
Y creo que sé cuál es el secreto para tener un matrimonio longevo y feliz: encontrar a la persona sin la cual no se pueda vivir.
En mi caso, esa persona eres tú.
Así que si insistes en ser tradicional...
Sí.

ELLA

Jack dejó escapar el aire que había estado conteniendo. Me cogió las caderas con las manos.

—Gracias a Dios —susurró al tiempo que tiraba de mí para colocarme entre sus piernas—. Empezaba a temer que quisieras discutirlo.

Con cuidado para no derramar el café, me incliné hacia él y le besé los labios, dejando que nuestras lenguas se acariciaran.

—¿Alguna vez te he dicho que no, Jack Travis?

Me miró los labios con los ojos entrecerrados. Cuando me respondió, su voz sonaba ronca:

—Bueno, no me apetecía que empezaras a hacerlo ahora precisamente. —Me arrebató la taza de las manos, la apuró y la dejó en el suelo, haciendo caso omiso de mis airadas protestas.

Me besó hasta que le eché los brazos al cuello y se me aflojaron las rodillas.

—Ella —dijo cuando puso fin al beso y me frotó la nariz con la suya—, no irás a echarte atrás, ¿verdad?

—Claro que no. —Tenía la sensación de que estaba haciendo lo que debía. Lo tenía clarísimo, aunque al mismo tiempo sentía un millar de mariposas revoloteando en mi estómago—. ¿Por qué iba a hacerlo?

—Porque me dijiste que el matrimonio era para los demás.

—Tú eres el único hombre capaz de convencerme de que también es para mí. Aunque, en el fondo, lo único verdadero es el amor. Sigo diciendo que el matrimonio sólo es un trozo de papel.

Jack sonrió.

—Vamos a averiguarlo —dijo, antes de tirar de mí hasta que los dos estuvimos de nuevo en la cama.

Bastante tiempo después, llegué a la conclusión de que la gente que afirmaba que el matrimonio sólo era un trozo de papel solía ser gente que nunca se había casado. Porque ese tópico dejaba fuera algo muy importante: el poder de las palabras... Y yo, más que nadie, debería entenderlo.

De alguna manera, las promesas que nos hicimos con ese trozo de papel me dieron más libertad de la que jamás había tenido. Nos permitieron discutir, reírnos, correr riesgos, confiar... y todo sin ningún miedo. Eran la confirmación de un vínculo que ya existía. Un vínculo que iba más allá del simple hecho de compartir casa. Habríamos seguido juntos sin el certificado de matrimonio..., pero por fin creía en la permanencia que simbolizaba.

Era un trozo de papel que podía cimentar una vida.

Mi madre se quedó muerta al enterarse de que había logrado atrapar a un Travis e intentó en un primer momento lanzarse sobre nosotros cual plaga de Egipto para beneficiarse de mis nuevas relaciones. Sin embargo, Jack se encargó de ella con destreza, utilizando una mezcla de intimidación y encanto para mantenerla a raya. No la vi ni tuve un contacto frecuente con ella, y cada vez que aparecía se mostraba muy respetuosa, cosa rara en ella.

—Le pasa algo —le dije a Jack, alucinada—. No ha dicho nada de mi peso ni de mi pelo, y tampoco ha soltado nada sobre sus proezas sexuales ni nada escatológico.

—Le prometí un coche nuevo si era capaz de no cabrearte en seis meses —confesó él—. Le dije que, como te viera enfadada o triste después de hablar con ella por teléfono, no había trato.

—¡Jack Travis! —La idea me hacía gracia, pero también me indignaba—. ¿Es que vas a comprarle regalos caros cada seis meses para que finja ser un ser humano decente?

—Dudo mucho que aguante tanto tiempo —respondió él.

En cuanto a su familia, descubrí que era un grupo variopinto, cariñoso, bullicioso y fascinante. Era una familia de verdad, y todos me hicieron un hueco, un detalle por el que siempre los querría. Enseguida le cogí cariño a Churchill, que era amable y generoso, aunque no soportaba a los imbéciles. Discutimos sobre muchísimos temas y nos picamos mutuamente sobre política a través del correo electrónico, pero también nos hacíamos reír. De hecho, insistía en que me sentara junto a él en las cenas familiares.

A Joe le dieron el alta después de pasar dos semanas en el Hospital Garner y volvió a la mansión familiar para recuperarse, motivo de alegría para Churchill, pero de frustración para su hijo.

Joe decía que quería intimidad. No le gustaba que las visitas pasaran un rato con su padre antes de verlo a él. Sin embargo, Churchill, al que no le importaba en absoluto que todas esas chicas tan guapas aparecieran por su casa, le soltó que, si no le gustaba, que se recuperara cuanto antes. Como resultado, Joe fue un paciente modélico, decidido a recuperar la salud lo antes posible para poder alejarse de su entrometido padre.

Me casé con Jack dos meses después de que me lo pidiera, sorprendiendo a mis amigos y, sobre todo, a los de él, que habían empezado a considerarlo un soltero empedernido. Algunos decían que su encontronazo con la muerte lo había ayudado a reorganizar sus prioridades.

—A mis prioridades no les pasaba nada malo —protestaba con expresión inocente—. Eran las de Ella las que necesitaban un cambio.

La víspera de la boda, mi hermana Tara asistió a la cena que organizamos para los invitados que no eran de la ciudad. Estaba estupenda con un traje rosa, el pelo recogido y unos pendientes de diamantes. E iba sola. Quería preguntarle cómo le iba, si la estaban tratando bien, si era feliz en su relación con Noah, pero todos los pensamientos sobre su relación con Noah Cardiff desaparecieron de mi cabeza al ver que había ido con Lucas.

Era un precioso angelito de ojos azules que intentaba cogerlo todo, y que no paraba de sonreír y babear. Desde luego estaba para comérselo. Extendí los brazos, ansiosa, y Tara me lo pasó. Su peso sobre mi pecho, su olor, su calor, aquellos ojazos que intentaban mirar todo lo que le llamaba la atención... Todo eso me recordó que nunca estaría del todo completa sin Lucas.

Durante los dos meses que habíamos estado separados, había intentado consolarme con la idea de que el dolor de su ausencia desaparecería con el tiempo, de que conseguiría olvidarme de él y seguir con mi vida. Pero mientras lo acunaba contra mi cuerpo y acariciaba su pelo negro, mientras lo veía sonreírme como si se acordara de mí, supe que nada había cambiado. El amor no había desaparecido.

Me pasé la cena con él sentado en mi regazo y sólo me levanté dos veces, una para circular entre los invitados con él en brazos y otra para subir a cambiarle el pañal, pese a las protestas de mi hermana de que podía hacerlo ella.

—Deja que lo haga yo —insistí, y me eché a reír cuando Lucas cogió el collar de perlas que lleva al cuello e intentó metérselo en la boca—. No me importa. Y quiero pasar todo el tiempo que pueda con él.

—Ten cuidado —me advirtió Tara al tiempo que me pasaba el bolso de los pañales—. Ya sabe darse la vuelta y se te puede caer de la cama.

—¿En serio? —le pregunté a Lucas, encantada—. ¿Ya sabes darte la vuelta solito? Pues vas a tener que enseñarme cómo lo haces.

Se rio, como si me estuviera dando la razón, mientras chupaba las perlas.

Después de cambiarle el pañal, salí de la habitación para volver con el resto de los comensales. Me detuve en las escaleras al ver que Jack y Tara subían, absortos en su conversación. Jack levantó la vista y me sonrió, pero tenía una expresión seria y decidida, como si quisiera decirme algo. Y la expresión de Tara era reservada.

¿De qué narices estarían hablando?

—Hola —dije al tiempo que forzaba una sonrisa—. ¿Os daba miedo que hubiera perdido mi toque?

—Para nada —contestó Jack—. Has cambiado tantos pañales que dudo mucho que se te olvide cómo hacerlo en la vida. —Se puso a mi lado y me dio un beso en la mejilla—. Cariño, ¿por qué no me dejas un rato a Lucas? Tenemos que ponernos al día de muchas cosas.

No quería soltar al bebé.

—¿No puede ser luego?

Jack me miró a los ojos desde muy cerca.

—Habla con tu hermana —susurró—. Y dile que sí.

—¿Que le diga sí a qué?

Sin embargo, no me contestó. Me quitó al bebé de los brazos, lo acunó contra su hombro y le dio unas palmaditas en el trasero. Lucas se pegó a él con naturalidad, contento de estar entre los seguros brazos de Jack.

—No tardaremos mucho —me aseguró Tara con voz titubeante, un tanto avergonzada—. O eso creo, vamos. ¿Podemos hablar en un sitio tranquilo?

La conduje a una sala de estar de la planta alta, y nos sentamos en un par de sillones de piel.

—¿Vas a contarme algo de mamá? —pregunté, preocupada.

—¡Por Dios, no! —Clavó la mirada en el techo—. Mamá está bien. Y no sabe nada de lo mío con Noah, por supuesto. Sólo sabe que me he echado un novio rico. Va por ahí diciéndole a la gente que salgo con un jugador de los Astros de Houston.

—¿Cómo te va con Noah? —Titubeé un momento, ya que no sabía si debía llamarlo por su nombre.

—Genial —respondió ella sin dudar—. Nunca he sido tan feliz. Me trata estupendamente, Ella.

—Me alegro.

—Tengo una casa —siguió Tara—, joyas, un coche... y me quiere. Me lo dice a todas horas. Espero que pueda cumplir las promesas que me ha hecho... Creo que quiere hacerlo. Pero si no puede, ésta ha sido la mejor época de mi vida. No la cambiaría por nada del mundo. Pero resulta que... de un tiempo a esta parte he estado pensando...

—¿Vas a dejarlo? —le pregunté, esperanzada.

En sus labios pintados apareció una sonrisa torcida.

—No, Ella, al contrario, voy a pasar más tiempo con él. A partir de ahora tendrá que viajar mucho... Va a hacer una gira por el país, grabando una serie de programas en estadios, y también irá a Canadá y a Inglaterra. Su esposa se va a quedar en casa con los niños. Yo formaré parte de su equipo. Y estaré con él todas las noches.

Me quedé sin habla un momento.

—¿Eso es lo que quieres hacer?

Tara asintió con la cabeza.

—Me gustaría ver mundo, aprender cosas nuevas. Nunca he tenido la oportunidad de hacer algo así. Y quiero estar con Noah y ayudarlo en todo lo que pueda.

—Tara, ¿de verdad te parece que...?

—No te estoy pidiendo permiso —me interrumpió—. Y tampoco quiero tu opinión, Ella. Estoy tomando mis propias decisiones, y tengo todo el derecho del mundo a hacerlo. Después de crecer con mamá, sabes lo importante que es poder tomar decisiones por ti misma.

Eso acalló mis protestas como ninguna otra cosa podría haberlo hecho. Sí, tenía derecho a tomar sus propias decisiones e incluso a cometer sus propios errores.

—¿Esto es una despedida? —pregunté con voz ronca.

Me sonrió al tiempo que meneaba la cabeza.

—Todavía no. Tardaremos algunos meses en prepararlo todo. Te lo estoy diciendo porque... —Su sonrisa prácticamente despareció—. ¡Dios, qué difícil es decir lo que siento de verdad y no lo que creo que debería sentir! La verdad es que, aunque llevo estos dos meses con Lucas, cuidándolo y estando a su lado, todavía tengo la sensación de que estamos como al principio. No me parece hijo mío. Nunca será mi hijo. No quiero niños, Ella. No quiero ser madre... No quiero revivir nuestra infancia.

—Pero no es así —me apresuré a decir al tiempo que cogía esas manos largas y tan bien cuidadas—. Lucas no tiene nada que ver con nuestra niñez.

—Ésa es tu opinión —replicó en voz baja—, pero yo no lo veo así.

—¿Qué dice Noah?

Tara miró nuestras manos entrelazadas.

—No quiere a Lucas. Ya tiene hijos. Y con Lucas nos resulta complicado estar juntos.

—Lucas crecerá y tú cambiarás de opinión.

—No, Ella. Sé muy bien lo que estoy haciendo. —Me miró un buen rato con expresión agridulce—. El hecho de que una mujer tenga hijos no la convierte en madre. Tú y yo lo sabemos de primera mano, ¿no?

Me ardían los ojos y la nariz. Tragué saliva para deshacer el nudo que tenía en la garganta.

—Sí —susurré.

—Ella, lo que quiero preguntarte es si te gustaría hacerte cargo de Lucas para siempre. Jack me ha dicho que sí. Es lo mejor para el niño. Si tú estás dispuesta, claro.

Fue como si la Tierra dejara de girar. Por un segundo, el asombro y un frágil anhelo me dejaron suspendida en el aire pensando que, a lo mejor, no lo había entendido bien. No podía haberme ofrecido algo tan importante.

—Si estoy dispuesta —repetí con voz ronca, intentando controlar el temblor—. ¿Qué garantías tengo de que no querrás recuperarlo en el futuro?

—Nunca te haría algo así, ni tampoco se lo haría al niño. Sé lo que Lucas significa para ti. Lo veo en tu cara cada vez que lo miras. Por eso será una adopción legal. Firmaremos todos los papeles necesarios. Lo haremos, tanto Noah como yo, siempre que su participación se mantenga en secreto. Lucas es tuyo si lo quieres, Ella.

Asentí con la cabeza al tiempo que me llevaba una mano a los labios para silenciar un sollozo.

—Claro que lo quiero... —conseguí decir entre jadeos—. Sí, ¡sí!

—No, no llores, se te correrá el maquillaje —dijo Tara, que utilizó la yema de los dedos para enjugar las lágrimas que amenazaban con resbalar por mis mejillas.

Me lancé sobre ella y la abracé con fuerza, sin importarme el maquillaje, el peinado ni la ropa.

—Gracias —dije con voz entrecortada.

—¿Cuándo quieres que te lo traiga? ¿Cuando vuelvas del viaje de novios?

—Lo quiero ahora —le aseguré y me eché a llorar, incapaz de contener las lágrimas más tiempo.

Tara soltó una carcajada.

—¿La víspera de tu boda?

Asentí con la cabeza, para no dejarle lugar a dudas.

—No se me ocurre un peor momento —comentó mi hermana—. Pero a mí me da igual, siempre que a Jack le parezca bien. —Rebuscó en el bolso de los pañales hasta dar con una gasa, que me ofreció.

Mientras me secaba las lágrimas, me di cuenta de que alguien se acercaba a nosotras. Alcé la vista y vi que Jack regresaba con Lucas. Su mirada repasó cada uno de los detalles de mi expresión como si fuera un paisaje conocido y querido. Lo vio todo. Una sonrisa asomó a sus labios antes de que le dijera algo al niño al oído.

—Quiere quedárselo ahora mismo —le dijo Tara—. Aunque le he dicho que podemos esperar a después de la boda.

Jack se acercó a mí y me dejó a Lucas en los brazos. Sus largos dedos me aferraron la barbilla para levantarme la cara al tiempo que enjugaba con el pulgar la solitaria lágrima que se deslizaba por una de mis mejillas. Me sonrió.

—No creo que Ella quiera perder tiempo —murmuró—. ¿Verdad que no, cariño?

—No —reconocí en voz baja.

El mundo que me rodeaba adquirió un brillante resplandor y su voz se unió a los acelerados latidos de mi corazón como si fuera una melodía.

Epílogo

Jack me va a recoger en el aeropuerto a la vuelta del congreso al que he asistido en Colorado, donde he participado en diversos seminarios, he ofrecido ciertas ideas a los editores de algunas revistas y he vendido un artículo titulado en un principio: «Seis tácticas para encontrar y conservar la felicidad.» No ha estado mal, pero tengo muchísimas ganas de volver a casa.

Después de casi un año de matrimonio, estos cuatro días han sido la separación más larga que hemos soportado Jack y yo. Lo he llamado con frecuencia para hablarle de la gente a la que he conocido, de las cosas que he aprendido, de las ideas que se me han ocurrido para futuros artículos. A su vez, Jack me ha dicho que salió a cenar con Haven y Hardy, que a Carrington le han puesto la ortodoncia y que la revisión médica de Joe salió estupenda. Todas las noches, me detallaba cómo había sido el día de Lucas, porque yo quería saberlo todo.

En cuanto veo a mi marido esperándome junto a la cinta del equipaje, me quedo sin aliento. Es tan guapo y tan atractivo... El tipo de hombre que atrae de forma inconsciente las miradas de todas las mujeres, pero él sólo tiene ojos para mí. Me ve caminar hacia él y se acerca en tres zancadas para besarme. La dureza de su cuerpo es reconfortante. Y aunque no me arrepiento de haber asistido al congreso, reconozco que sin él me faltaba algo.

—¿Cómo está Lucas? —Eso es lo primero que le pregunto y él me cuenta el último episodio.

Por lo visto, estaba dándole compota de manzana cuando Lucas metió la mano en el plato y luego se la llevó a la cabeza...

Después de recoger las maletas, volvemos en el coche al apartamento del número 1800 de Main Street. Nos pasamos todo el trayecto charlando, y eso que hemos hablado todos los días que hemos estado separados. Soy incapaz de apartar la mano de su brazo, de su abultado bíceps. Le pregunto si ha estado haciendo más ejercicio del habitual y me dice que ha sido la única forma de aliviar la frustración sexual. Dice que me va a mantener ocupada un buen tiempo, en compensación, y yo le digo que, por mí, estupendo.

En el ascensor, me pongo de puntillas para besarlo y él me devuelve el beso con tanta pasión que me deja sin aliento.

—Ella —murmura con mi cara entre las manos—, cuatro días sin ti parecen cuatro meses. No he parado de pensar cómo me las apañaba sin ti antes de conocerte.

—Saliendo con un sinfín de sustitutas —le digo.

Me sonríe antes de volver a besarme.

—No sabía lo que me estaba perdiendo.

Jack se hace cargo de las maletas y yo corro por el pasillo en dirección al apartamento, con el corazón acelerado por la emoción. Llamo al timbre y la niñera abre la puerta justo cuando Jack me alcanza.

—¡Bienvenida a casa, señora Travis! —exclama.

—Gracias. Resulta estupendo estar de vuelta. ¿Dónde está Lucas?

—En el cuarto de juegos. Hemos estado jugando con los trenes. Se ha portado muy bien durante su ausencia.

Dejo el bolso al lado de la puerta, suelto la chaqueta en el sofá y voy al cuarto de juegos. Las paredes están pintadas en tonos claros de verde y azul. En una de ellas, hay un mural con coches, camiones y caritas alegres. En el suelo, hay una alfombra con carreteras y raíles.

Mi hijo está sentado con una locomotora de madera en las manos, intentando hacer girar las ruedas.

—Lucas —lo llamo en voz baja, ya que no quiero asustarlo—. Mamá ha vuelto. Estoy aquí. ¡Cariño, cuánto te he echado de menos!

Lucas me mira con esos ojazos azules y suelta la locomotora. Sonríe de oreja a oreja, enseñándome un diente, y levanta los brazos para que lo coja.

—Mamá —dice.

Emocionada al oír que me llama así, me acerco a él.